mente aberta

CHLOE SEAGER

mente aberta

Tradução
Ray Tavares

1ª edição
Rio de Janeiro-RJ / São Paulo-SP, 2024

VERUS EDITORA

Título original
Open Minded

ISBN: 978-65-5924-237-5

Copyright © Chloe Seager, 2024
Todos os direitos reservados, incluindo o direito de reproduzir em todo ou em parte, por qualquer forma.

Tradução © Verus Editora, 2024
Direitos reservados em língua portuguesa, no Brasil, por Verus Editora. Nenhuma parte desta obra pode ser reproduzida ou transmitida por qualquer forma e/ou quaisquer meios (eletrônico ou mecânico, incluindo fotocópia e gravação) ou arquivada em qualquer sistema ou banco de dados sem permissão escrita da editora.

Verus Editora Ltda.
Rua Argentina, 171, São Cristóvão, Rio de Janeiro/RJ, 20921-380
www.veruseditora.com.br

CIP-BRASIL. CATALOGAÇÃO NA FONTE
SINDICATO NACIONAL DOS EDITORES DE LIVROS, RJ

S446m
Seager, Chloe
    Mente aberta / Chloe Seager ; tradução Ray Tavares. - 1. ed. - Rio de Janeiro : Verus, 2024.

    Tradução de: Open minded
    ISBN 978-65-5924-237-5

    1. Romance inglês. I. Tavares, Ray. II. Título.

24-88897   CDD: 823
                CDU: 82-31(410)

Gabriela Faray Ferreira Lopes - Bibliotecária - CRB-7/6643

Revisado conforme o novo acordo ortográfico.

Seja um leitor preferencial Record.
Cadastre-se no site www.record.com.br e receba informações sobre nossos lançamentos e nossas promoções.

Atendimento e venda direta ao leitor:
sac@record.com.br

*Para qualquer pessoa que me impediu de tomar
uma péssima decisão em algum banheiro feminino.*

1

MERGULHE ANTES QUE SEJA TARDE DEMAIS

HOLLY

Vou ficar noiva esta noite.

Ah, Deus. Lá vou eu de novo. Pela bilionésima vez, lembro a mim mesma que não tem *nada* certo. E daí que o Will reservou um restaurante chique — eu pesquisei. Um restaurante que tem um terraço na cobertura, janelas que vão do chão ao teto com uma vista panorâmica de Londres e serve muitas coisas que não consigo identificar no cardápio. Portanto, não é um restaurante qualquer. Obviamente, é um lugar onde uma pessoa poderia te pedir em casamento. E daí que ele tem agido de maneira estranha a semana toda, como se tivesse escondendo algo. Além disso, notei que ele está usando seu melhor suéter — aquele que comprou em Shetland, que não é tingido e tem exatamente a cor da ovelha da qual foi tosquiado —, mesmo que a gente não esteja perto do nosso aniversário (o meu é em maio e o dele é em setembro), de o Natal ter acabado de passar e, que eu saiba, nenhum de nós ter sido promovido, e de ser biologicamente impossível que ele esteja grávido.

E daí? Talvez o Will só esteja fazendo algo legal porque ficou com vontade. Janeiro é um mês desanimado... Será que ele está de saco cheio de só fazer coisas bacanas em dezembro? Talvez ele tenha lido um artigo em uma revista masculina sobre ser espontâneo, se esforçar e "apimentar as coisas" no dia a dia.

Exceto que... o Will *nunca* faz surpresas. Nunca, em todos os anos em que estamos juntos, a não ser numa dessas ocasiões supracitadas. Nós dois vamos fazer trinta anos este ano, então estamos na idade certa. Estamos juntos há quase uma década. Fomos ao casamento de Mason e Leah em outubro — lindo, mas uma pena a tia dela quase ter morrido engasgada com uma azeitona durante os discursos —, e Laurence e Philippa acabaram de ficar noivos. Está acontecendo à nossa volta. Faz sentido. Está na *hora*.

Passo rímel nos cílios do olho esquerdo. Minha mão está tremendo, por isso não fica bem aplicado, então eu pisco e borro tudo para ficar ainda pior. Nunca tive talento para me maquiar, e estar nervosa não ajuda.

Enquanto tento desfazer o estrago, Will aparece atrás de mim no espelho. Rapidamente, paro de fazer a "cara de passar rímel" e, em vez disso, tento aplicar de um jeito casual e atraente. Ele procura em um armário e tira um frasco de loção pós-barba pouco usado.

— Você está bonita. — Ele me observa, borrifando um pouco do produto no pescoço.

— Obrigada. — Ruborizo. Estou usando um vestido de algodão de gola quadrada que escolhi porque lembrei que o Will gosta. Saboreio a sensação dos seus olhos em mim.

Corrijo o acidente do rímel e finalizo o batom, dou um passo para trás e me olho no espelho. Eu *estou* bonita. Cortei o cabelo ontem para me preparar para esse evento, então não tenho pontas duplas desgrenhadas. Até pintei as unhas. Apesar do fato de nunca conseguir deixar o delineador simétrico e meu cabelo nunca parar no lugar, não importa quanto tempo eu perco com ele, não tem nada que eu goste mais do que me arrumar. É por me sentir assim que comecei a trabalhar com moda.

Quando Will passa atrás de mim para sair, ele aperta a minha bunda. Dez minutos depois, eu o vejo trancar a porta da frente. Olho para o nosso pequeno apartamento com terraço de tijolos cinza e porta azul, que tem sido nossa casa por quatro anos, e me pergunto por quanto tempo vamos permanecer aqui depois de ficarmos noivos. Will sempre falou sobre se mudar para o interior um dia. Eu também gostaria; se não fosse pelo meu trabalho, já teria ido. Nunca fui apaixonada por Londres como todo mundo parece ser. Na maioria das vezes, acho superestressante.

Caminhamos de mãos dadas até a estação de metrô. A noite está excepcionalmente amena e iluminada para esta época do ano, e eu saboreio o ar fresco em meus pulmões. Todas as pessoas que conhecemos sentiram uma angústia muito grande quando completaram trinta anos, mas, em meus pensamentos mais secretos, quando me imagino caminhando até o altar em direção ao Will, sinto que vou gostar.

Nós dois estamos quietos no metrô. Will faz o tipo Homem Sério — e isso é bem sexy —, e, quando está nervoso com alguma coisa, ele se fecha dentro de si até o problema passar. Uma entrevista, uma reunião importante, um almoço com os pais. Não que ele tenha *necessariamente* algo para ficar nervoso durante o jantar, eu lembro, porque definitivamente ele não vai me pedir em casamento.

Na caminhada até o restaurante, observo tudo ao meu redor com atenção. Tento tirar uma foto mental e relembrar os pequenos detalhes desta — possivelmente, mas não certamente — noite especial em nossa vida. É claro que, se ele acabar não me pedindo em casamento, mal não vai fazer. Só vou ter de esquecer por quantos postes de luz nós passamos, do latido estridente do cachorrinho e da senhora de meia-idade reclamando com sua amiga sobre não "confiar" na comida que vendem no Asda. Mas, se ele *vai* me pedir em casamento, vou poder contar para nossos filhos como tudo aconteceu.

Chegamos e entramos em um elevador de vidro que nos leva ao quinto andar. É lindo de um jeito óbvio, moderno e chique. Penso em como é bizarro o fato de que as pessoas vivem uma vida inteira juntas como pessoas normais e, quando se trata de pedidos de casamento, de repente contratam um globo neon gigante que fica pendurado em uma montanha, ou montam em um trono cravejado de joias no lombo de um cavalo. Mas logo volto para a realidade. Will fez um grande esforço para organizar esta noite, e isso não é *tão* diferente assim do que costumamos fazer. A não ser que os outros clientes e funcionários sejam atores, prontos para pular e começar a cantar.

Olho, desconfiada, para a mulher na recepção. Deus, tomara que isso não aconteça. Como vou conseguir fingir que estou calma enquanto ela performa?

— Temos reserva para às dezenove horas, em nome de Will Mayhew. — Will pigarreia. Sempre achei adorável como ele fica desconfortável ao falar o próprio nome em voz alta.

Somos levados para a nossa mesa, ao lado da janela. A vista é linda. Olho para a cidade e penso que não parece tão assustadora daqui, no alto, acima de todo barulho e longe das pessoas que nos observam sentar em um banco do metrô que sabem que está molhado, mas não avisam nada. O garçom pergunta se gostaríamos de uma bebida para começar.

— O que você quer? — Will analisa a carta de vinhos. — Vamos pedir champanhe?

Will normalmente não pede champanhe porque é muito caro, mas eu concordo. Parece o tipo de coisa que você deve pedir quando está prestes a ficar noiva.

Não que tenha algo certo a respeito de ficarmos noivos.

Will abaixa o cardápio. Ele tosse e toma um gole d'água. Então seus olhos analisam o salão.

— É bonito, né? Dizem que servem um ótimo cordeiro.

Eu o imito e olho em volta.

— Sim, é lindo.

O clima não é muito acolhedor, mas é claro que é bonito.

— Você não gostou. — Will me observa.

— Ah, não! Eu amei! — Entro em pânico, preocupada de tê-lo ofendido na nossa noite especial. Nunca fui tratada com tanta atenção antes. Esse é o sonho de toda mulher.

O garçom traz nossa garrafa de champanhe. Ele tira a rolha para começarmos nossa comemoração. Nesse momento, olhando para Will e para toda a cidade de Londres, me emociono com a ideia de que há pessoas fazendo algo fora do comum para marcar o acordo de passarem o resto da vida juntos.

Quando o garçom sai, Will levanta sua taça.

— Saúde — diz ele, e nós brindamos.

— O que você vai pedir? — pergunto, tentando ler o cardápio. Há várias coisas aqui que eu não entendo nem pude pesquisar, porque parece que o menu muda todos os dias. O que é galeto?

— De entrada, a caçarola de cogumelos — diz Will —, e depois a barriga de cordeiro crocante.

Concordo.

— Estava pensando em começar com a sopa de ervilhas... — Principalmente porque eu sei o que é.

Will nega com a cabeça.

— Ah, não, é um desperdício vir aqui e pedir sopa de ervilhas. Pega o rillette de sardinha, você vai gostar.

— É, parece bom. — Fecho o cardápio. Gosto do quanto Will entende de comida e de como ele se preocupa em recomendar coisas que sabe que eu vou gostar.

Will toma um longo gole de champanhe, então estala os dedos.

— Holly — começa ele — na verdade, eu te trouxe aqui porque tem algo que eu quero conversar com você.

Meu coração se agita. Vamos direto ao ponto, então. Ah, meu Deus. *Isso realmente está acontecendo.*

Só que... não. Ele quer *conversar* comigo sobre casamento? Isso não parece certo. Não tenho tempo para processar, porque ele continua falando.

— Lembra que a gente sempre disse que queria explorar o mundo? Talvez aprender a falar francês? Ou que você queria aprender a mergulhar?

Franzo o cenho.

— Hmm...

Eu posso ter dito essas coisas por alto em algum momento. Quando tínhamos vinte e poucos anos, quando eu ainda tentava usar boinas. Mas não me lembro de querer realmente aprender a mergulhar. Eu nunca mergulhei. Do que ele está falando?

— Eu não acho que... — Começo, mas Will me interrompe. Ele está balançando para a frente e para trás na cadeira.

— Você já pensou nessas coisas que *realmente* gostaria de fazer e chegou à conclusão de que, sei lá, o tempo está acabando? — Ele fala rápido e seu tom é ensaiado, como se tentasse me vender algo. — Se você não aprender a mergulhar agora, então... quando vai ser? Quer dizer, vamos fazer trinta anos em breve.

Novamente, estou terrivelmente confusa. O tempo está acabando para aprender a mergulhar? Ele está sugerindo que a gente peça demissão e se mude para o Havaí?

— Você quer se mudar? — pergunto. — Cansou do Reino Unido?

— Bom, eu... — Ele suspira, parecendo profundamente desconfortável.

— Não sei se agora seria a melhor época para um ano sabático — argumento. — Nós dois trabalhamos tanto para chegar aonde chegamos. Você acabou de conseguir seu trabalho. Sei que tem sido estressante, mas vai valer a pena. É a empresa dos seus sonhos... Acho que se você pedir demissão, vai se arrepender.

Will parece envergonhado e toma outro gole de champanhe.

— Hmm, não. Eu não quero sair do país.

— Ah... — Então do que é que ele está falando?

— Você sabe como... — Ele hesita. Consigo vê-lo procurar na mente as palavras certas. — Você lembra como nós dois sempre nos perguntamos como seria sair com outras pessoas?

Sinto como se tivesse sido atingida na parte de trás da cabeça por uma bola muito rápida e dura. Eu estava sentada no parque tomando sol e ela veio do nada, e agora meus ouvidos zumbem e meus olhos ardem.

— Nós nos perguntamos isso? — Minha voz é baixa. Estou atordoada. Tenho a sensação de que a bola imaginária não é tudo que está vindo na minha direção. Estou prestes a entrar em uma rua e ser atropelada por um ônibus que se aproxima.

— Sim, as nossas brincadeiras. Como no casamento do Mason. Eu *amo* que a gente pode conversar sobre qualquer coisa, Holly, e sei que você vai entender.

Tento lembrar sobre o que conversamos no casamento do Mason. Acho que o Will pode ter feito algum comentário tipo: "É surreal como eles só vão ficar um com o outro agora", e eu disse: "Sim". Mas eu pensei que ele quis dizer surreal como aviões são surreais, ou como... adotar um cachorrinho é surreal. Sim, é incrivelmente impressionante como seres humanos se sentam em pequenos contêineres aéreos que os levam de um país a outro, ou mantenham em suas casas pequenos animais que antes eram selvagens e foram domesticados por meio de gerações de reprodução seletiva, mas também é completamente normal. Eu não percebi que ele quis dizer que era *surreal* surreal, ou que, ao concordar com ele, eu era cúmplice de algum entendimento sobre querer "sair com outras pessoas".

É *isso* que ele está querendo dizer? Tenho certeza que não!

— Isso é sobre mergulhar? — pergunto, esperando desesperadamente que seja. Eu preferiria me mudar para o Havaí do que para onde sinto que esta conversa está indo.

Will esvazia a taça e a enche novamente.

— Eu não sei, agora que estamos chegando aos trinta, eu só acho... Agora é a hora, sabe? Se a gente fosse fazer isso, seria agora.

Minha cabeça está rodando.

— Então... só para eu entender. — Mal consigo falar. — Você quer... sair com outras pessoas?

— Eu só acho que, se não for agora, quando vai ser?

Hmm... *Nunca?* Do jeito que está falando, parece que ele quer dizer que isso é algo que eu também pensei em fazer. Como se estivéssemos nos preparando conscientemente para isso, juntos. Será que eu realmente dei a impressão de que estava interessada em outras pessoas? Eu não estou, com certeza. Não consigo lembrar qual foi a última vez que pensei em outro homem dessa maneira. Eu tive um sonho erótico com o nosso corretor imobiliário, Stefan, depois que o vi no mercado comprando sorvete. Mas depois me senti culpada por semanas. Mas como o Will poderia saber disso?

— *Will...* — Pareço ofegante, mas só estou desesperada para esclarecer as coisas. — Acho que rolou uma falha de comunicação. Eu não quero sair com outras pessoas.

Will faz uma expressão de dor, como se eu tivesse dito a coisa errada. Então eu compreendo que ele *quer* que eu queira isso. Fui reprovada em um teste que nem sabia que estava fazendo.

— Ah — diz ele.

Ele parece decepcionado. Eu *odeio* decepcionar o Will. Eu só queria fazê-lo feliz, e, ao que parece, não estou nem um pouco em sintonia com o que ele está sentindo. Uma onda de vergonha e medo começa a se formar na minha barriga. Ah, Deus. Eu me sinto completamente humilhada por ter me enganado. Como pude interpretar a situação de forma tão equivocada? Por que eu não estava na mesma página que ele? Nós deveríamos ser um time, e ele está tentando me jogar a bola, mas eu estou do outro lado do campo.

Há quanto tempo ele está pensando nisso?, eu me pergunto. Quantas vezes, ao longo do nosso relacionamento, ele quis isso? Não sou o tipo de pessoa que deseja viver em um mundo onde todas as ex-namoradas estão mortas, mas a ideia de Will ter sonhado com isso — e agora tentar pôr em prática — me deixa um pouco enjoada.

Não acredito que pensei que ele estivesse vindo aqui para me pedir em casamento. A Holly do passado e a Holly do presente agora são duas pessoas separadas, que existem em dois mundos completamente diferentes. Em cinco minutos, fui arrancada da minha vida antiga e recebi uma realidade novinha em folha. Uma realidade em que o meu namorado quer "sair com outras pessoas" e, aparentemente, eu também deveria querer.

— Então, você nunca pensou nisso? — Will continua.

— Bom... — Penso em Stefan abrindo cuidadosamente os sorvetes. — Acho que sim... Quer dizer... Se eu reparo que outras pessoas são atraentes?

É o melhor que posso fazer para amenizar meu desconforto. Uma mísera oferta, mas sinto como se fosse começar a chorar. Ah, não, eu *vou* começar a chorar. Meus olhos esquentam e minha visão fica embaçada. Penso na Holly de duas horas atrás, se esforçando com o rímel porque pensou que fosse ficar noiva, e a vontade de chorar aumenta.

— Holly, por favor, não chora — murmura Will, olhando furtivamente para a mesa ao lado, com medo de alguém perceber.

Ele pega a minha mão. Eu me agarro a ela como se fosse um bote salva-vidas e tento me recompor. Pisco furiosamente e consigo conter as lágrimas.

— Eu só acho que seria uma ótima ideia para nós dois, a longo prazo. — Will explica calmamente, esfregando o polegar na palma da minha mão. — Quando tivermos sessenta anos, não vamos querer olhar para trás, pensar que perdemos alguma experiência, e ficar ressentido um com o outro por causa disso. Li um artigo sobre como abrir temporariamente o relacionamento pode ajudar casais que se conheceram quando eram muito jovens. Quando eles chegam a uma determinada idade, ficam felizes por terem feito isso.

Engulo. A onda de náusea no meu estômago se acalma. Will está pensando nisso por *nós*, e o que vai ser melhor para o nosso futuro, mesmo que eu não consiga compreender muito bem agora. Ele está pensando no que vai ser melhor para nós a longo prazo.

— Então... o que exatamente você quer? — pergunto.

— Bom... — Will inspira profundamente. — Eu gostaria de tentar um relacionamento aberto.

— Um... relacionamento aberto — repito.

A frase soa ridícula saindo da minha boca. Parece esquisita na minha língua. Relacionamentos abertos são coisas que acontecem nos documentários do Louis Theroux, ou... nos romances de Jilly Cooper (provavelmente). Não são algo que pessoas de verdade fazem. Não são algo que *nós* fazemos.

Quando não digo mais nada, Will enche minha taça de champanhe, mas eu mal toquei nela.

— O que você acha? — ele continua. — Você estaria disposta a pelo menos tentar? Ver se pode ser bom para nós? Não quero que nenhum arrependimento nos impeça de sermos felizes juntos, para sempre.

Para sempre. Ele não está me pedindo em casamento, mas ainda quer ficar comigo para sempre. Meu instinto grita "não", mas parte de mim consegue ver lógica em suas palavras. Se nós vamos ficar juntos para sempre, não quero que o Will tenha nenhum arrependimento. Não quero que ele acabe se ressentindo de mim.

— Eu... talvez? — pergunto. — Temos que decidir nesse exato momento?

— Não, claro que não. Leve o tempo que precisar. Pensa nisso.

Will sorri para mim e pega minha outra mão. Agora ele segura as duas sobre a mesa. Ele as aperta, me confortando.

— Desculpa — murmuro, tirando minhas mãos das dele e me levantando. Sinto um repentino desejo de ficar o mais longe dele possível, mesmo sabendo que não é justo, e que ele pensa de verdade que isso vai ser bom para nós dois. Pego minha bolsa. — Preciso ir ao banheiro.

Will assente. Não consigo olhá-lo nos olhos. Apressada, caminho para o outro lado do restaurante, à procura do banheiro feminino, mas não consigo encontrá-lo. Não consigo pensar direito e me movimento no piloto automático.

Eu me apoio contra uma parede, em uma esquina, entre algumas mesas vazias. Quero falar com alguém. Alguém que me ajude a processar tudo isso, que melhore as coisas. Alguém que concorde com o Will, dizendo que isso realmente vai fortalecer o nosso relacionamento e ser algo positivo no futuro. Então penso nos meus amigos — nos nossos amigos — e sei instintivamente que nenhum deles entenderia o ponto de vista do Will. A maioria deles está noivo ou casado agora, e eles nunca estiveram em um relacionamento aberto. Na melhor das hipóteses, eles encarariam essa proposta de uma forma cínica e, na pior, ficariam horrorizados com ela.

Penso em mandar uma mensagem para o Tomi. Não acho que ele seria crítico da mesma maneira que meus outros amigos, mas não consigo esconder meus sentimentos dele. Tomi saberia imediatamente quanto estou chateada e me diria sem rodeios que eu não deveria fazer nada que me deixasse desconfortável, mas não é isso que eu quero ouvir agora, porque isso certamente iria de encontro ao que o Will realmente precisa que eu faça.

Olho em volta, o bar chique, a iluminação fraca, a cidade cintilante do lado de fora da janela. Ela não parece mais bonita, apenas estranha e desconhecida. Esta noite foi de um sonho para um pesadelo, e nós nem comemos as entradas.

Não acredito que pensei que fosse ficar noiva hoje.

2

SEMPRE FAÇA XIXI
DEPOIS DO SEXO

FLISS

Deus está me punindo por transar demais. Esse é o único motivo em que consigo pensar para ter cistite duas vezes em três meses.

— *Jenny* — choramingo desesperadamente, segurando o suco de cranberry contra o peito.

Eu me precavi de todas as formas. Fiz xixi e tomei banho *logo* em seguida. A ponto de soar grosseira, para ser sincera. *Valeu pela transa, mas preciso ir para o chuveiro agora mesmo.* E, ainda assim, a cistite perdura.

— JENNY — grito de novo, batendo na porta da frente. Consigo ouvi-la falar pela janela aberta, então com certeza ela está lá dentro, fingindo que não consegue me ouvir. Entendo que ela prefere não se envolver com o meu estilo de vida lascivo — palavras dela, não minhas —, e o fato de eu chegar em casa no meio da manhã, depois de obviamente ter passado a noite toda fora em um encontro, é realmente esfregar isso na cara dela. Não que eu faça disso um hábito — geralmente entro de mansinho à uma da madrugada, e estou lá pela manhã —, mas, quando percebi que tinha perdido as chaves ontem, não consegui acordá-la no meio da noite.

— JENNNYYYYYYY — uivo.

Finalmente, ouço alguma movimentação. Ela desce as escadas em um ritmo vagaroso e demora uma vida procurando as chaves. Então as enfia na fechadura e vira devagar...

No instante em que a porta abre, entro correndo e derrubo suco de cranberry por todo lado. Passo por Jenny e seu roupão rosa e fofo e vou até o banheiro, onde me sento e espero o doce alívio chegar. Obviamente, ele não chega, porque a cistite funciona desse jeito cruel mesmo.

Jenny bate na porta do banheiro.

— Foi mal — diz ela, sem parecer arrependida. — Eu estava numa reunião no Zoom e o celular estava do outro lado do quarto. Não te ouvi.

Não ouviu o cacete. Sei que Jenny me ama, mas daquele jeito que você ama uma irmã mais nova, que você também adora torturar.

— Sem problema — minto da forma mais doce possível.

— Péssimo dia para se trancar do lado de fora. — Ela dá uma risadinha.

— Sim — respondo entredentes. Ouço seus chinelos gigantes se arrastarem pelo corredor e subirem as escadas.

Meu celular apita. É o Ash.

Como está sua manhã?

Dolorida. Cheia de arrependimento e proantocianidinas.

Boa. Eu digito. A Jenny está agindo como uma vaca, mas qual a novidade?

Não tem por que mencionar a cistite. Faz uma semana que não transamos, então ele vai saber que ele não tem participação nisso. Mesmo que eu possa transar com outras pessoas, acho melhor não mencionar isso o tempo todo. Para nós, um relacionamento aberto de sucesso envolve a quantidade certa de honestidade e de cautela a respeito de assuntos delicadamente óbvios. Costumávamos falar sempre sobre os nossos encontros, até que descobrimos quais informações funcionavam e quais não funcionavam.

Meu celular vibra novamente. Desta vez, não é o Ash.

Ainda pensando sobre ontem à noite.

Droga! Eu também ainda estou pensando no Finn de Cabelo Brilhoso, e desejando que NUNCA TIVESSE ACONTECIDO. Uma coisa é ficar com cistite depois do sexo ter sido bom, mas, quando foi questionável, na melhor das hipóteses, é uma porra de uma tragédia. Ele ficava se olhando no espelho em vez de olhar para mim — que grosseiro —, e balançando o cabelo lustroso para a frente e para trás, como se estivesse em um comercial da Pantene. Não valeu a pena incendiar o meu trato urinário.

Seu oral é muito bom ;)

O seu não.

Uma das muitas coisas que ainda não entendo sobre os homens — mesmo depois de ter saído com um grande número deles — é por que alguns te mandam mensagens eróticas às nove da manhã. Eu gosto de sexting, mas que tal esperar pelo menos até o meio-dia? Por favor, deixa o meu café da manhã ser imaculado.

Finalmente, levanto da privada e vou até a cozinha, onde continuo tomando o meu ineficaz suco de cranberry. O médico vai me ligar às duas da tarde, e eu estou com medo. Já posso ouvir seu tom de julgamento. "Cistite de novo? Vejo que te receitamos antibiótico para o mesmo problema doze semanas atrás."

Pelo menos não tenho que ligar para o escritório para explicar por que não estou indo trabalhar. Deus abençoe as horas flexíveis. O fato de sempre ter um lugar para mim se eu quiser ir para o escritório, mas ninguém se importar se eu trabalhar de casa, é um dos principais motivos pelos quais eu gosto de trabalhar como freela em uma agência de traduções como a Traduire.

Ash manda mensagem novamente.

Haha, o que a Jenny fez agora? Depois você me conta. Te vejo às seis e meia? Vou levar coisas pra fazer fajitas.

Deus o abençoe. Deixo sua doçura me envolver e me pergunto novamente por que ele quer vir em uma quinta-feira. Eu e o Ash temos uma programação semanal confiável. Quartas, sextas e domingos passamos juntos.

Nos outros dias, não perguntamos muito o que o outro está fazendo. Sinceridade vaga é a base do nosso relacionamento. Não que eu não *saiba* que ele está transando com outras pessoas, mas não quero saber *exatamente* quando isso está acontecendo. Se nos vemos somente em dias determinados, não precisamos dizer aquele desconfortável: "Hmm, não dá, tô ocupada esta noite".

Isso também evita muitos conflitos. É um esquema gerenciado com cuidado e altamente útil que vem funcionando há anos, por isso fiquei surpresa com o pedido dele. Felizmente, eu não tinha um encontro planejado, mas poderia facilmente ter.

Minha bexiga pegando fogo havia me distraído dessa intrigante reviravolta de acontecimentos por um momento, mas agora não consigo parar de pensar nisso. Será que o Ash está machucado desde que caiu de bicicleta outro dia? Ele confundiu os dias da semana? Ou tem alguma notícia horrível para me dar? Mas ele não está agindo como se tivesse algo errado. Talvez seja uma notícia boa?

Passo o resto do dia debruçada sobre alguns documentos jurídicos que estou traduzindo para o alemão, na tentativa de parar de pensar no incômodo da ardência. Nada de muito diferente no documento, nada que eu já não tenha feito um milhão de vezes, então, de alguma forma, consigo trabalhar um pouco antes das duas da tarde, quando o médico liga. Praticamente corro para a farmácia para pegar o doce, *doce* remédio.

***

Assim que dá cinco horas, verifico se Jenny não está na cozinha e preparo um gim para eu tomar. Uma vez, ela me pegou bebendo nesse horário e escondeu minha taça gigante em formato de aquário por um mês. Jenny não aprova álcool antes do jantar. Aliás, Jenny não aprova quase nada que eu faço, mas pelo menos suas repreensões silenciosas, parecidas com as da minha mãe, me fazem sentir em casa.

Às seis e meia, Ash toca a campainha. Estou curiosa sobre essa aparição inesperada de quinta-feira, mas estou animada para vê-lo. Abro a porta e aprecio a visão. Cabelo longo e preto emoldura sua pele marrom--clara e as maçãs do rosto delicadas. Ele está usando calça jeans e camiseta, então não deve ter ido ao tribunal hoje. Ele parece abalado. Aposto que estava em Brixton, com a família que acabou de adotar trigêmeos.

— Trigêmeos? — pergunto.

Ele concorda e noto as olheiras embaixo dos seus olhos. Nosso trabalho é muito diferente nesse aspecto — tradutora freela e assistente social —, porque Ash se dá bem com o quão pessoal é o seu trabalho, enquanto eu sempre precisei de algo do qual pudesse me separar. Os arquivos não têm sentimentos nem me procuram para falar sobre problemas, e, assim que dá cinco da tarde, não preciso pensar mais neles. Ash ajuda pessoas ao se envolver nas partes mais íntimas da vida delas, então ele meio que não pode deixar isso de lado. Às vezes, ele passa noites em claro, preocupado com algum caso.

Eu costumava me inquietar com o fato de que essa dificuldade de separar as coisas poderia afetaria o nosso relacionamento. Gosto de conhecer pessoas novas e passar um tempo com elas, mas não me envolvo profundamente, por isso meus outros relacionamentos são muito breves. Costumávamos ter um limite de duas semanas para sair com outras pessoas, mas acabamos estendendo esse prazo porque era muito curto para o Ash; ele é uma pessoa que ama pessoas, então quer estar com elas por um pouco mais de tempo do que eu. Mas gosto que nós dois temos nossos próprios motivos para estar em um relacionamento aberto, e os sentimentos dele por outras pessoas não mudam os sentimentos dele por mim.

— Foi um dia difícil — diz ele, passando por mim e indo até a cozinha. Eu o sigo.

Ele pousa o saquinho de compras no balcão e desaba sobre mim. Estendo o braço ao redor dos seus ombros e sinto seu cheiro. Abraçar o Ash sempre faz tudo parecer menos estressante. Ele é uma compressa de gelo sobre uma testa febril. Ele é arnica em um campo de urtigas. Antibiótico em um trato urinário em chamas.

— Você está bem? — Ash senta e olha para as minhas pernas. Mudo o peso do corpo de um pé para o outro. Minha bexiga começou a coçar de novo. Definitivamente eu não devia ter tomado aquele gim.

— Estou. — Sorrio, mas provavelmente mais parece uma careta. — E você?

— Também. — Ele sorri. — Estou bem.

Aliviada, percebo que não podem ser más notícias, que não vai ser uma *daquelas* conversas. Olhos nos seus olhos e tudo que encontro é carinho. A parte nojenta e carente de mim, que ninguém nunca toca, acorda, e eu me inclino para beijá-lo.

A possibilidade de que o Ash encontre outra pessoa está sempre em algum lugar da minha mente, mesmo que de forma tênue e distante. Alguém melhor, menos irritadiça, menos sabe-tudo, mais atenciosa, engraçada, divertida. Ou talvez nenhuma dessas coisas; só alguém que, por alguma razão inexplicável, ele tenha alguma conexão mais forte.

Mas aí eu lembro que isso também acontece com pessoas em relacionamentos monogâmicos; sair com outras pessoas não elimina esse risco. Eu e o Ash só estamos escolhendo confiar que o nosso vínculo é forte o suficiente para admitir que os sentimentos por outras pessoas não irão afetá-lo. E temos uma regra que, se os nossos sentimentos por outra pessoa se tornarem confusos, iremos contar isso para o outro imediatamente.

Também gosto de pensar que se o Ash *realmente* encontrasse outra pessoa com quem quisesse ficar mais do que comigo, eu ficaria feliz por ele. O Ash é a pessoa mais gentil, inteligente e especial que eu já conheci. Se tem alguém por aí que genuinamente o faria mais feliz do que eu, então eu desejaria isso para ele. E desejaria isso para mim também. Não quero que estejamos juntos porque nos acostumamos ou porque não tivemos oportunidade de conhecer essa outra pessoa. Quero que sempre estejamos nos escolhendo, e tenho dificuldade em ver como poderíamos nos escolher se nos fechássemos para outras pessoas. Se tivesse outra pessoa que ele preferisse, eu gostaria que ele soubesse e fosse atrás dela.

No entanto, isso doeria pra cacete.

— Então...? — continuo, menos nervosa em relação ao que ele tem a dizer. Talvez ele só tenha se confundido. — Você sabe que é, hmm...

Estou prestes a dizer que é quinta-feira, mas hesito. Não é comum a gente conversar sobre nossas agendas. Fizemos isso quando estabelecemos as regras, mas, nos três anos em que estamos juntos desde então, nossa rotina simplesmente é compreendida.

Ash respira para falar quando a cabeleira preta e brilhante e as bochechas sorridentes de Jenny aparecem no batente da porta. Ela ainda está em seu roupão felpudo. Ash vem aqui com frequência, então ela não se dá mais o trabalho de se arrumar quando ele está por perto.

— Ash!

— Tudo bem, Chenny? — Ash se vira para ela. O último nome de Jenny é Chen. Ela dá uma risadinha. É assim que funciona... Todo mundo gosta mais do Ash do que de mim. Ele é o meu disfarce. Minha barba. Meu ingresso para a sociedade normal. Não posso culpá-los; ele é inegavelmente gostável. Devo ter ficado uns vinte por cento mais legal desde que o conheci.

Felizmente, o sobrenome do Ash é Ogawa-Taylor, e Jenny não consegue rebater com algum apelido amigável de forma imediata. Acho que esse seria o meu limite.

— Não sabia que você vinha. É quinta? — Ela olha para nós, com suspeita.

— Você está com fome? — Ele evita a pergunta de forma diplomática. — Quer fajitas?

— Aaah... — Os olhos de Jenny se arregalam. — Sim. *Gossip Girl*? — Ela aponta para trás, em direção à sala de estar. Ash atende a todas as necessidades de Jenny de assistir TV, de uma forma que eu não consigo. Eu vejo TV com ela, mas ela sempre se decepciona com meu jeito de reagir. Parece que eu nunca suspiro nos momentos certos.

— Sim, claro, daqui a pouco. A gente desce num segundo. — Ash sorri e pega minha mão, passando por Jenny e me guiando pelo corredor.

Conforme subimos as escadas, meu coração começa a bater mais rápido. Se ele quer conversar comigo agora — em particular —, alguma coisa *deve* estar errada. Meu nervosismo volta, e eu não gosto disso. Tenho o mesmo sentimento de quando preciso ser intérprete na frente de muitas pessoas ou de quando preciso voltar para casa para ver meus pais.

Vamos até o meu quarto. Sento na cama enquanto Ash fecha a porta atrás de nós.

— O que tá rolando? — Tento soar calma.

Ele senta ao meu lado e pega minha mão.

— Eu tenho pensado muito sobre isso e quero ficar exclusivo — diz ele, simplesmente.

Uma das particularidades de que mais gosto no Ash é a maneira como ele diz as coisas. Pode ser que ele demore um pouco para criar coragem para me confrontar sobre um assunto — como quando eu ficava falando com ele enquanto ele tentava ler *Uma vida pequena* —, mas, quando ele decide falar, eu nunca tenho que tentar decifrar o que ele está dizendo. Sou péssima em decifrar subentendidos. Agora, porém, não posso deixar de desejar que ele não tenha sido tão claro, porque não sei o que dizer.

Paro de me sentir nervosa. Paro de sentir qualquer coisa.

Encaro a parede com a boca ligeiramente aberta, e Ash acena a mão na frente do meu rosto.

— Fliss?

Essa é a sensação de estar em choque? Como se você estivesse dentro de um pudim?

— Fliss? — repete Ash.

— Desculpa, eu só... não estava esperando isso — digo.

— Sério? — Ash levanta uma sobrancelha. — Então todas as dicas de que eu não tinha nada para fazer às terças, quintas e sábados entraram por um ouvido e saíram pelo outro?

Recentemente ele tem ficado bastante em casa para montar quebra-cabeças.

— Eu só pensei que você... estava curtindo fazer quebra-cabeças? — respondo da pior forma possível.

Caramba, *como* eu sou burra. Ele está certo. Essa é a primeira vez que ele pede para se encontrar em um Dia Proibido, mas ele deu sinais. Ele lamentou não ter conseguido ingressos para um show porque era em um sábado. Ele ficou absurdamente irritado em ter que esperar dois dias a mais para terminar a nossa maratona de *O poderoso chefão*, mesmo que a gente já tenha visto esses filmes milhões de vezes. Semana passada ele me ligou, bem no meio de um encontro, "só para dizer oi". Isso já vem acontecendo há algum tempo, e uma combinação de ser péssima em ler sinais e não querer aceitar fez com que eu simplesmente não percebesse. Estou feliz e queria continuar acreditando que ele também estava.

Um milhão de coisas passa pela minha mente. O quanto eu amo minha liberdade. O quanto eu sinto falta do Ash durante a semana. Como, às vezes, o sexo com outras pessoas é uma merda. Como, às vezes, é ótimo. Como é bom o sexo com o Ash, todas as vezes. Como eu amo conhecer pessoas novas. Como eu amo o Ash.

— No que você está pensando? — Ash pergunta.

— Em um monte de coisas — respondo com honestidade.

Ash concorda e sorri. Os músculos do seu rosto tremem, e consigo ver como ele deve ter ficado nervoso de me pedir, o que é adorável de um jeito que parte o meu coração.

— Eu te amo tanto. — Aperto sua mão.

— Eu também te amo. — Ele aperta a minha de volta. — Olha... — Ele levanta da cama. — Você não precisa dizer nada agora. Vamos fazer fajitas e ver TV com a Jenny. Podemos conversar mais sobre isso em outro momento, certo? Sem pressão.

— Claro, beleza — concordo e me consolo com o fato de que nada precisa mudar *de imediato*.

Com esforço, me levanto também. Eu sempre fui tão pesada assim? Parece que minhas pernas vão ceder sob o peso do meu corpo.

Ash sai do quarto e eu o sigo, tentando andar normalmente. Conforme descemos as escadas, penso em como é bom tê-lo aqui em uma quinta-feira. Com certeza é um grande passo ele querer ficar comigo todas as minhas quintas.

3

NÃO CHORE ANTES
DAS ENTRADAS

HOLLY

Acabei de ouvir que minhas sobrancelhas são "retrô". Sento na minha mesa e examino fotos de pessoas glamorosas com as sobrancelhas escovadas para cima. Agora estou em pânico que todos achem que não pertenço ao mundo da moda por não seguir as tendências atuais de sobrancelhas.

Tomi vem por trás e se inclina de forma protetiva por cima da minha cadeira.

— Você está bem? Consegui ver sua testa enrugada e suada do outro lado da sala.

— Minhas sobrancelhas são antiquadas. — Eu me desespero.

— Quem disse?

— A Alice da contabilidade.

— A Alice abriu mão da noite de fazer o gua bao da Claire pra transar com o Gael, do almoxarifado. — Ele dá de ombros.

Atônita, giro na cadeira para encará-lo.

— Como você sabe disso!? — Suspiro.

— Eu sei de tudo. — Tomi bate na lateral do nariz.

É verdade. Ele também sabe como me acalmar em cinco segundos. Muitas pessoas cometem o erro de seguir um dos dois caminhos com pessoas ansiosas: ou elas não engajam, o que faz você se sentir ridícula, ou elas se envolvem *demais* com o problema, o que alimenta a espiral. Tomi nunca acha que minhas preocupações são bobas e sabe como acabar rapidamente com o meu pânico.

— Então, você realmente quer receber conselhos da Alice? — ele pergunta.

Nego com a cabeça. Acho que não. Gael não é uma pessoa ruim, mas ele passa muito tempo cheirando artigos de papelaria.

— Achei que você estivesse fazendo careta por causa da Amber. — Ele se inclina de forma conspiratória, sussurrando a última palavra.

— Não a vi essa manhã. — Obrigada por isso.

— Ah, meu Deus, você não ficou sabendo! — Tomi morde o lábio.

— O quê?!

— Tudo bem, não tem uma maneira fácil de te contar isso. A Amber vai assumir enquanto a Julie está de licença-maternidade. — Ele olha para mim como se eu fosse um pobre animal fofinho que ele acabou de atropelar.

A Julie é estilista sênior e a Amber é estilista júnior. Na equipe de moda feminina, eu ajudo a Julie e a Amber e outra estilista júnior, a Lucia. Embora a Amber e a Lucia estejam acima de mim — a humilde assistente —, a Amber não era tecnicamente minha chefe. Considerando o quanto ela já demanda de mim, a situação com certeza vai ficar ainda pior com essa promoção. Especialmente porque estamos a pouco mais de um mês do desfile da temporada. Eu esperava que a Lucia assumisse o cargo ou que eles contratassem outra pessoa.

— Sério? Por que não a Lucia?! — sussurro, tomando cuidado para ninguém me ouvir.

Tomi nega com a cabeça e revira os olhos.

— Sinceramente, a culpa disso é sua. Você não devia fazer o trabalho por ela, e aí todo mundo ia ver como ela não faz nada.

Dou de ombros.

— É meu trabalho fazer o que ela pede.

— Não é seu trabalho desenhar toda a contribuição dela para a coleção de primavera.

Dou de ombros novamente. É verdade que muitas das ideias que a Amber dá são minhas. Mas isso é a função de uma assistente, certo?

Temos que parar de conversar porque a Amber e a sua cabeleira castanha aparecem do outro lado do escritório. Seus olhos examinam a sala e pousam em mim. Sinto que o Tomi fica tenso. Ele faz parte da equipe de moda masculina, logo, não trabalha diretamente com a Amber, mas não a suporta. Principalmente por conta da quantidade de trabalho que ela me dá, e que, tecnicamente, não faz parte das minhas atribuições, o que é justificável, mas parte do motivo é uma vez Amber ter dito que não conseguia gostar do álbum *Red* da Taylor Swift, o que é menos justificável ainda, porque todo mundo tem direito a ter sua opinião. Mas, para o Tomi, "All Too Well" é a melhor música de término de namoro de todos os tempos, e quem não concordar é um "soberbo sem coração".

— Oi, Amber — digo, conforme ela caminha na minha direção. — Parabéns pela promoção.

— Obrigada! Isso é muito gentil — responde ela, olhando para baixo, para um arquivo enorme que está carregando.

O que eu acho confuso sobre a Amber é que o que ela diz nunca combina com o tom de voz que ela usa. Ela diz "obrigada" como se tivesse acabado de abrir um presente de aniversário decepcionante, e o "i" alongado no seu "isso é muito gentil" faz parecer que ela ficou entediada de conversar comigo no meio da frase.

— Tenho alguns CADs pra você fazer. — Ela suspira. — Eu mesma queria fazer, mas não vou conseguir, com tudo o que está rolando. — Eu digitalizo a maioria dos esboços da equipe feitos a mão, mas a Amber e a Lucia deveriam digitalizar alguns. A Lucia sempre faz a parte dela, mas a Amber quase sempre está sem tempo e passa os dela para mim.

— Tudo bem. — Sorrio, mesmo que meu coração esteja afundando com a ideia de encaixar mais CADs trabalhosos e demorados na minha semana já bastante ocupada. — Sem problemas.

— *Perfeito*, obrigada. — Ela suspira novamente. — Preciso deles para sexta-feira. — Ela me passa a pasta contendo os desenhos.

— Claro. — Pego a pasta. Há muitos desenhos, então imagino que ela não fez quase nada.

— *Maravilhoso*, obrigada. — Ela se vira e sai da sala tão depressa quanto entrou. A Amber vive andando rápido, mesmo que só vá até a copa encher um copo d'água. Nunca sei ao certo o que ela está fazendo, porque eu sempre faço muita coisa para ela, mas ela não para de andar pelo escritório daquele seu jeito inquieto, isso quando não está digitando freneticamente para todos pensarem que está atolada de trabalho.

— O SUSPIRO. — Tomi suspira dramaticamente, imitando-a. — Como se fosse *ela* quem recebe trabalho extra!

— Eu sei, eu sei — admito. — Mas ela não é totalmente má, lembra?

Este ano, a Amber disse que faria questão que eu recebesse todo crédito por uma das minhas criações no desfile. A Amber pode demandar muito de mim, mas os outros estilistas ficam muito concentrados nos próprios trabalhos e não me notam. Pelo menos a Amber está me dando uma chance, então tenho que deixar minhas queixas de lado e me agarrar a essa oportunidade.

— Mas você merece isso — diz Tomi. — Você não precisa se sentir grata por receber crédito pelo seu *próprio trabalho*.

Dou de ombros. O Tomi não entende. Ele é um estilista sênior de moda masculina agora, e, compreensivelmente, esqueceu como dá trabalho conseguir uma chance.

— Você está bonita hoje. — Tomi de repente me olha como se me visse pela primeira vez.

— Ah, estou? — Puxo meu vestido chemise xadrez azul-claro, que destaca os meus olhos.

— Você está usando delineador. — Ele gira minha cadeira para eu ficar de frente para ele e se inclina para perto.

— Ah... estou? — Merda. Fui longe demais em fingir inocência. Como se eu fosse esquecer que passei delineador quando quase não uso para trabalhar.

— Outro encontro? — Tomi pergunta.
Meu sangue gela.
Ele *sabe*?!
Ele realmente sabe de tudo. *Não...* Não tem como.

Duas semanas se passaram desde A Noite Em Que Não Ficamos Noivos. Por cerca de uma semana, não mencionamos mais a ideia do relacionamento aberto, e eu esperava que o Will tivesse esquecido o assunto. Mas então ele me perguntou se eu tinha reconsiderado, e eu percebi que ele não ia esquecer. É algo importante para ele. Eu concordei, e combinamos um encontro. Apenas um encontro para começar, o que não me pareceu um pedido *tão* grande. Posso sair em um encontro. Um único encontro.

Então, hoje à noite, é o dia do encontro. Só que não com o Will.

— O Will está te mimando muito ultimamente... — conclui ele.
— Hmm, acho que sim...

Ah, Deus. *Faz cara de paisagem. Faz cara de paisagem. Faz cara de paisagem.* Tomi consegue sentir a mínima mudança nas minhas emoções, o que é bastante inconveniente quando estou tentando fingir que está tudo bem. Ele começou como um "amigo de trabalho", mas, certa vez, ele me encontrou perto da lixeira enterrando freneticamente os cacos da caneca especial da Claire que eu havia quebrado e, desde então, estamos no território dos "amigos de verdade".

A Claire pregou cartazes de "desaparecida" por semanas. Toda vez que ela enviava um e-mail para "toda a equipe" sobre o assunto, Tomi e eu trocávamos um olhar furtivo.

— Olha, só estou dizendo que, se acontecer alguma coisa, é melhor você me enviar uma mensagem imediatamente. Sem olhares apaixonados um pro outro, tá? Você tem uma ligação importante pra fazer. — Tomi me cutuca.

Dou um sorrisinho fraco, o máximo que consigo fazer.

Tomi franze o cenho. Merda. Ele percebeu que tem algo errado.

— Você está bem?
— Estou — minto.

Por sorte, são três da tarde e está na hora da reunião de estilistas, na qual não posso entrar, e Amber começa a chamá-lo do outro lado da sala.

Ele faz um sinal de "joia" para ela.

— Bom, pra onde quer que você vá, tenha uma boa noite, tá?

Concordo com a cabeça.

Tomi me lança um último olhar preocupado antes de ir embora. Aliviada, viro minha cadeira de volta para o computador. Não gosto de mentir para o Tomi. Não gosto de mentir, *ponto-final*. Uma vez, no sétimo ano, Mathilda Farr, uma conhecida ladra de canetas, me perguntou se eu tinha uma caneta reserva e eu disse que não, embora tivesse, porque já havia perdido várias canetas para ela. Dezoito anos depois, ainda me sinto mal por ter mentido.

Mas não posso contar ao Tomi sobre isso. Sei o que ele diria.

De quem foi essa ideia?

Isso não tem muito a sua cara, Holly.

Tem certeza que quer fazer isso?

E a resposta seria... Não, não tenho, mas... Eu não vou ter certeza de nenhuma decisão que tomar, não é? E relacionamentos têm a ver com *concessões*, não têm? Para um relacionamento de longo prazo funcionar, às vezes é preciso fazer coisas que você não quer pela outra pessoa, certo?

Bom... Essa sou eu, fazendo concessões.

Pela primeira vez em nove anos, vou para um primeiro encontro. E meu namorado também. O fato de que realmente estamos fazendo isso ainda parece completamente bizarro. Fico esperando o Will me mandar uma mensagem, dizendo: "Holly, o que estamos fazendo? Isso é loucura! Vem pra casa e vamos assistir *A casa do dragão*".

Mas ele não manda.

Penso no Will. Ele também deve estar no escritório agora. Talvez pensando no seu próprio encontro mais tarde. Um milhão de perguntas passam pela minha mente. Quem ele escolheu para sair? Qual o nome dela? O que ela faz? O que ele está usando? Como ele está se sentindo agora? Ele está animado, nervoso, arrependido... Pensando em cancelar? Pensando em mim? Ou ele não pensou muito nisso? Talvez eu não precise analisar tudo em tantos detalhes. Como o Will costuma dizer, tenho tendência a dar muita importância às coisas.

Pela vigésima vez só hoje, olho o perfil de Andrew. Andrew, que vai me levar para jantar esta noite. Em vez do meu namorado.

Merda. Aqui estou eu de novo... Dando uma importância exagerada às coisas! O que é, realmente, sair para jantar? Apenas o fato de duas pessoas saírem para se alimentar, a fim de terem energia para sobreviver. E o que é um encontro, quer dizer, quando você realmente pensa sobre isso? Apenas dois seres humanos que se encontram em determinado horário e em determinado local, para conversar em um idioma comum.

Nada de mais.

Mas, se não é nada de mais, como o Will está sugerindo, por que ele está tão desesperado para fazer isso? O que ele está querendo obter com esse encontro? O que eu deveria querer obter com isso? Sei que deve haver algo importante que estou deixando passar, mas eu não queria *continuar* fazendo perguntas para não me sentir uma idiota de novo. Tudo parecia óbvio para o Will, e ele parecia feliz por eu ter concordado e "entendido".

Mas definitivamente eu não "entendi". Eu me sinto uma pessoa na casa dos sessenta que mora em Kent e é fã do Piers Morgan, tentando entender o conceito de ser não binário.

Estou tão por fora que tive que pesquisar quais aplicativos as pessoas estão usando hoje em dia. Acho que gastei dez minutos no meu perfil, postando algumas selfies não tão horríveis. Escrevi algumas coisas básicas sobre o meu trabalho e gostar de feriados. Não consegui empreender nenhum esforço nisso, porque, de qualquer forma, espero deletar o perfil em algumas semanas.

"Andrew" se veste bem. Na primeira foto, ele está em uma cafeteria com um copo de café reutilizável, vestindo um suéter de gola alta de lã branca com calças de veludo. Ele usa óculos de aro de tartaruga redondos. Na outra foto, ele está em uma praia cinzenta, com as roupas esvoaçantes, usando um chapéu vermelho e um casaco verde acolchoado, com seus amigos. Na próxima, ele está com um suéter cinza de tricô, segurando um filhote de cachorro. Gostei da atenção dedicada à seleção de roupas e às imagens de perfil. Elas dizem: "Eu me importo com a minha aparência *e* com o consumo responsável", e "Os animais não me odeiam" e "Olha, eu tenho outros amigos bem-vestidos e andamos de bicicleta juntos, então eu devo ser normal".

Ele é designer gráfico como o Will, então temos interesses em comum, dado que eu também trabalho com design. Em tese, há potencial.

Só que... Eu *quero* que tenha potencial? Já encontrei a pessoa com quem quero passar o resto da vida, então qual a lógica de ter potencial com alguém com quem não vou a lugar nenhum? Mas, por outro lado, por que eu iria a um encontro com alguém se não *houvesse* nenhum potencial? Essa situação não é um caso de "se ficar o bicho pega, se correr o bicho come"? Merda. Estou pensando demais novamente.

Tento trabalhar pelo resto da tarde, mas fico lendo as mesmas linhas de e-mail de novo e de novo. Em um deles, escrevo "sandália" em vez de "alpaca" e deixo toda a equipe de logística confusa. Estou incrivelmente ansiosa. Faz *nove anos* desde que fui a um primeiro encontro. Na verdade, eu nunca fui a um primeiro encontro. Eu e o Will nos conhecemos quando eu tinha dezenove anos, em uma festa da faculdade. Nós morávamos no mesmo prédio. Quando fomos a um "encontro" de verdade, já estávamos transando havia semanas.

Respira, Holly. Respira. Lembra, é só uma pessoa conhecendo outra. *Nada de mais.*

Assim que dão cinco horas, pego meu casaco e saio correndo do prédio, cabisbaixa. Não vamos nos encontrar antes das sete, mas não tenho a menor vontade de passar as próximas duas horas no escritório, correndo o risco de a Alice se referir a qualquer outra parte do meu corpo como "retrô" e me deixar ainda mais nervosa.

Vou até a esquina, na minha cafeteria favorita. Peço um café com leite, mas mal toco nele. Verifico se há batom nos meus dentes toda vez que faço o menor movimento com a boca. Faço xixi doze vezes. Passo mais desodorante porque já suei até usar metade dele. Estou um *caco*. Penso em cancelar, mas já está quase na hora. Seria muito grosseiro. Ele já pode estar a caminho. Além disso, o que eu diria ao Will?

Às seis e meia, começo a caminhar, superdevagar, até o restaurante.

Quando chego, fico aliviada de ver que o lugar é animado e aconchegante, sem ser *muito* óbvio para um encontro. Eu estava com medo de chegar e me deparar com um lugar escuro, cercado de velas e tensão sexual, as pessoas tocando os joelhos umas das outras sob a mesa. Isso aqui é suportável. Para qualquer um que olhe de fora, poderíamos ser apenas dois conhecidos jantando fora. Dois antigos colegas... Dois *amigos*, se preferir.

Sou a primeira a chegar. Ótimo. Isso dá tempo para eu me acomodar, tirar o casaco e verificar se tenho batom nos dentes, de novo. Só que... ah, meu Deus, e se ele não vier? Seria a maior humilhação. Tomar um bolo em um encontro que eu nem queria ir.

Então eu me pergunto se o Will também está por aí, esperando seu encontro, pensando em mim.

A garçonete me leva até uma mesa e me oferece água. Ela tem olhos gentis. Se eu *realmente* levar um bolo, pelo menos ela não parece o tipo que vai rir de mim na cozinha. Talvez ela até me dê uma sobremesa de graça. Olho o cardápio, por precaução. O crème brûlée parece ser uma ótima escolha para a situação. Faria a lembrança desta noite ser um pouco mais elegante. Ir sozinha para casa com crème brûlée é menos deprimente do que ir para casa com, sei lá, um pudim de pão.

Enquanto comparo o valor poético de cada uma das sobremesas no menu, um homem bem-vestido usando um suéter azul-escuro, que reconheço de uma das fotos, entra no local. Meu coração começa a bater mais rápido. Ah, meu Deus, ele está aqui. Ele é um homem de verdade. Um homem de verdade com quem vou ter um *encontro*.

Estou um pouco decepcionada com a perda do potencial crème brûlée de graça.

A garçonete aponta para a minha mesa e ele olha na minha direção. Nós fazemos contato visual. Merda. Eu devia ter fingido que não o vi entrar. Agora temos que encarar toda aquela coisa constrangedora de nos aproximar sem saber para onde olhar. Ele observa os outros clientes. Examino o celular em busca de mensagens imaginárias.

— Oi! — diz ele enquanto se aproxima da mesa. Eu me levanto e ele se inclina para um abraço. — Tudo bem?

— Oi — digo. — Prazer em te conhecer.

Palavras! Preciosas palavras saem da minha boca, e realmente estou me fazendo compreender. Obrigada, meu Deus!

Estou tão ocupada me parabenizando por ter conseguido dizer "prazer em te conhecer" sem estragar tudo que não ouço o que ele diz em seguida. Percebo que ele me olha, com expectativa.

— Oi? — digo.

Ele sorri.

— Só perguntei se você estava esperando há muito tempo.

— Ah, *não*. — Eu o tranquilizo. — Não, não. Acabei de chegar.

Será que tem alguma regra social sobre isso que eu não sei? Eu devia chegar por último? Esse é exatamente o tipo de bobagem que eu ouviria a Alice da contabilidade dizer. Alguém tem que ser o primeiro a chegar. Se todos ficássemos esperando para ser o último a chegar, ninguém sairia de casa.

Andrew tira a jaqueta e a pendura no suporte ao lado da mesa. Nós dois nos sentamos. Pelo menos, penso com certo alívio, ele realmente se parece com as suas fotos; não é um golpe. Ah, Deus. E se *eu* for o golpe? E se ele estiver decepcionado? Eu deveria ter feito o upload de fotos menos bonitas.

— Então, você... trabalha aqui perto? — pergunto, percebendo que ninguém falou nos últimos cinco segundos.

Olha como estou arrasando! Fazendo perguntas em um *encontro*. Talvez não vá ser tão ruim.

— É, não é longe, e você?

— Uns dez minutos de caminhada — respondo.

De repente, me dá um branco. Merda. Meu estoque de perguntas já acabou. Como pode?! Tem uma pessoa sentada na minha frente, uma vida toda de pensamentos e sentimentos, memórias e histórias, e o meu limite é: "Você trabalha aqui perto?" Eu me pergunto se a conversa está fluindo bem no encontro do Will. Subitamente, sair para jantar me parece um programa muito demorado, e sinto que eu devia ter pensado em algo mais casual, como um café. Um café curto e fácil de escapar.

— Vamos pedir uma bebida? — pergunta Andrew.

Ah, Deus. Trinta segundos comigo e ele já quer se embebedar.

— Claro — digo, e ele começa a olhar a carta de vinhos. Isso me dá a oportunidade de avaliar o seu rosto adequadamente. Eu acho esse homem atraente? Sim, é claro que ele é atraente. Ele tem um maxilar bonito. Eu me pergunto se ele vai fazer uma inspeção semelhante e sorrateira do meu rosto quando eu estiver comendo. Eu espero que não. E se sem querer eu der uma mordida muito grande e tiver problemas para mastigar?

Eu me pergunto se o Will está achando a mulher com quem está jantando atraente. Ela era mais bonita no aplicativo ou pessoalmente? Ah, Deus. E se ela for melhor pessoalmente? Será que ele está lá fora, neste exato momento, tendo uma *surpresa agradável* com outra mulher?

— Que tipo de vinho você gosta? — Andrew pergunta.

— Hmm... — tento me lembrar de *qualquer* conhecimento de vinho que eu possa ter e não encontro nenhum. É o Will que sempre escolhe o vinho. — Eu não ligo, pode escolher.

— Branco? Tinto?

— Hmm... branco? — Tento.

— Não é muito de beber? — Ele sorri.

— Eu, bom... — Eu bebo; só que, geralmente, não tenho ideia do que é que estou bebendo.

— Ah! — Ele fecha a carta de vinhos. — Sem problema. Eu pego uma cerveja, então.

— Ah, a gente pode pedir um vinho, sim — insisto.

— Não, não, tá de boa. — Ele abana a mão. — Então, dia corrido?

— Não foi tão ruim, e o seu? — consigo responder, preocupada que ele tenha ficado desanimado com minha falta de interesse por vinho.

— Ah, você sabe como é — diz ele. — Estava indo tudo bem até às quatro e meia, mas aí alguém aparece e diz aquela velha coisa de sempre: "Ah, Andrew, posso te pedir uma coisa rapidinho?"

Assinto. O Will reclama disso constantemente. As pessoas sempre pedem para ele fazer uns ajustezinhos "rápidos" em projetos, sem ter noção de quanto tempo isso realmente leva.

— Algo rapidinho que na verdade é um trabalho de uma hora, o que eles não sabem, porque não são designers, né? — brinco.

— *Exatamente!* — Andrew ri e bate uma palma. — Também é assim na indústria da moda?

Chego perigosamente perto de explicar que não, na verdade é o meu namorado que é designer gráfico, mas me contenho. É claro que Andrew não sabe que eu tenho um namorado.

Será que eu devia ter contado para ele que eu tenho um namorado?

Resmungo algo sobre ser apenas uma assistente, e Andrew continua reclamando carinhosamente de seus colegas e das pessoas que "pedem várias versões" e têm certeza de que "vão saber o que querem quando virem", e é como se eu ouvisse o Will falar sobre o seu dia, sentada na frente dele na nossa cozinha, segurando sua mão, acenando com a cabeça nos momentos certos.

Só que eu não estou com o Will. Estou com um cara chamado Andrew. O Will está sabe-se lá Deus onde, sabe-se lá Deus com quem. Mas tudo o que Andrew fala me faz lembrar dele.

De repente, percebo que estou terrivelmente fora da minha zona de conforto. Com o Will, estou segura, mas sem ele sou alguém que não sabe nadar e que foi jogado no meio do mar sem nem sequer uma boia. Minha respiração fica mais curta e rasa, e não consigo me concentrar no que Andrew está dizendo.

Eu me levanto abruptamente.

— Com licença — digo. — Preciso ir ao banheiro.

— Sem problemas, vai lá.

Precisando de um momento para me recompor, vou até o banheiro feminino e entro rapidamente em um box. Fecho a porta atrás de mim, com os olhos embaçados de lágrimas.

4

EVITE A ZONA DE PERIGO

FLISS

Sento na frente de um homem chamado Eric e o observo analisar a carta de vinhos e pedir a opção mais cara. Eric sempre escolhe a opção mais cara. Ele trabalha em um banco de investimentos, o que, pelo que entendi, *acho* que significa que, na prática, ele é muito bem pago para apostar com o dinheiro dos outros.

Eric é bonito. Eric é inteligente. Eric é rico. Eu poderia passar horas conversando com ele sobre economia global, bebendo garrafas de vinho fino. Mas sinto que estamos nos aproximando da "zona de perigo".

Contei a Eric que tinha namorado depois do primeiro encontro, cerca de cinco semanas atrás. A não ser que encontre alguém em um aplicativo específico para pessoas em situações semelhantes à minha, não gosto de contar sobre o Ash antes do encontro, porque isso muda todo o tom. Alguns homens fazem várias perguntas sobre como funciona, o que estraga o clima completamente. Não consigo descobrir se tenho química com alguém se tudo o que ele está fazendo são perguntas sobre o meu namorado. Alguns caras aparecem com a certeza de que você *definitivamente* vai transar com eles; se você está em um relacionamento aberto, por que não transaria? (Só porque eu *posso* transar com eles, não significa necessariamente que eu vou *querer* transar com eles.)

Logo, muitas vezes eu vou em primeiros encontros, mas nunca em segundos, o que no caso é irrelevante. Se não quero sair com alguém novamente, posso sumir do mapa e me preservar de uma conversa difícil. Eu prefiro encontrá-los uma vez e, se gostarmos um do outro, aí eu explico. Então é uma escolha deles se quiserem sair novamente. Não devo nada para quem nem conheço, mas, já que nos encontramos, é justo que eu seja sincera para o caso de eles não aceitarem bem a situação.

A maioria dos homens aceita. Ou, pelo menos, finge que aceita.

Começo a perceber que Eric é um *clássico* caso de cara que está fingindo. Acho que no começo ele suspeitou de que talvez pudesse me ganhar, mas, conforme o tempo foi passando e ficou mais evidente que não vai ser esse o caso, as rachaduras começaram a aparecer. Ele não quer que sua masculinidade seja ameaçada por parecer que realmente se importa se eu estou emocionalmente envolvida ou não, mas ele se importa. Tentando ser mais otimista, talvez ele goste de mim de verdade, e isso esteja começando a cobrar um preço, mas não sinto essa vibe. É mais fácil que o ego dele não consiga suportar o fato de que não estou morrendo de vontade de me casar com ele agora.

De qualquer forma, entrar na "zona de perigo" — aquele ponto em que eu percebo que um cara está tentando ultrapassar os limites que estabeleci com tanto cuidado — é o sinal que preciso para cair fora.

— Então — diz ele, assim que a garçonete se afasta para buscar seu Flaccianello della alguma coisa —, meu amigo, Simon, vai dar um jantar no sábado. Ele quer mostrar a cozinha nova. Tá a fim?

Eric mencionou algum evento com amigos da última vez que nos encontramos, mas eu logo mudei de assunto. Esta é a primeira vez que ele pergunta sem rodeios. Tento manter a expressão neutra.

— Não posso — respondo. — Mas não esquece de tirar uma foto dessa cozinha nova. Quero ver a adega que vai do chão ao teto.

Ele olha para baixo. Consigo vê-lo ponderar o que dizer em seguida.

— Se você quer ver, vai ter que vir comigo. — Ele me olha e sorri de um jeito que, se eu estivesse de bom humor, acharia charmoso e brincalhão.

Mas eu não estou de bom humor. Desde quinta, a conversa com Ash fica martelando na minha cabeça, e está rolando um climão entre nós. Depois que o Ash foi para casa, ele me mandou uma mensagem para dizer: "Sério, tome o tempo que precisar", mas, toda vez que conversamos desde então, nossas conversas foram hesitantes e cheias de lacunas, dando a entender que ambos estávamos pensando sobre o assunto. Uma vez que um ultimato é feito, não tem como voltar atrás. Sei que o Ash disse: "Sem pressão", e que estava falando sério, mas não podemos simplesmente continuar como se nada tivesse acontecido. O cronômetro ainda não tem uma contagem regressiva definida, mas posso ouvi-lo.

— Eu realmente não posso — minto. — Tenho o aniversário de uma amiga.

Tenho por regra não inventar desculpas. Sou sincera sobre o que tenho a oferecer, e as pessoas podem aceitar ou não. Mas, depois dos últimos dias com o Ash, estou me sentindo fraca demais para um confronto constrangedor.

— Ah, é? — brinca Eric. — Não sabia que você tinha amigos.

Ele pisca.

Sorrio com sarcasmo. Eu tenho amigos, embora a maioria deles more em outros países.

— Que amiga é essa? — continua ele.

— Sarah — digo o primeiro nome que consigo pensar.

— De onde você conhece a Sarah?

— Da escola.

— Achei que você não mantinha contato com ninguém da escola.

— Só com a Sarah. — Sorrio e ele sorri de volta. Nós dois sabemos que ele não está caindo no meu papo.

Então ele muda de estratégia.

— Olha, só vem comigo — diz ele, segurando minha mão do outro lado da mesa.

De repente, percebo como estou cansada. Parece que está *tarde*. São só sete e meia, mesmo? Nós acabamos de chegar aqui?

— Não. — Nego com a cabeça, mas o gesto sai mais cansado do que eu pretendia. Eric retira a mão e, literalmente, faz beicinho. Cruza os braços como uma criança irritada.

Ele abre a boca para dizer outra coisa, mas a garçonete chega com o nosso vinho e, em vez de falar, ele suspira alto. A garçonete obviamente percebe a mudança de humor quando se aproxima da mesa. Ela olha de um para o outro rapidamente, sem querer manter contato visual por muito tempo.

— Flaccianello della Pieve? — pergunta ela de forma tímida.

Eric concorda com a cabeça. A coitada precisa abrir a garrafa. Ela não consegue tirar a rolha, e nós ficamos sentados, observando-a, só para ter o que fazer.

Ela nos serve um pouco de vinho.

Meu Deus.

Eric cheira rapidamente a bebida e concorda com a cabeça. Ela volta para a cozinha na velocidade da luz.

— Escuta... — Eric rompe o silêncio que tomou conta da mesa. — Acho que você precisa me dizer o que pensa sobre mim e sobre o outro cara.

Ah. O Eric vai ser um *desses*. Tomo um longo e grande gole de vinho.

— Dizer o que eu penso? — repito. A irritação que sinto aumenta minha energia. — Você poderia me explicar o que eu preciso dizer? Porque eu sinto que fui bastante transparente.

Eric nega com a cabeça.

— Bom, você diz que não quer que eu seja seu namorado, mesmo assim, às vezes, age como se eu fosse. É muito *confuso*.

Homens como Eric adoram me acusar de deixá-los confusos. Meu Deus. Ultrapassamos a "zona de perigo". Minha mão está na cerca elétrica. Estou presa na armadilha.

Em vez de tentar responder, tomo outro gole de vinho. Não vale a pena me aprofundar nessa conversa. Eric obviamente não tem me ouvido nas últimas cinco semanas. Não importa o que eu diga, ele vai ouvir só o que quiser ouvir.

— Por exemplo — continua ele —, outro dia você me mandou uma mensagem perguntando como tinha sido a minha reunião. E deixou uma escova de cabelo na minha casa.

Uau. Dou um aceno de cabeça descompromissado e bebo o restante da minha taça. Eu estava interessada em saber como foi a reunião; era importante para ele, e eu não sou um robô. E eu esqueci minha escova de cabelo; não deixei lá como uma artimanha engenhosa para conseguir uma gaveta no quarto dele. O que tem na água esta semana? Por que todos os homens estão tão *carentes*?

Não que eu nunca tenha tido conversas como essa antes. O Eric não é o primeiro homem a sentir que com ele seria diferente, mesmo que eu tenha sido transparente desde o início. De forma geral, entra por um ouvido e sai pelo outro. Sou ótima em engajar na conversa na medida certa — amigável, mas distante — e sair rapidamente. Mas esta noite não me sinto preparada para lidar com isso.

— Sinto muito que você esteja sentindo que eu te enganei. Não foi a minha intenção — digo. — Tenho um namorado e não estou procurando outro. Talvez seja melhor pararmos por aqui.

Usei as palavras certas, mas, com minha mente ainda focada no Ash e querendo que as coisas fiquem bem entre nós, não consigo manter um tom de voz suave. Pareço incomodada.

Eric gagueja e fica um pouco vermelho.

— Certo, bom, vamos pagar a conta então — conclui ele.

Ele se inclina para trás na cadeira, tentando chamar a atenção da garçonete, mas ela ignora nossa mesa. Ficamos sentados em silêncio, até que ele pega seu casaco, levanta e paga a conta do outro lado do salão. Em seguida sai do restaurante sem olhar para mim.

Uau. Acho que para o Eric acabou. Pelo menos ele pagou o vinho ridiculamente caro antes de deixá-lo para trás.

Tomo um gole direto da garrafa.

Acho que vou para casa assistir *Sex Education* com a Jenny, já que não vou transar esta noite. Estou aliviada que tudo tenha terminado — obviamente, ele quer mais do que eu posso lhe dar, e isso precisa acabar —, mas me permito ficar de luto por um momento. Vou sentir falta das opiniões fortes e do belo terraço do Eric.

Visto o casaco e, segurando a garrafa de vinho de cento e cinquenta libras, vou ao banheiro. Dou uma olhada no espelho. *Droga*, estou linda hoje. Todo aquele tempo me arrumando... Que desperdício! Por um instante, considero a possibilidade de mandar uma mensagem para algum dos meus contatinhos, mas me sinto apática mesmo quando me imagino fazendo isso. Não estou no meu melhor dia. Para ser sincera, tudo o que quero fazer agora é ir para casa e ficar de conchinha com o Ash. Normalmente, esta noite seria impossível e, por um segundo, me permito imaginar um mundo em que poderia estar com ele agora. Neste exato momento, é uma opção tentadora.

Tenho pensado muito sobre isso na última semana. Ele explicou um pouco mais sobre por que quer ficar exclusivo, e por que agora, o que me deixou ainda mais confusa. Ele disse que sente cada vez mais minha falta quando estamos separados — o que é adorável, e eu entendo, porque muitas vezes eu também sinto falta dele —, mas ele também disse algumas coisas sobre "chegarmos nos trinta", que "está na hora" e que ele "nunca pensou que nós continuaríamos assim para sempre", o que bagunçou a minha cabeça.

O Ash que eu conheço não faz as coisas porque é o que se espera que as pessoas façam ao alcançar certa idade. Ele faz as coisas porque pensou cuidadosamente a respeito e decidiu que elas o farão feliz. Lembro quando admitimos, pela primeira vez, que ainda tínhamos sentimentos por outras pessoas, embora estivéssemos nos apaixonando profundamente, e concordamos em nunca deixar que o nosso amor parecesse uma obrigação. Eu estava tão feliz por poder admitir como eu realmente me sentia, e que ele sentia o mesmo. Nós nos amávamos e confiávamos um no outro o suficiente para saber que nada abalaria o que tínhamos, então poderíamos continuar vivendo todas as novas experiências que quiséssemos.

E agora ele quer mudar tudo isso.

Para ser sincera, eu não havia pensado no que aconteceria no "para sempre". O mais distante em que consigo pensar são nas minhas próximas férias. Mas saber que o Ash achava que esse era apenas um status temporário, até que inevitavelmente nos tornássemos um casal "normal", me faz questionar tudo o que construímos juntos até agora. Será que tudo foi apenas um aquecimento, à espera do início do nosso relacionamento "de verdade"?

Não podemos continuar assim para sempre.
Está na hora.

Sento no vaso sanitário, quando ouço uma fungada no cubículo ao meu lado. É um restaurante intimista, portanto, há apenas duas cabines minúsculas e apertadas, espremidas uma ao lado da outra, e dá para ouvir tudo. Enquanto faço xixi, penso em como é estranho ouvir uma mulher soluçar, e ela me ouvir urinar, a menos de um metro de distância uma da outra, sem saber absolutamente nada uma da outra.

Porra. Não tem papel higiênico.

— Hmm, desculpa — chamo gentilmente. — Desculpe te incomodar, mas não tem papel. Você se importaria de passar um pouco por baixo?

O choro cessa.

— Claro — murmura uma voz bem baixinha. Uma mão delicada e pálida, com unhas naturais e bem cuidadas, que minha mãe adoraria, aparece perto do chão. Olho para o meu esmalte roxo já descascando enquanto nossas mãos se encontram para fazer a troca.

— Obrigada — digo.

Porra, cacete. Ao usar o papel, vejo que minha menstruação chegou mais cedo. Procuro na bolsa e... não. Claro que não. Dez camisinhas e nenhum produto de higiene básica. Clássico.

— Hmm, oi. Eu de novo. — Bato gentilmente na parede que nos separa. — Por acaso você tem um absorvente sobrando?

A mão aparece mais uma vez, agora segurando um absorvente.

— Deus te abençoe! — exclamo. — Você é um anjo.

Pelo menos eu a distraí do choro, penso. No entanto, quando saio e começo a lavar as mãos, os soluços recomeçam.

Não sei se porque estou entediada por ter ficado sozinha no meu encontro, fragilizada por causa de tudo o que está acontecendo com o Ash, ou simplesmente porque essa mulher me deu um absorvente, de modo que agora há um vínculo tácito entre nós, mas, quando estou prestes a sair, hesito diante da porta.

— Ei, você está bem? — pergunto.

Há uma pausa.

— Ah, tudo bem, obrigada — diz ela, entre lágrimas.

Convincente.

— Tem certeza? — pergunto novamente. — Posso ajudar com alguma coisa? Quer que eu chame um Uber?

— Aff... — Ela deixa escapar um pequeno lamento. — Eu não posso ir pra casa. Estou em um *encontro*.

Dou uma risada alta.

— Está indo bem, então? — brinco, me aproximando do box e me inclinando para ouvi-la melhor. — Você está segura? Precisa que eu ligue pra alguém?

— Ele não fez nada. Ele é legal — murmura ela. — Sou *eu*. Eu que sou o problema. Eu.

Fico sem saber o que dizer. Não costumo me aprofundar nas conversas em banheiros femininos. Eu achei que só precisaria me certificar de que ela fosse para casa em segurança e eu iria embora.

Então a porta do box se abre. Uma mulher alta e pálida, com cabelo castanho-escuro curtinho, sai lá de dentro. Ela está usando um vestido chemise longo e azul, que combina com seus olhos. Ela estaria linda, se o seu rosto não estivesse todo vermelho e manchado, e a maquiagem não estivesse borrada.

— Preciso voltar lá pra fora — diz ela, esfregando as bochechas. — Tá muito óbvio que eu estava chorando?

5

NÃO SAIA COM CLONES

HOLLY

Pela expressão do rosto dela, está *muito* na cara que eu andei chorando.

— É... — Ela nem tenta mentir para mim.

Ela é baixa e bronzeada, e seu cabelo loiro é tão comprido que quase passa da cintura. Ela está usando calça de alfaiataria com botas pretas, um cropped preto e uma jaqueta de couro preta, e está maravilhosa, o que não faz eu me sentir melhor quando olho no espelho.

Estou *horrorosa*. Pego um pouco de papel higiênico, molho e começo a pressioná-lo no rosto, tentando reduzir o inchaço.

— Acho que esse truque é uma lenda urbana. — Ela surge atrás de mim no espelho. — Mas eu tenho lenço demaquilante.

Desisto do papel, derrotada.

— Sim, por favor — choramingo.

— Tudo bem. — Ela enfia a mão dentro da bolsa e me entrega o lenço. — Mas não começa a chorar de novo, senão volta à estaca zero.

— Obrigada — digo. — E desculpa.

— Um lenço demaquilante por um absorvente. Parece uma troca justa. — Ela sorri sem jeito e me observa limpar o rosto manchado por um instante. Ela sente que precisa ficar e se certificar de que eu estou bem, o que é *para lá* de constrangedor. Mas não quero dizer que ela já pode ir, porque posso parecer ingrata, como se não valorizasse a sua ajuda. Ah, meu Deus, o que essa mulher deve pensar de mim?

— Tudo bem, então é melhor eu ir. Boa sorte! — Ela faz um sinal de joia desajeitado, com os dois polegares. Sinto vergonha.

— Claro, pode ir! Aproveita a sua noite e... me desculpa de novo. Normalmente eu não sou assim, sabe? — balbucio. — Quer dizer, não costumo chorar em banheiros. Em encontros. Quer dizer, normalmente eu não tenho encontros...

Para de falar, Holly. Essa mulher não quer ouvir a sua história.

Ela dá de ombros.

— Todo mundo tem esses dias.

Ela parece muito segura de si. Eu gostaria de ser tão confiante assim.

Quando ela se vira para ir embora, percebo, horrorizada, que já passei do limite aceitável de tempo que qualquer pessoa pode ficar no banheiro. Vou ter que sair, voltar para a mesa, me sentar, sorrir como se estivesse tudo bem e puxar conversa com um cara chamado Andrew por pelo menos uma hora e meia, o que é, se bem me lembro de ter ouvido de colegas no escritório, o mínimo que a boa educação exige que eu fique. Mas parece uma tarefa impossível de realizar.

Meu peito se agita. Tento me acalmar e falho miseravelmente. Minha cabeça começa a ficar zonza, e tenho dificuldade para respirar. De uma forma esmagadora, percebo que estou tendo um ataque de pânico. É claro que estou. Agarro a pia para não cair.

— Ei, ei! — Ouço a voz da mulher atrás de mim. Pensei que ela tivesse ido embora e fico grata que ainda esteja aqui, mesmo que mal a conheça. — Respira fundo. Se inclina. Coloca a cabeça entre as pernas.

Obedeço. Ela dá tapinhas delicados nas minhas costas.

— Escuta, deixa eu me livrar do seu encontro. Quem é ele?

— Espera, não... — Tentar falar enquanto estou me esforçando para levar oxigênio ao pulmão é bem difícil. — Não precisa. Eu tô bem.

Ela bufa.

— Quem é o cara?

Não tenho energia para brigar com ela.

—Óculos... Suéter azul-escuro.

— Óculos. Suéter azul-escuro. Beleza. Só continua respirando, tá?

Assinto, ainda encarando o chão do banheiro entre os joelhos. Alguém derrubou uma moeda de vinte centavos, e me concentro nela, tentando clarear a mente. Ouço a porta se abrir, depois alguns passos. Um minuto depois, ela volta.

— Ele foi embora. — Ela se agacha ao meu lado. — Como está a respiração?

— O que ele disse? — pergunto. Consigo respirar com mais facilidade, mas sinto os níveis de estresse aumentarem quando penso em Andrew. Ele está bem? Espero que ele não se sinta tão rejeitado. Não teve nada a ver com ele. Mas, claro, seu encontro sumir no banheiro depois de dez minutos e nunca mais voltar não deve ser legal. Eu me sinto horrível.

— Não se preocupa com ele. Se preocupa com você. Você está bem?

Quase dou risada. Essa é a grande questão agora, e nem sei por onde começar. Tiro a cabeça do meio das pernas e me sento no chão, as costas apoiadas na parede do banheiro. Não digo nada por um instante, só foco em voltar a respirar normalmente. Eu me sinto exausta.

A mulher senta ao meu lado. Por um momento, nós duas encaramos os cubículos. Eu aposto que não foi assim que ela imaginou sua noite.

— Sou a Holly — digo, vagamente.

— Sou a Fliss — responde ela.

A porta se abre e outra mulher entra no banheiro. Ela franze o cenho em nossa direção. Meu Deus, devemos parecer muito esquisitas.

— Vocês estão esperando?

— Não, pode ir. — Fliss abana a mão em direção às privadas.

— Tuuudo bem — responde ela.

Ficamos sentadas em silêncio, ouvindo-a fazer xixi. Trocamos um olhar que parece quase conspiratório. Quero perguntar a Fliss sobre Andrew, mas sei que a mulher no cubículo pode nos ouvir. Quando ela sai, arregala os olhos para o próprio reflexo, como quem diz: "Elas ainda estão aqui? O que é que essas duas estão fazendo?"

— Desculpa, sei que isso parece um pouco estranho — explico. — Tive um leve ataque de pânico.

— Tuuudo bem — repete ela e lava as mãos. Depois sai.

Fliss explode em risadas.

— Você não precisa se explicar para todas as mulheres que vão ao banheiro, sabia?

— Não estou me explicando. — Eu me defendo. — Normalmente eu não sou assim, juro. Esse é o meu primeiro encontro em quase uma década. E foi um pouco... sufocante. Eu e o meu namorado... — Engulo em seco. O que essa mulher vai pensar? Provavelmente ela vai ficar chocada. Mas nunca mais vou vê-la na vida e me sinto obrigada a explicar o motivo por trás do meu comportamento. — Bom, nós estamos tentando um *relacionamento aberto*. Então é tudo um pouco novo e assustador — sussurro as palavras "relacionamento aberto" por algum motivo.

Fliss se vira para olhar para mim, como se eu tivesse dito algo que a tocou. Ela parece se divertir.

— Mais uma vez, você realmente não precisa se explicar para todas as mulheres que vão ao banheiro.

Sorrio. Ela é reservada, mas estranhamente calorosa ao mesmo tempo.

— Então, sério, o que você disse pro Andrew? Como ele reagiu? — pergunto.

Fliss aproxima os joelhos do peito e se levanta. Depois se inclina e me oferece a mão.

— Ele está bem. Eu falei que você estava vomitando por causa de um tipo de inseto e ele saiu correndo. Vamos comer? — pergunta ela.

Diante da sugestão, percebo como estou fraca por causa do ataque de pânico e porque eu estava tão nervosa que não comi nada hoje. Definitivamente eu preciso de energia.

— Você não estava indo pra casa? — pergunto, aceitando sua mão e me levantando do chão. Jantar com uma estranha que eu acabei de conhecer parece um pouco esquisito, e, depois do ataque de pânico, me sinto como uma bateria marcando um por cento, mas a ideia de voltar para um apartamento vazio, sabendo que o Will ainda está em um encontro, me faz sentir tão vazia que eu preferiria estar em qualquer lugar, menos em casa. Além disso, essa mulher tem uma presença estranhamente tranquilizante. Nada do que eu disse ou fiz parece tê-la incomodado. Na verdade, ela me lembra o Tomi; ele sempre me ajuda a deixar as preocupações de lado, sem me fazer sentir como se fossem irracionais.

— Vamos lá. — Ela abre a porta e eu a sigo de volta para o restaurante.

A mesa onde eu estava sentada com Andrew ainda está disponível. Uma garçonete confusa nos oferece os lugares novamente e entrega os cardápios.

— Será que eu devia mandar uma mensagem pra ele? — pergunto.

— Pra quem? — Fliss olha as entradas.

— Pro Andrew, é claro. — Fico pensando nele a caminho de casa, se perguntando se tem algo de errado com ele. Provavelmente está se sentindo péssimo. — Se alguém fizesse isso comigo, eu iria pra casa chorar.

Fliss me olha por cima do cardápio.

— Acho que normalmente o ego inflado e a confirmação de preconceitos internalizados dos homens os ajudam a se recuperar rapidinho — diz ela. — Mas claro, seria educado mandar uma mensagem.

Pego meu celular e começo a digitar. Quando a garçonete volta, ainda não decidi o que vou pedir. Não quero deixar Fliss esperando, então apenas aponto para qualquer coisa e continuo escrevendo.

— Jesus amado! — Fliss bate com a mão na mesa. — Você está recontando a *Odisseia*?

— Ah! — De repente percebo que a estava ignorando. — Desculpa. Foi mal! Vou escrever mais tarde.

Fliss sorri e balança a cabeça.

— Não, tudo bem, continua.

Rapidamente termino meu sincero pedido de desculpas ao Andrew e envio. Depois, guardo o celular. Olho para Fliss do outro lado da mesa, analisando suas unhas com esmalte já descascando. É *completamente* bizarro que meia hora atrás eu estivesse em um encontro, e agora uma mulher loira aleatória usando um cropped esteja sentada no lugar dele. Acho que é uma boa história, pelo menos.

Mas nunca vou contar a *ninguém* sobre isso.

— Então, o que você faz, Holly? — pergunta ela. — Quer dizer, quando não está chorando em banheiros públicos numa quinta-feira à noite?

Ela sorri.

— Ah, Deus. Normalmente não sou assim, eu juro — argumento novamente. — Na verdade, eu sou bem normal. Mediana. Equilibrada. Nem lembro a última vez que chorei em público. Bom, na verdade...

Fliss ri.

— Holly, eu estava *brincando*. Você trabalha com o quê?

Relaxo um pouco. Sério, não acho que ela está me julgando. E isso me faz parar de *me* julgar; pelo menos um pouquinho.

— Eu trabalho com moda — explico. — Quero ser estilista.

— Ah, que legal! — Ela não acharia tão legal se pudesse me ver fazendo todas as digitalizações da Amber ou correndo atrás de um pedido de tecido perdido, mas sorrio mesmo assim. — É que nem *O diabo veste Prada*? Você vai na Fashion Week?

— Não — respondo honestamente. — Trabalho numa *fast-fashion*, não na alta-costura, mas quem sabe um dia... E você?

— Sou tradutora. — Ela pega um pãozinho e parte um pedaço.

— Ah, uau, qual língua?

— Bom, eu estudei francês e espanhol. E aprendi a falar alemão sozinha.

Isso é muito impressionante.

— Meu Deus, eu mal consigo falar inglês — comento.

Ela ri, e me sinto bem com isso.

— Não é fácil. Mas, se você tiver tempo, eu realmente recomendo baixar o Duolingo ou algo do tipo. Não tem nada como conseguir se comunicar em outra língua. O momento em que tudo faz sentido e você começa a ficar fluente é como abrir a porta para outro mundo. E eu adoro aprender as particularidades de outros lugares, e palavras que nem sequer têm um equivalente em inglês.

— Você deve ter facilidade — acrescento.

— Eu costumava ter. Mas estou tentando aprender japonês agora... a mãe do meu namorado é japonesa e ele tem família lá... e está demorando muito mais para eu aprender do que o normal.

— Não é um alfabeto completamente diferente? Não seja tão dura consigo mesma.

— Sim, bom, na verdade é mais complicado do que isso. É como se fossem... três sistemas de escrita diferentes... Mesmo assim, não estou aprendendo tão rápido quanto antes. Estou preocupada que o meu cérebro tenha ficado muito cansado pra aprender algo novo. Posso ouvi-lo protestar, dizendo: "Para de tentar aprender coisas novas, é hora de se preparar pro túmulo".

— Tenho certeza que você vai conseguir. — Eu a encorajo, envergonhada pelo meu tom de coach motivacional.

— Uma hora eu aprendo. Então... — Ela despeja azeite no prato e mergulha o pãozinho nele. — Você não precisa falar se não quiser, mas o que aconteceu no seu encontro?

Ah, Deus. Por um instante eu tinha esquecido, mas o horror volta à tona.

— Nada, na verdade — digo. — Acho que eu ainda só estou tentando me acostumar ao...

Ainda não me sinto confortável em conversar sobre isso, mas eu já contei a ela, e ela não reagiu como se fosse algo muito importante.

Ela olha para mim.

— Relacionamento aberto?

Concordo.

— Eu sei que é um pouco... Quer dizer... Eu nunca imaginei que *eu* fosse... Mas... Quer dizer... Estamos chegando aos trinta... — Eu me perco. Tento lembrar de todos os motivos do Will para querer fazer isso, para que eu possa copiá-los, mas ainda estou um pouco confusa. Algo sobre não querer se arrepender de alguma coisa e depois ser tarde demais, e alguma coisa sobre solidificar o nosso futuro. Esse é o principal motivo, ao qual eu me apego.

— Não precisa se explicar pra mim. — Fliss sorri. — Estou em um relacionamento aberto há quase três anos.

Meu queixo cai.

— *Três anos?* — repito. Estou superfeliz de conhecer outra pessoa na mesma situação. Eu sabia, naturalmente, que outras pessoas também estariam em relacionamentos abertos, mas elas meio que pareciam alienígenas. É como se eu acreditasse em vidas em outro planeta, sem cogitar que um dia veria isso de perto. Mas Fliss parece tão... normal. Embora, agora que eu paro para pensar, não tenha certeza de como imaginava que fossem as pessoas em relacionamentos abertos.

Não consigo entender como alguém consegue manter um relacionamento aberto por três anos. Parece algo que você faz por alguns meses, no máximo. Ou, no meu caso, idealmente, uma noite e nunca mais.

— Sim. — Fliss enfia o pãozinho com azeite na boca.

— Como *funciona*? — pergunto.

Quero saber tudo. Estou faminta por cada pequeno detalhe. Essa mulher pode me *ajudar*. E a melhor parte é que... ela não me conhece e não tem nenhuma ligação com nada da minha vida! Tudo o que eu andei pensando nas duas últimas semanas, desde que o Will sugeriu que fizéssemos isso, vai embora.

— Vocês moram juntos? Vocês sabem quando o outro está saindo com alguém? Vocês conversam sobre isso? Por quanto tempo vocês saem com as pessoas? É só sexo ou vocês têm relacionamentos com outras pessoas? E se você conhecer outra pessoa de quem realmente goste? Você se sente culpada? Você fica com ciúme?

Os olhos de Fliss se movem de um lado para o outro, como se ela visse todas as minhas perguntas em uma grande pilha à sua frente, sem saber por onde começar.

— Desculpa. — Não quero assustá-la. — Só não tive coragem de conversar sobre isso com nenhum dos meus amigos.

Ela faz um "hmmm" compreensivo.

— Posso falar como o relacionamento aberto funciona pra mim — responde ela, diplomaticamente. — Mas, obviamente, pode não funcionar pra você. Quer dizer, só você sabe por que está fazendo isso.

Porque o Will quer fazer, e, se eu não fizer, talvez ele termine comigo, penso, mas sei que não é a coisa certa para falar, então só concordo.

— Mas o que aconteceu hoje? O que te deu o gatilho pra ficar tão nervosa? — Ela olha dentro dos meus olhos.

— Ah, bom, acho que foi ele ter dito algo que lembrou o meu namorado — admito.

— O que foi? — Terminado o pão, Fliss recorre às azeitonas.

— Ah, é que ele estava reclamando do trabalho e disse várias coisas que o Will sempre diz. Os dois são designers gráficos.

Fliss estende a mão e pede o meu celular.

— Vamos ver.

— Meu encontro? — pergunto.

— Sim. E seu namorado.

Desbloqueio o celular e entrego a ela.

— O Will é o plano de fundo. E esse é o perfil do Andrew.

Ela os encara por um instante, então destrambelha a rir.

— Eles são o *mesmo cara* — diz ela, entre risadas. — O quê?! Você tá de sacanagem!? São mesmo dois homens diferentes?

Eu me sinto indignada, mas a risada dela é contagiante. Sorrio também e pego meu celular de volta.

— Do que você está falando? — reclamo. — A não ser pelo trabalho, eles são completamente...

Olho para as fotos e, repentinamente, vejo o que ela vê. Dois homens magros, brancos, cabelos castanhos com o mesmo corte, usando suéter e óculos de aro de tartaruga.

— ... diferentes — termino.

Nós duas continuamos rindo.

— Ah, meu Deus! — Fliss quase engasga e pega sua água. — Tudo bem, então, particularmente... meu primeiro conselho seria sair da sua zona de conforto. Qual a vantagem de sair com clones do seu namorado?

Ainda estou encarando as fotos de Will e Andrew. Não consigo acreditar que não percebi. É literalmente como tentar adivinhar quem é quem entre os irmãos de *Bridgerton*.

— Há quanto tempo você está com o... Will, né? — continua Fliss.

— Nove anos — respondo. — Nós nos conhecemos quando tínhamos vinte.

Fliss assente.

— É, bom, é claro que o seu primeiro encontro em quase uma década seria um pouco esquisito. Não se preocupa com isso. Só... talvez escolha alguém um pouco diferente da próxima vez. Tenta um designer de jogos. — Fliss ri da própria piada.

Nossas entradas chegam e continuamos a comer e conversar. Ela é tão confiante e faz tudo parecer tão fácil e natural que, por um segundo, quase começo a acreditar que sou capaz de fazer isso e que vai dar tudo certo. É *tão* bom ter alguém para conversar sobre esse assunto. Alguém que não sabe nada sobre mim e que não vai me julgar. Apesar de esta noite ter sido desastrosa de forma geral, pela primeira vez em semanas sinto um peso sair dos meus ombros.

6
NÃO CONTE PARA SUA MÃE

FLISS

Sorrio quando saio do ônibus. Parece que esta noite acabou sendo um encontro de sucesso, no final das contas... Quer dizer, consegui descolar um contato.

Pensei em Holly — e em sua situação — durante quase todo o trajeto para casa. Ah, dois pombinhos, embarcando na primeira experimentação... De modo geral, não fico tão interessada nos detalhes íntimos da vida pessoal dos outros. Normalmente, prefiro que as pessoas guardem seus sentimentos entediantes para si mesmas. Por favor, guarde tudo dentro de você, depois, para se sentir melhor, faça uma doação para uma ONG que cuida de animais e finja que é pelos bichinhos, como muitas pessoas. Mas me faz feliz ajudar alguém que esteja buscando se libertar das regras opressivas e silenciosas da sociedade, que valorizam cegamente a monogamia, acima de qualquer outro tipo de relacionamento.

Faz sentido que ela sinta que não pode conversar com mais ninguém sobre isso — eu escolhi ser sincera com todos na minha vida, mas é desafiador. Quando comecei a contar para as pessoas, a reação delas me fez querer manter segredo, mas eu odeio mentir muito mais do que ter conversas desconfortáveis, então decidi encarar. Muitas pessoas julgam abertamente. Outras, fingem que não ligam, mas fazem piadas constrangedoras, como chamar o Ash de meu namorado "meio período". Às vezes, eu realmente acho que determinada pessoa compreendeu, até que ela diz algo que implica que eu e o Ash não estamos em um relacionamento sério e comprometido. Meu relacionamento com o Ash é bem sério, e nós estamos comprometidos, só que de um jeito um pouco diferente do padrão. Ou as pessoas fazem suposições, que nós não queremos casar ou ter filhos, quando eu nunca considerei que essas portas estivessem fechadas para nós. Nós poderíamos ter um casamento aberto, poderíamos ter filhos.

Uma vez, um colega disse para mim: "Quando você conhecer alguém com quem queira sossegar...", o que, basicamente, implicava que eu e o Ash éramos apenas distrações um para o outro, até que encontrássemos alguém de quem gostássemos o suficiente para sermos monogâmicos. Eu respondi que gosto tanto do Ash que nosso vínculo é forte o bastante para não se quebrar quando nos permitimos explorar a atração que sentimos por outras pessoas.

Não acho que as pessoas tenham a intenção de serem indelicadas; elas simplesmente não conseguem entender. Para elas, monogamia e compromisso são sinônimos. Fico impressionada com a quantidade de pessoas que está infeliz em seus relacionamentos monogâmicos, mas nem sequer pensam em tentar de outra forma.

Aí eu me pergunto: Será que eu sou essa pessoa agora? Será que sou eu que estou sendo limitada? Talvez a monogamia possa funcionar para nós... Como vou saber se não tentar?

Estou tão perdida em pensamentos quando abro a porta da frente que mal cumprimento Jenny, que está assistindo *New Girl* e rindo sozinha. Faço um grunhido.

— Ei, você tem visita — avisa ela.

— Ah, o Ash está aqui?

Outra visita-surpresa? Uma parte de mim está encantada — foi um dia *longo*, e estou morrendo de vontade de ir para a cama com ele para me confortar —, e outra está confusa. Ele voltou para pedir mais coisas?

Que a gente vista roupas combinando? Um bichinho de estimação? O compromisso de botar fogo em mim mesma se acontecer algo com ele?

Jenny aponta para trás de mim. Noto uma mala verde familiar que devo ter ignorado enquanto focava nas reflexões egocêntricas.

Meu irmão está aqui.

— Henry? — chamo conforme subo as escadas, de dois em dois degraus. — Hen?

Corro para o meu quarto, onde Henry está deitado na cama, enchendo meu edredom de embalagens de Fruit-tella. Henry come quantidades insanas de bala de goma, como se ainda tivesse cinco anos, mas em todos os outros aspectos é um homem feito. Ele trabalha para a mesma empresa desde que se formou, aos vinte e um anos — alguma coisa a ver com finanças ou algo do tipo, não tenho certeza, mas ele usa terno — e, aos vinte e seis, casou com a Laura, que conheceu na faculdade. Dois anos depois, Laura estava grávida de Sam, que agora tem três anos. Eles têm um cachorro, um gato e dois porquinhos-da-índia chamados Mish e Mash.

Eu amo o meu irmão, mas não somos nada parecidos.

— Fliss, maninha! — Henry levanta da cama e me dá um longo abraço. — Desculpa, estou fazendo uma bagunça aqui. A Jenny estava assistindo *New Girl*.

Hen tem uma aversão injusta à Zooey Deschanel, porque ela se parece com a sua primeira namorada.

— Eu entendo — murmuro contra o seu ombro, surpresa e feliz em vê-lo. — E aí, ficou muito tarde pra ir pra casa?

Assim que pergunto, percebo que não pode ser, porque ele veio preparado com uma mala. Em uma ocasião muito *rara*, quando Henry ficou bêbado depois do trabalho e perdeu o último trem para Tunbridge Wells, ele dormiu no meu apartamento.

Henry não responde. Ele só pega as embalagens e as joga no lixo.

— Hen? Tá tudo bem? — Eu o cutuco.

Ele suspira.

— Eu e a Laura estamos nos divorciando — diz ele, a voz muito baixa.

Dou risada, mas percebo como isso é inadequado quando vejo que ele não está brincando. Ele olha para mim com espanto.

— Ah, meu Deus! — Tampo a boca. — Desculpa. Eu não queria rir, eu só... Porra. *Quê?*

Hen se inclina e volta para a cama. Eu me sento ao lado dele. Nós dois olhamos para a parede à nossa frente, para não precisarmos olhar um para o outro. Conversar sobre nossos sentimentos nunca foi nosso ponto forte como irmãos, e ambos sentimos que uma conversa dessas está se aproximando.

— Vocês não vão se divorciar — afirmo.

— Vamos.

— Não vão.

— Fliss, isso não está ajudando.

— Vocês não podem. Estão tendo problemas. Precisam de um tempo. Vocês não vão se *divorciar.*

— Nós tivemos problemas, demos um tempo e vamos nos divorciar — reafirma ele.

— Não tem como vocês terem dado um tempo! — Abro os braços, mas ainda não olho para ele. — Vocês moram juntos!

— Tenho dormido no quarto de visitas. Temos saído mais com os nossos amigos e nos revezando pra cuidar do Sam. Pra ser sincero, a esta altura, estamos vivendo vidas completamente separadas.

Tudo o que acho que sei sobre Henry e Laura se desfaz. Eu nunca nem os vi discutir. Uma vez, Henry esqueceu que uma das amigas de Laura era vegana e comprou apenas queijo comum para o jantar, e eu a vi *olhar feio* para ele, mas foi só isso. Esse é *todo* o conflito que consigo me lembrar, em dez anos.

— Mas... Mas...

Hen se vira em minha direção e toca meu ombro.

— Fliss, a gente não transa há quase dois anos.

— Ah... — Eu me viro para ele, e suas palavras finalmente começam a se encaixar.

Acho que eles realmente vão se divorciar.

Porra.

— Desculpa não ter te contado antes. Me sinto mal de despejar tudo em você de uma vez só. Mas... não sei. Fiquei adiando. E, quando aceitei que estava na hora de me mudar, já tinha passado muito tempo, e, bom... agora, aqui estou eu.

Assinto. Não é nenhuma surpresa. Nossa família nunca foi boa em se comunicar. Só melhorei porque eu e o Ash temos um relacionamento muito compreensivo, e ele é bom em me fazer conversar.

— Tá tudo bem — digo. — Mas eu ainda estou irritada sobre o poema.

Ele ri. Quando estávamos no ensino fundamental, ele ganhou uma competição de poesia, e a diretora leu o poema dele na frente da escola inteira. Era sobre o nosso coelho de estimação — que eu ainda acreditava que tinha sido adotado por pessoas gentis em Somerset — que havia sido esmagado até a morte pela cobra de estimação do nosso vizinho esquisito.

— Ah... — diz ele. — O ponto alto da minha carreira como escritor.

Ele tira a mão do meu ombro e nós ficamos sentados em silêncio, encarando a parede por mais algum tempo.

— A mãe e o pai sabem? — pergunto.

— Não.

Imaginei. Não pergunto mais nada. Henry deve estar com medo de contar para eles. Eu ficaria petrificada, embora pelo menos esteja acostumada a desapontá-los. Cometi o erro de ser sincera sobre o tipo do meu relacionamento com o Ash quando começamos a namorar. Eu estava tão animada de ter encontrado alguém que parecia dar certo comigo que, ingenuamente, pensei que eles também ficariam felizes por eu estar feliz.

Eles não ficaram.

Desde então, meu pai e minha mãe não gostam do Ash. Eles não o convidam para eventos familiares, nem perguntam sobre ele. Se o Ash aparece em uma conversa, eles não se referem a ele pelo nome, e a sobrancelha esquerda da minha mãe se ergue. Essa sobrancelha arqueada em desaprovação é exatamente o motivo pelo qual parei de contar a eles qualquer coisa sobre minha vida.

Mas Henry é o filho queridinho mais velho, que fez tudo o que eles queriam, exatamente na idade que eles queriam. Henry *nunca* os decepcionou. E certamente não vai estar emocionalmente preparado para enfrentar a sobrancelha arqueada da mamãe.

Porra.

Tenho tantas perguntas.

— O que vai acontecer com o Sam?

— Guarda compartilhada, cinquenta-cinquenta. Vou comprar uma casa perto.

— Como a Laura está? — digo. — Hmm, desculpa, posso perguntar isso? Ou odiamos a Laura agora?

Hen sorri.

— Nós não odiamos a Laura. A Laura é ótima. O problema sou eu.

Espero ele explicar. Ele respira fundo e, por um momento, acho que vai fazer isso. Mas então meu irmão começa a desembrulhar outra bala, e acho que talvez eu já tenha feito perguntas suficientes para uma noite. Ele vai me contar mais quando estiver pronto.

— Chá? — ofereço.

Clássico. Quando não conseguir pensar em nada útil para dizer, esconda-se atrás de uma bebida com cafeína.

Hen concorda. Eu levanto e vou até o andar de baixo, ainda tentando assimilar esse mundo novo e desconhecido, onde Laura e Henry não dormem mais na mesma cama e não fazem um ao outro feliz. Eles não serão mais um casal. O futuro deles tinha cor e forma, e agora está em branco e pode ser moldado novamente. O lugar onde vão morar é incerto. As pessoas com quem vão se relacionar estão por aí, vivendo a própria vida, esperando conhecê-los.

Primeiro, o Ash quer ficar exclusivo, depois, janto com uma desconhecida aos prantos que conheci no banheiro, e agora o Henry e a Laura vão se divorciar. Esta semana só fica mais e mais esquisita.

Coloco a chaleira no fogo, fecho os olhos e me recosto nos armários da cozinha. Sinto como se tudo estivesse mudando ao meu redor, em um pesadelo semelhante àquele brinquedo, Xícara, que não para de rodar e dá vontade de vomitar, e eu preciso que isso pare.

— Quero um de limão e gengibre. — Jenny respira bem na minha orelha.

Abro os olhos e dou um pulo. Como ela consegue andar pela casa e não fazer absolutamente nenhum barulho? E por que ela não consegue entender que as pessoas precisam ter seu próprio espaço?

— Claro — digo, me afastando dela e abrindo o armário atrás de mim.

— Está *tudo bem*? — Jenny sussurra e aponta para o teto. Ela tenta parecer preocupada, mas mal consegue disfarçar sua alegria com o drama inesperado. Jenny adora uma fofoca.

— Não muito — respondo.

— Por quanto tempo você acha que ele vai ficar? — continua ela, quando percebe que não vou compartilhar mais detalhes.

— Hmm, boa pergunta. Não tenho certeza.

Sou sempre cautelosa com a Jenny. Mesmo assim, ela nunca desiste de tentar arrancar alguma informação de mim ou de tentar descobrir em quais noites vou chegar tarde em casa, para ela poder colocar seus protetores de ouvido.

Termino de fazer o chá de Jenny e Henry e volto para o andar de cima. Conforme entro novamente no quarto, meu celular vibra.

É minha mãe.

— A mãe está me ligando. — Balanço o celular na frente do rosto de Henry e finjo que vou atender.

— Não! — Henry grita. — Estou evitando as ligações dela.

— Então ela sabe que você está aqui?

— Talvez. Ela pode ter conversado com a Laura.

— Bom, se eu não atender, vou acabar me saindo como culpada.

O celular para de vibrar, e eu o coloco na mesa. Cinco segundos depois, ele volta a tocar.

— Com certeza ela sabe. — Pego o celular, a palma das mãos suando. Alguma coisa sobre as ligações da minha mãe sempre me faz ter medo de atender, como se eu fosse uma aluna travessa se escondendo de uma bronca. — Alô?

— Oi, querida! Estou tentando falar com o Henry. Ele está aí?

Henry passa o dedo pelo pescoço freneticamente, imitando o movimento de uma faca.

— Hmm, ele está.

Henry para de pular para cima e para baixo e me encara.

— Por que ele não está atendendo o telefone? — Minha mãe quer saber.

— Eu não sei...

— Você está distraindo ele?

Ah, eu adoro ser culpada pelos erros das outras pessoas.

— Ele acabou de ir ao mercado, mãe — digo.

Henry pressiona as mãos, como se estivesse rezando, e diz "obrigado" por mímica. Em seguida, mergulha de bruços na cama como um salmão e enfia a cabeça debaixo do travesseiro.

— *Ah*. Bom, pede pra ele me ligar de volta. Como você está, aliás? O que tem feito?

— Hmm, eu saí para jantar.

— Com quem? — Minha mãe pressiona.

Sempre tento ser vaga na medida do possível com a minha mãe, mas nunca funciona. Ela sempre consegue me colocar contra a parede, então sou forçada a inventar um monte de mentiras, o que eu odeio.

— Com o Ash — digo. Ela não gosta de ouvir sobre o Ash, mas gosta menos ainda de ouvir sobre os meus encontros.

Henry levanta a cabeça e abre a boca em sinal de surpresa.

— Ah... — diz minha mãe. Ela sempre faz esse "ah" toda vez que menciono o nome do Ash, como se estivesse decepcionada que ainda estamos namorando. — O que você comeu?

— Ah, risoto de camarão...

Meu coração se aperta de culpa, tanto por ter mentido para a minha mãe quanto por não ter falado com o Ash hoje. Henry se senta e nega com a cabeça. Pego o travesseiro que ele estava usando e jogo em sua cabeça.

— O que está acontecendo? Essa menina com quem você divide a casa está causando algum problema?

Uma vez, Jenny derrubou um prato enquanto a minha mãe estava em casa, e ela nunca esqueceu.

— Hmm, sim, na verdade está. Você sabe como é a Jenny. Melhor eu ir dar uma olhada. Digo pro Hen que você ligou.

— Tudo bem, diz que eu preciso falar com ele!

— Tchau, mãe. — Desligo.

— *Mentirosa, mentirosa...* — cantarola Henry.

— Olha *quem* tá falando — respondo. — Você vai ter que contar pra ela.

— Por quê? Você não conta mais nada pra ela.

— Ela vai perceber que você não está mais morando com a sua esposa.

Henry está se fazendo de durão, mas, pela primeira vez, vejo em seu rosto um indício de tudo o que ele deve estar passando. Quando o olho mais de perto, percebo como ele parece mais velho e mais cansado que da última vez que o vi.

— Fala alguma coisa pra me distrair. Como foi seu encontro sensual esta noite? — Hen pega o travesseiro, ajeita atrás da cabeça e se acomoda. — E como está o Ash?

— O encontro foi uma merda. — Eu me sento de frente para ele na cama e cruzo as pernas. — E o Ash está... Bem...

Henry analisa o meu rosto.

— Ah, meu Deus. Não me diga que você e o Ash também estão se separando?

A ironia.

— Não, é... bom... O Ash quer... — Penso em como falar isso. — O Ash quer ficar exclusivo.

Henry não diz nada e continua me olhando como se quisesse checar se estou falando sério ou não. Então dá uma gargalhada.

— Ah, meu Deus. Seu *rosto*. Você é muito engraçada, Fliss. Parece que está sendo arrastada pra forca.

— *Nada a ver!* — Parece que tenho uns seis anos. Por que quando você passa cinco minutos com os seus irmãos, você volta a ser criança, não importa que idade tenha?

— Então você está pensando em aceitar? — continua Henry. Não é comum ele me fazer tantas perguntas, mas acho que abrimos a caixa de Pandora esta noite.

— Sim. — Minha voz ainda soa petulante, porque ele tirou sarro de mim.

— Nem... — Henry sopra ar através dos lábios. — Você não é assim.

— Eu poderia ser! — Faço birra.

— Nem... — repete Henry.

— Ah, você não sabe de nada — murmuro.

— Verdade. — Henry dá risada. — Melhor não aceitar conselhos do seu irmão mais velho divorciado.

É uma piada, mas há dor nela.

— Desculpa — digo. — Não foi isso que eu quis dizer.

Henry se aproxima e dá um tapinha no meu joelho.

— Eu sei. Tudo bem, vou me preparar pra dormir.

Hen escova os dentes e eu monto a cama de visita para ele no chão, enquanto penso em como é estranho ele estar aqui e a Laura em Tunbridge Wells. Uma lembrança me vem à mente, de estar sentada no restaurante chinês de nosso antigo bairro — tenho cerca de catorze anos, e Hen dezesseis —, e nosso pai abrir um biscoito da sorte e ler: "Quanto mais velho eu fico, menos eu sei", e depois gritar: "Eu sei bem disso!", rindo e batendo na coxa.

Vinte minutos depois, Henry está em um sono profundo, mas eu ainda estou completamente acordada. Eu o ouço roncar suavemente no escuro e fico impressionada com o quanto tudo parece frágil à luz dessas notícias. Tento imaginar como me sentiria sem o Ash e me sinto doente. Sinto um desejo incontrolável de conversar com ele. O Ash é uma pessoa noturna, então ainda não deve estar dormindo.

Saio sorrateiramente para o corredor e ligo para ele.

— Fliss? — O som da sua voz me deixa instantaneamente à vontade.

— Oi. — Eu me encosto na parede, sorrindo.

— Você está bem? — pergunta ele, e eu conto sobre a chegada do Henry e a bomba que ele acabou de soltar. Contar para o Ash faz tudo parecer mais administrável.

De alguma forma, parece que faz uma eternidade que não o vejo, e sinto falta dele. Talvez ele esteja certo, talvez precisemos mais um do outro. Nesse momento, processando a notícia do término do Henry e da Laura, ficar exclusiva com o Ash não parece tão assustador. Pensar em perder um ao outro, como aconteceu com o Henry e a Laura, é o que parece aterrorizante. Se eu gosto da ideia de passar mais tempo com ele e não consigo suportar a ideia de perdê-lo, então essa parece ser a escolha óbvia.

— Ash, estive pensando no que você disse — sussurro, tentando não acordar a Jenny. — E... tudo bem, vamos ficar exclusivos.

7

FALE TUDO ABERTAMENTE

HOLLY

Abro a porta da frente com cuidado, como se fosse uma ladra. Faço uma pausa e escuto, mas parece que o Will ainda não voltou. Não tenho certeza se estou aliviada ou não. A ideia de encará-lo agora me deixa apreensiva, mas o fato de ele não estar aqui deve significar que o seu encontro foi melhor que o meu, o que magoa.

Atravesso o corredor na ponta dos pés e tiro os sapatos, me empoleirando no sofá, no escuro. De alguma forma, parece que estou na casa de outra pessoa. Nego com a cabeça. *Para de ser ridícula, Holly. Esta é sua casa. Você escolheu a cor das paredes. Você encomendou a mesa e as cadeiras. Você comprou aquelas flores.*

Eu me encosto no sofá onde eu e o Will nos sentamos quase todas as noites, pelos últimos quatro anos. É um sofá em formato de L, e geralmente o Will se senta à minha esquerda, no canto, e eu me aconchego do lado direito dele. Tento ficar confortável, mas nenhuma posição parece boa. Como eu costumo me sentar neste sofá quando o Will não está aqui? Eu não pensaria nisso, mas, de repente, não parece algo natural. Como quando você percebe a sua respiração, e inspirar se torna um esforço.

Pego o celular e começo a digitar uma mensagem para o Will.

Quando você acha que chega em casa?

Hesito antes de enviar. Será que posso perguntar isso? Eu perguntaria se ele estivesse com amigos, mas será que ainda posso querer saber onde ele está quando se trata de um encontro? Meu coração se aperta. Ah, meu Deus... E se ele nem voltar para casa? Pensei que nós dois sairíamos para jantar e depois voltaríamos para casa para ficarmos juntos, mas agora percebo que na verdade não combinamos nada disso. Não combinamos nada, a não ser que esta noite seria a "noite da saída".

A Fliss e o namorado parecem ter tudo organizado. Eles têm diretrizes, parâmetros e regras. Eles conhecem seus limites e o quanto querem compartilhar um com o outro. Eu e o Will não sabemos nada disso! Sinto que estou me estressando, então me recordo que *é óbvio* que eu e o Will não temos nada disso... A Fliss e o Ash estão em um relacionamento aberto há três anos. Para mim e para o Will, este é apenas o primeiro dia.

Deus. Primeiro dia. Ainda é só o primeiro dia? Sinto que envelheci cinquenta anos de ontem para hoje. Por quanto tempo vou precisar continuar com isso até que eu e o Will possamos nos casar e ficar um com o outro? Afasto o pensamento e pego uma revista de moda. O Will tira sarro de mim por ser uma das únicas pessoas que ainda as compra, mas eu adoro. Gosto de como são grandes, com papéis brilhantes, como as modelos vestem roupas espalhafatosas, tudo tão diferente de como aparece na tela. Gastei toda a minha mesada com elas conforme crescia. Folheava as páginas, imaginando a quantidade de detalhes para criá-las, e como as modelos deveriam se sentir ao vestir aquelas roupas.

Abro as páginas da *Vogue* e respiro melhor quando observo um vestido preto, com top de espartilho e saia de tule flutuante, e meu cérebro se enche de ideias para as minhas próprias modelagens.

Meu celular toca. Pego correndo, esperando que seja o Will. É a Fliss.

Não esquece, fale tudo abertamente! Vocês precisam saber o que o outro está sentindo!

Fale, fale, fale, repito para mim mesma. Depois do "não saia com clones do seu namorado", "fale tudo abertamente" foi o próximo conselho da Fliss. Ela disse que essa é a única maneira de Will e eu resolvermos isso, principalmente no começo. Ela sugeriu ótimas perguntas, que nem tinham passado pela minha cabeça, como por quanto tempo vamos fazer isso e por quanto tempo podemos ficar com a mesma pessoa. Estou perdida em mar aberto, me agarrando a uma mulher desconhecida como Kate Winslet se agarrou àquele pedaço de madeira.

A chave gira na fechadura e meu coração se agita. Graças a Deus... Ele voltou para casa. E... Aff, eu não quero ouvir sobre o encontro dele. Mas acho que tenho que ouvir, certo?

A cabeça de Will aparece na porta da sala de estar.

— Oi? Holly?

— Oi, estou aqui — digo docilmente. Tenho uma vontade imensa de pular e abraçá-lo, mas me contenho. Estou sendo boba.

Hesito, esperando que ele corra e me abrace. Que admita que foi um erro gigantesco. Como ele pôde ter tido uma ideia tão ruim?! Pensar que ele poderia ter algum interesse em outra pessoa era uma loucura total, mesmo que *fosse* para o bem maior do nosso relacionamento.

— Por que você está sentada no escuro? — Will acende a luz. De repente, me sinto ridiculamente dramática, sentada aqui, ruminando em minha caverna suja e sombria.

Avalio a roupa do Will, que é quase igual à de Andrew, e dou uma risadinha. Mas então eu o imagino se arrumando para um encontro, e meu sorriso desaparece. Uma parte de mim está morrendo de vontade de saber como foi a noite dele, mas, só de pensar nisso, fico enjoada.

Will se senta ao meu lado no sofá e pousa o braço no meu ombro, mas ele parece tenso.

— Faz tempo que você está aqui, esperando? — pergunta ele.

— Ah, não — respondo. — Acabei de chegar.

Ele recolhe o braço e começa a desamarrar os cadarços. Não sei dizer se essa é a resposta que ele queria ou não. Ficamos sentados em silêncio, enquanto ele tira os sapatos.

Eu me afasto para o canto do sofá e ele me segue, e nos sentamos como sempre, comigo enfiada sob seu braço direito. Só que nosso corpo está rígido. Nenhum de nós parece saber como agir perto do outro. Por que ele está tão tenso? Será que é — como para mim — desconfortável voltar para casa depois de um encontro, ou ele já conheceu alguém por quem se apaixonou e está se sentindo culpado?

— Como foi sua noite?

Ele estende o braço livre, falando com uma voz grandiosa, como se fosse um apresentador de TV. Às vezes, quando o Will está meio sem graça, ele fala assim. É fofo.

Bom, em dez minutos comecei a chorar e tive um ataque de pânico. Meu encontro foi embora e eu jantei com uma mulher que conheci no banheiro feminino.

— Divertida... — digo. Não é exatamente mentira. Surpreendentemente, eu me diverti em conhecer a Fliss, embora não tenha sido a noite que eu esperava.

— Divertida? É? — Uma pontada de mágoa atravessa o rosto do Will.

— Quer dizer... Eu... Não foi tão divertida assim. Obviamente, eu teria me divertido muito mais com você. — Tento consertar. Ah, Deus. Isso é um campo minado. Eu achei que ele *queria* que eu saísse e me divertisse.

— Está tudo bem, Holly. Você se *divertiu*. — No entanto, não parece que está tudo bem, pelo veneno que escorre de suas palavras. Seu braço em volta de mim se afrouxa, como se ele quisesse puxá-lo para longe. Eu o aborreci. Meu coração derrete.

— Não me diverti — balbucio. — Eu menti. Na verdade, eu saí do encontro rapidinho e fui jantar com... uma amiga...

Percebo que estou prendendo a respiração e me lembro de soltar o ar. Não suporto chatear o Will, especialmente quando não me diverti nem um pouco.

— Está tudo bem... — Will me abraça mais forte. Esfrega meu ombro. — Não tem problema. Primeiros encontros são uma merda. E esse foi seu primeiro encontro em anos.

Pela primeira vez nesta noite, relaxo em seus braços. O alívio começa a se espalhar pelos meus membros.

— Primeiros encontros *são* uma merda — concordo. Pelo que parece, ele também não se divertiu. Talvez possamos deixar isso para lá agora. — Bom, pelo menos podemos dizer que tentamos, certo?

E eu tentei. Tentei muito. Mas não consegui ter vontade de estar lá.

Will não diz nada. Ele se levanta e se serve de um copo de uísque, do decantador que deixa ao lado da janela. Sinto que falei algo errado de novo.

— Bom... Eu não queria desistir tão fácil assim — diz ele olhando para a parede.

Ah. Meu alívio tem vida curta. Ainda não acabou.

Espero até que ele volte a se sentar.

— Holly, isso é importante pra mim. — Will pousa a bebida na mesinha de centro e junta as mãos.

— Eu sei — digo. — Eu sei e quero fazer isso. — Não é bem verdade. Eu quero querer fazer isso. — Eu só...

— Eu acho que é importante pra *nós* — continua Will. — Quero ter um futuro com você. Acho que isso é algo que preciso fazer primeiro, para esse futuro acontecer.

— Eu sei — digo. — Eu sei.

Já conversamos sobre isso. É algo que o Will sente que precisa fazer, e eu quero ser capaz de fazer também.

— Mas se você está se sentindo desconfortável, obviamente não quero que fique chateada...

— Não. Foi apenas o primeiro encontro — insisto. — Eu posso fazer isso. Vou ficar bem.

Sinto as lágrimas brotarem, mas estou determinada a não derramá-las. Nos nossos desentendimentos, o Will sempre parece ser capaz de manter a calma, e sou sempre eu que acabo deixando os sentimentos atrapalharem a razão.

Will concorda com a cabeça. Ele pega minhas duas mãos e as beija. Eu me inclino para a frente e me deito em seu peito.

— E você? — murmuro contra sua camiseta. — Sua noite foi boa? Quando você quer fazer isso de novo? Devemos definir um período de teste? E você está...

— Ah, não precisamos falar sobre isso agora. Eu só quero que você se sinta melhor. Talvez quando você estiver menos frágil. — Ele me abraça com mais força.

Sou inundada por uma onda de carinho. Will sente que estou exausta e me protege.

— Vamos assistir alguma coisa? — pergunta ele.

Não tem nada que eu gostaria mais do que ver alguma coisa na TV e esquecer tudo isso, mas ainda sinto que não resolvemos nada. A Fliss disse que conversar sobre as regras era essencial, especialmente no início.

— Não sei, podemos continuar conversando sobre isso primeiro?

— Beleza, sobre o quê? — Will segura minha mão.

Tenho a impressão de que, para ele, nossa conversa já acabou e a pressão de conduzir a discussão me dá um branco. Sei que quero continuar, mas não tenho mais certeza do que tenho a dizer, então apenas balanço a cabeça. Estou sendo boba. Não podemos continuar falando sobre isso se eu não sei sobre o que quero falar.

— Deixa pra lá — digo. — Vamos ver TV.

Will escolhe *Round 6* e eu tento me concentrar. Não gosto muito — é muito violento —, mas Will se envolve. Voltamos a nos deitar na posição de sempre. Nos braços do homem que amo há quase dez anos, começo a me estabilizar. Meu celular vibra. É a Fliss de novo.

Como foi?

Penso em como responder. Bom, com certeza não resolvemos tudo esta noite, mas eu disse tudo o que consegui pensar em dizer. Eu e Will estamos deitados juntos, e ele acaricia o meu cabelo. Está tarde. A gente pode conversar de novo amanhã cedo. Agora que tenho os conselhos da Fliss, sei que consigo resolver isso. Começo a digitar.

Bom. Obrigada por toda a ajuda! Bjs

8

NÃO FOQUE NAQUILO DE QUE ESTÁ ABRINDO MÃO

FLISS

Quando chega o fim de semana, Henry ainda está dormindo no nosso sofá. Jenny me perguntou todos os dias por quanto tempo ele iria ficar, e todos os dias murmurei alguma desculpa esfarrapada. Perguntar para ele significa perguntar mais sobre a situação com a Laura e, mesmo que o Henry tenha contado por cima sobre o término, ele não entrou em detalhes. Eu perguntei por que ele não podia mais dormir no quarto de visitas, como fez por meses, mas só obtive um grunhido como resposta.

Henry está no mercado e Jenny está vendo TV na sala. Eu a evitei durante todo o dia e tento passar na ponta dos pés atrás dela para sair, mas falho. Ela me escuta, como um morcego.

— Tá indo pro Ash? — pergunta ela, sem se virar.

— Hm, sim — respondo.

— Em um sábado? — Desconfiada, ela se vira e estreita os olhos. — E quanto aos seus... — Ela pausa. — "Amigos coloridos"?

Tento não rir.

— Vamos ser só eu e o Ash daqui em diante.

O rosto da Jenny se ilumina.

— Eba, que notícia boa! — exclama ela. — Eu amo o Ash!

— Eu também. — Devolvo o olhar.

Uau. Pela primeira vez na vida, eu agradei à Jenny. Odeio admitir, mas é uma sensação boa.

— Bom, divirta-se. — Jenny se volta para a TV. Espero pela pergunta inevitável sobre por quanto tempo Henry vai ficar, mas aí ela diz: — Sabe quando o Henry volta?

— Hm, não. Desculpa. Eu queria falar com você sobre...

— Não, relaxa. Só quero saber se continuo assistindo *Diários do vampiro* sem ele.

Diários do vampiro? Parece que mais uma pessoa encontrou o caminho para o coração da Jenny por meio do consumo desenfreado de séries, algo que eu jamais conseguiria. Mas, pelo menos assim, ela não vai se preocupar com o tempo que Henry ficará por aqui.

— Ah, beleza, então. Divirtam-se. Amanhã eu volto — digo e vou embora.

Pego a linha norte em direção à casa do Ash, ainda rindo do jeito que a Jenny falou sobre "amigos coloridos". Também fico me lembrando da sua expressão de felicidade enquanto comemorava o fato de que veria mais o Ash.

Mais Ash. Admito que o pensamento me deixa feliz.

Estou segurando no corrimão, espremida no meio de um grupo bizarro de caras que ouvem sem parar "Only You" do Yazoo. Passo os olhos pelas minhas mensagens e vejo que a foto de perfil do Eric sumiu. Ah, claro... Ele me bloqueou. Clássico. Eu me pergunto como está sendo a festa dele com os amigos. Eu me sinto mal por termos terminado de forma tão amarga. Continuo com a opinião de que não fiz nada errado, mas poderia ter lidado melhor com o confronto. Mas não tem por que mandar mensagem para ele agora; duvido de que fosse funcionar como eu gostaria. Provavelmente, eu seria acusada de deixá-lo confuso outra vez.

Com um sobressalto, percebo que aquele pode ter sido meu *último* encontro. E durou só vinte minutos. Nós nem transamos.

Tento me acalmar. Não foi meu "último encontro". Isso é uma coisa estúpida de pensar. Vou ter vários encontros com o Ash. E eu adoro sair com o Ash. Mas foi meu último encontro com uma pessoa nova, o que é completamente diferente de sair com alguém que você está junto há anos.

Uma parte de mim se sente sortuda e animada, mas não posso negar que, de repente, a realidade de abrir mão de encontros com outras pessoas me atinge em cheio. Tento ignorar e focar no quanto amo o Ash e quanto tempo a mais eu terei com ele, mas, Deus, eu só queria que esses caras parassem de tocar "Only You" de novo e de novo. *Não está ajudando.*

Quando finalmente chego à casa do Ash e ele abre a porta, toda a lamentação escorre pelo ralo. Ele está usando seu macacão do Totoro e também sorri para mim, como se pudesse ver cada um dos meus defeitos e, de alguma forma, isso ainda lhe agradasse. Como se já tivesse ido ao supermercado comigo centenas de milhares de vezes, e ainda assim me achasse interessante. O amor é uma coisa engraçada, não é? Às vezes, estou sentada em casa tomando um iogurte, e o Ash para, fascinado, como se pensasse: *Meu Deus, você é uma miragem*, e eu respondesse: *Cara, eu só estou tomando um iogurte*.

Ash me abraça, e o cheiro da sua loção pós-barba e a sensação do seu peito no meu rosto fazem todo o resto deixar de ter importância.

— Oi — murmura ele no meu cabelo enquanto me abraça.

— Oi. — Agarro seu macacão.

Ash mora sozinho, e seu apartamento é sempre tranquilo e silencioso, o oposto do meu, no momento. Vamos até sua sala e me sento no sofá, entre suas centenas de plantas, enquanto ele vai pegar salgadinhos. É um crime que o Ash more na cidade quando quer tanto ter um jardim. Ao contrário de mim, que comprou uma planta uma vez e — nas palavras de Jenny — "a matou numa rapidez impressionante". Ele está na lista de espera de um loteamento desde sempre, mas eles são raridade em Londres.

Fico olhando o aquário do seu peixinho dourado, com todos os peixes nadando para lá e para cá. Ash também quer muito um cachorro, mas o locatário não permite.

Ash volta com uma tigela de Doritos, e nos sentamos de frente um para o outro, com nossas pernas entrelaçadas, e começamos a analisar sua semana. Ele terminou dois livros; Ash lê em um ritmo alarmante.

Ele está tendo uma batalha difícil em Brixton, com os trigêmeos e o pai deles, que não quer cooperar. Seu amigo Kai adotou um gatinho, mas não sabia que a pessoa com quem está saindo é alérgica a gatos. Sua amiga Emily fez para ele uma das receitas do *Saturday Kitchen*. Sua irmã Sara está estressada porque "não foi feito nada" nos preparativos do seu casamento, que vai acontecer daqui a um ano e meio. Absorvo todos os detalhes maravilhosos e triviais dos últimos dias que perdi.

— O problema da Sara é que ela sempre quer fazer tudo sozinha, até que ela percebe que não consegue fazer tudo sozinha, e aí, de repente, vem com essa de que "ninguém está ajudando". — Ash ri enquanto mastiga uma batatinha.

Dou risada, mas não concordo de forma *muito* enfática, porque quando alguém tira sarro da família nunca é uma permissão para outra pessoa participar. Mas é verdade. No noivado dela com a Ava, ela me disse para "sentar e relaxar", mas então quis saber por que eu não tinha enchido o pote de nozes.

— Como a Ava está lidando com isso? — pergunto.

Ash pensa um instante.

— Ela está parecendo um pouco com o Kai, quando ele tentou fazer escalada.

Kai usou botas de salto alto acima do joelho para subir uma montanha, se perdeu do grupo e voltou horas depois, com uma só bota e muitos galhos no cabelo.

— Tadinha da Ava...

— É. Mas ela sabia como a Sara era antes de pedi-la em casamento, então...

— Verdade.

— E você? — pergunta Ash, mergulhando outra batatinha no molho. — O que fez hoje?

— Bom, continuei com o meu curso de japonês. — Tenho sido displicente porque é muito difícil, mas seria incrível conversar de verdade com a avó do Ash quando ela ligasse. Ela é muito fofa e sempre quer falar com os dois, mas, geralmente, eu só fico lá sentada, fazendo cara de paisagem. Quando eu chegar a determinado nível, o plano é eu e o Ash continuarmos a aprender juntos, porque ele quer melhorar a fala. Sua mãe ensinou um pouco de japonês quando ele era criança, mas, como advogada de direitos humanos, ela está sempre muito ocupada, então o principal responsável por ele era seu pai, branco e que não fala japonês.

— Ah, legal!

— É, eu não devia ter deixado pra lá. Estou bastante enferrujada agora.

— Daqui a pouco você pega o ritmo de novo. Você tem talento para línguas. É incrivelmente irritante.

Ash tentou aprender espanhol quando fomos à Espanha no ano passado — coisa mais fofa —, mas ele nunca conseguiu passar de repetir de forma enrolada as frases do guia.

— Foi difícil me concentrar com o Henry por lá, pra ser sincera...

Mesmo que meu irmão não seja bagunceiro, não tem espaço no meu quarto para a cama extra e todas as coisas dele. E ele não é barulhento, mas, quando estou estudando, preciso de silêncio total, e, às vezes, eu o ouço mastigar uma bala e me lembro de todos aqueles anos em que eu tentava fazer a lição de casa com o mesmo som irritante, desejando que ele engasgasse com uma bala.

— Ah, meu Deus, claro, o Henry... — Ash desiste de se inclinar o tempo todo para pegar o Doritos e põe a tigela no seu colo. — Você descobriu mais alguma coisa?

Eu o deixo por dentro de tudo o que tem acontecido e passo a próxima meia hora especulando sobre Henry e Laura, daquela maneira sem sentido de quando você não tem nenhuma informação nova, mas analisa o que sabe repetidamente, até que tenha conseguido entediar a outra pessoa.

— Eu só... O que aconteceu? — Ainda estou reclamando quando dá meia-noite. — Certamente não pode ter sido tão terrível. O Henry não é um traidor.

— Será que ele afundou os dois em dívida? — sugere Ash.

— Não tem a ver com dinheiro... O Henry é bom com dinheiro. Ele trabalha com finanças! A não ser que ele tenha algum problema secreto com jogos de aposta... Mas o Hen sempre foi todo certinho.

— Você acha que ele é gay?

— Acho que não.

— A Laura?

— Talvez? Mas o Hen fez parecer que tinha mais a ver com ele.

Ash franze o cenho e aperta os lábios. Obviamente, teorizar não nos levou a lugar nenhum, mas estou dez vezes mais leve de ter conversado sobre isso com o Ash, que se importa com os meus problemas tanto quanto eu.

De repente, percebo como estou cansada. Conversamos durante horas.

— Tá tarde — digo. — Vamos pra cama?

A cabeça de Ash está caindo no seu macacão Totoro.

— Sim. Vamos lá.

Escovamos os dentes um ao lado do outro, e eu o observo pelo espelho, maravilhada com o quão sexy ele é. A primeira vez que vi o Ash, não consegui parar de encará-lo, como uma esquisitona, e três anos depois, nada mudou.

Depois que nos trocamos, deitamos na cama e ficamos um de frente para o outro, no escuro. Está frio, e eu esquento o pé na perna dele. Ele põe minhas mãos embaixo das cobertas e as esfrega, para aquecê-las.

— O que você vai fazer na quinta? — murmura ele.

— Quinta-feira é... *Ah*. — Eu fico me esquecendo. Mas é só o terceiro dia. Vou me acostumar. — Nada. Te ver?

— Espero que sim. Tem um filme que eu acho que você vai gostar, na Picturehouse. — Seus lábios encontram os meus e ele me beija gentilmente. Uma pequena emoção me percorre quando penso que vamos ter mais tempo para momentos assim a partir de agora.

Ash se vira para dormir. Estou pensando em como esta noite de sábado foi agradável, quando uma notificação de um dos meus aplicativos de namoro aparece na tela, iluminando o quarto escuro. Um cara com quem eu estava conversando semana passada — um jornalista chamado Karl — quer saber se estou livre na próxima quinta. Respondo que não, depois me curvo nas costas de Ash, mas, enquanto tento dormir, não consigo evitar de me sentir um pouco decepcionada.

9

SAIA DA SUA ZONA DE CONFORTO

HOLLY

Quando entro na cozinha no domingo de manhã, Will está preparando o café, ouvindo o rádio na BBC. Ele parece muito sério enquanto mexe os ovos e adiciona várias ervas, como se fizesse algo muito importante. Will fica assim quando faz a maioria das coisas. É muito cativante.

Eu não me esforço nem metade do que Will se esforça para preparar o café da manhã. Geralmente eu demoro para descer — Will gosta de acordar mais cedo, e eu prefiro dormir mais um pouquinho — e só pego um pouco de cereal. Sento na mesa da cozinha e despejo um pouco de Shreddies na tigela.

— Bom dia — digo.

— Oi. — Will enfia uma fatia de pão na torradeira. Eu o observo por um instante, juntando coragem para recomeçar a conversa de quinta à noite. Estou me coçando para descobrir mais e desesperada para saber o que fazer em seguida. Will vai ver a pessoa com quem saiu na quinta de novo? Ou vai sair com uma pessoa diferente? Vamos organizar uma "noite da saída", como da última vez? Ou aquilo foi só para começar, e agora é um ninguém-é-de-ninguém e eu devo sair com outras pessoas a hora que quiser?

— Então, eu percebi... que não ouvi muito sobre a sua noite. — Arrisco. — Como foi?

Will fica em silêncio enquanto tira a panela do fogo e passa manteiga na torrada. Por um segundo, acho que ele não me ouviu, mas então ele diz:

— Eu ainda acho que é melhor a gente não conversar sobre isso. Não quero te chatear.

Fico decepcionada, principalmente porque ele sabe como foi a *minha* noite. Mas acho que faz sentido... Ele só está tentando preservar os meus sentimentos. A Fliss disse que era importante conversar, mas também saber *o que* conversar. Eu realmente quero saber se o Will se divertiu no seu encontro com outra mulher? Quer dizer, sim — é tudo o que tenho pensado, há dias —, mas talvez eu queira saber isso apenas para me machucar. Talvez ele esteja certo... Eu só ficaria chateada, e por que eu iria querer me chatear?

— É, acho que você tem razão — admito. — Tudo bem. Então nós vamos combinar outra noite para sair?

Eu não *quero* ir a outro encontro. Mas quero saber o que eu devo fazer.

Will termina de servir seu café da manhã de hotel. Ele senta à minha frente na mesa da cozinha e começa a comer. O cheiro está maravilhoso.

— Sim — diz ele, com a boca cheia. — Eu escrevi no calendário, desculpa, pensei que você ia ver. Que tal terça?

Olho para o calendário, onde, embaixo da terça-feira, ele escreveu: *Will: sair?* Eu esperava outra conversa, como da última vez, mas acho que é estúpido esperar uma nova discussão toda vez que vamos sair com outra pessoa.

Penso que, se ele organizou outro encontro assim tão rápido, com certeza deve encontrar a mesma mulher de novo. Duas vezes em uma semana. Perceber isso é como levar uma pequena facada no meu estômago, mas estou determinada a não demonstrar que estou chateada e parecer animada para fazer isso.

— Terça? — repito. — Sim. Tudo bem.

— Beleza. — Ele mastiga outra garfada de ovos.

Enquanto Will come, procuro sinais de que ele está se apaixonando por essa mulher com a qual sentiu vontade de se encontrar duas vezes em uma semana. Seu foco no prato significa que ele está evitando contato visual, porque se sente culpado. Seu olhar pela janela significa que ele está pensando nela. Seu suspiro significa que ele preferiria estar com ela. Quando ele se levanta e me beija, antes de ir tomar banho, sinto indiferença, porque ele gostaria de beijá-la.

Aff. Definitivamente, estou analisando demais. Normalmente não ficamos olhando um para o outro enquanto tomamos café da manhã. Will sempre suspira bastante... Ele é um suspirador. Casais que estão juntos há quase uma década não podem se beijar como adolescentes todas as vezes. Somos os mesmos que estamos sendo há anos. Temos um relacionamento sólido. Somos *bons* juntos. Isso é só algo que o Will precisa experimentar, e, assim que acabar, seremos só nós dois, para sempre.

Fico remexendo meu cereal, mas ele se transformou em um mingau, porque não consegui comer. Dez minutos depois, Will reaparece no corredor.

— Pronta? — Ele aponta para a porta da frente.

Eu e Will temos uma rotina de domingo bem definida. Normalmente, fazemos uma longa caminhada pelo Brockwell Park. Will faz o próprio café, usando sua cafeteira AeroPress Go, e o leva no copo térmico. Geralmente, compro um café com leite ou um mocha na cafeteria local, e Will tira sarro, de forma amorosa, por eu não beber café de verdade. E então, se vou encontrar o Tomi para um brunch, como hoje — fazemos um brunch mensal para fofocar fora do trabalho —, Will caminha comigo até a cafeteria onde vou me encontrar com ele, depois volta para casa para preparar o assado de domingo.

Hoje, enquanto observo Will alimentar os patos e passo a língua na espuma da lateral do meu copo, quase consigo fingir que tudo continua igual. Eu adoro nossas caminhadas matinais enlameadas, nossos assados saudáveis de domingo. Nunca questionei nossa vida juntos antes. Mas, observando Will jogar pedaços de pão na água, sou atingida pela preocupação dolorosa de que, no final das contas, isso não seja o suficiente para ele.

Claro que é, Holly. Ele não está terminando com você. Ele está fazendo isso pelo relacionamento. Chacoalho a cabeça e vou para perto do Will.

Dez minutos depois, estou sendo abraçada por Tomi.

— Vocês dois são muito fofinhos, com essas corridas matinais cafeinadas. É bonito de ver. — Tomi acena para Will, que já começa a caminhar para casa.

Não respondo e finjo que estou concentrada em pendurar meu casaco em um gancho.

— Vamos por ordem. — Tomi encontra uma mesa. — A Priya mandou mensagem falando que não quer ir segunda-feira, depois de todo o drama no Slack. Ela acha que não vai ser aprovada no período de experiência.

— Drama no Slack? — repito.

— Ah, eu não *acredito* que você ainda não ouviu essa história. — Tomi puxa uma cadeira, tira o cachecol e se senta. — O que você faz quando está no escritório? Trabalho de verdade?

— Basicamente — digo.

— Que tragédia. Graças a Deus você tem a mim. *Bom* — continua Tomi enquanto me sento à sua frente —, aparentemente, a Gina do marketing e a Mel e a Eloise das vendas fizeram uma thread privada no Slack... Sabe, como tudo mundo faz... Mas por que a Priya, você sabe, a menina nova, do quarto andar?

Concordo com a cabeça, mesmo que eu não conheça a Priya. Não sou nem de perto tão sociável quanto o Tomi, que dá um jeito de conversar com todo mundo no prédio e lembra o nome dos seus cônjuges, filhos e primeiros animais de estimação.

— Então, porque a conta dela no Slack é nova, parece que deu algum problema e ela conseguia ver todas as threads privadas, e nem percebeu que eram privadas, porque ela nunca usou o Slack antes.

— Meu Deus! — Já estou sentindo vergonha alheia.

— *Pois é.* — Tomi ergue as mãos como quem diz: "Até aí tudo bem".

A garçonete aparece, e, depois que pedimos petiscos e mimosas, Tomi continua:

— Então, em resumo, a Trish estava treinando a Priya e passando por todas as threads do Slack, mostrando para o que serviam, e a Priya... Deus a abençoe... apontou pra conversa privada e falou, tipo, "Pra que serve essa?" E aí a Trish abriu e... Meu. Deus. Holly, você nem queira *saber* o que tinha lá.

— Claro que eu quero saber — digo.

— Bom, claro.

Tomi me conta a história toda. Parece que Gina, Mel e Eloise são as três bruxas do marketing e das vendas e têm todo tipo de história escandalosa sobre pessoas de todos os departamentos. Segredos que você não vai querer que a Trish — chefe do marketing e das vendas — fique sabendo.

— Enfim, ela chamou as três individualmente, tirou os privilégios de Slack, e isso se tornou um Evento — termina Tomi.

Estremeço.

— Você *imagina* se alguém lê a nossa thread? — digo.

— Né? Temos uma lição pra aprender com isso. Vamos passar a falar no WhatsApp. Mas eu não ia ligar se a Lara Pearse visse que você faz todo o trabalho da Amber.

— Eu não diria que faço *todo* o trabalho dela... — rebato, na defensiva.

— Ah, faz sim! Aliás, já decidi onde vai ser a minha festa de trinta anos...

— Aeee! Onde?

Ele pega o celular.

— Vou reservar o restaurante em Mayfair, depois vamos dançar naquele lugar que o Jay estava falando outro dia, sabe, aquele que tem um jardim no terraço...

Concordo novamente. Parece bonito. Ele começa a me mostrar fotos de um lugar muito chique, que parece ter saído do reality *Made in Chelsea*. Tomi normalmente não se esforça tanto assim para os seus aniversários, mas tenho a impressão de que a comemoração dos seus trinta anos vai ser inesquecível. Ele até convidou a Alice, da contabilidade.

— Vai ser sábado, dia 5 de fevereiro, tá?

— Por que não no dia do seu aniversário? — O aniversário do Tomi é no dia 12.

— Vou estar na Nigéria — responde ele.

— Eba! — Bato palminhas. Os pais do Tomi vieram para o Reino Unido antes de ele nascer, mas ele ainda tem família lá, e não visita há anos.

— Sim, estou animado.

Abro o calendário no celular.

— Ok, anotado. *Aniversário do Tomi, restaurante e balada*. E aí, o Jay vai?! Como estão as coisas entre vocês?

O Tomi está saindo com o Jay faz dois meses. Eles se conheceram quando os dois tentaram pegar o último abacate no Tesco. Eu acho fofo, mas para o Tomi isso é uma eterna decepção, porque faz deles um clichê millenial. Às vezes, ele tenta mudar a história, dizendo que era brócolis.

— Ah, tá tudo bem — diz ele. — Mas estou um pouco nervoso por ele conhecer todos os meus amigos de uma vez. Não sei se já chegamos *nesse* ponto, sabe, e normalmente eu preferiria esperar para apresentar aos poucos. Um de cada vez, ou pelo menos um grupo de cada vez. Mas eu não posso deixar de convidar o Jay para o meu aniversário de trinta anos, né?

Pondero a pergunta.

— Não — digo com sinceridade. — Acho que não.

— Pelo menos meu pai e minha mãe não vão. Eles desistiram por causa da nossa viagem. Vão ser muitas festas. — Tomi põe as mãos no coração, em sinal de alívio. — Mas você sabe *quem* vai?

— Quem?

— A Isabella — diz ele baixinho.

— Uau! — Faço uma careta. — Sério?

O Tomi namorou a Isabella antes do Jay. Eles ficaram juntos por cerca de seis meses, e não terminou muito bem. Mas ela está no mesmo grupo de amigos do curso de francês do Tomi — o Tomi realmente faz amigos por onde passa —, então ele achou que ficaria superchato não convidar todo mundo.

— Eu não esperava que ela fosse aceitar — comento. — Levando em consideração que ela mudou de lugar na sala e se recusa até a te olhar.

— É — concorda ele. — Nem eu.

— Será que ela quer dar uma trégua?

— Talvez ela queira aparecer lá toda gostosa pra pegar um dos meus amigos bem na minha frente — resmunga Tomi. — Por falar nisso, será que eu apresento ela pro Jay?

Balanço a cabeça, sem saber como responder. Sou péssima em dar conselhos amorosos, porque nunca namorei muito. Bom, pelo menos até agora, eu acho. E não tenho certeza se correr para o banheiro chorando depois de encontrar o gêmeo idêntico do meu atual namorado já me dá alguma credencial.

— Estou nervoso — confessa Tomi. — Não vou conseguir ficar de olho neles a noite toda. E sinto que a Isabella é exatamente o tipo de pessoa que iria até o Jay só pra fazer um comentário desagradável. Mas você vai estar lá, certo? Pode interferir se vir ela à espreita?

Assinto.

— É claro! Pode me considerar a guarda-costas do Jay.

— Obrigado. — Tomi toca meu braço, aliviado. — Eu sempre posso contar com você. Mas, enfim, chega de falar de mim... Tem alguma coisa que você quer me contar? — Ele apoia a palma das mãos na mesa e se inclina de forma conspiratória.

Sinto como se um grande holofote estivesse em cima de mim. Estou exposta, nua no palco. *Como ele sabe?!*

— Eu... É... Quê? Como assim? — Tento soar casual.

— Você está agindo de um jeito estranho há semanas — comenta Tomi. — Meu primeiro palpite era que você estava grávida, mas você acabou de pedir uma mimosa, então...

Solto o ar. Meu pulso começa a voltar ao normal. *Ele não sabe.*

— Não, definitivamente não estou grávida. — Dou risada, e parece tão verdadeira quanto a risada de Tommy Wiseau.

— Então o que tá rolando? — Tomi inclina a cabeça para o lado. — Parece que você e o Will estão saindo bastante recentemente. Eu amo. Super-romântico. Meio que pensei... Talveeeez... — Ele levanta as sobrancelhas e aponta para o meu dedo anelar.

Forço a boca em um sorriso. Minhas bochechas parecem pesadas.

— Não! — Coloco energia na voz, mesmo que sinta minhas cordas vocais esmagadas pelo peso de uma morsa. — Meu Deus, não! Não estamos nem *pensando* nisso.

Nossa, exagerei. Devia ter negado com menos intensidade. Mas acho que, tecnicamente, não é mentira. Eu estava pensando nisso, até que o Will jogou a bomba. Quer dizer, o objetivo ainda é esse, só que agora ele está mais confuso e distante.

— Tudo bem. — Tomi não parece convencido. Talvez por causa de todos aqueles sites sobre noivas que ele me pegou olhando no começo do ano. — Bom, desculpa. Só estou ansioso pra dançar ao som de Robbie Williams. Isso só vale pra casamentos. Quando ele está em turnê *ninguém* quer ir comigo, porque isso seria admitir que a pessoa gosta dele, mas, se toca num casamento, de repente todo mundo é fã número 1. — Ele aponta dois dedos para os próprios olhos, depois para os meus. — Tô de olho.

Sou grata por ele ter fingido acreditar em mim e mudado o assunto para Robbie Williams. Mas ainda não estou fora de perigo.

— Mas como você e o Will estão? — pergunta Tomi. — Quer dizer, casamentos à parte?

Eu não sei. Como deveria responder a essa pergunta? Não consigo dizer de forma convincente que estamos bem.

Sou salva pela chegada das mimosas. A garçonete serve nossos drinques, e Tomi se distrai com o pequeno guarda-chuva que flutua na bebida. Mas, trinta segundos depois, ele me pergunta sobre o Will de novo.

Eu me esquivo de um jeito nada a ver e sinto que estou começando a ficar nervosa. Ele me conhece bem, sabe que tem alguma coisa acontecendo e não vai deixar isso para lá.

Meu celular vibra e vejo uma notificação de um cara chamado Ian, dizendo "e aí". Não quero ser maldosa — estamos todos dando o nosso melhor, não é mesmo? —, mas será que ele não consegue pensar em mais nada para iniciar uma conversa?

— Will? — Tomi aponta para o meu celular.

Penso em responder sem mentir. *Não, não é o Will, é um cara chamado Ian que quer ficar de papinho, na esperança de que eu seja aquela uma pessoa entre oito bilhões que possa preencher o seu tipo específico de vazio. Ou talvez ele só queira transar. Quem sabe.*

A pressão aumenta no meu peito. Saindo às escondidas, me sentindo confusa o tempo todo, mentindo para os meus amigos. É demais.

— Você está bem? — pergunta ele.

Sinto um forte desejo de contar a verdade para o Tomi. Mas então imagino a cara dele, as perguntas, o julgamento secreto. Não um julgamento-*julgamento*, como aconteceria com os nossos outros amigos noivos ou casados; não acho que o Tomi vai ser falso pelas minhas costas. Mas os amigos *sempre* julgam, mesmo que eles estejam bem-intencionados. Não tem como não julgar. Eles te conhecem. Conhecem sua história, seus sonhos e desejos, e todas as pequenas expressões que te denunciam. O Tomi vai perceber, em cinco segundos, que eu não quero *realmente* fazer isso, e vai tentar me dissuadir. Mas a questão é que eu quero fazer isso, porque quero que o meu relacionamento com o Will dê certo. Mas sei que o Tomi não vai interpretar dessa forma.

Além disso, nem eu compreendi ainda tudo o que isso envolve. Então, como explicar para outra pessoa?

— Sim, estou bem — digo, fazendo minha voz soar leve. — Me mostra de novo as fotos do lugar com o terraço na cobertura?

Felizmente, ele desiste, e passamos o restante do almoço planejando sua festa de aniversário.

Quando chego em casa, o cheiro de frango assado recheado e coberto de ervas finas preenche o ar. Normalmente, eu me deliciaria com esses cheiros habituais e caseiros, mas só o que consigo pensar é em como vou arranjar um encontro para terça-feira.

Vou até a sala de estar e abro o temido aplicativo no celular. Então me lembro do que a Fliss disse sobre sair da zona de conforto. Tudo bem... Alguém diferente do Will.

Dou uma olhada em quem me "curtiu" esta semana. Ainda não "curti" alguém primeiro. Tenho pavor de ser rejeitada, especialmente quando eu nem queria estar aqui, para começo de conversa. Ian — o cara que disse "e aí" — tem uma *vibe* Will, então é um "não" imediato.

Vou para o segundo cara. Seu nome é Pete. Ele tem um corte de cabelo normal, que não tenta ser moderninho, logo, já é diferente do Will. Parece que ele curte bastante esporte; muitas fotos dele jogando tênis, futebol... Normalmente, não é o meu tipo. Quer dizer, como todos os homens brancos heterossexuais cisgêneros com trinta e poucos anos, o Will de vez em quando faz escalada, mas chamá-lo de "esportista" seria um exagero.

Olho para a mensagem que Pete me enviou. "Topa um minigolfe na próxima semana? Quem perder paga a primeira rodada."

Bom, parece justo.

"Terça-feira?", respondo.

Ele envia um emoji de polegar para cima, o que considero uma confirmação. Pronto. Ele é: a) um cara que não se parece em nada com o Will e b) ele quer se encontrar pessoalmente e rápido, sem ter que ficar de conversinha. Tive que bater papo com Andrew durante *três dias* até ele me convidar para sair. Se eu aceitar o encontro com Pete, não preciso ficar olhando mais perfis e posso evitar pensar nisso até lá.

Como ainda não contei nada para o Tomi, sinto que preciso contar para *alguém*, então mando uma mensagem para a Fliss.

Tenho outro encontro na terça-feira.

Assim que envio a mensagem, me encolho. Será que ela vai se importar? Ou será que vai pensar: "por que essa esquisita ainda está compartilhando informações pessoais comigo?" Mas então lembro que nossa refeição juntas foi ideia dela, e que foi ela quem me enviou uma mensagem mais tarde naquela noite.

Ela responde rapidamente:

Olha, que rápido! Não é outro clone do Will?

Não. Ele parece gostar de golfe.

Haha. Ótimo começo.

Falar com Fliss é tão acolhedor que me pergunto se ela pode me ver depois do encontro. Não vou ter tanto medo se souber que posso conversar com alguém assim que tudo terminar. Eu me sinto um pouco boba, especialmente quando mais de dez minutos se passam e ela não me responde. Acho que nunca mais vou ter notícias dela, mas então ela escreve:

Claro. Me avisa onde vc vai estar!

Respiro fundo. Vai dar tudo certo na terça-feira. Aconteça o que acontecer, minha noite não vai ser um desastre.

Nos dois dias seguintes, consigo tirar esse problema da cabeça. Percebo que estou muito menos nervosa com o encontro com o Pete do que estava na primeira vez. Com o Andrew, passei muito tempo me preparando. Analisei cada detalhe do perfil dele, fiquei obcecada com cada mensagem que enviei, com o que vestir e como agir. Eu mal olhei para o Pete, portanto, não consigo imaginá-lo bem o suficiente para me importar com o que ele vai achar de mim, o que é bastante libertador. Quem sabe como é esse cara com quem vou jogar minigolfe daqui a alguns dias? Estou tentando o jeito da Fliss — jogando os dados sem nenhuma expectativa —, e é uma sensação superlibertadora. Olhe só para mim. Estou *experimentando*.

10

LEIA O PERFIL DE VERDADE

FLISS

Eu me aproximo da cafeteria para ver a Holly. Quando ela me mandou mensagem dizendo que já tinha outro encontro engatilhado, e se eu me importaria de vê-la depois para a gente conversar, eu aceitei o convite, mesmo tendo meus próprios problemas para resolver. Talvez eu esteja buscando uma fuga do mastigar incessante de balas do Henry. Talvez seja porque dar conselhos a ela faz com que eu me sinta no controle, quando, ultimamente, eu sinta tudo, menos isso. Ou talvez seja porque eu esteja me despedindo daquilo em que ela está se metendo, mas, por algum motivo, estou inconscientemente envolvida na vida amorosa dessa mulher. Eu realmente quero que dê certo para ela.

E também... *odeio* admitir isso, mas estou curiosa para saber se ela pode ter algum conselho para me dar. Toda vez que alguém aparece no meu celular, tenho que resistir à vontade de responder, e isso não está ficando mais fácil. Na verdade, sinto que está ficando mais difícil.

Pensei em entrar em contato com algum dos meus amigos, mas muitos eu não vejo há algum tempo, porque moram muito longe, e acho que é muita coisa para despejar em cima deles por mensagem de texto. O casamento do Henry acabou de desmoronar, então me sinto péssima em procurá-lo para pedir conselhos sobre relacionamento. Além disso, sei que ele não acredita na minha capacidade de estar em um relacionamento monogâmico, e não quero provar que ele está certo. A Holly não tem nenhum preconceito em relação a mim ou ao Ash. Ela tem sido muito aberta comigo sobre sua vida; quando a conheci, ela estava literalmente tendo um ataque de pânico. E ela esteve em um relacionamento monogâmico por nove anos e deve ter *algumas* respostas. Sinto que, se posso conversar com alguém, é com a Holly.

Eu a vejo sentada lá dentro, reconheço o cabelo curtinho e o saltinho através do vidro da janela. Ela está olhando para o nada com uma expressão assustada.

Acho que o encontro não foi muito legal.

— E aí — digo, aparecendo atrás dela. Ela dá um pulo e derruba chá numa revista grande e brilhante. Não sabia que as pessoas ainda compravam revistas.

— Oi! — Ela se levanta. — Obrigada por vir. Sei que é um pouco... Enfim.

Ela se aproxima e me abraça como se cumprimentasse um parente que não vê há muito tempo. E eu me sinto mal pelo tapinha no ombro desconfortável que ela recebe em troca. Não venho de uma família que gosta de abraçar. A única pessoa que me sinto confortável em abraçar é o Ash.

— Eu queria vir — digo, com sinceridade.

Ela sorri calorosamente e nos sentamos de frente uma para a outra, em poltronas vermelhas e marrons aconchegantes. É uma cafeteria peculiar, meio vintage, com abajures antigos e que parece funcionar como bar à noite, servindo drinques em bules de chá. Mesmo que eu não a conheça muito bem, parece a cara da Holly.

— Então, o encontro foi ruim? — pergunto.

— *Sim*. — Holly afunda na poltrona, como se quisesse ser engolida. — Muito ruim. Como você sabe?

— Você chegou cedo — digo. Nós devíamos ter nos encontrado às oito da noite. São quinze para as oito. Ela só pode ter encontrado o cara às seis.

— Nossa — resmunga Holly. — Parece que durou *anos*.

Torço o nariz em sinal de simpatia.

— Os encontros ruins são assim mesmo. O que aconteceu? — Eu me viro para ficar confortável, esperando ansiosamente que ela me conte sobre sua noite.

— Tá, quando cheguei lá, eu estava me sentindo bem. Confiante. Ou, pelo menos, não tinha chorado de nervoso. Daí eu pensei: "Este *tem* que ser melhor que o último", né?

Eu me encolho.

— Pior que ter um ataque de pânico em um banheiro público? Deve ter sido péssimo, então.

Ela se encolhe de novo.

— Eu vi o Pete apoiado em uma parede na sala de espera, mexendo no celular. O cabelo dele era *completamente* diferente do cabelo do Will!

Resisto à vontade de rir, porque ela parece genuinamente satisfeita consigo mesma.

— Fomos pegar os tacos de golfe e as bolas, aí fomos ao bar. Ele contou sobre a viagem de metrô até lá e como tinha um "cachorro gigante" no vagão dele, que parecia um lobo. Tudo muito educado, uma conversa agradável. Começamos bem, eu pensei...

— E aí?

— E aí que eu me ofereci pra pagar uma bebida, e ele não deixou. Primeiro, pensei que ele só estivesse sendo educado, mas ele meio que ficou na defensiva... A certa altura, ele disse: "Você não é dessas feministas, né?" E riu.

— Nãããão.

— E as coisas não melhoraram depois disso. Eu não entendo... — Holly massageia as têmporas. — Como uma pessoa pode ir a um encontro e... não perguntar *nada* sobre a outra pessoa?

Dou risada. Pelo modo perplexo como a Holly reagiu, posso afirmar que ela não foi a muitos encontros. Estou tão acostumada a me sentir como a ingênua irmã mais nova do sabichão irmão mais velho Henry que começo a adorar essa mudança de dinâmica. Eu mal a conheço, mas há algo em sua presença que me conforta de um jeito único. Não sei se é porque ela parece estar meio perdida, como eu — mesmo que eu tenha me comprometido com o Ash, meus sentimentos sobre a decisão ainda estão bagunçados —, ou se suas perguntas inocentes me fazem sentir mais experiente, ou só que ela é muito verdadeira, mas tenho mais vontade de estar na companhia dela do que de qualquer outra pessoa neste momento.

— Então esse era o cara fora da sua zona de conforto? — continuo. — O seu curinga?

— Sim — concorda Holly. — Acho que não funciona pra mim. Talvez eu tenha um tipo, e é isso. Talvez o Will seja o único...

— Ei, ei, ei... — Aponto para o seu celular. — Pera lá. Me mostra o perfil.

Ela me entrega, relutante. Passo pelas fotos de um cara branco, de cabelo castanho, aparência mediana, comendo um bife, jogando golfe, tênis...

— O quê? O que você acha? — Holly mexe a cabeça de um lado para o outro, tentando olhar para o celular de cabeça para baixo.

— Não sei, ele parece...

Aí eu encontro o ouro.

— "Vou te curtir... *se você for boa com bolas.*" — Leio em voz alta. — Holly, Holly, Holly. — Nego com a cabeça.

— Quê? Tá escrito isso? — Holly pega o celular de volta, os olhos arregalados de horror. — Ah, meu Deus. Ah, meu Deus!!!

Solto uma risada de porquinho de tanto rir.

— Holly! Quando eu disse pra você sair da zona de conforto, eu quis dizer... Não sei... Pra você sair com um músico intenso... ou com um surfista hippie... não com um HETEROTOP!

Holly ainda encara o celular, como se não conseguisse acreditar no que está vendo, e eu continuo rindo.

— Pelo menos você *leu* o perfil desse cara?! — pergunto, quando consigo me recuperar.

— Hmmm... — Suas bochechas ficam um pouco rosadas. — Não exatamente. Eu só... meio que... disse sim pro próximo cara que me chamou pra sair? — Ela bate a mão na testa. — Ah, meu Deus! Eu sou uma estúpida mesmo!

— Não! — Abano o ar com desdém, tentando fazê-la se sentir melhor. — Bom, na verdade, sim. Mas, pra ser sincera, esses aplicativos às vezes são uma caixinha de surpresas. Tive alguns dos melhores encontros da minha vida com pessoas que eu não estava com nenhuma vontade de encontrar, e os piores aconteceram com pessoas que achei que tivesse uma ligação pelas mensagens que a gente trocou. Um cara com quem eu falei por mensagem durante quase um mês tinha uma voz muito estridente. É difícil dizer.

Holly sorri, agradecida.

— Talvez seja melhor checar alguns sinais de alerta da próxima vez — acrescento, e nós duas começamos a rir novamente.

— Meu Deus. Se você for *boa com bolas*. — Holly se inclina e apoia a cabeça nas mãos. — Não é nem criativo. Eu podia ter evitado uma hora e quinze minutos de puro sofrimento.

— Você adicionou quinze minutos a uma hora obrigatória — comento. — Classuda.

— Pensei que o mínimo fosse uma hora e meia? — murmura Holly através dos dedos.

— Não. — Dou de ombros. — Se não me sinto atraída por eles, não vão ganhar um segundo a mais além dos sessenta minutos.

— Nossa. — Holly está murmurando de novo, com a cabeça apoiada nos cotovelos. — Ir a encontros é *horrível*.

Eu a observo deprimida diante de mim, inclinada para a frente, segurando as bochechas com as mãos. Quando a conheci, achei que sua reação ao encontro ruim tivesse sido apenas ansiedade. Imagino que seja difícil voltar a sair com as pessoas depois de tantos anos estando exclusivamente com alguém, mesmo que você queira. Especialmente se você for uma pessoa tímida. Não, ela não é exatamente tímida... Talvez gentil seja a palavra certa. Mas algo em seu último comentário me faz pensar por que essa mulher está realmente fazendo isso.

— Posso te perguntar uma coisa, Holly? — Eu me inclino em sua direção e junto as mãos. — O que você quer ganhar com isso?

Ela parece um cervo na frente dos faróis de um carro, os olhos se movendo de um lado para o outro. Então ela se controla e neutraliza a expressão.

— O que... O que você quer dizer? — Ela se atrapalha.

— Bom... só flerte? Sexo? Uma conexão emocional?

Holly fica branca. Seu lábio inferior treme.

— Eu... O que é pra você? — Ela muda de assunto.

— Acho que pra mim são todas as anteriores. Eu não amo outras pessoas. Não sou exatamente poliamorosa, mas também não é só sobre sexo. Eu gosto de conhecer as pessoas. Mas recebo coisas diferentes de pessoas diferentes — digo.

Como ela ainda parece impassível, continuo:

— Tipo... morar em cidades diferentes. Não consigo me imaginar morando no mesmo lugar para sempre, não importa o quanto eu ame o lugar.

— Há quanto tempo você mora em Londres? — pergunta Holly.

— Alguns anos. Antes disso eu estava em Paris. Antes disso em Barcelona. Antes disso em Nova York...

— Nova York! Uau. Eu sempre quis conhecer Nova York. Deve ter sido incrível! — Os olhos de Holly brilham. Ela mudou de assunto de forma inteligente, mas não vai se livrar tão fácil.

— Sim, sim, é mágico — digo, sem mudar o tom. — Mas e sobre *você*?

Holly cruza as pernas, então as descruza. Seus olhos se deslocam pela sala e ela faz um pequeno beicinho enquanto se concentra, como se vasculhasse o cérebro em busca de algo para dizer.

— Se você ainda não sabe, isso também é...

— *Sexo* — interrompe ela, decidida.

Tudo bem. Não era a resposta que eu esperava.

— Sexo? — repito.

Ela acena firmemente com a cabeça, mas seu rosto parece um pouco com o da Barbie que eu tinha na infância, quando eu pisava na cabeça dela.

Não estou convencida. Ainda assim, as aparências enganam. O fato de ela ser tímida não significa nada. Na verdade, sabemos muito pouco sobre as outras pessoas. Provavelmente, muitas delas estão interessadas em ter novas experiências sexuais, mas são muito ansiosas para tentar. Bom para ela.

— Ok. — Inclino a cabeça para o lado, porque considero isso uma informação nova. — É... Isso é... bom. Talvez só ter encontros com isso em mente? Eu acho que saber o que você quer tirar da experiência é importante para relacionamentos abertos funcionarem. Se você entrar confusa, vai sair confusa.

Holly concorda novamente.

— Não estou confusa — afirma ela.

— Beleza, bom, ótimo. — Bom para ela, penso, porque eu definitivamente estou. — Sabe, se é só sobre sexo, tem alguns aplicativos diferentes que você pode...

— Não — diz Holly, rapidamente. — Quer dizer, é... Talvez mais pra frente. Não acho que esteja confiante o suficiente agora pra... esses tipos de aplicativo.

Não estou convencida de que Holly já esteve "nesses tipos" de aplicativo para saber se se sentiria confortável neles, mas obviamente é um "não" para ela, então eu não insisto.

— E são só homens? — continuo. — Ou você está explorando sua sexualidade?

Conheço muitas mulheres que estiveram em longos relacionamentos heterossexuais e que descobrem que são bi nessa idade. Treinadas por anos para pensar que só "admiram" outras mulheres até descobrirem que é mais do que isso. Não me surpreenderia.

Parece que entreguei uma bomba para a Holly segurar.

— São só homens — confirma ela, mas é quase como se falasse no piloto automático. Suspeito de que ninguém nunca perguntou isso para ela, nem ela mesma. — E pra você? — Novamente ela devolve a questão para mim.

— Sou dolorosamente hétero — respondo. Eu me dei liberdade e introspecção o suficiente para saber isso sobre mim. Mas algo me diz que a Holly nunca nem pensou no assunto. Acho que ela nunca nem pensou sobre suas vontades.

Ela morde o lábio, perdida em pensamentos.

Sinto que ela já foi interrogada o bastante por uma noite, então começo a pedir pelo meu conselho.

— Holly? — arrisco. — Como você ficou em um relacionamento fechado por nove anos? Quer dizer, você decidiu abrir agora, então imagino que não estivesse funcionando, certo? Tipo, deve ter sido bem difícil?

De certa forma, espero que ela me diga o quanto foi difícil e que eu e o Ash não deveríamos fazer isso, porque vamos acabar querendo abrir novamente, mas seus olhos brilham.

— Ah, não, foi fácil.

Essa não era de jeito *nenhum* a resposta que eu esperava.

— Então você não achava difícil ignorar a atração que sente por outras pessoas? — pergunto.

— Não. — Ela nega com a cabeça. — Nem passava pela minha cabeça. Eu amava muito o Will, não queria outra pessoa... — Sua voz fica toda sonhadora, antes que ela tussa e volte ao normal. — Claro que estou animada em sair com outras pessoas. Mas é temporário. No fim de tudo, eu e o Will vamos querer exclusividade de novo.

Mais uma vez, não foi a resposta que eu esperava. Eu não via isso como algo temporário, mas, aparentemente, todo mundo — incluindo o Ash — vê as coisas assim.

— Eu e o Ash estamos exclusivos — digo a ela.

— Ah! — Holly junta as mãos. — Isso é ótimo, que notícia boa! — Sua voz soa animada e romântica. — Bom... um brinde a isso, Fliss. Parabéns!

Ela levanta o copo, supondo que eu também esteja feliz, como se ela não pudesse imaginar alguém que *não* quisesse isso a longo prazo. Ela e o resto do mundo, eu acho. Quase não tenho coragem de dizer para ela que tenho dúvidas.

— Sim. — Brinco com meu rabo de cavalo, jogando de um lado para o outro, mexendo nas pontas. — Eu só... não tenho certeza.

— Você não tem certeza?

— Quer dizer, tenho certeza absoluta sobre o *Ash* — explico apressadamente. — Eu amo o Ash e sei que ele significa mais para mim do que qualquer outra pessoa. Eu só... Holly. Acho que não sei o que estou fazendo.

— Não sabe o que está fazendo, como assim?

— Monogamia. — Empurro meu celular na mesa, em sua direção. Há várias mensagens, de vários aplicativos. — Estou tendo dificuldade em dizer "não" para conhecer pessoas novas e em parar com as conversas.

— Certo. — Ela pega o celular e olha as mensagens.

— É que, eu... bom, eu nunca fiz isso antes. Tá, eu tive um namorado exclusivo uma vez, mas eu tinha vinte anos. Isso faz quase uma década. E terminou de forma horrível.

— Certo. — Ela pousa o celular de volta na mesa.

— Eu... bom, você fez isso por nove anos. Então eu imaginei que se fosse pedir conselhos pra alguém... — continuo.

— Ah. AH. Sim! — De repente ela entende que estou pedindo a ajuda *dela* e parece alegremente lisonjeada. — Ok, bom... — Ela apoia as costas na cadeira. — Então você está achando difícil parar de falar com outras pessoas?

— Sim. — Eu me sirvo do drinque do bule de chá. — Estou gostando de passar mais tempo com o Ash, mas aí, toda vez que preciso dizer "não" para um cara gostoso, preciso admitir, fico um pouco decepcionada.

— Olha... — Ela morde o lábio. — Isso é normal. Você está acostumada a ver várias pessoas, então não se culpe por achar o período de transição difícil.

— Sério?

— Sim. E parece que você está deixando a sua vida mais difícil do que deveria ser. Seria como tentar parar de comer queijo e... ir a um bar especializado em queijo.

— Por que alguém pararia de comer queijo? — pergunto.

— O que eu quero dizer é que... — Ela olha significativamente para o meu celular. — Talvez você ache mais fácil se ficar longe da tentação.

Num primeiro momento, não entendo o que ela quer dizer.

— Deleta os seus aplicativos de namoro — explica ela.

Paro de beber.

— Deletar os aplicativos? — repito. — Tipo, todos eles?

— Sim... Você não está usando. E eles só estão te lembrando do que você não pode ter.

Coloco a caneca de volta na mesa. Eu sei que é sério quando perco a vontade de beber.

— É, você tem razão. Claro que tem razão. Dã.

Ela pega meu celular e me entrega. Eu o recebo, devagar.

— Tipo... agora? — Pareço um avestruz estrangulado. Limpo a garganta.

— Por que não? — pergunta ela.

Não digo nada. Parece muito cedo. Mas ela está certa; qual o sentido de ter esses aplicativos agora?

— Tudo bem, me ajuda a escolher o meu próximo encontro e eu deleto os seus aplicativos. Fechado? — Ela me oferece seu celular.

Respiro fundo e entrego meu telefone. Completamos a troca.

— Ok. — Ela desliza e aperta. — Deletado. Deletado. Deletado. Deletado. E... AH. Fliss, qual é esse aqui!? Deixa pra lá, eu não quero nem saber. DELETADO. — Ela põe o celular de volta na mesa e nós duas o encaramos.

Nenhuma de nós diz nada por um momento, como se fizéssemos um minuto de silêncio. Sinto que devia estar de preto.

— Bom, é isso aí — digo.

— Você está bem? — pergunta Holly.

Estou emocionada e me sinto ridícula por isso. Sufoco o sentimento, e faço uma cara de empresário de meia-idade dos anos 50, concordando com a cabeça.

Abro o celular da Holly e encontro o logo familiar do aplicativo de relacionamentos que tenho usado desde os meus vinte e poucos anos. Mas este não é o meu celular, e saber disso é estranho.

— Beleza, vem cá. — Dou tapinhas no assento ao meu lado.

Holly se levanta e se acomoda ao meu lado, e começamos a passar pelos vários perfis. Sinto que a Holly está encantada por ter outra pessoa assumindo essa tarefa por ela, e usar os aplicativos no seu celular é como se fosse um adesivo de nicotina para mim.

Passamos o resto da noite tomando coquetéis em nossas canecas de porcelana e rindo de metade das coisas estúpidas que os homens cis héteros escrevem em seus perfis para se promoverem. Quando o bar fecha e é hora de ir para casa, eu me sinto muito melhor do que quando cheguei.

11

SEJA SINCERA

HOLLY

Sexo. Sexo. Sexo. Por que eu disse sexo?! De todas as respostas, é nisso que estou *menos* interessada. Uma semana depois, estou repassando minha última conversa com a Fliss, que ainda me assusta.

Provavelmente porque acabei de receber uma mensagem do meu encontro desastroso, o Pete:

Desculpa a demora, mas acho que não rolou entre a gente na outra noite, prazer em te conhecer.

Desculpa, mas isso era realmente necessário? Eu não tentei entrar em contato com ele. Eu nem pensei nele novamente, até que ele apareceu sem nenhuma cerimônia no meu celular. Será que pensou que eu estava esperando que ele me enviasse uma mensagem? Eu achei que ficou bastante claro que "não rolou" para nós dois. Isso que é pôr sal na ferida. Mesmo assim, claro, respondi como a jovem mulher educada que sou.

Não precisa pedir desculpa! Eu concordo. Prazer em te conhecer também.

Aí, óbvio, fiquei preocupada se o "concordo" pareceu muito passivo-agressivo. Por que as mulheres foram amaldiçoadas para sempre a se preocuparem com os sentimentos e opiniões dos outros? Pete certamente não se importa.

Pelo menos é reconfortante saber que a Fliss tem seus próprios problemas. Obviamente, não estou feliz por ela ter problemas, mas é satisfatório descobrir que as coisas não são completamente tranquilas para ela também. Ela pode estar tendo dificuldades com o exato oposto do que eu estou sofrendo — não consigo evitar sentir uma pontada de inveja que o seu problema seja que o namorado *não* quer sair com outras pessoas —, mas ela está se sentindo tão perdida quanto eu.

Analisar os perfis com a Fliss naquela noite não pareceu tão assustador; na verdade, foi meio que divertido. Sozinha, eu me sobrecarrego rápido; é que... Tem. Tantas. Pessoas. E eu tenho muitas dúvidas. Por que tantos homens dizem que amam pizza? Isso é um eufemismo? Por que todos eles dizem que têm mais de um metro e oitenta? Mas pensar no que ela disse sobre sair da zona de conforto sem ser completamente no aleatório ajudou um pouco.

Hoje à noite vou me encontrar com um cara chamado Liam, de Dublin, que é alguém que a Fliss indicou. Liam tem um bom senso de humor, como percebi nos três comentários que ele fez sobre ele mesmo no perfil. Ele tem um cabelo bonito (com estilos diferentes, que vai do black power para o raspado, então deduzi que não tem medo de tentar coisas novas), e a Fliss disse que ele tem olhos "sedutores". Ele trabalha para uma consultoria que está tentando fazer com que empresas de energia invistam em energia limpa, então é improvável que seja um sociopata — e, mesmo que fosse, pelo menos seria um sociopata que se importa com o planeta —, e não encontrei menções a bolas em nenhum lugar do seu perfil.

A única coisa que me fez hesitar foi... ele tem uma tatuagem questionável. No seu pulso esquerdo está escrito "It's a beautiful day, hey, hey". Agora, eu gosto de "Mr. Blue Sky" tanto quanto qualquer outra pessoa, mas ter a letra gravada no corpo parece *bastante* entusiasmo. Então, minha avaliação é que é possível que ele seja aquele tipo tóxico de pessoa positiva, que pensa que é apropriado dizer que basta um sorriso para acabar com os problemas de saúde mental e que tem uma caneca com os dizeres "Seja Sua Melhor Versão". Mas veremos.

Enfim, a Fliss disse que essa é a melhor forma de sair da minha zona de conforto, ou seja, não escolher pessoas *completamente* aleatórias, mas, se você gosta de muitas coisas que vê, não a descarte com base em um detalhe que não é do seu gosto. A tatuagem dele é exatamente o tipo de coisa que faria o Will estremecer, e normalmente eu concordaria com sua afirmação de que ele é uma pessoa "básica", então, esta noite, vou conhecer Liam e sua péssima tatuagem com a mente aberta.

Mais ou menos aberta, de qualquer forma. Claro que eu ainda amo o Will. Ah, Deus. A Fliss diria "É claro que você ainda ama o Will, o problema não é esse". No entanto, apesar dos esforços da Fliss, não tenho certeza se estou *realmente* compreendendo isso.

Vou encontrar o Liam às três da tarde, em um pub aconchegante perto do rio, em Hackney, o que me agrada, já que eu e o Will nunca vamos nesse bairro, então não tenho lembranças dele para me distrair. Will acha que Hackney se tornou um lugar tão badalado que agora é praticamente uma paródia de um lugar badalado, uma região que pessoas do reality *De férias com o ex* poderiam frequentar ou algo do tipo. Para ser sincera, mesmo que eu trabalhe com moda, eu não poderia me importar menos com as regras do que é badalado e do que não é. Eu só gosto de roupas bonitas. E badalado ainda é um termo que as pessoas usam?

Badalado ou não, quando chego, fico impressionada com a beleza do lugar. Há luzes externas em um terraço com vista para a água, e as pessoas se aglomeram em torno de aquecedores com seus casacos e cachecóis. Avisto Liam no canto mais distante. Ele parece usar um tipo de jaqueta impermeável que o Will jamais usaria, mas pelo menos está aquecido. Ele também pegou um aquecedor só para nós, o que me deixa feliz, porque imagine estar em um primeiro encontro e outras pessoas ouvirem vocês se apresentarem daquele jeito desconfortável? Outro dia, as meninas do escritório estavam rindo porque ouviram um cara em um primeiro encontro perguntar: "Você gosta de plantas?" Com certeza, minha conversa-fiada de primeiro encontro seria um prato cheio.

Ele está distraído olhando para a água e, quando me sento à sua frente, ele se assusta e quase cai do banco. Entro em pânico achando que já estraguei tudo, mas ele ri e seu sorriso me tranquiliza instantaneamente.

— Meu Deus! — Ele põe a mão no peito. — Você me assustou. Oi.

— Liam? — pergunto para confirmar.

— Sim, oi, Holly. É um prazer te conhecer.

Meu Deus. O sotaque irlandês. O charme não é só uma lenda.

Será que posso me encantar com o sotaque de outro homem?

Sim. Posso. É por isso que estou aqui, lembro a mim mesma.

Ele abaixa o capuz da jaqueta, revelando o black power — eu tinha me perguntado qual dos vários penteados das fotos ele iria escolher —, enquanto se levanta e vai direto para um abraço. Um abraço de verdade, não um tapinha no ombro. Eu o abraço de volta, notando como é estranha a sensação de abraçar alguém mais alto que o Will. Will é mais ou menos da minha altura, então não estou acostumada a ter que me esticar.

— Não olha agora. — Ele abaixa a voz enquanto nos sentamos. — Mas tem um casal ali que não diz uma palavra há quase dez minutos. Estou tentando descobrir se é um silêncio confortável ou se estão brigando.

— Ah, agora eu quero ver — digo.

— Espera, eu viro pra lá e você vira pra direita. — Ele olha para o rio novamente.

Levanto sutilmente o pescoço para o lado para dar uma olhada. De fato, duas mulheres mais velhas estão sentadas uma de frente para a outra, caladas, evitando contato visual.

— Definitivamente é uma briga — sussurro quando me viro de novo. — Tá muito tenso.

— Como você sabe?

— Olha a linguagem corporal! A que está de cachecol azul está furiosa.

Liam as observa novamente enquanto finjo que estou olhando para as minhas luvas.

— Não sei. Elas parecem os meus tios. Eles nunca discutem, apenas se odeiam.

— Bom, sem dúvida isso também é uma briga — digo. — Só que é uma briga lenta, arrastada e silenciosa, que vem acontecendo há muitos anos. — De repente, percebo que estou passando dos limites. — Desculpa, foi muito rude, não sei nada sobre a sua família.

Liam olha de volta para mim e sorri.

— Imagina, você acertou em cheio. Filha de divórcio? — Ele sorri.

Eu me surpreendo com a pergunta. Nem eu e o Will falamos muito sobre a nossa infância, e eu conheço esse cara há menos de dez minutos. Mas, pela forma como ele pergunta, parece que não é nada de mais.

— Ah. Mais ou menos — digo, de forma vaga.

— O que aconteceu? — continua ele.

Não sei como abordar esse assunto de um jeito socialmente aceitável. Ele está realmente me perguntando sobre isso? O que aconteceu com a conversa-fiada? Ele não devia estar me perguntando como foi no metrô?

— Eu, é... bom, meus pais nunca foram casados, e meu pai foi embora antes de eu nascer.

— Ah. Por quê?

Mais uma vez, fico surpresa com a franqueza da pergunta, e a resposta sincera é: "Não tenho ideia". Nunca perguntei à minha mãe. Ela não fala sobre muita coisa e não faz perguntas. Ela simplesmente... segue em frente.

— Não sei — respondo.

Nunca pensei muito sobre isso, porque nunca achei que fosse da minha conta, mas a cara de surpresa do Liam me faz pensar o contrário. As outras pessoas conversam com seus pais sobre essas coisas? Isso me parece estranho. Não consigo conceber a ideia de sentar com a minha mãe e perguntar o que aconteceu entre ela e o meu pai, a quem ela evita mencionar a todo custo.

— Então você nunca o conheceu? — pergunta ele.

— Não — digo.

— Isso deve ter sido difícil pra você — comenta Liam olhando para mim como se realmente estivesse falando sério. Ele conversa sobre meu passado e minhas emoções mais antigas como se fosse um assunto completamente normal, então obviamente ele é muito gentil, mas de forma alguma ele quer realmente ouvir sobre isso, lógico. Além do mais, não tenho *ideia* de como responder, mesmo se quisesse.

— Então você é de Dublin? — Eu me esquivo do comentário. — Como é lá? Sempre quis conhecer.

— Aaaah, uma rápida mudança de assunto. — Liam levanta as mãos. — Beleza, já entendi. — Seus olhos me observam como laser, como se ele me visse escondida e preferisse que eu não me escondesse, mas está dando uma trégua. É bastante desconcertante. Will teria gostado de mudar de assunto, mas Liam parece quase decepcionado. — Bom, é movimentada, mas tranquila, se é que isso faz sentido. E muito mais receptiva do que Londres.

— Mas isso não é difícil — digo, agradecida por mudarmos a conversa para um tema mais agradável.

Liam ri.

— É, você me pegou nessa. Não é perfeito, mas é meu lar. E você, nascida e criada em Londres?

— Ah, não. Sou de uma cidade pequena, perto de Norwich.

— Aaaah, uma garota do campo. Você sente falta?

Continuamos conversando e aprendendo um sobre o outro. Descubro que seus pais se conheceram quando o pai dele estava de férias em Barbados, onde sua mãe cresceu, e eles se apaixonaram perdidamente. Seu pai ficou lá alguns meses, mesmo depois que seus amigos já tinham voltado para casa, até que ele precisou retornar para o trabalho, então eles decidiram se mudar para a Irlanda juntos e se casar. Eles tiveram três filhos, todos meninos — Liam é o mais novo —, e ainda são muito apaixonados.

Também descubro que o pai dele é psicólogo, o que explica muito seu estilo de conversa franca. Ele não apenas faz *muitas* perguntas, mas também questiona como me sinto em relação a tudo. Ele faz uma pergunta simples, como: "Qual foi seu primeiro animal de estimação?", e, em seguida, faz uma pergunta intensa, tipo: "Você ficou destruída quando ele morreu?"

A maioria das pessoas, quando fica sabendo que eu trabalho com moda, quer saber o que acontece nos bastidores da Fashion Week de Londres, fofocas sobre modelos ou como as peças são feitas e desenhadas. Liam parece menos interessado nos detalhes e mais interessado em saber se eu amo o que faço.

— Você sempre quis trabalhar com moda? — pergunta ele.

— Sim — concordo enfaticamente. Não tenho certeza da maioria das decisões, mas trabalhar com moda sempre foi uma escolha fácil para mim.

— Por quê? — Ele se inclina na mesa, na minha direção. — O que te atraiu?

— Hum — começo. — Bom, um dia nunca é igual ao outro. Sempre me sinto desafiada e...

— Não. Para. — Liam abana as mãos. — Essas respostas são pra uma entrevista. Por que você trabalha com isso? É só um trabalho ou você ama o que faz?

— Eu amo o que faço — afirmo. — Realmente amo.

O rosto de Liam se ilumina.

— O que você ama nesse trabalho?

Tentar responder a essa pergunta me dá um branco. Ah, meu Deus. *O que* eu amo na moda? E por que essa pergunta é tão difícil? Certamente eu deveria saber por que eu amo aquilo que eu amo. Então me ocorre que o Will nunca me perguntou isso. E eu também nunca me perguntei.

— Eu... — Repasso meu dia a dia na cabeça. Não gosto da maior parte... E-mails. CADs. Fazer com que departamentos diferentes se comuniquem. Coisa que eles nunca fazem. Revisar as vendas e expor os números. Ficar presa com camisetas, ano após ano, e desenhar as mesmas calças de moletom, de novo e de novo. Mas existem coisas que me deixam revigorada. — Eu amo ver os diferentes elementos de uma peça se unirem. Ver um visual tomar forma. Fazer as pessoas se sentirem especiais e bem consigo mesmas. As partes que eu amo ainda não posso *executar* de fato — acrescento. — Mas espero que em breve eu possa. — Penso na promessa da Amber sobre o desfile de outono.

Liam parece empolgado, como se estivesse verdadeiramente entusiasmado com minha animação pelo trabalho. Estou exausta — gastei muita energia esta noite, não estou acostumada a falar tanto além de superficialidades —, mas também me sinto viva. Estou desconfortável por estar sob os holofotes, cansada de tanto refletir e falar a verdade para responder às perguntas que ele me faz, mas não posso mentir... Por mais que pareça estranho, estou gostando.

Percebo que está tarde e olho o celular. De alguma forma, três horas se passaram. *Merda*. Eu tinha planejado ficar duas horas, no máximo, então voltar para casa e começar a fazer o jantar. Devia ter sido só uma cerveja. Um "oi e tchau" bem rapidinho. Queria voltar às oito, para estar com a comida pronta quando o Will chegasse. Comprei ingredientes para uma torta. Estou pensando que devia ir embora quando o Liam levanta e senta ao meu lado. Ele me abraça e esfrega meus ombros para me aquecer.

Admito que sua proximidade é inebriante. Sinto que estou meio que ficando bêbada com o cheiro da sua loção pós-barba, e estou toda aconchegada debaixo do seu braço. Eu *não* esperava por isso.

— Holly — diz ele, e meu nome fica tão mais bonito com o sotaque. — Posso te beijar?

Começo pensar em um monte de coisas ao mesmo tempo. *Isso é uma grande traição ao Will. Mas o Will quer que eu faça isso, então será que não me dedicar é que seria a verdadeira traição? Não beijo ninguém além do Will há quase dez anos. Como seria beijar outro homem? E a torta?*

Percebo que Liam ainda aguarda uma resposta.

Tento imaginar o que a Fliss diria. E eu acho que ela diria: "Holly, só tem uma pergunta importante aqui. Você quer beijar esse cara?"

Mal posso acreditar, mas acho que a resposta é *sim, eu quero*.

Assinto e Liam se inclina. E aí nos beijamos.

Estou beijando um homem que não é o Will.

Não me dei conta de como os lábios do Will se tornaram familiares. O fato de nos beijarmos é tão normal quanto escovar os dentes ou pôr a chaleira no fogo. Não tenho que pensar. Sei exatamente como ele beija e como vou me sentir. Sei como ele vai me beijar quando está com pressa; um selinho diplomático. Sei como ele beija quando está amoroso; ele pressiona o rosto de forma firme e insistente contra o meu. E sei como ele beija quando quer transar; sondando gentilmente minha boca com a língua.

Isso não é nada como os beijos do Will. O beijo é lento, macio e inquisitivo. Seus lábios fazem mais perguntas, sem falar. Os meus respondem silenciosamente, encontrando um ritmo junto aos lábios dele. Meu corpo começa a se afundar, antes que meu cérebro interfira. Esse *não* é o rosto do Will. Um rosto desconhecido está junto ao meu. Um rosto totalmente desconhecido.

Liam se inclina para trás.

— Pode ser só impressão minha — diz ele. — Mas sinto que sua cabeça está longe.

Merda. Como ele sabe?! Esse homem lê mentes. Antes que eu possa responder, ele fala:

— No que você está pensando?

Devo parecer atônita, porque ele continua:

— Não tem resposta certa aqui, não quero te pressionar, só estou curioso.

Ah, Deus. Ele está dizendo que não tem resposta errada, mas... *Eu estou pensando sobre como eu só estava procurando encontros para matar algumas horas por semana, porque o meu namorado acha importante que a gente saia com outras pessoas antes de avançarmos no nosso relacionamento? E eu não esperava me divertir nem desejar beijar alguém?* Definitivamente não posso dizer isso. Mas eu preciso dizer algo. Ele me encara com grandes olhos castanhos que fazem perguntas diretamente à minha alma.

— Sexo — digo.

Ah, meu DEUS. Eu disse isso mesmo?

De novo?

Para um homem que acabou de me beijar?!

— Quer dizer, é, desculpa. Não quis dizer que estou pensando nisso agora. Só quis dizer, é, só estou nos aplicativos por sexo. Pensei que seria melhor ser sincera.

Liam inclina a cabeça para trás em sinal de espanto. Ele olha do meu olho esquerdo para o direito e vice-versa. Em seguida se inclina de um lado para o outro para inspecionar o meu rosto. Posso sentir minhas bochechas queimando. Então ele começa a rir. Sua risada é tão contagiante e a situação é tão ridícula que acabo rindo também.

Graças a Deus, ele não me interroga mais sobre o assunto.

— Tudo bem, você é um mistério, não é? — Ele dá uma piscadela. — Mais um drinque?

Aceno com a cabeça. Então olho para o relógio. São sete e meia. Posso tomar mais um. A torta pode esperar.

Felizmente, ele não me faz mais perguntas profundas, e nenhum de nós toca no assunto "sexo" novamente. Continuamos conversando até que eu tenha que ir, se quiser chegar a tempo de ver o Will. Surpresa, percebo que não estou tão ansiosa para voltar para casa quanto estava há quatro horas.

Eu me levanto para ir embora e Liam me acompanha até a estação, caminhando pelo canal. Está congelando, e nossa respiração forma pequenas nuvens à nossa frente enquanto conversamos.

— Então, Holly, olha, normalmente eu não sou de transar no primeiro encontro, desculpa, mas... — Ele sorri. Posso dizer que, apesar do meu comentário mais cedo, ele sabe que também não sou. — Posso te ver de novo? — Os olhos de Liam se fixam nos meus.

Um alarme vago soa na minha cabeça. Esse é o momento em que a Fliss disse que normalmente explica a situação. Depois de um encontro, antes de marcar o próximo. Fazia muito sentido quando ela disse, mas, agora que estou aqui, parece assustador. Abro a boca para explicar, mas não encontro as palavras. Ah, meu Deus. Eu devia ter pedido mais detalhes para a Fliss. Como ela *começa* essa conversa?

Sim, eu gostaria de te ver novamente, mas, na verdade, eu tenho namorado?

Sem sombra de dúvida, sei que essas palavras não vão sair da minha boca.

Concordo. Liam se inclina e me beija novamente. Desta vez, não estou pensando no Will.

12

NÃO LEVE PARENTES AOS ENCONTROS

FLISS

Nunca gostei de pedir ajuda. Nunca precisei de muita ajuda. Sempre preferi fazer as coisas sozinha. Até na escola eu odiava pedir para os professores explicarem as coisas uma segunda vez, e, antes de levantar a mão, passava horas tentando resolver algo que não tinha entendido; normalmente, conseguia entender sozinha. Eu aprendi uma língua inteira sozinha, pelo amor de Deus. Então pedir ajuda a Holly naquela noite foi um pouco devastador. Mas tenho que admitir que já estou me sentindo menos perdida depois de ter conversado com ela.

Acredito que ela genuinamente não quis transar com mais ninguém em nove anos? Não, na verdade não. Senão, por que ela tentaria um relacionamento aberto agora, se não sentisse vontade? Para ser sincera, isso apenas confirmou minha suspeita de que muitas pessoas monogâmicas estão apenas mentindo para si mesmas. Mas ela *estava* certa; deletar os aplicativos era a coisa óbvia a fazer. Quer dizer, não consigo deixar de verificar por instinto se há novas mensagens no celular, e é um pouco triste quando é apenas a Jenny dizendo que precisamos de mais papel higiênico. Mas agora que não tenho mais homens me enviando mensagens, é muito mais fácil esquecê-los.

No entanto, tenho sentido um grande vazio surgir. Sair em encontros era uma parte muito importante da minha vida. É bom ter mais tempo para aprender japonês e, obviamente, tenho mais tempo para os amigos agora, mas é como se houvesse esse enorme buraco que tento preencher com coisas que não se encaixam.

Por anos, as pessoas me perguntam: "Por que você precisa estar em um relacionamento aberto para sair da sua zona de conforto? Você não pode tentar coisas novas e conhecer pessoas novas de uma forma não romântica?" Eu sempre achei essas perguntas frustrantes de responder, porque são muito simplistas.

Claro que posso tentar coisas novas. Claro que posso conhecer pessoas novas de uma forma não romântica. E eu gosto de fazer as duas coisas. Faço essas duas coisas o tempo todo. Mas elas são completamente diferentes e incomparáveis. Sim, eu gosto de ir a uma aula de salsa em uma terça-feira qualquer, mas isso se compara com transar com alguém novo? Não. Sim, eu amo conhecer novos amigos — como a Holly —, mas conhecer alguém só na amizade é a mesma coisa que conhecer alguém de forma romântica? Não.

Assim como diferentes amigos trazem à tona meus diferentes lados que não têm conotação sexual, diferentes parceiros românticos trazem à tona meus diferentes lados românticos. Essa parte da minha vida agora está limitada, e o Ash é o único que pode satisfazê-la.

Estou pensando em tudo isso, de pernas cruzadas na minha cama, com o Henry roncando suavemente no chão, quando meu celular vibra com uma mensagem do Ash.

O que vai fazer hoje à noite? Bj

É nosso segundo sábado desde que concordamos que seríamos só nós dois, e eu não sei como responder. Adoro a companhia do Ash, mas nós nos vimos nas duas noites passadas. Não tenho certeza se é uma boa ideia ir de termos uma agenda rígida para passar tanto tempo juntos. Será que estou sendo muito cautelosa? Ou devo me jogar de cabeça nisso?

Espero até o Henry acordar e ir tomar banho antes de ligar para a Holly. Ela atende depois de algumas chamadas.

— Holly, preciso do seu conselho de novo — digo.

— Claro. O que você quer saber?

Uma pequena voz na minha cabeça começar a atirar perguntas importantes. Por que meu amor significa mais quando está atrelado à posse? Não deveria significar menos? Por que é socialmente aceito ter múltiplos amigos, mas não múltiplos parceiros? Eu os afasto.

— Bom, o Ash quer passar a noite junto. Nós nos vimos ontem e antes de ontem, e vamos ao cinema amanhã. Não sei se é uma boa ideia começar a passar *tanto* tempo assim juntos?

— Hmmm... — Eu a ouço dar um gole no chá. — Mas hoje é dia de encontro, né? É uma das noites que você normalmente passaria com outras pessoas?

— Sim. — Penso melancolicamente no chef gostoso que deveria me ensinar a fazer sushi.

— Então, parece que seria muito importante para o Ash que você passasse com ele. Vocês estão em um período de transição; provavelmente ele precisa de alguma segurança.

— É. — Compreendo o que ela diz. — Ótimo! Um gesto, sim. Posso fazer isso. Talvez um jantar romântico. Mas não sushi.

— Hã? — pergunta Holly.

— Nada. — Descruzo as pernas e me levanto. — Já entendi. Valeu, Holly.

— De nada, Fliss. Se divirta hoje à noite.

Mando mensagem para o Ash dizendo que estou livre hoje à noite. Ele responde em um segundo e meio.

Ebaa! <3 O que você quer fazer?

Jantar? Quero ir no Austin há décadas.

Claro. Te encontro lá às sete?

O Austin é uma churrascaria com temática texana e danças típicas. A comida deve ser horrível, mas o local é divertido, e eles fazem os drinques com uma proporção de 80/20 de álcool e mistura, provavelmente para levar os britânicos desajeitados para a pista de dança. Na verdade, eu queria ir com o Eric, porque ele gostava muito de dança country.

Chego um pouco antes das sete. O lugar é deliciosamente cafona, e os funcionários usam chapéus de caubói. Espero o Ash em nossa mesa e começo a beber um dos coquetéis letais.

Ash está radiante quando chega. Qualquer dúvida chata se dissolve. Nunca amei ninguém como amo o Ash. Quero que ele seja feliz. Estou fazendo o Ash feliz.

Nós nos beijamos e eu sinto aquela deliciosa sensação de paz me invadir, acalmando qualquer receio que estivesse à espreita.

— Teve um bom dia? — pergunto quando ele se senta à minha frente.

— Oi? — Ele leva a mão ao ouvido.

— Eu perguntei se você teve um bom dia?

— Ah, sim — grita ele. — Eu terminei *Wolf Hall*. — Ele começou a ler outro dia, juro. Ash está sempre lendo livros enormes, que outras pessoas levam meses para ler, em menos de uma semana. — Fui dar uma volta. Ah, acho que minha samambaia está voltando à vida!

— Boa, mandou bem. — Bato palmas.

Ash e eu fomos a Bruges em dezembro e ele pediu ao vizinho que cuidasse das suas plantas. A maioria delas ficou bem, mas a samambaia sofreu.

A garçonete se aproxima e pedimos um drinque para o Ash.

— E você? — pergunta Ash quando ela sai. — O que fez hoje?

— Bom, assisti *The Ultimatum* com a Jenny, porque o Henry...

— Não estou ouvindo, pera aí. — Ele levanta e vem se sentar ao meu lado no sofá. — Melhorou. Continua.

— Eu disse que assisti *The Ultimatum* com a Jenny, porque o Henry saiu.

— Que fofo. — Ele se inclina. Busco pela calma que encontrei no seu beijo momentos antes, mas desta vez ela não está lá. Acho que é pela proximidade dele no sofá. Não há espaço suficiente para nós dois aqui.

A garçonete traz o drinque do Ash. Ele toma um gole e tosse.

— *Porra*. Isso é forte. Quanto álcool tem aqui?! — Ele empurra o copo para o lado. Então olha o cardápio. — Tem comida vegana aqui?

— Merda, não tem? — Pego o menu. Sabia que eles serviam carne, mas podia jurar que tinham algumas opções para o Ash.

Eu me sinto um monstro horrível por ter trazido meu namorado culto e vegano aqui, em vez do Eric. O Eric gostava de música alta, decoração cafona e carne. Ele bebia álcool como as crianças bebiam Sunny Delight nos anos 90. Este lugar não é nada a cara do Ash.

Acho que, agora que estou saindo só com o Ash, vou ter que parar de ir a lugares como este. Mas eu gosto de ter um homem colado no meu corpo enquanto dançamos ao som de músicas horríveis e nos envolvemos em um debate bêbado sobre um assunto ou outro, gritando por cima do barulho para sermos ouvidos e sentindo que o que você tem a dizer é *a coisa mais original e surpreendente que alguém já disse*, porque você está bêbado. Acho que eu poderia vir aqui com amigos e flertar com algum cara em vez disso... Mesmo que não leve a lugar nenhum. É isso que alguns casais monogâmicos fazem, certo? Mas saber que nada pode acontecer torna a situação totalmente diferente. No geral, só me parece frustrante e sem sentido.

Esta é apenas a segunda semana. Vou ter que abrir mão de muitas outras coisas. Sinto que estou entrando em pânico à medida que a enorme mudança de vida com a qual concordei começa a se tornar mais clara.

— Você não vai beber isso? — Esvazio meu drinque e pego o do Ash, que foi descartado. Ash nega com a cabeça. — Você quer dançar? — pergunto.

— Ah, provavelmente eu não vou dançar. — Ash sorri.

Assinto. Já suspeitava de que a resposta seria essa. Estou exagerando, mas, naquele momento, o fato de Ash não querer dançar é como se eu tivesse assinado a sentença de morte de uma grande parte da minha vida... De *mim*.

Para com isso. Você está sendo ridícula. Tomo o coquetel nojento com canudo e repasso na cabeça todas as coisas que amo no Ash. Ele é gentil, generoso, sociável, atencioso, engraçado, amoroso, lindo, inteligente. E daí que ele não quer dançar como um idiota em público? Eu posso viver sem fazer isso em um contexto romântico. Mas não posso viver sem o Ash.

Meu celular vibra no bolso. É o Henry.

O que você está fazendo? Tive um dia ruim. Espero que você tenha pena do seu irmão mais velho e aceite sair pra tomar uma cerveja.

Pobre Henry. Ele foi ver o Sam e a Laura hoje. Espero que não tenha sido tão desconfortável com a Laura.

— Ash... — Ponho a mão no seu braço. — Tudo bem se o Henry vier? Ele foi ver o Sam e a Laura hoje. Acho que está triste.

— Claro — diz Ash, e percebo que ele está um pouco decepcionado por não ficarmos a sós esta noite.

Claro. Estou com o Ash, respondo. Vem encontrar a gente.

Ele começa a digitar e apagar, então manda:

Jenny perguntou se pode ir também.

— E a Jenny? — pergunto para o Ash.
— Eba, que divertido — diz Ash.

Claro!

— Desculpa — digo. — Sinto que preciso ajudar o Henry neste momento.
— Claro. Eu entendo. — Ele pega minha mão novamente e passa o polegar nos meus dedos.

Eu me sinto mal por eles atrapalharem uma das nossas primeiras noites de sábado juntos em anos, mas é difícil dizer "não" ao Henry quando ele está passando por isso.

Cerca de vinte minutos depois, Henry e Jenny chegam. Pedimos comida e Henry fala sobre seu colega de trabalho, que acidentalmente encaminhou um e-mail maldoso para a pessoa de quem o texto se tratava, e Jenny compartilha sua suspeita de que os vizinhos estão roubando nosso wi-fi. Aparentemente, ele fica "muito lento" assim que o homem que mora no número 12 chega em casa. Não pergunto como ela acompanha os movimentos dele.

Eu me delicio com a conversa gloriosa e sem sentido deles, e percebo, com um pequeno peso na consciência, que estou aliviada por eles estarem aqui.

Não acho que convidar meu irmão mais velho e minha colega de casa para o nosso grande encontro teria sido o conselho da Holly para dar o pontapé inicial no meu novo relacionamento, mas, secretamente, uma parte de mim está feliz por isso ter acontecido, já que eu estava prestes a ter um surto. Sei que um dos motivos de o Ash querer fechar nosso relacionamento era para passarmos mais tempo juntos, o que parte de mim tem adorado, mas me pergunto se talvez estejamos fazendo muita coisa, cedo demais. Talvez eu precise de um pouco de espaço para me adaptar. Como digo isso a ele?

Por enquanto, deixo esses pensamentos de lado. Comemos, bebemos, morremos de rir da expressão séria no rosto da Jenny enquanto ela simula balançar um laço de caubói em volta da cabeça e finge laçá-la de um jeito superconcentrado.

No fim da noite, voltamos todos juntos para a minha casa e de Jenny. Jenny e Henry caminham na frente, rindo e gritando. Eles estão bobos porque Henry roubou um dos chapéus de caubói dos garçons.

Enquanto seguimos atrás deles e voltamos a ser apenas Ash e eu, dou uma olhada nele, iluminado pelos postes de luz, contemplativo e quieto, em contraste com o barulho da cidade. Ele é maravilhoso, mas será que pode ser tudo o que eu preciso? Alguém pode? Mais uma vez, ignoro esses pensamentos.

Meu celular vibra no bolso. A princípio, acho que é a Holly querendo saber como foi a nossa noite "romântica", e me pergunto como vou dizer a ela que acabou com o Henry e a Jenny cantando "Jolene" na rua. Mas o nome que aparece não é o da Holly. É um nome não familiar, um invasor.

Oi, tudo bom?

Por que o Rowan está me mandando mensagem? Não o vejo desde a última vez que estive em Nova York, para o meu trabalho antigo, dois anos atrás. Antes que possa responder, ele manda:

Tenho uma surpresa.

— Quem está mandando mensagem? — pergunta Ash.
— Ah, é minha amiga Holly. — A mentira escapa da minha boca.

Não tenho ideia do motivo por que menti. Duas semanas em um relacionamento monogâmico e estou mentindo sobre uma mensagem de texto inocente de um ex-namorado. Bom, tudo bem, não é *completamente* inocente, porque o meu coração começou a bater muito mais rápido, mas não é como se fosse um nude. Quero desfazer a mentira, mas agora já foi. Eu me pergunto se é isso que a monogamia faz com as pessoas: as deixa ansiosas, nervosas com qualquer contato com o sexo oposto.

Respondo:

...?!

Você vai descobrir logo, logo, Rowan responde.

Meu Deus, quanto mistério! Odeio o fato de ele ter me tirado do eixo tão facilmente, mas não consigo deixar de imaginar o que poderia ser essa "surpresa". Caramba, por que todos os ex-namorados têm essa espécie de radar para saber quando você está meio desestabilizada? Normalmente, eu só falo com o Rowan quando estou em Nova York, e sou eu que entro em contato. Ele nunca manda mensagem primeiro. E, assim que estou passando por uma situação com o Ash, ele aparece? *Os ventos do oceano Atlântico levaram o cheiro do descontentamento da Fliss para o outro lado do mundo, como um pombo-correio invisível que transmite sinais de tesão reprimido, e agora é obviamente a minha hora de enviar aquela mensagem?*

Fico quieta até chegar em casa e, quando eu e o Ash finalmente nos deitamos e apagamos a luz, não consigo dormir.

13

NEM TODO MUNDO ESTÁ PRONTO PARA USAR CALÇAS QUE MOSTRAM A BUNDA

HOLLY

Estou tirando a camiseta do Liam.

Ah, meu Deus. Estou realmente tirando a camiseta do Liam? Eu mal conheço esse homem.

E agora ele está tirando a minha.

E agora estou abrindo o seu cinto. Ou... tentando. Ah, Deus, está preso. Por que cintos são tão difíceis de abrir com uma mão?! Mas minha mão esquerda está no seu cabelo e usá-la agora seria como admitir uma derrota. Vou chamar a atenção para o fato de que preciso das duas mãos, e ele vai perceber como eu sou inexperiente na retirada de cintos, e como eu só transei com o Will, meu namorado da escola, o Kelvin, e mais alguns caras que eu mal consigo lembrar, inclusive um que não conseguiu colocar a camisinha e ficou se esfregando na minha perna em vez disso. Ele conta?

— Holly — uma voz suspira.

Mas não é o Liam suspirando de prazer. É a Amber, suspirando diante da injustiça de ter que fazer seu trabalho.

Saio do meu mundo imaginário. Se existe algo que pode jogar um balde de água fria em um devaneio sexual, é a voz da Amber. Estou quase agradecida. Não é normal eu pensar em não conseguir tirar o cinto do Liam!

Por que, até nos meus sonhos, eu sou tão esquisita?

— Hã? Oi. — Aliso a mecha de cabelo que Liam pegou para me empurrar contra a parede. Pelo menos os devaneios são melhores do que pensar em todas as maneiras pelas quais eu já fiz papel de boba antes das dez da manhã. Nem fiquei obcecada quando a Alice da contabilidade disse: "Ah, meu Deus, eu *amo* quando você reparte o cabelo de lado, é tão romântico!"

— Você fez a pesquisa? — pergunta Amber.

Ela é quem devia fazer isso, mas, ao meio-dia, simplesmente disse "Não tenho tempo" e passou a tarefa para mim. A reunião dela é só às três e meia. Trabalhei durante toda a minha hora de almoço. As coisas estão piorando desde que ela assumiu as funções da Julie. Toda vez que ouço sua voz, meu coração afunda, porque sei o que me espera. Acho que nunca mais vou ter horário de almoço.

Eu não ligaria tanto para Amber me atolando com a parte dela de trabalho se ao menos ela pedisse com antecedência. Mas o que geralmente acontece é que ela começa com a ilusão de que vai terminar tudo sozinha, não faz *nada*, e aí me pede de última hora, o que é dez vezes pior do que se ela tivesse me pedido num primeiro momento.

— Sim, acabei de te enviar por e-mail. — Finjo que aperto um botão no meu teclado.

— Você é um anjo, obrigada — diz ela, então se vira e corre de volta para o seu computador.

Tomi aparece atrás da minha mesa.

— A *corridinha*. — Ele cai na gargalhada.

A gente joga o bingo da Amber ao longo do dia. Toda vez que ela corre, suspira, digita furiosamente ou diz: "Eu faria, mas estou completamente atolada", nós nos enviamos um emoji de bruxa no Slack.

— O que você fez pra ela desta vez? — pergunta Tomi.

— Pesquisa de público-alvo para a nova coleção — respondo.

Tomi nega com a cabeça.

— Você não pode continuar deixando tudo de lado pra assumir as merdas dela.

— Tecnicamente é o meu trabalho agora que a Julie está de licença — digo.

— Não. — Tomi repete o gesto anterior de forma mais enfática. — Você está aqui para ajudar, não para fazer tudo. Quando ela te pediu?

— Quatro horas atrás.

— Você devia falar pra ela que precisa ser avisada com antecedência porque, ao contrário de certas pessoas, você planeja bem o seu tempo.

— Tenho certeza que ela tem a melhor das intenções — comento.

Tomi bufa.

— Não, errado. Se ela te pede com antecedência, significa que ela admite que você está fazendo o trabalho dela. Se ela age como se fossem só algumas coisinhas aqui e ali que não conseguiu fazer, ela pode continuar fingindo.

Nego com a cabeça. Amber é desorganizada e não se planeja, mas não está tramando contra mim.

— Lembra que ela disse que vou poder ficar com todo o crédito pelos meus desenhos no desfile — digo. — Vai valer a pena. A Amber não é de todo ruim. Finalmente vou conseguir minha chance por causa dela. Todo esse trabalho não vai ser em vão.

— Suborno — diz Tomi.

— Com certeza — concordo, mas não consigo evitar que meu coração se anime com a ideia de ser reconhecida por algo que eu criei, diante de centenas de pessoas da indústria da moda.

— Ah, adivinha quem conseguiu mais dois lugares na lista de convidados? — Tomi agita os braços de forma vitoriosa. Ninguém, exceto pessoas do meio, pode entrar no desfile, mas amigos e família podem ir à nossa grande festa depois do evento. Vamos comemorar dez anos de marca. Tomi tem muitos familiares que estão batalhando por um convite. — O Will vai?

— Ah, é... não. — Tento não deixar a decepção tomar conta do meu rosto, mas a vermelhidão começa a subir pelo pescoço. — Ele não pode. Tem a despedida de solteiro de um amigo. É um dos seus melhores amigos, então ele realmente não pode perder.

Dou ênfase na palavra "melhor" e me encolho. Posso ouvir como isso soa. Parece que estou dando uma desculpa para um namorado de merda, que não apoia minha carreira. Mas o Will não é assim. Ele sempre acompanha meu trabalho e me ajuda, o que significa muito mais do que ir a uma festa badalada, na qual meu nome vai ser lido em voz alta. Posso ter exagerado que esse é o "melhor" amigo do Will, mas é um amigo, e despedidas de solteiro são coisas importantes, que só acontecem uma vez na vida.

— Ah, sinto muito, Hols. — Tomi massageia meus ombros. — Que pena.

— Não, não, tá tudo bem, sério — afirmo. E *está* tudo bem. Eu entendo perfeitamente. Eu não gostaria de decepcionar uma amiga na despedida dela também.

— Bom, melhor eu voltar pro trabalho. Só não vai embora tão tarde hoje, tá? — Tomi toca meus ombros. — Vai pra casa. Monta um quebra-cabeça. Tricota alguma coisa pro Will.

— O que você acha que eu faço em casa? — Enrugo o nariz.

— Qualquer coisa, contanto que você não fique aqui até às dez da noite enquanto a Amber circula por aí toda bonitinha em algum encontro.

É verdade que ontem eu fiquei aqui até às dez. Quase deixo escapar que realmente vou sair no horário porque *eu* tenho um encontro hoje à noite, mas me impeço.

— Pode deixar — respondo.

— Deus seja louvado. — Tomi me dá um último tapinha nas costas e volta para sua mesa.

Ele tem razão quando diz que a Amber tem me dado muito trabalho extra. Mas o que ele não sabe é que, na verdade, eu queria ficar mais tempo no escritório esta semana. Não consigo encarar o Will. Não sei como agir perto dele. Mesmo que o Will quisesse que eu fizesse isso, sinto que estou escondendo um segredo terrível. Tenho certeza de que, se ele me olhar com um pouco mais de atenção, vai saber que os lábios de outro homem estiveram nos meus.

Nossa, e pior que eu gostei. Durante toda a semana, eu oscilei entre uma culpa nauseante e fantasias sexuais. Por que os seres humanos são tão cheios de conflitos? E por que somos tão patéticos? Esse homem só é excitante para mim porque é uma novidade, certo? Eu me sinto validada porque alguém que eu não conheço me achou sexualmente atraente, e essa descarga de adrenalina me instiga porque não estou acostumada com uma mão desconhecida no meu joelho. É tudo tão superficial!

Estou chocada comigo mesma.

Quero abrir o cinto dele do jeito certo.

Meu celular vibra. É o Liam.

Então às sete na Tottenham Court Road, certo?

Eu gostaria que você me contasse aonde estamos indo.

É um lugar misterioso.

Um "lugar misterioso". Sinto borboletas no estômago, mais por Liam ser um cara intrigante do que por querer saber aonde ele vai me levar. Mas mistério é sempre emocionante, até que você vê o que está por trás das cortinas. Ninguém no planeta Terra é *realmente* misterioso. Na própria definição, misterioso significa difícil de entender ou explicar, mas com seres humanos sempre há uma resposta. Alguém mora aqui, come isso, gosta daquilo. Alguém se comporta dessa maneira por conta da sua educação, da sua experiência, da sua genética. Uma pessoa parecer misteriosa para outra depende inteiramente do fato de ainda não se conhecerem tão bem, portanto, é tudo uma ilusão.

Eu conheço bem o Will. Ele pode ficar na defensiva porque cresceu com dois irmãos mais velhos e barulhentos, que sempre gritavam suas opiniões e zombavam das dele. Quando ele tiver oportunidade de anunciar sua opinião, como se fosse um evangelho, ele vai aproveitá-la, mas, se achar que alguém é mais dominante do que ele, vai ficar quieto e fragilizado. Ele tem um gosto específico para roupas, música e comida, e odeia tudo que considera básico ou convencional, e sua família inteira também é assim. Ele gosta de conhecer lugares novos, mas só se foi ele que descobriu primeiro. Ele odeia que lhe digam o que fazer. Ele toma suco de laranja fresco todos os dias porque isso o faz lembrar das férias de infância da família na Espanha. Ele não gosta de livros, a não ser que o desafiem. Ele acha que gatos são animais de estimação inúteis, quando se pode ter um cachorro. Ele discorda da indústria da carne, mas ainda acha que o vegetarianismo não é natural. E mais um leque infinito de conhecimento que você adquire em quase uma década com alguém.

O que eu sei sobre o Liam?

Ele é irlandês. Muda bastante de penteado. Usa cores vivas, se assusta facilmente e provavelmente seria um pesadelo ver filmes de terror com ele. Liam tem tios que se odeiam, mas permanecem casados. Ele gosta de observar as pessoas e fala bastante sobre sentimentos. Bastante.

E é isso. Isso é tudo que eu sei sobre ele até agora. Claro que estou intrigada. Ele é algo *novo*. Tão logo ele deixasse de se tornar novo e nós tivéssemos um relacionamento, eu pararia de me sentir assim e nós seríamos mais um casal corriqueiro, certo? O que me leva de volta à estaca zero... Qual o objetivo disso? Eu já encontrei alguém com quem quero passar a minha vida, que é o objetivo do namoro, não é? No começo, estava irritada comigo mesma por não entender nada disso. Agora, estou irritada comigo mesma por estar gostando.

O fato de que essa ideia de relacionamento aberto foi do Will não ameniza em nada a sensação de que estou fazendo algo errado ao pensar em tirar a roupa do Liam. Eu me sinto mal pelo Liam também, porque ele ainda não sabe que eu tenho namorado. Digitei diversas mensagens esta manhã, que ainda estão nos meus rascunhos.

> Ei, antes da gente se encontrar de novo, acho que eu devia te contar que estou em um relacionamento, então não estou buscando nada sério. Se isso for ok para você, eu adoraria te encontrar de novo, mas vou entender se você não quiser.

Então percebi que isso soa como se ele estivesse buscando algo sério comigo, o que é muito presunçoso. Daí adicionei:

> Claro que não sei o que você está procurando, mas quis te contar de qualquer jeito.

Mas então a coisa toda se transformou em uma divagação. Ninguém quer receber um textão antes mesmo do segundo encontro. Então tentei ser mais "tranquila".

Aliás, estou em um relacionamento aberto, esqueci de mencionar. Espero que não tenha problema.

Mas a mensagem falhou em parecer genuinamente descontraída. Ainda tentei outras variações, mas nenhuma delas foi melhor. Tenho um longo caminho a percorrer antes de dominar a arte dos encontros casuais. Aposto que a Fliss saberia o que dizer, mas pedir que ela literalmente escreva os meus textos seria chegar no fundo do poço.

Além disso, vamos nos encontrar em algumas horas, então agora é tarde demais para enviar. Provavelmente ele se perguntaria por que eu não disse isso antes. E, se ele *quiser* cancelar, talvez sinta que não possa, porque foi em cima da hora, e aí eu passaria o encontro inteiro pensando que ele só está ali por obrigação.

Não tem problema. Vou contar depois desta noite, pessoalmente. É só um encontro a mais do que a Fliss disse que é o momento ideal para contar a alguém. Não é como se ele fosse me pedir em casamento depois do segundo encontro.

Quando chegam cinco e meia, eu me escondo no banheiro antes que a Amber me dê algo para fazer que "precisa ficar pronto até amanhã de manhã". Faço minha maquiagem, leio um livro no cubículo, depois me esgueiro pelo escritório para sair do prédio.

Enquanto caminho em direção à estação de metrô, eu me sinto leve e alegre, com a energia pura e simples de uma pessoa a caminho de um encontro com alguém de quem gosta. Então lembro que minha situação é cem vezes mais complicada do que isso e começo a me estressar novamente.

É difícil não notar o Liam quando subo as escadas rolantes na Tottenham Court Road. Ele veste uma camiseta com estampa em ziguezague rosa e azul e jeans skinny. Faço uma anotação mental para não dizer sem querer que jeans skinny não está mais na moda há algum tempo. Ela provavelmente vai voltar, e ele vai ser pioneiro. Apesar das suas escolhas interessantes de roupas, é inegável que ele está em forma. Ele raspou as laterais da cabeça, então o black power está com um formato diferente hoje — mais estreito e mais alto — e combina com ele. Um calor se espalha pelo seu rosto quando ele me vê, e minha boca fica seca.

— Holly! — ele chama em voz alta e acena. Algumas pessoas viram a cabeça, e a minha reação imediata é de constrangimento, porque o Will está sempre atento para não falar muito alto nem deixar as pessoas ouvirem a nossa conversa. Mas o Liam parece não se importar. Ele me abraça com uma familiaridade confortável e me beija. Isso me faz perceber como o Will é reservado. Não consigo imaginá-lo me beijando em público. Eu também pensei que não gostasse de demonstrações públicas de afeto, mas talvez eu goste? Isso é... bom? Então me sinto mal por pensar nisso.

Começamos a cruzar as ruas estreitas do Soho, cheias de multidões vibrantes e agitadas.

— Você vai me contar aonde vamos agora? — pergunto.

— Você é ruim com surpresas, né? — Liam olha para mim, divertido.

— Por que isso?

— Hmmm... — Penso um pouco a respeito. Acho que ele tem razão. — Eu gosto de ter um plano.

— Não foi isso que eu perguntei. — Ele dá uma piscadela.

— Por quê? — repito, desviando de um homem que mexe no celular, que quase me acerta. Nunca pensei nisso. — Eu não sei. Acho que é porque minha mãe, é, bom, minha mãe nem sempre estava bem quando eu era criança então eu tive que cuidar dela um pouco. Quer dizer, eu não *tive que*, isso faz parecer ruim. Eu não me importava. Claro. Ela é minha família. Mas sim, talvez seja por isso que eu sou organizada.

Liam sorri, espertinho, como se algo sobre mim fizesse sentido para ele agora. Ele conseguiu a resposta que buscava. Nunca pensei muito sobre os *porquês* das coisas a minha vida inteira como pensei em um encontro e meio com Liam. Pelo menos não sobre mim mesma. E nunca falei tão abertamente sobre a minha mãe, mas o Liam faz parecer que nenhum assunto é proibido.

Percebo quantos temas estão fora dos limites com o Will, apesar de estarmos juntos há quase uma década. Então afasto o pensamento. É claro que os assuntos não estão "fora dos limites" com ele. Tenho certeza de que não há nada que eu não possa falar com ele se eu realmente quisesse.

— Só mais alguns minutos de tortura. Estamos quase lá.

Chegamos a uma pequena porta de madeira, em uma silenciosa rua paralela. Liam bate. Nada acontece.

— Tem certeza que esse... — começo, mas então a porta se entreabre.

— Senha? — diz uma voz.

Ah, meu Deus. Onde ele está me levando? Eu vou morrer?

— Zênite — diz Liam.

Ele é membro de uma seita? Se for isso, estou ferrada. Sempre suspeitei de que eu seria muito fraca para resistir ao fascínio se algum dia encontrasse uma. Já posso imediatamente tatuar um símbolo assustador em alguma parte do meu corpo.

A porta se abre e revela um homem com uma longa franja caindo em um dos olhos, usando camiseta preta e jeans. Nenhuma tatuagem visível que instantaneamente aponte para a simbologia de um culto, mas não vou descartar a possibilidade. Recebemos um formulário sobre "respeitar os limites das pessoas" — logicamente, eu sempre respeito os limites das pessoas — e não tirar fotos ou filmar, que assino depois de procurar alguma letrinha miúda sobre sacrifício de animais. O homem concorda, e Liam pega minha mão e me puxa pelo corredor. Hesito.

— Hmmm — digo. — Onde nós estamos?

— Você vai ver.

E então, mais por educação do que por confiar realmente que não estou prestes a ser assassinada, eu o sigo.

Descemos uma infinidade de degraus e entramos em um espaço escuro e cavernoso, com teto baixo. Há mesas de ferro espalhadas pelo local, cobertas com velas e rosas. Algumas pessoas estão aqui, mas é tudo muito quieto.

— Isso é tão... — começo. Estou prestes a dizer "romântico", quando percebo um homem usando calças que mostram a bunda.

Quase me engasgo. Eu me viro abruptamente na direção do Liam, que não parece incomodado.

— Olá. — Um garçom se aproxima de nós. Seu peito está nu, com exceção dos suspensórios de couro. — Pode sentar onde quiser.

Procuro no rosto de Liam qualquer sinal de que ele esteja inquieto, qualquer sinal, e não encontro um. O garçom se vira e nos convida a segui-lo até um grupo de mesas no canto. Sua bunda brilha na luz laranja tremeluzente.

Quando estamos sentados, noto pequenos cômodos na extremidade do bar principal, escondidos por cortinas.

— O que está acontecendo ali? — pergunto.

— Pessoas fazendo sexo — responde Liam com naturalidade. — Essa é a regra para entrar.

Meus olhos se arregalam. Até agora, consegui manter o pânico sob controle, mas sinto que estou prestes a ter um ataque cardíaco. Ah, meu Deus. E se eu vir algo e ficar traumatizada pelo resto da vida? Protejo a terrível cena de uma pessoa imaginária nua. Quem é esse homem? Será que ele acha que eu vou transar com ele na caverna do sexo? Por que, por que eu falei para ele que só estava procurando por sexo naquela noite? Estou prestes a murmurar um pedido de desculpas apressado e sair correndo pela porta quando Liam começa a rir.

— Impagável! — grita ele, batendo na mesa com o punho.

— O quê? — Quero saber, o coração ainda batendo forte.

— Sua cara! — Ele gargalha. — Ah, Deus, valeu a pena. Não se preocupa, Holly, eu estou *brincando*.

Consigo respirar de novo.

— Graças a Deus. Então não tem pessoas... transando? — Por algum motivo, eu sussurro a palavra "transando". — Lá dentro? — Olho para as cortinas.

— Ah, vai ter mais tarde. Mas está cedo. E você não precisa se juntar a eles, não se preocupa.

— Mas... mas... é terça-feira! — Engasgo.

Isso faz com que Liam tenha outro ataque de riso.

— As pessoas podem fazer sexo terça-feira.

— Então você... vem sempre aqui? — pergunto com cautela.

Liam continua rindo.

— Não. Mas tenho um amigo que vem. Ele me deu a senha de zoeira.

Meus ombros finalmente relaxam.

— Não é sempre aqui. É uma festa que muda de lugar, pelo que entendi — adiciona ele.

Agora que sei que não preciso participar, consigo ver a graça de Liam ter me trazido aqui. Começo a rir, o que faz Liam rir também, e nós dois começamos a gargalhar.

— Eu ia ficar bem usando um desses? — Liam aponta com a cabeça para a calça que mostra a bunda.

— Não tenho certeza — respondo. — Nunca vi sua... — Pauso. — Bunda.

Isso faz Liam começar a rir de novo. Não acredito que acabei de dizer a palavra "bunda". Será que eu devia ter dito "traseiro" ou "bumbum"? Não existe uma palavra elegante para isso. Fico feliz que a iluminação seja fraca, assim Liam não consegue me ver corar.

Quando ele consegue parar de rir, pedimos nossas bebidas e ele volta a fazer perguntas profundas sobre o meu dia.

— Então, você deve ser muito próxima da sua mãe? — pergunta ele assim que termina de analisar meu relacionamento com Tomi, Amber, nossa chefe de departamento, Lara Pearse, e todo o departamento de RH. — Se são só vocês duas?

Só Liam para me levar a uma casa de swing e me interrogar sobre meu relacionamento com minha mãe.

— Sim, de certa forma. Quer dizer... sim, nós somos próximas — me corrijo, mas Liam já percebeu o deslize.

— De certa forma? — pergunta ele.

Quando hesito, ele diz:

— Desculpa, você não precisa falar sobre nada que não quiser.

Mas, surpreendentemente, percebo que eu *quero* falar sobre isso. Nunca falo com ninguém sobre minha mãe. Não dessa forma.

— Bom, somos próximas no sentido de que só temos uma à outra — explico. — Então ela é basicamente minha única família. E daquele jeito que as famílias são, em que cada um está intimamente familiarizado com o outro. Sabe, não importa quanto tempo você fique longe da sua família, é sempre exatamente a mesma coisa quando você volta pra casa, não é?

Liam concorda.

— Mas há muita coisa não dita entre nós — concluo. — Ela passou alguns anos meio fora de si.

— Como assim? — pergunta Liam.

— Acho que ela costumava ser bastante... — Procuro a palavra certa. — Reativa. Ela vivia triste. Eu ajudava muito em casa. Quando fiquei um pouco mais velha, ela se recompôs, mas foi como se, para fazer isso, ela tivesse que se fechar. Acho que ela tem vergonha. Nunca falamos sobre isso.

— Sinto muito. Não consigo imaginar ser uma criança e ter que lidar com os problemas de saúde mental dos pais. — Liam pega minha mão e a aperta.

O uso casual da expressão "problemas de saúde mental" me deixa chocada. Na verdade, nunca pensei em mim mesma como "cuidadora" da minha mãe, ou nela tendo "problemas de saúde mental". Eu só cuidava dela porque ela vivia triste. Não respondo enquanto absorvo essa perspectiva da minha situação.

— Deve ter sido solitário — acrescenta ele. *Foi* solitário. Eu sabia disso, claro, mas é como se eu nunca tivesse me permitido reconhecer isso adequadamente.

— Sim, foi — respondo.

De repente, sinto um nó na garganta. Merda. Não acredito que estou falando sobre meu relacionamento difícil com minha mãe e quase chorando em um encontro. Esta sou eu: a clássica temperamental. O Will odiaria isso. Eu me recomponho rapidamente.

Só que... foi o Liam que tocou no assunto, então ele não deve se importar em ouvir a respeito. Ele não desvia o olhar, envergonhado ou querendo mudar de assunto. Apenas olha direto para mim e espera pacientemente, caso eu queira dizer mais alguma coisa. Isso é... *legal*.

Não que o Will *não* seja legal. Ele só não quer que eu fique triste. Não tem nada errado nisso.

— Vou pegar outro drinque pra gente — avisa Liam, quando não digo mais nada.

Ele vai buscar uma rodada para nós. Olho ao redor, observando tudo. Uau. Eu não sabia que festas como essa aconteciam. Pelo menos, nunca pensei que estaria em uma. Por incrível que pareça, ao conversar com Liam, quase esqueci onde estávamos.

Se alguém tivesse me dito, um mês atrás, que hoje eu estaria sentada em uma casa de swing (será que é esse o nome?) com um irlandês gostoso que eu beijei na semana anterior, eu teria rido. Parece que estou em um filme. Em outra vida. Isso é uma loucura.

Quando Liam se senta novamente, coloca dois coquetéis na mesa e se inclina para mim.

— Então, Holly, falando sério, *por que* você disse que só queria sexo quando isso obviamente não é o caso? — Ele mantém contato visual.

Aqui está. *O momento*. A deixa perfeita para explicar minha situação.

— Bom, eu...

Estou prestes a falar. Mais uma vez, tento encontrar as palavras. Mas é difícil explicar algo sobre o qual ainda não tenho certeza de como me sinto. É difícil dizer a ele o que quero quando nem *sei* o que quero. Eu e o Will ainda não conversamos sobre como isso vai funcionar. O Liam é o tipo de pessoa que vai questionar e, então, vou ter que admitir que nem queria fazer isso, para começo de conversa. Daí ele poderia pensar que eu não quero estar aqui, e isso já não é verdade. A real é que eu estava ansiosa por esta noite.

Além disso, estamos nos divertindo muito. Não quero que a noite termine. Eu me sinto tão leve e livre depois de falar sobre coisas — como meu relacionamento com minha mãe — que nunca tinha percebido que tinha vontade de falar. Estou adorando saber mais sobre a família do Liam. Se eu disser algo, isso não vai estragar completamente o clima?

Não quero nem pensar no Will agora, muito menos falar sobre ele com outro homem. A ideia me deixa enjoada.

— Eu devia ter dito... que não estou procurando nada sério — falo, em vez disso.

É basicamente a mesma coisa, né? Na verdade, qual a diferença entre isso e estar em um relacionamento aberto? A ideia é a mesma: Eu não estou disponível para um relacionamento. Ele pode não saber sobre mim e o Will, mas sabe o que eu tenho a oferecer.

— Tudo bem, claro, sem problemas. — Liam não parece totalmente convencido, mas não vai me pressionar mais. Ele acena com a cabeça e sorri. — De qualquer forma, saúde.

— Saúde — digo, aliviada por ter esclarecido do meu jeito. A Fliss disse que era diferente para cada pessoa, não disse? Levanto o copo para encostar no dele.

14

EX-NAMORADOS SÃO PROIBIDOS

FLISS

— Bom dia. — Ash põe o café na mesa de cabeceira conforme eu abro os olhos.

— Bom dia. — Eu me sento, ajeito um travesseiro nas costas e pego a caneca. — Obrigada. Você não vai se atrasar? — Percebo que ele não está arrumado.

— Ah, não, minha visita foi adiada, vou trabalhar de casa hoje. — Ash pousa a própria caneca na mesa de cabeceira e volta para a cama. — Pensei que a gente pudesse trabalhar juntos? A gente podia ficar aqui ou ir a um café?

Eu me sinto péssima, mas não quero ficar junto hoje. Já passamos quase quinze dias na companhia um do outro. É fofo que ele está animado por não haver mais limites para ficarmos juntos, mas estou começando seriamente a precisar de espaço. Toda vez que crio coragem de dizer isso, não consigo. Não quero magoar seus sentimentos. Ao longo dos anos, eu e o Ash sempre concordamos em tudo. Nunca *tive* que magoar seus sentimentos, porque sempre quisemos as mesmas coisas. Esse desequilíbrio é território desconhecido, e ir até o escritório pode me providenciar uma fuga muito necessária.

— Ah, desculpa, hoje não posso — digo. — O gerente quer que a gente vá para o escritório.

— Ah, de boa, sem problemas. Amanhã à noite tá de pé?

Concordo e lhe dou um beijo, me sentindo horrível por ter mentido, mas é melhor do que chateá-lo.

Eu me visto e vou para o Traduire. Não temos mesas designadas, mas algumas pessoas que vêm todos os dias têm seus lugares de sempre. Aceno para Marian e Monty — dois frequentadores assíduos do escritório, em seus lugares habituais, perto da porta — enquanto percorro o espaço de conceito aberto e me instalo no canto esquerdo da sala.

Eu me acomodo com o notebook, drenando o último gole do meu café. Verifico os prazos da semana e dou uma olhada nos documentos que preciso traduzir. Hoje, a maior parte é de textos de marketing para produtos que estão sendo vendidos em vários países diferentes... Um dia fácil, mas não muito interessante, pela frente.

De repente, alguém gira a minha cadeira. Por um milissegundo, não entendo o que está acontecendo ou o que estou vendo. Demoro um pouco para reconhecer a pessoa diante de mim porque ele está muito fora de contexto. Passo os olhos pelo corte de cabelo médio e pela barba rala, que são sua marca registrada, e finalmente me dou conta de que é ele. Estou cara a cara com o Rowan.

— Surpresa! — Sua voz familiar reverbera pela sala. Todos que estão nas quatro fileiras de mesas param o que estão fazendo e olham para nós.

— Hmm, oi — digo, tentando disfarçar o espanto e agir como se fosse totalmente normal o fato de que ele está aqui. No país. No meu escritório. Rowan sempre gostou de surpreender as pessoas, e eu sempre gostei de me manter neutra diante das suas tentativas. Mas esta ele ganhou, porque estou realmente perplexa em vê-lo. — Olá, nova colega! — Ele larga a lateral da minha cadeira e se afasta, oferecendo a mão para eu cumprimentá-lo. Eu a aperto.

— Você está trabalhando aqui? — Tento não soar tão curiosa. Não quero dar a ele a satisfação de saber que me surpreendeu.

— Sim. — Ele puxa a cadeira ao meu lado. — Acho que vou sentar aqui.

Só pode ser brincadeira.

Ele arregaça as mangas da jaqueta e liga o notebook, sem dizer nada, esperando que eu o cubra de perguntas. Um pequeno sorriso aparece no canto da sua boca. Ele está *adorando* isso. A inversão de papéis — geralmente sou eu que apareço de surpresa —, mas, principalmente, por estar me irritando.

Eu e o Rowan nos conhecemos depois da graduação, quando trabalhávamos em uma agência de turismo em Nova York. Ele também era estudante de letras, e era um bom emprego para pessoas que tinham acabado de sair da faculdade e se perguntavam o que iriam fazer com o diploma de espanhol. A Adventure Travel organizava viagens para pessoas que queriam formar grupos para visitar a América do Sul.

Rowan não ficou na AT por muito tempo. Ele se formou em letras mais porque não sabia o que queria estudar e menos por gostar muito de Espanhol ou por querer usar a língua em sua carreira. Ele conseguiu um trabalho em uma empresa grande de marketing em Nova York porque pagava mais por menos trabalho. E eu me mudei para Barcelona quando a empresa abriu um escritório lá, e depois para Paris, quando eles também abriram uma filial lá.

Namoramos bem mais ou menos — passávamos muito tempo juntos, mais amigos que transavam do que um casal de namorados oficial — por cerca de um ano e meio em Nova York, antes de seguirmos caminhos diferentes quando me mudei. A empresa me mandava de volta para Nova York de vez em quando — talvez uma vez por ano — e, durante os quase quinze dias na cidade, a sensação que eu tinha era de que eu nunca tinha ido embora. Mas já faz um tempo que eu não vou para lá.

— O que aconteceu com Nova York? — pergunto, cedendo. Ele ganhou mais uma vez, mas me recuso a ser infantil a ponto de não fazer perguntas normais.

— A Europa tem uma variedade maior de queijos. — Ele dá de ombros. Uma típica resposta do Rowan, que não entrega nada. Ele tira o notebook da mochila e coloca na mesa, fazendo questão de alinhar a parte de baixo com o teclado. Então ajeita duas canetas do lado, paralelamente ao notebook. Sempre achei a organização meticulosa do Rowan uma contradição interessante. Ele é um caos ambulante, mas Deus o livre de canetas desalinhadas.

Tudo bem. É isso. Se ele não vai falar comigo direito, vou parar de perguntar.

Volto para o computador e começo a traduzir a cópia de um novo aplicativo de fertilidade. Estou incomodada com a chegada repentina e inexplicável do Rowan, irritada com o seu jeito e com a atenção que o meu corpo está dando à sua proximidade, então me concentrar não é fácil, mas estou determinada a não me distrair. *Ele não vai ganhar.*

Mas, Deus, esqueci como ele é atraente. Sua pele escura e macia fica linda em contraste com a camiseta rosa-chá que está usando. Ele tem um cheiro bom, também. *Para com isso.* Por que estou ficando excitada só de ler sobre revestimento uterino?

No momento em que chego à palavra "útero" e tento lembrar como é que se diz isso em alemão, percebo Rowan espiando por cima do meu ombro.

— No que você está trabalhando? — pergunta ele.

Droga. Lembro como era irritante trabalhar com o Rowan, que não consegue se concentrar em nada por mais de dois minutos.

— Ah, agora você quer conversar comigo? — retruco.

Rowan revira os olhos de brincadeira e cede.

— Tudo bem, tudo bem, você venceu, Flissy. Já consegui tudo o que eu queria daquele trabalho e daquela cidade. É tempo de mudança. Lembrei que quando você saiu da AT disse que aqui era bastante flexível, o dinheiro era fácil, o que é ótimo para mim agora, enquanto tento decidir quais vão ser meus próximos passos. Não venho a Londres há anos, e os britânicos gostam do meu sotaque americano fofinho. Além disso, não vejo você há algum tempo. — Ele sorri. — Esqueceu de mim?

Não posso deixar de sorrir. Eu nunca conseguiria *esquecer* o Rowan, mas é verdade que, desde que parei de trabalhar para a AT, não tive mais motivos para visitar Nova York. A última vez que eu fui para lá faz uns dois anos, para rever o Rowan e alguns amigos, mas a viagem fica cara quando os voos não são pagos pela empresa.

— Você sabe que não — admito, e ele sorri.

— Então me conta sobre a dinâmica do escritório — diz ele. — Quem gosta de quem? Quem ficou bêbado na festa de Natal? Quem tem antigos ressentimentos por causa dos Tupperwares que foram emprestados, mas nunca devolvidos?

— Hmm... — Desisto de qualquer pretensão de trabalhar e olho ao redor da sala. A agência tem muitos funcionários que entram e saem em dias variados, muitos na casa dos vinte e poucos, que não ficam mais que seis meses, então não conheço todo mundo tão bem. Aponto para uma mulher pálida e de cabelo grisalho, no canto. — Aquela é a Marian — sussurro. — Ela senta perto da porta e espera até você ir ao mercado, aí pergunta se você pode trazer uma maçã. Ela nunca paga. Dois anos. Centenas de maçãs.

— Icônico. — Rowan esfrega as mãos. Sinto o cheiro da sua loção pós-barba. Ele continua com o mesmo cheiro, e sou transportada de volta para um tempo em que comíamos pizza de um dólar no seu minúsculo apartamento no Brooklyn, dormíamos no chão de hostels quando tínhamos que testar os novos roteiros de viagem da AT, bebíamos a noite toda em Buenos Aires, transávamos no escritório depois que todo mundo ia embora.

Eu me afasto um pouco.

— E ele? Qual a história dele? — Rowan aponta para Monty, um careca de meia-idade que senta ao lado de Marian.

— Ele anda pra cima e pra baixo atrás dos computadores e tosse quando você está no YouTube — digo.

— Mas ele não é chefe nem nada?

— Não, só tem uma vibe de professor.

— Perfeito. Vou preparar alguma coisa pra distrair. — Ele se inclina no computador e começa a pesquisar por "pessoas vestidas de urso de pelúcia".

Não posso evitar de rir. Apesar de lembrar quanto o Rowan me irrita, é bom vê-lo. É surreal ele estar aqui, sentado ao meu lado, e, ainda assim, parece completamente normal. Ele é uma dessas pessoas que não importa quanto tempo passe entre um encontro e outro, as coisas nunca deixam de ser exatamente iguais quando nos encontramos.

Passamos o resto do dia "trabalhando", mas não acho que os donos da Traduire receberam o que esperavam de mim hoje. Passamos a maior parte do dia relembrando os velhos tempos e tentando assustar o Monty. Os ursinhos não levantaram nem uma sobrancelha, nem o homem dando um soco na cara de um canguru, mas a "dança do bebê cabeçudo" o pega. Ele fica tão fascinado que esquece de tossir em sinal de desaprovação, e, quando se lembra, nega com a cabeça e faz um *tsc-tsc*. Esperamos até ele ir embora e quase caímos no chão de tanto rir.

Assim que dão cinco horas, Rowan olha para mim e diz:

— Cervejinha?

Hesito. Uma "cervejinha" com o Rowan nunca é apenas uma. Eu sei o que a Holly pensaria disso... Que ficar bêbada com um ex-namorado no meio da semana não é a forma mais séria de começar o meu novo relacionamento monogâmico. Imagino suas sobrancelhas tão erguidas que somem na testa.

No entanto, apesar dos alertas imaginários da Holly, sair com o Rowan para tomar alguns drinques não vai contra nenhuma lei da monogamia, até onde eu saiba.

Olho no relógio e depois para Rowan.

— Sim, acho que tenho tempo para uma — digo.

Quatro horas depois, ainda estamos no pub, com Rowan me ensinando a tocar gaita. Toda vez que vejo o Rowan, ele tem algum hobby novo e bizarro. Da última vez que estive em Nova York, ele tinha uma coleção de moedas e dominava a arte de esculpir.

Aprendo a segurar o instrumento corretamente, mas ainda não consigo tocar uma nota de cada vez.

— Você não está pondo os lábios ao redor dela direito. — Rowan faz uma careta para demonstrar. Não consigo evitar encarar os lábios dele, por um tempo maior que o necessário.

Reajusto e assopro novamente. Múltiplas notas ressoam.

— Vai lá, não seja tímida. Como se tentasse beijar alguém. Não deve ser difícil pra você. — Ele me cutuca.

— Hahaha... — Tiro a gaita da boca e a coloco de volta na mesa. — Acho que pra mim já deu de aula.

— Ah! — Rowan pega a gaita e a enfia no bolso. — Claro, eu esqueci.

— Esqueceu o quê?

— Como você odeia que te digam o que fazer.

— Eu não... — Minha voz vai sumindo, porque é verdade. Gosto de aprender sozinha — *amo* aprender algo novo — mas, odeio fazer isso em grupo. Outras pessoas te *instruindo* e testemunhando o seu *fracasso*... Eca. Faço uma nota mental de comprar uma gaita e começar a tocar sozinha.

Esse simples comentário me faz lembrar de como o Rowan me conhece bem. Em parte, é por isso que o momento da sua chegada me irrita tanto; parece até que ele sabia.

— Então, Rowan — falo alto porque já estou bastante bêbada. Estamos mais ou menos na centésima rodada. — Quanto tempo você vai ficar? Quer dizer, a Traduire é legal, mas não é uma grande empresa de marketing em Nova York. Você deve estar recebendo bem menos.

— Não tenho certeza. Depende.

— Do quê?

Ele não responde e pega sua cerveja.

— E você? Ainda está gostando?

Concordo.

— Sim, eu gosto que posso conciliar com outras coisas. Andei dando aulas. Às vezes eles precisam de um intérprete no tribunal. Obviamente, consigo sair sem chamar atenção.

— Mas você está lá há dois anos? — pergunta Rowan.

— É... Quase três, na verdade.

— Vai mudar logo mais? Pra onde você vai depois? — Rowan me olha por cima do copo.

Como essa conversa se transformou nele *me* fazendo perguntas? Ele ainda está mudando de assunto. Mas ele tem razão. Normalmente, agora seria o momento que eu iria embora. Nunca fiquei em nenhum lugar mais do que três anos.

— Não sei — respondo. — Não estou com vontade de ir pra lugar nenhum.

— Jesus, não me diga que de todos os lugares possíveis você vai se acomodar no Reino Unido?

— Eu não estou me acomodando — falo um pouco rápido demais. Minha atitude defensiva gera nele um pequeno sorrisinho presunçoso. Ele escolheu essa frase de propósito. Merda, um a zero para ele.

— Seus pais devem estar muito felizes. — Ele sorri. Ele sabe que os meus pais são um ponto sensível. Como eles amariam que eu fosse como o Henry, tivesse me casado e tido filhos, e morasse a menos de dez minutos de distância deles.

— Bom, eles estão felizes que eu estou aqui, mas...

— Mas eles não gostam do cara? — completa Rowan.

Como ele sabe do Ash? Não nos falamos há alguns anos, e eu não tenho redes sociais. Rowan ri da minha expressão intrigada.

— Intuição. — Ele me cutuca, brincalhão. — Eu *sabia* que você se apaixonaria por um britânico e seria atraída de volta pra cá...

— Eu não me mudei por causa de um cara — digo. — O Henry teve o Sam.

Eu me mudei porque não queria perder o nascimento do meu sobrinho. Eu queria ficar por perto mais por conta disso... E, sim, depois eu conheci o Ash.

— Ah, claro. Eu vi que o carinha já consegue desabotoar o próprio casaco. — Rowan coloca uma mão no peito. — E desenhar colheres? Ele é muito fofo.

Eu me viro para ele.

— Você viu as colheres?

Rowan mostra uma foto do trabalho de artes do Sam, inspirado em cutelaria, no seu celular.

— Sou muito fã do Instagram da Mamãe Henderson. — Minha mãe não calou a boca sobre essa obra de arte por pelo menos três semanas; faz sentido que tenha postado.

Rowan sorri e mostra outra foto; de alguns meses atrás, com o Sam no meu colo. Nós dois estamos radiantes. Sam está muito feliz com um pequeno pinguim de brinquedo que comprei para ele. Pelo menos ele estava, por cinco minutos, até ficar mais interessado no meu sapato.

— Nossa, essa aqui é muito fofa.

É uma foto bonita, mas não consigo deixar de pensar que esse não é meu ângulo. Eu me encolho ao pensar em outras fotos ruins que minha mãe compartilha na internet pelas minhas costas. E me pergunto o que mais ele viu. Eu sabia que eles mantinham contato pelo Instagram — minha mãe às vezes dizia coisas do tipo: "Ah, o Rowan foi promovido" ou "O Rowan está no Havaí", como se ela fosse amiga dele, não eu —, mas não me ocorreu que fotos minhas haviam chegado no Rowan através do perfil dela.

Meus pais encontraram Rowan algumas vezes quando foram me visitar em Nova York, e ele passou um Natal com a gente em Kent, principalmente porque Rowan queria muito conhecer Londres. Eles o *amaram*. Meu pai às vezes comenta como "É uma pena que o seu estilo de vida nômade tenha estragado as coisas com aquele garoto Rowan".

— Tudo bem, então não tem nenhum cara. — Rowan volta o assunto para a minha vida amorosa e levanta os braços em sinal de rendição.

— Bom, eu não disse isso — admito.

Rowan dá um tapa na mesa.

— Eu sabia! Aliás, eu realmente sabia, porque eu vi uma foto.

— Então por que perguntou?!

— Bom, eu queria que *você* me contasse. Tenho que admitir que estão incrivelmente fofos aqui. — Ele mostra outra foto do último aniversário do Sam. Acho que minha mãe não posta muito sobre o Ash — uma vez que ela prefere fingir que ele não existe —, mas essa é uma foto em grupo. Eu e o Ash estamos segurando o Sam, enquanto ele tenta apagar a vela.

— Muito *caseiros* — acrescenta Rowan.

Outra palavra muito bem escolhida, que ele sabe que vai me assustar.

— O nome dele é Ash — digo, ignorando o comentário.

— Então é o mesmo cara que você tinha acabado de começar a sair da última vez que esteve em Nova York, né?

Estou surpresa que ele lembre. Conheci o Ash cerca de seis meses antes daquela última viagem.

— Sim.

— Me conta sobre ele. Ele é tão bonito quanto aquele modelo magrinho com as maçãs do rosto salientes? Mais inteligente que o astrofísico?

Hmm. Esqueci do astrofísico. O que ele deve estar fazendo?

— Ele é... encantador.

"Encantador" é uma descrição muito pobre para o Ash. Ele é caloroso e carinhoso. Ele lembra detalhes de pessoas que só viu uma vez. Ele não desperdiça palavras, então, quando fala, é sempre com cuidado e consideração. Pensar nele me dá a sensação de que o sol está nascendo no meu estômago.

— Deve estar ficando sério — diz Rowan. Ênfase no "sério".

Tudo bem, ele venceu. Estou apavorada de verdade. Há algumas semanas, as provocações do Rowan não teriam me afetado. Meu relacionamento com Ash é sério. É sério há algum tempo, e há anos tenho certeza de que quero que ele fique na minha vida para sempre. Mas não é a seriedade do nosso relacionamento que me apavora, é a guinada repentina para um estilo de relacionamento monogâmico, e, até agora — na minha cabeça —, solidez e monogamia não eram a mesma coisa para nós. Mas parece que para o Ash, agora elas são.

Concordo. Rowan toma um longo gole de cerveja e faz um barulho de satisfação.

— Bom, que bom pra você, Flissy. Mais um drinque?

Ficamos até a hora de fechar e, mais tarde, quando Rowan caminha comigo até a estação, há uma pausa constrangedora. Percebo que, nove de dez vezes, é nesse momento que vamos juntos para casa. Mas isso não pode acontecer esta noite. A realidade de que não tenho mais permissão para fazer o que quiser, de que preciso ir para casa agora, que não sou *livre*, me atinge, e fico sem fôlego com o quão presa estou.

Ou talvez sejam as seis cervejas que eu bebi. De qualquer forma, é a primeira vez desde o meu novo acordo com Ash que me sinto presa, e eu não gosto. Não gosto de sentir que os meus desejos são uma coisa errada, como se eu fosse uma criminosa por tê-los, e precisar enterrá-los e trancá-los para me sentir uma boa pessoa.

Não consigo acreditar que o Rowan está aqui *agora*. Claro que ele está. O timing é terrível. O timing é perfeito.

Rowan se inclina na minha direção. Posso sentir meu corpo reagir. Ele é ao mesmo tempo familiar e perigoso. Minha pele formiga, meus lábios amolecem e meus seios despertam. Que sutiã coloquei hoje?

Não, para com isso. Fliss má! Fliss má! Não importa qual sutiã você pôs hoje porque ele não vai ver. Isso agora é PROIBIDO.

— Preciso acordar cedo amanhã — resmungo fracamente.

Rowan levanta uma sobrancelha, divertido. Ele mantém o rosto perto do meu, me encarando.

— Sim, eu também.

Ele está esperando. Ele vai se inclinar. Eu quero, e ele sabe disso. Ah, Deus. Não consigo mais evitar. Vou precisar dizer alguma coisa.

— E eu... bom. Eu e o Ash estamos em um relacionamento exclusivo.

As palavras pairam no ar. Jesus, isso foi difícil.

A reação do Rowan é *enervante*.

— Ah, beleza? — A voz dele tem um tom questionador, como quem diz, *E daí, por que você está me contando isso?*

Droga. Nós dois sabemos porque estou contando isso a ele. Eu e o Rowan nunca ficamos uma noite inteira na mesma cidade sem transar. Exceto uma vez, quando peguei um vírus no Peru e fiquei vomitando.

— Boa noite, Flissy — acrescenta ele. Ficamos olhando um para o outro em silêncio por mais um momento. Como isso vai funcionar? Como vamos continuar trabalhando juntos quando estou tão tentada depois de apenas algumas horas? Não consigo ver nada de bom acontecendo se ele decidir ficar. Mas não quero que ele volte para Nova York também.

— Te vejo amanhã de manhã — digo.

Ele dá uma piscadela quase imperceptível, se vira e caminha na direção oposta, para a noite. Eu o vejo partir. Jesus. Estou tão bêbada e excitada que devia ganhar uma medalha por isso. Ser exclusiva vai ser muito mais difícil do que eu pensava.

15

UMA COISA É UMA COISA, OUTRA COISA É OUTRA COISA

HOLLY

Acordo no sábado de manhã com uma mensagem da Fliss.

Quanto contato com ex-namorados você acha que dá pra ter em um relacionamento monogâmico?

Zero contato, respondo. E depois me pergunto por que ela quer saber. Por quê?!?!

Meu ex apareceu de surpresa. Não nos vemos há anos. Ele meio que está trabalhando comigo. Mas antes que diga alguma coisa, somos amigos!

Ele está trabalhando com você?!

Isso me parece duvidoso. Meus amigos não aparecem sem avisar depois de anos como uma "surpresa".

Particularmente acho que esse homem é uma nuvem cinzenta em cima da sua cabeça e, se você realmente quiser ficar apenas com o Ash, é mais fácil manter as coisas preto no branco.

Sim, ok, obrigada, ela responde, depois começa a digitar, parando várias vezes enquanto faz isso.

Não estou convencida de que ela vai seguir meus conselhos. Saio da cama e penteio o cabelo, fazendo uma nota mental de perguntar para ela mais sobre esse ex da próxima vez que a vir.

Na cozinha, encontro Will lendo o jornal e me esperando na frente de dois pratos vazios. Olho duas vezes para ter certeza. Will gosta de acordar cedo, então aos finais de semana ele levanta antes de mim e faz seu próprio café. Quando me vê, ele levanta e pede para eu sentar, puxando uma cadeira e gesticulando.

— Bom dia — diz ele. — Uma torrada ou duas?

— Uma, por favor.

Isso é tão... adorável. Eu me sinto leve e vibrante quando ele empurra a cadeira embaixo da mesa e corre para a geladeira. Provavelmente é porque não temos nos visto muito ultimamente. Eu o observo andar pela cozinha, a luz do sol de inverno entrando pelas janelas. O som de panelas e frigideiras preenchem o ambiente, e eu penso em como somos o retrato de uma família feliz.

Só que nem tanto. Porque nós dois temos encontros com outras pessoas hoje à noite.

Do jeito que a Fliss fala, é como se ela conseguisse manter seus outros relacionamentos completamente separados da sua relação com o Ash. Como se eles não se cruzassem. Tenho tentado pensar assim, mas ainda estou lutando para separar as coisas. Parece que tudo o que eu faço quando vejo Will agora é tentar não pensar em como é estranho que eu tenha começado a sair com alguém de quem eu realmente gosto, ou ficar obcecada com o que pode estar acontecendo com ele. Será que o Will também conheceu alguém de quem gosta? Acho que eu seria uma grande hipócrita se ficasse chateada com o fato de ele ter conhecido, mas o pensamento surge mesmo assim. De alguma forma, sei que o fato de gostar do Liam não faz com que eu deixe de amar o Will, mas o fato de o Will gostar de outra pessoa ainda me magoaria.

E tudo isso acontece quando eu vejo o Will entre uma e outra hora extra no trabalho e arranjo tempo para um segundo namorado.

Nossa. *Segundo namorado*. O Liam não é meu segundo namorado! *O Will ainda é meu único namorado.*

— Qual chá você quer? — pergunta Will.

— Ah. — Sou tirada dos meus devaneios. — Earl grey?

Olha só para a gente, conversando sobre coisas do dia a dia como se nada tivesse mudado. *Meu Deus*. Lá vou eu de novo... Nada deveria mudar entre nós! E não mudou, na verdade. Logicamente, consigo ver que não mudou. Não deveria. Eu *consigo* lidar com isso. Eu consigo.

Will pega o meu prato, leva até o balcão e me serve. Senta e põe os ovos na minha frente; lindamente apresentados, com guarnição em cima e tomates secos do lado. Tudo o que Will cozinha parece que pertence a uma conta de Instagram para amantes de comida feita em casa.

— Muito obrigada. — Pego os talheres. — Uau. Que delícia.

— Eu faço isso pra gente às vezes — rebate Will.

— Na verdade, não — digo gentilmente. — Não desde a faculdade.

Não digo como uma afronta, mas, assim que a frase sai da minha boca, percebo como ela soa. Estou me acostumando tanto a falar as coisas abertamente com o Liam que, por um segundo, esqueço que o Will não vai reagir bem a essa declaração, mesmo que seja verdade.

As sobrancelhas do Will se unem enquanto ele vasculha anos de memórias nebulosas.

— Você sabe que eu gosto de acordar cedo — diz ele, na defensiva.

Quase não digo mais nada. Normalmente, eu não diria. Normalmente, não correria nenhum risco de estragar o clima. Meu pulso já está acelerado com esse pequeno confronto, mas... só estou relatando os fatos.

— Sim — concordo. — Eu só estava dizendo que... é legal comer junto.

— Bom, nós estamos fazendo isso. Como está o trabalho? — pergunta Will.

Percebo que ele não quer continuar com uma conversa vaga e desconfortável e, por isso, muda de assunto. Não sei nem se teria percebido isso antes de conhecer o Liam. E é justamente o fato de que eu não teria percebido que me incomoda. Bom, hoje eu percebi. Mas resolvo deixar para lá e manter a paz. Afinal, Will está fazendo algo legal e se esforçando.

— Você já terminou o que quer fazer para a coleção nova? — continua Will.

Meu coração faz uma dancinha com a lembrança do desfile. Quando a coleção de outono for lançada e eu receber os créditos pela primeira vez na vida, quero ter outros designs na manga. Quero estar pronta para quando finalmente me derem uma categoria que não seja "camiseta".

— Não — digo. — Fico indo e voltando.

— Quer me mostrar?

Pego o celular e compartilho com Will algumas inspirações que tenho visto. Estilos diferentes, materiais diferentes.

— Ah, sim. — Will olha para a minha tela. — Eu gosto desse material. Mas não com esse corte. E eu gosto disso, mas não nessa cor.

— É, era o que eu estava pensando. — Pego meu caderno de rascunhos para mostrar a ele no que andei trabalhando. — Pensei talvez nesse material, nessa paleta de cores, nessa modelagem.

Will concorda.

— Gostei bastante.

Fico corada de orgulho. Depois de mostrar meus desenhos para o Will, sempre sinto menos medo — fico até animada — de mostrá-los para o mundo. Mesmo que eu e o Will desenhemos coisas diferentes, ele está sempre interessado e é útil quando se trata do meu trabalho. Não da forma como a maioria das pessoas diz, "Ah, que lindo". Ele me ajuda a pensar sobre o que está funcionando e o que não está, e disseca os projetos comigo por horas e horas, e eles sempre ficam melhores com a sua contribuição. E ele quer minha opinião nos seus projetos também. Nosso interesse pelo trabalho um do outro é uma das coisas que mais gosto em nós. As coisas têm andado tensas ultimamente, mas, neste momento, lembro exatamente por que combinamos tanto.

— Obrigada. Eu estava nervosa — digo. — E se ninguém gostar dos meus designs no desfile? Ou se forem bem recebidos, mas eu não conseguir mostrar mais projetos bons?

Ele dá de ombros.

— Vai dar tudo certo — murmura Will, com a boca cheia de ovos.

Não consigo deixar de ficar um pouco decepcionada com a sua resposta. O Liam teria reconhecido as minhas preocupações e conversado sobre elas comigo. Afasto esse pensamento. O Will apenas me apoia de uma maneira diferente, não dando atenção ao meu possível pessimismo.

— Quer ver um filme hoje à noite? — Ele abaixa o garfo e a faca.

Estou confusa. Hoje à noite? Mas... Hoje é noite de encontro, não é?

— Hmm... — É tudo que consigo pensar em falar. Dou outra mordida. Não deveríamos sair com outras pessoas esta noite?

Normalmente, no começo da semana, Will escreve *saída* em determinados dias do calendário, e eu concluo que essas são as noites em que ele vai sair em encontros, então faço planos também. Merda. Devo ter visto o dia errado e me sinto péssima.

— Pensei em pedir comida? — continua Will quando eu não respondo.

— Ah, eu pensei que você estivesse ocupado hoje à noite? — pergunto.

— Não, não estou. — Will pega minha mão do outro lado da mesa. — Parece que eu mal tenho te visto, seria bom passarmos uma noite juntos.

— Parece ótimo — digo. — Mas... eu tenho planos. Desculpa. Devo ter marcado o dia errado.

— Ah. — Will puxa a mão e fixa os olhos na comida. — Beleza.

Fica um climão. O café da manhã acabou de azedar.

— Desculpa — repito. Não consigo engolir a mordida que dei, então abaixo o garfo. — Eu não sabia que você queria fazer alguma coisa.

Will faz um breve contato visual, antes de voltar a olhar para o prato. Ele acena com a cabeça, tenso, e limpa a garganta. Por um momento, acho que não vai dizer mais nada e que a discussão acabou.

Mas então ele diz:

— Não sabia que tinha que reservar com você com tanta antecedência. Erro meu.

Meu coração acelera. Não lido bem com confrontos, e nunca tivemos esse nível de conflito antes. Normalmente, eu sempre estaria disponível.

Tenho alguns amigos da escola e da universidade, mas eles não moram em Londres, então qualquer tempo que passo com eles é planejado com antecedência. Eu e o Will temos amigos em comum, mas aí saímos juntos. Às vezes, eu saio com o Tomi, mas não há grandes exigências com relação ao meu tempo. Acho que as coisas mudaram rapidamente. Mas pensei que era isso que ele queria, certo?

— Desculpa. — Eu me desculpo novamente, sem saber muito bem o que dizer.

— Então você não vai cancelar os seus planos?

Eu me sinto quente e confusa. Ele me pegou completamente desprevenida. Cancelar compromissos no último minuto me deixa desconfortável.

— Está um pouco em cima da hora.

— Ok.

Ele levanta e sai da mesa. Parece chateado. A culpa me invade. Eu deveria cancelar com o Liam?

Quando penso em não ver o Liam esta noite, fico decepcionada. Isso me deixa mais culpada ainda.

Termino o café da manhã sozinha, apesar de ter perdido o apetite. Fico sentada por mais cinco minutos, respirando fundo e tentando me acalmar. Deixar o Will chateado e cancelar com o Liam são duas opções que me deixam muito ansiosa e não tenho ideia do que fazer. Acabo chegando à conclusão de que vou cancelar, se o Will vai ficar chateado, quando ele volta para a cozinha.

— Will, vou cancelar — digo, levantando.

— Holly, tá tudo bem. Pode sair. Eu pensei que você não queria ir. Só estava pensando em você. E agora já fiz planos.

Ele finge que está tudo bem, mas sua voz tem o tom complacente que ele usa quando está conversando com os irmãos sobre política.

— Não está — digo. — Eu não ligo. Foi um erro. Eu pensei...

Aponto para o calendário e noto que o dia de hoje diz *Will: saída*. Eu *não* cometi um erro.

— Ah — digo.

Will segue meu olhar até o calendário.

— Está escrito "saída" — afirmo. — Então... desculpa, estou muito confusa.

Por que o Will está tão chateado?

— Will — continuo. — Talvez a gente devesse conversar de novo sobre as regras? Pensei que quando você escrevia "saída" no calendário, era pra gente, você sabe... sair. — Aponto o lembrete. — Não é assim que você queria que funcionasse?

Will cruza os braços.

— É, não, é sim. Mas eu cancelei porque queria ficar com você.

Não posso deixar de me sentir satisfeita que ele tenha decidido manter a sexta-feira à noite livre para mim, afinal. Mas... Será que ele esperava que eu estaria disponível, sem ao menos me consultar?

— Mas por que você achou que eu estaria livre? — pergunto, genuinamente confusa.

— Achei que você fosse gostar. Achei que gostaria de passar a noite comigo.

Ah. Isso me atinge. Ele *presumiu* que eu tivesse planos. E pensou que eu os cancelaria imediatamente para ficar com ele?

— Não é que eu não queira passar a noite com você, mas, Will, eu não posso só...

— Sinto sua falta, Holly.

Meu coração amolece. Também sinto falta dele. Penso no que a Fliss disse, sobre estabelecer regras claras. Podemos resolver isso, se optarmos por um esquema melhor daqui para a frente.

— Eu também — digo. — Ok, tá bom... Como você quer que o esquema funcione daqui em diante? A gente deve deixar mais noites livres um pro outro?

Will atravessa a cozinha, pega minhas mãos e me beija. Não é um beijo habitual e rotineiro. É firme e um pouco agressivo. É quase como se ele tentasse me dizer algo, o que deveria ser sexy, mas acho que teria preferido que ele tivesse respondido à minha pergunta.

Ele continua me beijando, mas não é algo romântico ou sedutor. É muito forte e apressado. Seus lábios se chocam contra os meus, ele empurra meu pescoço para trás, e eu não sei o que ele está tentando dizer. Sinto que ele arrisca diminuir a distância entre nós, eu também o desejo muito, mas isso não está funcionando.

Tento afastar os pensamentos. Este é o Will. O *meu* Will. Beijá-lo deveria ser natural e normal, mas é tudo, menos isso. Eu não queria beijar agora. Queria que usássemos *palavras* de verdade.

Ele me levanta e me senta no balcão da cozinha. Ele quer transar? Aqui? Agora?! Logo depois dessa briga horrível que nós nem resolvemos?

Não transamos há semanas. Desde que começamos a ter um relacionamento aberto. Antes disso, geralmente transávamos uma vez por semana, na cama, antes de ir dormir. Nunca na cozinha, às nove e meia da manhã.

Deveria ser excitante, eu acho. Eu deveria me sentir viva e com tesão. Mas, na verdade, o balcão está gelado contra as minhas coxas nuas. É um ângulo desconfortável para beijar. Estou usando meu pijama gigante e manchado. E parece forçado, nada a ver com a gente.

Será que o Will tem feito isso com outra pessoa? Alguma mulher sensual e sedutora, que está sempre excitada, mesmo quando está comendo seus ovos de manhã?

Talvez o Will quisesse que fôssemos um casal que manda a ver na cozinha, às nove e meia da manhã, mas não somos. Talvez o Will seja assim com outra pessoa. Talvez *eu* pudesse ser assim com outra pessoa. Mas nós não somos assim. Eu não sei mais o que somos, e quero descobrir, junto com ele, mas não dessa forma. No momento, estamos fisicamente tão próximos quanto duas pessoas conseguem estar, mas me sinto sozinha. Sou atingida pela sensação avassaladora de que está tudo errado.

Will não para de me beijar, e eu não consigo respirar. Meu peito está apertado. Tenho que parar antes que aconteça outro ataque de pânico.

— Will — digo enquanto ele beija o meu pescoço. — Will. Agora não.

Ele para e me olha.

— O que aconteceu?

Desço do balcão.

— Eu só não estou no clima.

Ele assente, mas não consegue disfarçar que está decepcionado.

— Tudo bem.

— Podemos conversar em vez disso?

Ele dá de ombros.

— Não tenho nada pra dizer — responde ele. — Tá tudo bem, Holly, saia esta noite. Divirta-se. — Ele sai da cozinha e eu o ouço fechar a porta do quarto.

Fico parada um momento, tentando respirar fundo e esperando que ele volte para resolver as coisas, mas ele não volta.

16

PRESENTES NÃO RESOLVEM PROBLEMAS

FLISS

Sento à minha mesa e encaro a mensagem da Holly.

Sinto que não tenho mais tempo pro Will! Me ajuda! Como você faz isso?

Respondo:

Gerencie seu tempo com cuidado. Planeje quando vocês vão se ver e cumpra o acordo.

Nós fizemos isso. Ou, pelo menos, eu achei que sim? Mas aí o Will achou que eu estaria livre pra ficar com ele outra noite. E eu não estava.

Bom, isso é problema do Will.

Mas eu me sinto péssima! A gente mal se vê.

Queria ter esse problema, penso. Sinto que minha vida inteira se tornou O Show do Ash. Acordo de manhã e ele está comendo seu cereal. Volto do trabalho e ele está no meu chuveiro. Fecho os olhos e a visão do seu rosto está gravada atrás das minhas pálpebras, como um belo e monótono mosaico. É assim que são os relacionamentos monogâmicos?

Com certeza não. Obviamente achei que nos veríamos mais, mas não pensei que ele quisesse esse nível de contato.

Passei a semana no escritório. Jenny e Henry perguntaram por que não tenho trabalhado de casa, e eu disse a eles que é uma nova política da empresa, mas, na verdade, eu só preciso de espaço. Na maioria das noites, o Ash parece que quer vir em casa ou que eu vá na dele, e ainda não tive coragem de falar para ele que estou me sentindo sufocada.

Eu esperava que ele fosse perceber, mas parece que, quanto mais eu tento me afastar, mais ele quer ficar junto. Ele está se esforçando muito para levar o nosso relacionamento para um novo lugar, e eu me sinto constantemente culpada por sentir que o trem está indo rápido demais.

Com essa deixa, meu celular toca. É o Ash.

Como está sua manhã?

EU ACABEI DE VÊ-LO. POR QUE ELE ESTÁ ME PERGUNTANDO ISSO? Que notícias interessantes eu poderia ter para compartilhar entre minha saída de casa e a chegada ao trabalho? Não vamos ter nada para conversar quando nos encontrarmos da próxima vez porque eu já vou ter contado tudo. Jesus, ele quer instalar uma câmera na minha mesa? Me seguir até o banheiro!?

Vi alguns gatos brigando, respondo.

Legal.

Aaaaaaaaah.

Eu, por outro lado, estou vendo demais o Ash, mando mensagem para a Holly. Como você faz isso?!

Isso o quê?

Ver uma pessoa todos os dias e conversar com ela o dia inteiro?!

Como assim? Você acha que precisa de espaço?

SIM.

É só pedir. Tenho certeza que ele vai entender. Você está passando por uma fase de transição. E só porque vocês são monogâmicos, não significa que precisam passar o tempo todo juntos.

Ela faz parecer tão fácil, e sei que ela tem razão. Seria o conselho que eu daria a alguém no meu lugar, então por que é tão difícil de seguir? Mas é muito mais difícil aceitar um conselho do que dá-lo. É difícil dizer isso ao Ash porque nunca tivemos que pedir mais ou menos tempo antes. Isso estava tão intrínseco no nosso relacionamento e, até agora, parecia que nós dois estávamos totalmente satisfeitos com a quantidade de tempo que passávamos juntos. Nosso relacionamento estava organizado de forma tão perfeita. Ou, pelo menos, era o que eu achava.

Durante os meus vinte anos, eu me tornei bastante direta ao pedir o que queria dos meus parceiros, mas me tornar monogâmica mudou completamente isso em mim. Com qualquer outra pessoa que eu estivesse saindo, não tinha medo de ferir seus sentimentos, porque tudo era exposto com muita clareza desde o início, e já meio que estava explícito que o nosso relacionamento não era profundo. Com o Ash, nós estávamos sempre de acordo sobre o que queríamos, então eu nunca precisei ter medo de machucar os sentimentos dele também. O que eu queria e o que ele queria eram a mesma coisa. Mas agora não é mais assim, pedir diretamente ao Ash que me dê um pouco de espaço parece uma coisa impossível de fazer. Ele é uma pessoa sensível; não consigo suportar a ideia de magoá-lo.

Rowan chega e senta ao meu lado. Ele está aqui há apenas uma semana, mas, a esta altura, é uma regra já meio estabelecida que esse é o seu lugar. Ainda é uma loucura que ele esteja aqui, na minha cidade. No meu local de trabalho. Acho que em qualquer outro momento eu teria achado ainda mais estranho. Mas como o Ash está virando o nosso relacionamento de cabeça para baixo e o Henry se mudou para o meu apartamento, estou me sentindo realmente grata pela sua presença. Não é exatamente reconfortante, mas... é uma fuga.

Penso como a Holly deve ter ficado horrorizada quando eu disse que estava saindo com o Rowan. Acho que a Holly não é o tipo de pessoa que mantém contato com os ex-namorados.

Eu disse a ela que éramos amigos, mas eu sabia que a Holly não veria dessa forma. Não somos amigos como eu e a Holly somos amigas. Não nos vemos muito, não nos comunicamos com frequência, nem compartilhamos grandes quantidades de informação sobre nossa vida pessoal. Nós nos encontrávamos quando eu estava em Nova York a trabalho e conversávamos sobre coisas estúpidas, livros, política ou ideias, e ficávamos muito bêbados, como se fosse um flerte casual, e geralmente acabávamos dormindo juntos.

É tipo uma amizade. Existem vários tipos de amizade. Somos mais como parentes, de uma forma estranha. Podemos não conversar o tempo todo, mas, não importa onde estivermos no planeta, estamos sempre conectados... Um pouco como primos distantes... Primos distantes que transam.

— Beleza, Flissy. Tem algum plano legal pro fim de semana? — pergunta ele enquanto liga o computador. Pousa uma caneca em cima da mesa, então ajusta sua posição para ficar no meio do descanso de copos. — Quais seus planos com o namorado autoritário? Tatuagens combinando?

Fecho a mão em punho, irritada. Ele sempre soube exatamente como me irritar. Odeio que o Rowan já descreva o Ash dessa forma. Eu nunca devia ter tentado explicar a nossa situação para ele. Mas já ficamos bêbados juntos duas vezes nesta semana em que ele está aqui — *talvez* eu o esteja usando para me esconder do Ash —, e tudo isso estava fadado a vir à tona em algum momento. Especialmente quando ele continua fazendo tantas perguntas sobre a minha vida, para evitar falar sobre a dele. Ainda tenho apenas uma vaga ideia do porquê ele deixou seu emprego bem remunerado em Nova York para vir para cá.

— Ele não é autoritário. — Estouro. — Como eu disse, estamos passando por uma... — Que termo a Holly acabou de usar? Dou uma olhada na nossa conversa. — "Fase de transição."

— Certo — concorda Rowan, feliz em ter me irritado.

Como eu disse, reconfortante seria a palavra errada.

— Recebi uma mensagem da Mamãe Henderson hoje. — Ele balança o celular na frente do meu rosto. — Ela viu que estou em Londres e está superanimada.

— Claro que está. — Reviro os olhos.

— Ela disse que a gente precisa sair pra jantar.

Típico. Ela nunca convida a mim e ao Ash para jantar.

— Não se preocupa, eu te livro dessa.

— O quê?! Não! Não se atreva! — Rowan aponta para a minha cara.

— Você quer sair com os meus pais? — Levanto uma sobrancelha em descrença.

— Estou morrendo de vontade de ver seus pais de novo!

— Bom, beleza. Talvez... — Hesito em organizar isso, sabendo que o Ash nunca os vê. Sinto uma pontada de proteção, principalmente por meus pais não gostarem do Ash por motivos tão injustos.

Um homem de camisa azul e boné, que estava conversando com alguém do outro lado da sala, vem até nós.

— Felicity Henderson?

— Hmm, sim? — pergunto.

— Assina aqui. — Ele me passa uma prancheta e uma caneta.

— O que é isso? — Olho com suspeita para Rowan.

Ele dá de ombros.

— Não olha pra mim.

Assino e o homem volta para o corredor, retornando um minuto depois com um buquê de flores. *Mas que merda?*

Então estende as flores para mim.

— Tenha um bom dia — diz ele, indo embora.

Encaro as rosas corais brilhantes e os eucaliptos frescos. Há um bilhete enfiado entre as folhas: *Só queria alegrar o seu dia. Ax*

Ah, isso é tão adorável. O sonho de qualquer garota, certo? Essa é a parte que eu desmaio? É tão doce. É... *demais*.

— Você estava dizendo? — Rowan se inclina ao redor das flores, com olhos arregalados e angelicais.

Droga. Ele é um *saco*.

Começo a trabalhar em um livro francês que estou traduzindo para o inglês, para uma editora independente. É uma tarefa que vai me tomar muito mais tempo do que a maioria dos trabalhos que recebemos e exige muito mais concentração. É a desculpa perfeita para ignorar Rowan, o que eu faço, de forma incisiva, por uma hora inteira.

— O que você está fazendo? — Em certo momento ele quebra o silêncio.

— Um livro. — Minha resposta é curta.

Ele assovia.

— Ah, não, o que eu fiz?

— Nada. — Sibilo. — Só estou tentando trabalhar.

Merda. Odeio isso. Odeio como ele consegue me desestabilizar. Odeio o fato de isso ser tão óbvio.

— É por causa do que eu disse sobre o seu namorado? Só estou brincando, Flissy. Ele parece ser um doce.

Rowan chamando Ash de "doce" é ainda mais irritante. Quando eu e o Rowan estávamos juntos, nós zoávamos presentes sentimentais e piegas. As flores estão entre nós, como um símbolo gigante de tudo o que normalmente tiramos sarro.

— Quer dizer, eu nunca tive que me esforçar tanto pra receber sua atenção, mas respeito o cara por fazer esse esforço.

AFF. Não respondo ao comentário irônico de Rowan, mas qualquer pretensão de me concentrar no trabalho já voou pela janela. Olho nos seus olhos, como se o desafiasse, e ele me encara de volta, imperturbável e orgulhoso. Ele está me deixando louca. Ele é *muito gato*.

Porra.

— Vamos sair daqui? — pergunta ele.

Típico. Uma semana no trabalho e ele já está querendo vazar. Ele nunca leva nada a sério.

— Não — respondo. — Tenho que trabalhar.

— Ah, para. — Ele me pede. — Você pode fazer amanhã, não é? Quem se importa?

De certa forma, ele está certo. Na agência, somos mais como um grupo de freelancers que faz o trabalho que quer e recebe comissão, em vez de funcionários. Eu não tenho um "gerente" propriamente dito. Nem *preciso* vir para o escritório. Se sairmos, Monty pode levantar uma sobrancelha, mas ninguém diria nada. A ideia de simplesmente sair do trabalho no meio do dia para fazer o que quisermos é bastante libertadora.

Essa é uma das coisas de que eu sempre gostei no Rowan. Ele me lembra de que, na maioria das vezes, as regras são impostas por nós mesmos. Que tudo na vida é uma escolha, e que eu posso escolher o que quiser. É como se você se movesse pelo mundo com essas barras invisíveis ao seu redor... *Não, não posso comer isso, não posso usar aquilo, não posso viver ali, jamais poderia fazer isso...* E o Rowan está sempre lá para me dizer que sou minha própria carcereira.

Mas hoje ele está sendo incrivelmente irritante. Porque ele está certo. O Ash está se esforçando demais, e as coisas estão ficando forçadas entre nós.

— Eu me importo — respondo, embora não tenha certeza de que isso seja verdade.

Continuo traduzindo, mas só termino uma frase antes de ser distraída por outra mensagem de texto do Ash.

Recebeu as flores?

Sim, muito lindas, obrigada.

Quer sair pra almoçar? Tenho uma reunião não muito longe do seu escritório.

A sensação de pressão que vinha se acumulando nas minhas têmporas se instala. Sinto uma dor de cabeça forte se aproximar. Acabamos de nos ver hoje de manhã e vamos nos ver amanhã. Sou atingida por uma sensação avassaladora de que, se o Ash quer tanto assim de mim, não vou conseguir dar isso a ele. Sei que vou ter que dar a cara a tapa e falar com ele sobre isso em algum momento, mas, por enquanto, escolho evitar.

— Vamos — digo a Rowan, desligando o meu computador. Ele sorri e desliga o dele. Digito rapidamente uma resposta ao Ash:

Desculpa, já tenho planos pro almoço. Te vejo amanhã.

17

NÃO COMPARE

HOLLY

— Holly. — Will bate na porta do quarto, me assustando. — O que você está fazendo aí? Por que a porta está trancada?

Merda.

— Hmm. Só estou descansando — digo.

— Te comprei um latte.

Ele... me comprou um latte? Will detesta latte. Ele me zoa por tomar. E ele saiu e me comprou um, assim, do nada? Estou impressionada.

— Obrigada. Isso é muito fofo. Mas é que... não consigo me mexer agora. — Minto. — Não estou me sentindo muito bem. Cólica.

Qualquer menção à menstruação geralmente o afasta. Outro dia, o Liam perguntou sobre a minha menstruação e eu quase caí para trás.

— Ah — diz ele. — Tudo bem, sem problema.

Eu o ouço ir embora e meu coração volta a bater em um ritmo normal. O Will *não* pode ver o que estou fazendo.

Olho novamente para as tiras de cera à minha frente. Estou tentando criar coragem para usar há pelo menos dez minutos.

— Tudo bem, beleza, vamos lá. — Tomo coragem e abro a caixa. — Você consegue.

Antes que eu mude de ideia, abro uma e grudo o lado da cera na parte interna da coxa. Depois outra, e outra, e outra.

Agora não tem mais volta.

Puxo uma.

— PUTA QUE PARIU — sussurro o mais baixo possível.

Tinha esquecido como doía. Isso é uma tortura. Ah, Deus. Ainda tem mais seis tiras. Geralmente não me depilo, mas agora uma pessoa nova vai me ver pelada.

Não que seja certeza que o Liam vá me ver de calcinha e sutiã esta noite. O fato de eu ir ao apartamento dele não significa nada. Estou me depilando por precaução. Só para o caso de *o clima* esquentar.

Vinte minutos depois, Will bate novamente na porta.

— Holly, peguei remédio pra você, posso entrar?

— Ah, obrigada. — Minha voz soa estrangulada. Eu me levanto e escondo as tiras de cera no armário, junto com a lingerie que comprei quando percebi que quase todas as minhas calcinhas estão puídas ou manchadas. Se o Will vir tudo isso, vai saber que não é para ele.

Visto uma bermuda de pijama para cobrir metade da virilha depilada, e a outra coberta de tiras de cera, e abro a porta. Will me entrega alguns comprimidos e um copo d'água, então o latte.

— Pronto — diz ele.

— Uau. Obrigada. — Pego da mão dele, quase sem acreditar.

— Você ainda vai sair às quinze horas? — pergunta ele.

Vou encontrar a Fliss antes de encontrar o Liam. Desde a tentativa frustrada de fazer sexo na cozinha logo antes do meu encontro, que me deixou superagitada, decidi que é melhor não sair para encontros direto de casa. Comecei a ir do trabalho e de algum outro lugar primeiro.

Eu mesma escrevi *saída* no calendário, para não haver confusão quanto ao fato de eu estar livre. Antes da nossa falha de comunicação, eu nem havia questionado nosso esquema. Mas, quanto mais eu me lembrava disso, mais eu me dava conta... O Will imaginou que eu viria correndo, óbvio. Até agora, tudo foi feito nos termos dele. Por que ele não presumiria que eu largaria tudo por ele a qualquer momento?

Precisamos organizar um novo esquema e, por mais que eu adorasse ter conversado sobre isso primeiro, já que o Will não quer, comecei a fazer as coisas de forma diferente. Então fui a primeira a escrever *saída* no calendário. Quando o Will viu pela primeira vez, notei que ele se sentiu incomodado, porque ficou um pouco vermelho e gaguejou, depois ficou meio distante o resto do dia, mas não tocou mais no assunto. Acho que ele percebeu que qualquer coisa que dissesse seria hipocrisia.

— Sim, daqui a pouco vou melhorar — digo.

— Tudo bem — responde ele e volta para a sala.

Fecho a porta, tranco novamente, tomo um gole do latte e tiro as tiras que sobraram sem gritar. Então visto minha lingerie nova. O sutiã é balconette, azul-marinho com renda. Eu queria algo bonito, mas não *tão* bonito. Algo sedutor, mas que não dissesse: "Para o caso de a gente transar esta noite".

Eu me olho no espelho. Me sinto *sexy*. Ter roupas bonitas que me fazem sentir bem é uma das minhas coisas favoritas. Compro roupas novas regularmente. Quando e por que eu parei de fazer isso com roupas íntimas?

Passa pela minha cabeça que meu namorado está no quarto ao lado e eu estou aqui, seminua, usando uma lingerie nova. Penso em ir até lá, parar na frente do Will e montar nele, mas algo me impede. Desde o incidente, nenhum de nós tomou a iniciativa de transar. Tenho certeza de que voltaremos ao normal em breve, só precisamos de um pouco de espaço para esquecer o que aconteceu. Em vez de ir até o Will, eu me visto e me despeço dele com um beijo no rosto.

— Como estava o latte? — pergunta ele, enquanto visto meu casaco.

— Ah, delicioso, obrigada — respondo.

— Beleza, bom, então tchau. — Por um momento, penso que ele parece um pouco perdido, mas ele escreveu *saída* embaixo da minha *saída*, então ele também deve ter o próprio encontro mais tarde. Desconcertada, eu o beijo novamente e saio correndo de casa, ainda bebendo meu latte.

Uma hora depois, estou sentada na frente da Fliss, no que se tornou nosso lugar habitual, nas nossas poltronas habituais. Ela está tomando um milkshake de morango de um jeito infantil, e posso dizer que seu pensamento está longe. Ela parece distraída e cautelosa. Enquanto algumas semanas atrás ela me pedia conselhos sobre o Ash, hoje está habilmente evitando que eu pergunte sobre ele.

— Então, o que você tem feito? — Tento uma nova tática.

Ela dá de ombros.

— Ah, o mesmo de sempre.

Ela vira a cabeça e olha pela janela, para a luz brilhante do sábado à tarde.

— Ah, fui ao Roller Nation ontem à noite — acrescenta ela, como se tivesse acabado de lembrar.

Isso é algo que eu admiro na Fliss. Ela faz coisas como... andar de patins... sem pensar duas vezes. Quer dizer, eu também *iria*, mas tentaria controlar minha ansiedade por mais ou menos uma semana antes, e depois provavelmente conversaria sem parar com o Tomi sobre isso na semana seguinte.

— Ah, legal — digo. — Como foi? Você caiu? O Ash se divertiu?

— Hmm, eu não estava com o Ash — diz ela. — Mas sim, eu caí. Mais de um milhão de vezes, antes de desistir e ir beber. Olha este hematoma, Jesus. — Ela me mostra uma marca roxa horrível no braço.

— Com quem você estava? — pergunto, depois de observar seu machucado.

— Com o Rowan — diz ela, o nome dele surge depois de uma pausa. Seu olhar desvia do meu e se fixa no milkshake. Ela sabe que eu vou dizer algo sobre isso.

— Com o Rowan? — Tento não parecer muito professoral. — Você passou muito tempo com ele esta semana. Ele trabalha com você agora, né?

De novo, tento tirar o julgamento da voz. Mas o ex-namorado da Fliss aparecer do nada e entrar para trabalhar na empresa dela é um comportamento muito estranho. E agora eles parecem passar o tempo todo juntos. Talvez seja uma coincidência, mas sinto que, todas as vezes que falei com ela nos últimos quinze dias, ela estava com esse cara.

Ela dá de ombros novamente.

— Acho que sim. Na verdade, tem sido bem legal ter um colega no trabalho.

Um *colega*. Eu não transei com nenhum dos meus "colegas".

— O Ash está aceitando bem essa situação? — pergunto.

Se a ex-namorada do Will começasse a trabalhar com ele e de repente ele estivesse com ela o tempo todo, definitivamente eu teria algo a dizer. Ou, pelo menos, eu *diria*, antes de abrir o relacionamento. Mas, agora, não sei o que posso ou não questionar. Mas a Fliss e o Ash estão em um relacionamento fechado. Ele queria que ela parasse de sair com outras pessoas, então, provavelmente, ele teria algumas opiniões em relação ao fato de que ela está saindo tanto com o ex.

— Por que ele não aceitaria? Não estamos fazendo nada. — Fliss parece um pouco na defensiva.

— É... — Mordo o lábio. Tecnicamente, ela está certa, mas, quando se trata de relacionamentos fechados, na minha opinião, ela está errada. Não tenho certeza se continuo falando, mas algumas semanas atrás ela me pediu ajuda para fazer as coisas com o Ash darem certo, e percebo que esse tal de *Rowan* está atrapalhando todos os seus esforços. — Só que... sei lá. Esse cara é realmente só um amigo?

Fliss toma um longo gole do milkshake.

— Não — ela admite. — Acho que não. Acho que ele é difícil de classificar.

Eu sabia.

— Hmm — digo. — Eu só acho que... Pra mim, de qualquer forma, em um relacionamento fechado de longo prazo, seguir todas essas regras mais óbvias é tão importante quanto seguir as regras subentendidas. Tipo, não passar o tempo todo com pessoas difíceis de classificar, mesmo que você não esteja fazendo nada de errado.

Fliss franze o cenho.

— Mas não estamos transando.

— Mas você *quer* transar com ele, né?

Fliss suga o último gole do milkshake do fundo do copo. O ar que sobe pelo canudo faz um barulho alto.

— Não — diz ela. — Eu não quero transar com o Rowan.

Relaxo na cadeira.

— Bom, se isso for verdade, acho que você tem razão.

Ainda não estou totalmente convencida — Rowan me parece suspeito —, mas me sinto melhor sabendo que não é o que a Fliss está pensando. Nunca conheci o Ash, mas estou torcendo por ele e pela Fliss. Ele parece um cara legal. E esse tal de Rowan parece um babaca, para ser sincera. Surgindo assim do nada e, pelo que parece, tentando minar o relacionamento dela. Não gosto nem um pouco disso.

— Mas e *você*? — Fliss deixa o copo vazio na mesa. — Fala, quero saber tudo sobre o Liam.

Não consigo conter o sorriso ao ouvir o nome do Liam.

— Ah, esse sorriso diz tudo — afirma Fliss. — Como é o sexo? Quero passar vontade.

Estou prestes a dizer que ainda não transamos, então lembro que eu falei para a Fliss que estava tendo essa experiência de relacionamento aberto pelo sexo e mudo de assunto.

— Posso te perguntar uma coisa? O fato de você transar com outras pessoas afetou sua vida sexual com o Ash?

Penso na tentativa dolorosamente forçada de fazer sexo com o Will.

— Em que sentido? — pergunta Fliss.

— Bom, sei lá. Eu e o Will tentamos transar outro dia e foi quase como se... fingíssemos ser outro casal. Eu acho... que talvez ele esteja fazendo coisas com outras mulheres que agora quer fazer comigo.

O pensamento me faz sentir vazia.

— Não sei, mas achei que o objetivo era estar com pessoas diferentes, e não tentar transformar o outro em outra pessoa.

— Que tipo de coisas? Tipo... BDSM?

— *Não!* — exclamo, depois tento parecer mais calma. — Quer dizer, não, não é isso. Eu estava prestes a sair com o meu date e ele tentou, bom... Ele tentou... *transar na cozinha.*

Fliss pisca.

— Ele tentou... transar na cozinha? Foi isso? Meu Deus, Holly, você *realmente* precisa experimentar outras coisas no sexo. — Ela me cutuca em tom de brincadeira.

Minhas bochechas esquentam.

— Parece besteira falar isso, mas, sei lá, me pareceu um pouco falso e desesperado.

Fliss concorda com a cabeça.

— Hmm, entendi. Pra ser sincera, não parece que ele está fazendo sexo selvagem com outras mulheres em balcões de cozinhas. Parece que ele está com ciúme.

Ciúme?

— O quê? — Eu me encolho. Não posso deixar de me sentir um pouco feliz com a ideia de o Will estar com ciúme, mesmo que isso obviamente não seja verdade. Que pensamento absurdo. Foi ele quem quis isso!

— Acho que ele queria ter certeza que você estava pensando nele no seu encontro — continua Fliss.

— Isso é ridículo. Isso tudo foi ideia dele — afirmo.

— As pessoas são complicadas. — Fliss suspira. Então inclina a cabeça e me olha. — Eu não sabia que isso tinha sido ideia do Will.

— Ah, foi. — Eu me atrapalho. — Quer dizer, no começo. Mas... — Busco as palavras do Will na minha mente, da primeira vez que ele falou sobre isso. Quando achei que ele ia me pedir em casamento. Meu Deus, parece que faz um século. — Sempre estivemos na mesma página sobre querer experimentar coisas novas.

Eu me sinto mal por mentir para a Fliss sobre isso, mas sei que ela não me apoiaria se soubesse que só aceitei ter um relacionamento aberto por causa do Will. Eu não sei o que faria sem a ajuda dela, principalmente agora que estamos avançando nisso.

— Você acha que está sendo bom pra ele? — pergunta Fliss. — Ele está gostando?

— Hmm... — Penso nas últimas semanas. Minha resposta imediata é sim, claro. Mas agora que a Fliss disse isso, não tenho tanta certeza. Na verdade, tudo o que tenho são evidências de que, de repente, ele prepara o café da manhã para mim, me traz latte e faz perguntas sobre quando vou sair.

Descarto o pensamento. É claro que o Will está gostando. Ele queria isso. E agora eu preciso me concentrar em aproveitar também.

— Enfim, chega de falar do Will. E o *Liam*? — pergunta Fliss. — Como ele é?!

— Ele é... — Procuro a palavra certa. — *Superaberto*. Ele quer se deixar conhecer por inteiro e conhecer os outros. Sempre acabo sentindo que posso falar qualquer coisa com ele, desde que eu esteja sendo sincera.

Nesse momento, sinto um aperto no peito porque não fui totalmente sincera com ele. Mas, então, lembro a mim mesma que o que eu disse a ele versus dizer que estou em um relacionamento aberto é a mesma coisa.

— Ele é o contrário do Will. Muitas vezes não sei o que o Will está pensando. Quer dizer — acrescento apressadamente —, eu meio que não preciso saber. Estamos juntos há tanto tempo que simplesmente nos *entendemos*, sabe?

Fliss concorda lentamente com a cabeça. Pensativa, olha para mim e diz:

— Holly, eu tentaria não comparar tanto o Will com o Liam. Aproveita as coisas diferentes que eles têm a oferecer, sim, mas se você olhar pro Liam apenas pelo fato de ele ser diferente do Will, você não vai realmente conhecê-lo. E pode parecer que você está avaliando de quem gosta mais, o que não é o objetivo disso, certo?

— Certo. — Eu me atropelo. — Deus, certo, obviamente. Eu estou com o Will. Eu amo o Will. Não preciso comparar.

Continuamos conversando até o horário do meu encontro com o Liam. Quando nos despedimos, eu me afasto com aquele punhado de segurança com o qual comecei a me acostumar; aquele que me faz aguentar a semana. Outra pessoa já passou por isso. Outra pessoa entende. Tem alguém que pode me ajudar a passar por isso e voltar a me entender com o Will.

Só que, conforme caminho para encontrar o Liam, percebo que estou realmente ansiosa para vê-lo. Obviamente, querer fazer isso pelo Will foi como tudo começou, mas um sentimento incômodo começa a surgir. Não sei se estou fazendo isso apenas pelo Will ou se o meu objetivo é continuar com ele. Não tenho mais certeza se sei exatamente qual é o meu objetivo.

Será que ainda quero casar com o Will?

Afasto o pensamento. É claro que eu quero. Estou sendo boba. O Will precisa dessa experiência, e nós a estamos tendo, então posso me divertir, certo? Isso não significa que eu não quero ficar com o Will.

Vou encontrar o Liam no seu apartamento em Dalston. Evitei pensar muito sobre isso até agora, mas... Estou indo à *casa de um cara*. Estou empolgada. A última vez que "fui à casa de um cara" eu era adolescente. O nome dele era Ethan Baxter e íamos perder a virgindade porque a mãe dele ia sair, mas ela acabou ficando em casa e todos nós assistimos a *EastEnders* juntos. Ethan Baxter perdeu a virgindade com Victoria Atcherley no banheiro das meninas do segundo andar, na segunda-feira seguinte.

Quando eu e o Will nos conhecemos, foi diferente, porque nós dois morávamos na residência estudantil. Depois da faculdade, fomos morar juntos bem rápido. Então eu me dou conta de como é estranho que eu tenha passado a maior parte da minha vida adulta com o Will. Até agora, eu não sabia como a Holly adulta seria em um encontro. Penso em todas as experiências que perdi por estar com o Will. Mas eu nunca encarei a situação dessa forma, porque estávamos felizes e você não pode pedir muito mais do que isso. Pelo menos, eu pensei que estávamos felizes.

O que é isso?! Nós *somos* felizes.

Estou nervosa quando chego à rua do apartamento do Liam. Conversar com a Fliss foi uma distração, mas agora tudo em que consigo pensar é se meu desodorante ainda está firme e forte ou se eu deveria ter usado uma lingerie mais sedutora no final das contas.

Não que o Liam vá *necessariamente* ver minha lingerie.

Identifico o sobrado na fileira de terraços vitorianos, mas finjo que não vejo e continuo perambulando pela rua por alguns minutos, apenas para ter tempo de me preparar mentalmente. Será que eu raspei os pelos do dedão do pé? Inspiro e expiro devagar.

Só que nenhuma técnica de respiração vai ajudar a me acalmar diante do fato de que, depois de dez anos, *pode* ser que *role uma transa* com um cara totalmente novo. Não que seja certeza que vá rolar. Eu só preciso tocar a campainha.

Por um segundo, nada acontece. Pode ser que ele tenha esquecido e me sinto quase aliviada. Penso em ir para casa, fazer um chocolate quente e assistir a *Drag Race* — porque o Will está fora, caso contrário, ele reclamaria —, mas então ouço passos em direção à porta. Quando Liam abre a porta, meu coração bate forte.

— Oi — diz ele. — Entra, entra.

Tento sorrir e responder, mas meu rosto e minha voz parecem ter congelado. Passo por ele no corredor.

— Posso pegar seu casaco? — pergunta ele.

Concordo e entrego para ele. Liam o pendura no gancho e observo suas costas. São costas muito bonitas. Que levam a um lindo pescoço. Ah, meu Deus. Sou tão esquisita. Ainda não disse nem uma palavra e aqui estou eu, encarando a parte de trás da cabeça dele.

— Como foi seu dia? — consigo perguntar. *Palavras!* Obrigada!

— É, foi bom. Terminamos a consultoria com uma empresa e conseguimos torná-la pelo menos quarenta por cento mais eficiente em termos de energia. Portanto, trabalho feito. Vamos subir.

— Ah, que legal — comento. — Claro.

Tiro os sapatos (os pelos do dedão foram *definitivamente* depilados). Saímos do corredor comum e subimos as escadas para o apartamento do Liam, no primeiro andar. Sou recebida por uma cozinha / sala de estar em conceito aberto, piso de madeira, tapetes bege e um grande sofá azul, posicionado paralelamente aos armários da cozinha. Alguns legumes já estão cortados em cima do balcão. Há uma TV grande em um canto e um alvo de dardos no outro.

— Bem-vinda! — Liam estende os braços.

Estou na casa de um cara.

— Você gosta de dardos? — consigo perguntar.

— Não muito. É do Elijah. Ele mora comigo. É muito divertido quando fazemos festas.

— Ah, legal. Ele está aqui?

— Não, está numa despedida de solteiro.

O cara que mora com ele está *fora*. Sinal clássico de que ele pensa que vamos transar hoje à noite, certo?! Meu Deus. Holly, você tem vinte e nove anos, no quarto encontro na casa de alguém. É claro que ele pensa que talvez role sexo. Mas, se você não quiser, não precisa rolar. *Relaxa*.

Mas eu quero, mesmo que esteja com medo. E está tudo bem eu querer? Beijar e conversar é uma coisa. Mas transar com outra pessoa é... um novo nível de estranheza.

— Sinta-se em casa. — Liam pega uma faca e continua a cortar os legumes.

— O que vamos comer? — Sento no sofá.

— Penne à la Liam — diz ele. — Desculpa. Brincadeira. Espaguete à bolonhesa. — Ele sorri. — Infelizmente, não sou o melhor dos cozinheiros.

Penso em Will e no que ele prepararia para alguém em um primeiro encontro. Definitivamente, não seria macarrão. Ele não consegue nem fazer ovos mexidos sem deixá-los chiques. Fico imaginando se ele está no apartamento de alguma mulher neste exato momento, preparando um salmão recheado com creme de espinafre ou um cordeiro com crosta de macadâmia. Tudo o que ele faz para o jantar leva horas para ser preparado. Eu gosto da comida, mas às vezes ela demora um século para fazer. Três horas para preparar e três minutos para comer. Não temos tempo para mais nada durante o resto da noite, e Will fica concentrado, por isso não fala muito, então, mesmo que ele tenha feito o jantar para mim, não sinto que passamos um tempo de qualidade juntos.

Penso no que a Fliss disse. *Para de comparar ele com o Will.*

— Como foi o trabalho esta semana? — pergunta Liam. — Estressante? Cansativo? Divertido? Criativo? Proveitoso?

Dou risada.

— Todas as opções.

— Aquela tal da Amber ainda está te causando problemas?

— Sempre. — Sorrio. Percebo que o Liam lembra detalhes das pessoas com quem eu convivo, enquanto o Will pergunta mais sobre os meus desenhos e está menos interessado nas dinâmicas do escritório.

Ele conhece o Tomi, óbvio, mas, além dele, não sei se ele conseguiria dizer o nome de qualquer pessoa com quem trabalho.

Para de comparar ele com o Will.

— Não sei como você aguenta trabalhar tantas horas. Mas acho que você é realmente apaixonada pelo que faz. Eu me importo com o planeta, mas não amo o que *de fato* estou fazendo quando sento à minha mesa, se é que isso faz sentido. Gosto que estou trabalhando por uma boa causa, mas posso deixar o trabalho de lado às cinco da tarde e ir pro bar, então funciona para mim. Mas eu acho ótimo que você se importa tanto, e de fato é paga para ser criativa. Muitas pessoas matariam por isso.

— Acho que sim, é. — Sinto as bochechas ficarem vermelhas e tento não parecer convencida. Elogios são tão incômodos. — Tem muita coisa no trabalho que *não* depende de ser criativo.

Penso em todo o trabalho administrativo que fiz para a An.ber esta semana, que precisei do incentivo do Tomi em forma de biscoitos de hora em hora para sobreviver.

Liam acena com a mão em sinal de desdém.

— Quer dizer, não dá pra escapar disso. Se você está fazendo algo que ama por pelo menos dez por cento do tempo, é melhor que a maioria.

Eu me encho de orgulho. Adoro a maneira como o Liam me faz sentir a respeito de mim mesma. Will é positivo em relação ao meu trabalho, mas de uma forma totalmente diferente. Ele elogia o que eu faço de um jeito que o Liam não elogia — o Liam não tem um olho bom para design —, mas ele não faz eu me sentir tão bem sobre as escolhas que tomo na minha vida.

Para. De. Comparar. Ele. Com. O. Will.

Comemos o macarrão, que está delicioso, e tento muito não comparar a forma como o Liam cozinha com a forma como o Will cozinha. Então nos sentamos no sofá e o Liam põe uma música que não conheço, e que ele não acredita que eu nunca ouvi. Abrimos uma garrafa de vinho, então outra.

Isso é TÃO melhor do que assistir a *EastEnders* com a mãe de Ethan Baxter.

Por volta das dez e meia, Liam começa a bocejar.

— Ah, está ficando tarde.

Ele me olha e mantém o contato visual. A dúvida sobre o que vai acontecer a seguir paira no ar. O nervosismo que eu estava sentindo antes, que se dissolveu com a companhia do Liam e muito vinho, revira no meu estômago.

Posso ir para casa ou posso transar com esse homem maravilhoso. Percebo que, desde que comemos, não me perguntei mais sobre o que o Will estaria fazendo. Obviamente me pergunto agora, mas me pergunto por que estou me perguntando, o que não é a mesma coisa. Quando começamos com o relacionamento aberto, eu vivia curiosa sobre o que estava acontecendo com ele. Só de pensar no Will olhando para outra mulher me deixava enjoada. Não que eu não esteja curiosa, mas hoje à noite pensei mais no Liam do que no que o Will estaria fazendo.

Liam pousa a taça de vinho na mesa e me beija. Abaixo minha taça.

Já estou acostumada com a maneira como ele me beija. Mas não estou acostumada com suas mãos subindo pela minha blusa, em direção ao sutiã. Ou como sua outra mão abre minha calça, um polegar deslizando por baixo da calcinha e roçando meu quadril. Meu corpo inteiro arrepia com seu toque. Não é nada familiar. É assustador. É emocionante.

A sensação é semelhante ao segundo que antecede a uma montanha-russa virando de ponta-cabeça. Vou mesmo transar com outra pessoa?! Sério? Vou fazer isso?

Então o Liam tira a camiseta e, ao olhar para o seu peito nu e os músculos definidos do abdome, percebo que eu já sabia a resposta para essa pergunta quando vim para cá.

18

TRAIR EM PENSAMENTO NÃO É MELHOR DO QUE TRAIR DE FATO

FLISS

Eu não quero transar com o Rowan.
    As palavras que disse para Holly ontem à tarde passam pela minha cabeça.
    Mentira. Das grandes.
    Normalmente não sou mentirosa. Se tem uma coisa que posso dizer sobre mim, pelo menos desde que cheguei aos vinte e poucos, é que sou brutalmente sincera. Eu quero o que eu quero, eu faço o que eu quero e não me escondo ou peço desculpas por isso. Mas, nas últimas semanas, estou mentindo o tempo todo. Fingindo que não penso nas coisas que penso.
    Tudo bem querer transar com o Rowan! É normal, natural. Ridículo é fingir que eu não quero. Nós transamos de tempos em tempos desde que eu tinha vinte e dois anos. Há uma química entre nós que provavelmente nunca vai acabar. Durante anos, eu e o Ash estivemos de acordo que não tem problema se sentir atraído por outras pessoas. Agora não podemos mais transar com ninguém, então sinto que não posso admitir que eu *quero*. Mas as minhas vontades não podem simplesmente sumir. Ou podem? É essa a ideia da monogamia? Então, porque você não pode fazer sexo com mais ninguém, você para de sentir vontade?

Não quero acreditar nisso nem por um *segundo*.

Não posso deixar de sentir que tudo o que fiz foi me comprometer com uma vida de mentira e frustração sexual.

Tive um relacionamento monogâmico antes do Ash. O nome do cara era James, ele era charmoso, gentil e um querido; na verdade, ele era muito parecido com o Ash. Eu o conheci durante meu último ano na faculdade. Tive vontade de ficar com ele desde o começo, mas seis meses de relacionamento e eu sabia que ainda me sentia atraída por outras pessoas. Não apenas de uma forma "Puxa, como elas são atraentes", mas de uma forma "Estou usando toda a minha força de vontade para não transar com essa pessoa".

Acabei me mudando para Nova York depois da faculdade e concordamos em tentar um relacionamento a distância. Eu sentia falta dele e era difícil, e acabei ficando bêbada em uma festa à fantasia e liguei para ele para contar como eu me sentia. Acho que tinha um cara particularmente gostoso lá, vestido de batata sauté.

Pensei que ele fosse entender, mas ele não entendeu. Ele achava que eu não o amava como eu dizia que amava, se ainda me sentia assim em relação a outras pessoas. Apesar de eu cansar de lhe dizer que o que ele pensava não era verdade, nós não conseguíamos nos entender.

Na manhã seguinte, James terminou comigo. Ele estava superchateado, e eu achei que fosse morrer de culpa. Fiquei péssima durante semanas. Tomei banhos gelados e parei de comer porque merecia ser punida. Eu me sentia mal toda vez que via uma batata. Fiquei muito mal por tê-lo deixado mal.

Foi mais ou menos nessa época que conheci o Rowan. Contei a ele o que tinha acontecido e esperei pelo julgamento inevitável que viria a seguir. Mas o Rowan só deu de ombros e disse:

— Ah, Fliss, não se culpe por isso. Tá tudo bem.

— Tá? — perguntei.

— Sim. Algumas pessoas só não foram feitas pra relacionamentos.

Lembro de me sentir desanimada com a sugestão de que talvez eu não tivesse sido feita para encontrar o amor, mas fiquei aliviada porque pelo menos ele não achava que havia algo de errado comigo. Eu estava arrasada pelo que tinha acontecido com o James. Todas as músicas sobre romances intensos, obsessivos e possessivos, programas de TV e filmes em que as pessoas se apaixonam e nunca mais olham para outra me faziam sentir como uma aberração, e o Rowan foi a primeira pessoa que me fez sentir normal.

Eu e o Rowan nunca estivemos exatamente em um relacionamento; éramos mais como amigos que passavam o tempo todo juntos e transavam muito. Ele era divertido e interessante, e passeávamos por Nova York entre nossas viagens para a AT, gastando todo o nosso dinheiro e tirando sarro das pessoas em seus relacionamentos "chatos". Fizemos isso por mais de um ano, até que acabou quando nos separamos geograficamente. Foi mais como um "te vejo mais tarde" que um "adeus".

Ao longo dos anos, continuamos amigos e evitamos relacionamentos sérios. Eu estava muito traumatizada pelo que tinha acontecido com o James e pensei que minha única opção seria evitar qualquer tipo de relacionamento. Assim, tive muitos rolos que duraram alguns meses e foram esfriando. Foquei no meu trabalho, em viajar e conhecer o mundo. Eu preferia manter as coisas de um jeito casual, mesmo quando gostava de alguém.

Mas, quando conheci o Ash, foi diferente. Eu não queria que fosse só um caso, porque me apaixonei por ele. Mas eu também não queria parar de sair com outras pessoas. Concordamos sobre o fato de o amor ser algo livre e nunca possessivo ou monótono, e isso foi um dos motivos pelos quais eu me apaixonei por ele, para começo de conversa. Foi quando descobri que *existia* um tipo de relacionamento que funcionava do jeito que eu queria. Que eu poderia ter qualquer tipo de relacionamento que quisesse. Agora eu sei que existem maneiras diferentes de se relacionar — eu e o Ash não somos os únicos —, mas as pessoas não veem isso como algo normal, e minha própria família é tão tradicional que a descoberta foi como abrir os olhos para um planeta completamente novo.

Será que tudo não passava de uma besteira de gente jovem que o Ash fingia acreditar? Tipo quando você é adolescente e jura que nunca vai gostar de programas de auditório, mesmo que secretamente sinta aquela descarga de adrenalina quando acerta uma pergunta no *The Chase*? Será que ele realmente acreditava nisso? Porque eu acreditava. Para mim, esse tipo de dinâmica não tinha uma data de validade.

Sento na cama do Ash e observo em volta. Tudo é familiar para mim: a colcha azul, a escrivaninha pequena, a lareira bonita. Há um mês, eu sentia que pertencia a este lugar. Ultimamente, tenho me sentido como um móvel antigo. Tentam encaixá-lo em algum canto, porque o amam muito, mas ele não combina com nada.

A porta se abre e o som da estação Clássicos FM que o Ash escuta todos os dias de manhã invade o quarto. Ele entra, com uma bandeja de café da manhã.

— Bom dia. Você é tão linda — diz ele enquanto me olha, escondido da luz da manhã sob um ninho de cabelos despenteados.

O amor realmente nos deixa bobos.

— Fiz panquecas pra você. — Ele senta ao meu lado. — Com calda de bordo e bacon.

Ele faz uma cara de vômito. Eu e o Ash temos sérias discordâncias sobre o que é uma boa panqueca. Gosto das macias, que me fazem sentir nos Estados Unidos de novo. Normalmente, ele se recusa a fazê-las com mais de um centímetro de espessura. Parece que hoje ele decidiu deixar suas preferências em relação à panqueca de lado

Ele é muito fofo, mas toda tentativa de demonstrar afeto está apenas fortalecendo os muros que estou construindo. Consigo senti-los se fecharem ao meu redor, criando uma barreira entre nós. Mas não sei o que fazer para parar. Eu sei que a Holly disse para eu ser sincera com ele sobre isso, mas o que eu posso dizer? "Por favor, para de fazer panquecas pra mim, seu babaca?"

— Obrigada, é muito gentil — digo, em vez disso.

Como as panquecas enquanto ele lê seu livro robusto sobre a história da humanidade. Quando termino, ele abaixa o livro e se inclina em minha direção. Começa a beijar meu pescoço de um jeito que diz "Quero transar".

Em tese, nossa vida sexual tem sido a mesma desde que decidimos ficar exclusivos. Irregular e sempre uma surpresa, de uma forma ou outra. Toda vez que transamos é totalmente diferente; pode ser um sexo rápido e satisfatório ou um sexo longo e intenso, mas nunca rotineiro.

Aparentemente, nada mudou, mas a conexão que normalmente temos — aquela que parece que somos apenas eu, o Ash e a nossa cama, e é aí que o mundo acaba — ficou um pouco instável. Não consigo estar presente. Eu me sinto muito distante do Ash. O que é irônico, já que acabamos de concordar em ficar juntos pelo resto dos tempos, se tudo ocorrer de acordo com o grande plano de vida heteronormativo e monogâmico.

Ash começa a levantar a blusa do meu pijama. Tento relaxar. Beijo seu rosto e ao redor dos seus olhos. É o Ash. *O meu Ash.* Ele é a mesma pessoa que era um mês atrás. Eu também sou a mesma. Vai ficar tudo bem. Só preciso dar um tempo para me adaptar à nova ordem das coisas. Nós nos amamos. Vamos chegar lá, de alguma forma. Não quero perdê-lo.

Beijo seu peito e ele passa as mãos pelo meu cabelo. Depois, levanta meu rosto e me olha profundamente. É tão sincero. Penso em como o Rowan me olha, com um brilho malicioso. Como se ele visse cada coisinha que estou pensando e me desse uma piscadinha.

Rowan?! Por que estou pensando no Rowan agora?

Sai, sai, sai!

O Ash continua me beijando, mas agora que o Rowan entrou na minha mente, é tudo no que consigo pensar. Quanto mais tento não imaginar, lá está ele. Sentado à sua mesa, sem trabalhar. Jogando cartas com Monty e Marian. Pedindo quatro cervejas de uma só vez, depois alinhando todas elas na mesa. Andando de patins na direção da parede e quase derrubando uma criança para se apoiar. Transando comigo por trás em um banheiro público.

Não. Não. NÃO. O que é essa combinação bizarra de lembranças do Rowan quando estou tentando fazer sexo com o Ash?! Algo deu muito, muito errado. *Nunca*, em todos os anos em que eu e o Ash estamos juntos, outra pessoa apareceu na minha cabeça quando estamos prestes a transar. Não posso continuar assim. Porra, de JEITO NENHUM.

Eu me afasto, e o Ash me olha, de um modo questionador.

— Você está bem? — pergunta ele.

— Estou — minto. — Só preciso usar o banheiro.

Pego meu celular e corro para o banheiro. Subo na banheira vazia e escrevo uma mensagem de emergência.

Holly. Eu menti. Eu quero transar com o Rowan, e agora estou pensando nisso no meio da pegação com o Ash.

Encaro a tela. Por favor, por favor, esteja perto do celular. O pequeno "digitando..." aparece instantaneamente, e sinto uma onda de alívio percorrer meu corpo.

Há! Eu sabia.

Beleza, beleza. Para de bancar a espertinha e me ajuda.

Odeio me apoiar na Holly como se fosse uma adolescente insegura. Sou uma mulher independente e autossuficiente, pelo amor de Deus, e fui reduzida a uma bagunça, que não consegue fazer sexo com o namorado e se esconde dele em uma banheira vazia no quarto ao lado, mandando mensagens desesperadas para a amiga. Se tem uma coisa que sempre foi fácil para mim é o sexo. Quem eu sou? Quem é essa pessoa que eu me tornei?!

Holly ainda não respondeu.

Holly! Ele está me esperando e quer transar! Estou escondida no banheiro.

Ela começa a digitar novamente e eu encaro a tela intensamente.

Ah, Fliss <3 Se você realmente quer que as coisas deem certo com o Ash e não para de pensar no Rowan, eu acho que você precisa parar de sair com ele. Você está passando o tempo todo com ele... É claro que ele está na sua cabeça! Eu acho que trair por pensamento não é necessariamente melhor do que trair de verdade, e você precisa estabelecer novos limites com o Rowan pra poder seguir em frente com o Ash.

Eu me sento na banheira e respiro fundo algumas vezes. Parar de sair com o Rowan? Mesmo que, tecnicamente, eu esteja seguindo todas as regras? O Rowan está na minha vida desde sempre. Já estou tendo que abrir mão de tanta coisa... Para parar de trair por pensamento realmente é necessário se afastar das pessoas de quem você gosta?! E, para as pessoas monogâmicas, é preferível isso a simplesmente transar com elas e tirar isso da cabeça? Ficar por aí se escondendo de todas as tentações do mundo e fingir que não está tentado?

A monogamia é uma MERDA.

Fliss? Você está bem?

Estou. Acho que você está certa. Eu não posso continuar assim.

Diz pro Ash que você não está no clima hoje, tira o Rowan da cabeça, e da próxima vez vai ser melhor.

Sim. Obrigada.

De nada <3

Ouço batidas.
— Fliss? — Ash parece preocupado. — Você está bem?
Eu me levanto da banheira e abro a porta. Ash me olha fixamente.
— Estou bem — digo. — Você se importa se não fizermos sexo hoje?
— Sem problemas. — Ash me abraça e encosta a testa na minha. — O que está acontecendo?
— Eu só... — Não consigo parar de pensar em outro homem? — Fiquei menstruada.

Já contei tantas mentiras, o que é mais uma?
— Ah — diz Ash. — Tadinha.
Quase como se fosse uma deixa, meu celular começa a tocar. É o Rowan. Instintivamente, não quero atendê-lo na frente do Ash, mas ele já viu o nome no identificador de chamadas. Pareceria mais estranho se eu *não* atendesse? O Ash sabe que o Rowan é um velho amigo que está trabalhando comigo, mas é só isso. Desde que concordamos em ser exclusivos, não sei o quanto devo compartilhar sobre ele.

Decido que é mais estranho ignorar a ligação. Atendo o celular.

— Oi? — digo.

— Oi, Flissy, o que você vai fazer na sexta? Quer ir ao laser tag?

Eu quero. Realmente quero. Mas o conselho da Holly ainda ronda a minha cabeça. Talvez eu esteja *mesmo* passando tempo demais com o Rowan. Vou precisar recusar alguns dos seus convites e trabalhar de casa por um tempo. Talvez não sentar ao lado dele todos os dias no escritório ajude.

— Não posso. — Eu me forço a dizer.

— Por que não? — Ele provoca. — Noite de conchinha com o namorado?

— *Não* — respondo. — Minha amiga... a Holly... vai vir aqui em casa. Merda. Por que eu disse isso?!

— Ah, bom, a *Holly* vai na sua casa. Beleza, Fliss, te vejo na segunda. — Quase consigo ouvi-lo dar uma piscadinha pelo celular.

— Holly? Ah, sua amiga nova do restaurante, né? — Contei para o Ash sobre como nos conhecemos e que tenho dado conselhos a ela. Mas não contei quantos conselhos *ela* está me dando. — Posso conhecer sua amiga?! — pergunta ele, todo animado.

— Claro — digo.

Voltamos para a cama, onde termino de comer minhas panquecas e penso, de forma ressentida, como elas estariam melhores se eu fizesse isso depois de transar.

19

CUIDADO COM O SEU TEMPO

HOLLY

Depois de convencer a Fliss a sair do precipício, penso em mandar uma mensagem, falando: "EU TRANSEI COM OUTRO HOMEM". Mas parece que ela já tem problemas suficientes para se preocupar esta manhã. Se não fosse a Fliss, eu literalmente não teria ninguém para conversar. Mesmo que tenha se passado um mês, ninguém — exceto o Will — sabe o que está rolando. Eu sei que a Fliss disse para eu conversar bastante com o Will, mas de jeito nenhum vou contar para ele que transei com outro cara. Ele nem conversa comigo sobre os seus encontros.

Observo o quarto do Liam, que, ontem, meio alta de vinho, não prestei muita atenção. É bem-arrumado, mas não extremamente arrumado. As paredes são cinza e ele tem uma parede azul brilhante que o Will chamaria de brega. Há um computador, uma escrivaninha e uma cadeira de escritório de um lado do quarto para os dias de home office. Algumas plantas espalhadas que ele conseguiu manter vivas, alguns post-its carinhosos que o lembram de pegar o almoço na geladeira.

Não sei por que, mas os post-its me impactam com um estranho e lúcido golpe de realidade. Realmente estou acordando no quarto de outro homem depois de transar. Um homem real, da vida real, que precisa escrever lembretes para não esquecer a comida que preparou para levar para o seu trabalho na vida real e que pode ter uma boa alimentação, porque é uma pessoa real.

Não dormi muito na noite passada. Cochilei um pouco, mas então acordei novamente e encarei o teto, ouvindo o Liam respirar ou se revirar durante o sono. Num determinado momento, perto das quatro da manhã, levantei para pegar um copo d'água e me vi no espelho do corredor, usando a camiseta do Liam. Encarei o reflexo por bastante tempo, pensando que não era aqui que eu imaginava estar a esta altura da vida, mesmo há alguns meses, mas aqui estou eu. Depois, fiquei paranoica que o Liam iria acordar e me encontrar à espreita na escuridão, olhando atentamente para o meu próprio rosto, e imaginar que tipo de garota esquisita ele convidou para passar a noite, então voltei para a cama.

Deitei de novo e pensei na nossa transa. Não posso mentir... Foi *boa*. No começo, fiquei pensando no Will. Comparando cada toque. Pensando em como era estranho ser acariciada por mãos que não eram as do Will. O Liam até parou e perguntou se eu queria continuar, porque sentiu minha hesitação. Mas eu não quis parar.

Depois de um tempo, eu me acostumei, e não pensei mais no Will.

Eu não acho que transar com o Liam foi *melhor* do que transar com o Will. Pensar nisso como uma possibilidade parece até traição. Claro que eu nunca poderia fazer sexo com alguém que fosse melhor do que o Will! Quer dizer... foi só... diferente.

Parecia que estávamos andando em uma bicicleta de dois lugares, e, se eu perdesse a concentração, nós dois cairíamos, enquanto com o Will, às vezes, sinto mais como se eu fosse uma... passageira. Ele faz a parte dele e está no comando da situação, e eu só estou lá pela carona. O Will é mais dominante, e eu sempre achei que gostasse disso, mas sei lá, não foi ruim com o Liam. Acho que teve mais... comunicação. Ele fez perguntas. Reagiu a mim e ao meu corpo, e pareceu notar cada coisinha que acontecia comigo. Eu não tinha onde me esconder.

Mas acho que isso é normal, não é? Eu e o Will não precisamos ficar tão atentos a cada detalhe da nossa relação sexual, porque nos conhecemos tão bem que agimos por instinto. Não estamos mais aprendendo um sobre o outro. Faz muito tempo, mas tenho certeza absoluta de que, lá nos dormitórios estudantis da faculdade, houve um grande processo de conhecer o corpo um do outro. Agora temos uma rotina bem definida. É tudo negociado, trabalhado, resolvido. Temos uma forma clara de fazer sexo. E é bom. O melhor. Sim. O melhor.

Eu não gozo *todas* as vezes, mas isso não é realista, certo? Claro que vou ter um orgasmo — ou dois — com uma pessoa nova. O toque não é familiar e é excitante. Os dois prestam muita atenção, porque é a primeira vez. Se eu estivesse com o Liam há nove anos, não seria tão intenso. E certamente acabaria se tornando uma atividade não tão conectada... Só que, assim que penso nisso, sei que não é verdade. Conhecendo o Liam, mesmo que apenas em quatro encontros, não estou surpresa pela forma como ele faz sexo, e não consigo vê-lo sendo diferente disso.

Como eu disse, porém, não é que eu *prefira* o jeito que o Liam transa. Definitivamente, não estou dizendo isso.

Meu Deus. Para de comparar ele com o Will.

Liam surge com uma caneca de chá e um sanduíche de bacon.

— Bom dia — diz ele, colocando tudo na mesa de cabeceira ao meu lado.

— Ah, que fofo, obrigada. — Dou uma mordida. Faz tempo que não como algo tão simples quanto um sanduíche de bacon. É tão bom. Tento imaginar o Will comendo isso. Acho que ele não comeria. Ele teria que usar pão de fermentação natural. Ele também não aprova tomar café da manhã na cama por conta das migalhas que ficam por todo o lugar.

Para de comparar ele com o Will!!!

— Você fica bonita com a minha camiseta — diz Liam.

Coro. Tento dizer "obrigada", mas estou com a boca cheia de bacon, então só faço um som de "hm-hum".

— O que você vai fazer hoje? — Liam senta na beirada da cama e pousa a mão no meu pé, por cima do edredom.

— Hmmm... — Engulo. Nada, na verdade, mas percebo que preciso voltar para o Will.

— Quer almoçar em um pub ou algo do tipo? — continua Liam. — Tem um lugar legal que acabou de abrir no fim da rua, e eu estava querendo conhecer.

Eu *adoraria* poder ir almoçar em um pub com o Liam e ficar aqui com a camiseta dele, mas, com um sentimento de pesar, lembro que não posso. Sou atingida por uma enorme e envolvente onda de culpa. Não sou livre da maneira que o Liam gostaria que eu fosse. Sentada seminua em sua cama, minha desculpa de "Não estou procurando nada sério" não parece tão inteligente, e eu gostaria de ter sido mais franca sobre a minha situação. Será que conto para ele agora? Parece um pouco babaca da minha parte contar para ele logo depois de fazer sexo. Ah, Deus. Sou uma trapaceira. Uma vigarista. Uma manipuladora.

Não, não sou, lembro a mim mesma. Eu disse que não queria nada sério. Não me comprometi a passar o domingo com o Liam. Eu poderia muito bem ter planos, e está tudo bem. Mas mesmo que eu diga isso, não posso deixar de sentir que não estou convencendo nem mais a mim.

— Não posso — respondo com uma pontada de remorso. — Mas seria incrível.

— Sem problemas. — Liam sorri. — Outra hora.

— Sim, por favor.

— Ah, o que é isso?! — Liam estende a mão e tira um cartão dourado brilhante da minha bolsa. É um convite para a festa de aniversário de dez anos da nossa marca.

— Ah, é...

— Parece chique — diz ele. — Às vezes eu esqueço que você trabalha com *moda*. — Ele diz "moda" com um tom exagerado, de brincadeira.

— É, é o aniversário da marca, vai ser depois da exposição da coleção nova. — Tento parecer blasé, mesmo que seja muito importante para mim, porque consigo sentir o perigo iminente nessa conversa.

— AH! Esse é o grande evento do trabalho?! Em que a Amber finalmente vai te deixar ter um pouco da glória? — Ele começa a balançar o convite. Sua energia é contagiante. Ele sente felicidade sem reserva pelos outros. Fico emocionada e surpresa por ele ter se lembrado da situação e do nome da Amber.

— A própria. — Faço a voz soar calma. — Então é... — *Rápido, Holly, muda de assunto*. Por que eu não consigo pensar em nada para mudar de assunto? — O tempo está bom para...

— Você pode levar alguém? — interrompe ele.

Sim. Aqui está. O perigo que eu estava tentando evitar. Mesmo que parte de mim esteja muito feliz pelo fato de ele querer tanto ir, só para torcer por mim, fico com medo. Liam conhecendo os meus colegas de trabalho... Liam conhecendo o Tomi... Apresentá-lo como meu "acompanhante"... A confusão de todos ao perguntarem o que aconteceu com o Will. O Liam querendo saber quem é esse tal Will.

A adorável reação do Liam faz com que seja mais difícil fingir para mim mesma que não fiquei de coração partido quando o Will disse que não poderia ir. Embora eu tenha tentado me convencer de que não estava triste, e que tenha me lembrado de como o Will tem apoiado a minha carreira de outras formas, fiquei triste por ele ter escolhido uma despedida de solteiro — de alguém que é apenas um colega —, em vez de uma noite realmente importante para mim. Fiquei ainda mais decepcionada com o fato de que ele nem cogitou me escolher.

Naquele momento, desejei que o Liam fosse comigo. O entusiasmo dele é tão empolgante. É exatamente o que eu queria do Will. Mas trazer o Liam para a minha vida, com os meus amigos e colegas, seria muito complicado.

— Eu... É...

Por que sou tão ruim com mentiras? Só diga não!

— Seria incrível te ver em ação. — Ele está tão ansioso para ir. Dizer "não" seria como cutucar os olhos de um coelhinho.

Como posso me livrar disso? Eu quero me livrar disso? Uma parte muito, muito grande de mim *quer* que ele vá.

— Tá, beleza — concordo. — Posso pôr seu nome na lista de convidados.

Talvez fique tudo bem. De alguma forma. Não vou pensar nisso agora. Só quero pensar na sensação calorosa e deliciosa de ter alguém desesperado para me apoiar.

— Ah, *maravilha!* — Seus olhos estão cheios de admiração infantil. — Estou muito dentro.

Dou um sorriso fraco e me visto, subitamente pronta para sair do prédio do Liam. A noite passada foi incrível e o fato de ele querer ir ao meu evento de trabalho é muito acolhedor. Mas também é *terrível*. Eu me sinto ansiosa e agitada pela culpa de tudo, e agora só quero ir para casa. Liam me acompanha e me beija na porta da frente, e eu me sinto uma lesma.

Quando chego em casa, a culpa que sinto em relação ao Liam se transfere para o Will. Ele está sentado lá, com seus óculos fofos e seu cardigã largo tipo vovô, lendo *The Power*, da Naomi Alderman, porque alguém no trabalho o acusou de nunca ler livros escritos por mulheres. Eu me sinto péssima porque eu amo o Will e... Como eu posso amar o Will e ter um carinho tão verdadeiro por outra pessoa? Alguém com quem eu transei? E *gostei de transar*. Isso vai contra tudo o que eu sempre acreditei.

Neste momento, odeio o Will por ter me colocado nessa posição. E me odeio mais ainda. Por ter minimizado a situação e deixado me levar por ela. Eu estava tão desesperada, com medo de perdê-lo, que eu seria capaz de fazer qualquer coisa, e agora estou confusa e não consigo deixar de sentir que nada, nunca mais, será como antes.

Will desvia o olhar do livro quando entro na sala.

— Oi — diz ele.

A frase soa gelada. Sinto que ele está bravo comigo por não ter voltado para casa ontem à noite, e, pela primeira vez, não ter feito nada para tentar amenizar a situação. Nunca combinamos que eu voltaria para casa, e mandei mensagem avisando que eu estava bem. Assumi que um dos objetivos do seu esquema brilhante — não que a gente tenha de fato conversado sobre isso — fosse *transar* com outras pessoas, então como ele achava que eu faria isso sem passar a noite fora?

— Oi — imito seu tom glacial.

Will parece surpreso. Ele esperava que eu me desculpasse, mas percebo que estou cansada. Cansada de nunca saber pelo que tenho que me desculpar.

— O que foi? — pergunta ele, desanimado. É muito injusto ele me tratar assim, como se eu fosse um estorvo. Eu me joguei de cabeça nessa bagunça a pedido dele, um pedido que desestruturou toda a minha vida, e eu nem ao menos reclamei.

— Eu que te pergunto. O que foi? — digo.

— Nada — diz Will, incrédulo. Óbvio. Will nunca admite que está chateado, porque isso seria ser fraco. Eu sou a única de nós que tem alguma emoção. E tenho o suficiente por nós dois. Pobre Holly, sempre irracional, sempre histérica.

Por incrível que pareça, ele não diz mais nada. Está tão surpreso com minha reação que recua imediatamente. E a sensação é *boa*.

— Você se divertiu na festa do Tomi? — pergunta Will, claramente não querendo começar uma briga.

Na festa do Tomi?

Os alarmes começam a soar.

— Como assim?

— Eu vi as fotos — continua Will. — Ele gostou dos ingressos?

Ah, meu Deus... Abro a agenda do meu celular. Era ontem à noite?!

Está no meu calendário, no dia 19. Ah, meu Deus. Eu pensei que seria na semana depois do aniversário dele, mas foi na semana anterior. Ah, meu Deus. Eu não *acredito* que anotei o dia errado. Ele me perguntou se eu sabia o que iria usar há alguns dias, e eu achei um pouco de exagero, já que o evento estava a semanas de distância. Isso faz *muito* mais sentido. Aaaah! Estou completamente avoada com tudo o que está acontecendo! O Tomi é tão discreto que ele nunca pensaria em me lembrar duas vezes. Ah, meu *Deus*.

Desesperada, entro no perfil do Tomi. Ele postou algumas fotos. Meu Deus. A Isabella e o Jay estão UM AO LADO DO OUTRO. Eu devia estar lá! Eu devia tê-lo ajudado. Mesmo que eu não pudesse ajudá-lo *de fato* — ficar de guarda da Isabella a noite toda foi meio que uma piada —, eu devia estar lá para dar um apoio moral para o Tomi.

Passo por mais fotos. Até a Amber foi. A AMBER. Como eu pude fazer isso?! Eu sei exatamente quando é o aniversário do Tomi. Eu nunca esqueci. Comprei nossos ingressos para o *The Woman in Black* meses atrás — o Tomi é muito fã de terror e nunca viu nada assim no teatro. Só aquela adaptação péssima com o Daniel Radcliffe.

Aaaaah. Tenho estado tão consumida por tudo o que tem acontecido na minha vida. Além do trabalho extra, supercansativo, todo o meu cérebro tem sido ocupado por essa confusão estúpida, sem falar do tempo que tenho passado com a Fliss, tentando me virar nessa situação. E eu nem contei nada disso para o Tomi.

O aviso da Fliss sobre me certificar de que estou equilibrando cuidadosamente o meu tempo me assusta. Achei que ela estava exagerando, mas não acredito que deixei isso acontecer.

— O que aconteceu? Parece que você viu um fantasma — comenta Will.

— Eu não estava no aniversário do Tomi. — Minha voz sai áspera. Minha garganta está seca. — Eu estava em outro lugar.

Nem me dou o trabalho de esconder o real significado dessa frase... O "outro lugar" como sendo a casa de outro homem. O Will que pediu isso, afinal, então por que eu deveria continuar me esquivando do assunto para ele não se sentir desconfortável?

— Ah, meu Deus. Não acredito. Estou arrasada. O que eu faço?

Will dá de ombros.

— Fica calma. Vai ficar tudo bem.

Ele volta a ler. Mas não está tudo bem. Pela primeira vez, percebo que o fato de ele me dizer constantemente que as coisas vão ficar bem não as faz ficarem bem. Eu costumava pensar que o Will estava apenas me encorajando a ser mais positiva, mas começo a perceber a frequência com que ele me faz sentir emotiva demais, sem me deixar expressar nenhuma emoção.

Mas agora tudo parece insignificante. Eu só preciso acertar as coisas com o Tomi, mas não tenho ideia de como fazer isso.

— Vou pra casa do Tomi — digo.

Will ergue o olhar.

— O quê? — pergunta ele. — Você vai sair *de novo*? Você acabou de chegar em casa.

— É — digo.

Ele continua me olhando, esperando que eu diga mais alguma coisa. Mas dez segundos atrás, quando eu quis falar sobre o Tomi e ele não quis, ele não se esforçou, não é? Por que eu deveria ser expansiva só quando ele quer que eu seja?

— Eu preciso — acrescento, antes de ir até o banheiro. Procuro na minha gaveta o presente do Tomi. Então, com um sobressalto, lembro que ele vai viajar hoje. *Merda*. Provavelmente já está no aeroporto.

Deito na cama e começo a escrever meu texto de desculpas.

— Por que você está de mau humor? — pergunta Will.

— Não estou de mau humor — respondo. Só preciso de um minuto para pensar.

— Você vai sair de novo, quando a gente deveria passar a tarde juntos, e você está de mau humor. — Will meio que bufa. — Não faz sentido.

Eu me apoio nos cotovelos e olho para ele. Frustrada como estou com o Will e sem querer acreditar que esqueci o aniversário do Tomi, qualquer instinto que eu tenha de deixar as coisas para lá para manter a paz vai por água abaixo.

— Na verdade, nós não concordamos em passar a tarde juntos. — Eu me defendo, pela primeira vez sem tentar manter um tom de voz baixo ou me importar se pareço "mal-humorada". — Na verdade, o que aconteceu foi que você, mais uma vez, imaginou que eu faria tudo do jeito que você queria.

Will balança a cabeça.

— Não sei o que deu em você — diz ele, saindo do quarto. Quando fico sozinha, percebo que estou tremendo.

20

PRECISA SER MÚTUO

FLISS

Quando a Holly aparece na porta da minha casa sexta-feira à noite, percebo que ela sabe que tem algo errado. Passei a semana evitando o Rowan, trabalhando de casa e recusando os convites dele, e, embora consiga ver sentido nisso, me sinto triste.

— Oi. — Ela me olha com curiosidade e me abraça.

— E aí. — Eu a abraço de volta e a convido para entrar.

— Nossa, uau, sua casa é linda. — Ela entra e tira o casaco. Está usando calça jeans preta, tênis All Star branco e uma camiseta branca larga. Ela está linda. — Obrigada por me convidar.

— Imagina, obrigada por vir — digo.

— Está tudo bem?

Eu a levo até o sofá e ela se senta. O Ash ainda não chegou, e a Jenny e o Henry estão no andar de cima, então temos um tempinho para conversar.

— Eu só, bom... O Rowan queria sair hoje à noite e eu menti e disse que ia te encontrar. Aí o Ash ouviu e ficou animado pra te conhecer, porque eu tenho falado bastante sobre você. Além disso, eu não queria que ele soubesse que eu estava mentindo pro Rowan. Ia ficar estranho.

Agora que eu disse em voz alta, parece patético.

— É estranho. — Holly levanta uma sobrancelha. — Fliss, estabelecer limites com o Rowan não significa *fingir que está ocupada* quando ele te chama pra sair. Ele está demandando muito do seu tempo, e você pode dizer "não".

Eu sei que o que ela está dizendo é verdade. Nunca tive problemas em estabelecer limites antes. Talvez o problema seja que eu não quero realmente dizer "não" ao Rowan e estou me forçando a isso, penso com remorso.

— Você deixou claro que está num relacionamento exclusivo com o Ash agora, e ele devia respeitar isso — continua Holly. — Seu relacionamento com o Rowan não pode ser exatamente como era antes. Você está numa fase diferente neste momento.

A maneira como a Holly diz isso parece algo simples de fazer. Teoricamente, é mesmo, mas, na realidade, mudar o meu relacionamento com o Rowan não parece nem um pouco simples. Temos uma história. É difícil para mim apenas apertar um botão de resetar.

— Beleza. — Sento no encosto do sofá, de frente para a Holly.

Não devo soar tão convincente, porque ela diz:

— Se ele está dificultando tanto a sua vida, eu diria pra cortar o Rowan de vez.

Cortar o Rowan? *Totalmente?*

— Tipo, parar de vê-lo?

Holly cruza os braços.

— É claro que ele está vendo que você está tentando fazer as coisas darem certo com o Ash e está fazendo de tudo pra atrapalhar.

Sinto que é um grande exagero. Ou será que é isso mesmo? Ainda há um ponto de interrogação sobre o motivo pelo qual ele está aqui... É por mim?! Esse pensamento parece um pouco narcisista, apesar de fazer sentido com o que a Holly está dizendo.

De qualquer forma, me sinto vazia só de imaginar Rowan sendo excluído da minha vida.

— Não seria pra sempre. — Holly me acalma. — Mas que bem ele está te fazendo agora? Pelo que estou vendo, ele só está te confundindo, quando você está tentando dar uma chance a esse novo acordo com o Ash.

— Talvez. — No fundo, consigo ver que seu conselho tem lógica, mesmo que pareça impossível. De repente, percebo como a sala está quente. Está tipo um milhão de graus, porque a Jenny gosta de ambientes quentes. Uau, realmente eu prefiro dar conselhos a recebê-los. — Então, o que está rolando com você? — Mudo de assunto.

— Bom, vamos lá. — Ela começa a tirar os sapatos e cruza as pernas no sofá como uma criança. — Eu transei com outro homem. E aí, sem querer, eu o convidei pra festa da minha empresa. E aí eu briguei com o Will. *E aí* eu esqueci o aniversário do meu melhor amigo.

— Ok. Isso é... muita coisa. Vamos do começo. Você transou com o Liam.

— Sim. — Holly parece estressada, mas o canto de sua boca se vira em um sorrisinho.

— Foi BOM! — Aponto para ela. Estou encantada. Caramba, deve ser assim que pessoas monogâmicas se sentem: vivendo a emoção dos outros.

— Foi bom — admite ela, as bochechas ficando coradas. — Mas aí, sem querer, eu o convidei pra festa da minha empresa. Meu Deus, isso é um pesadelo!

— Como você *sem querer* o convidou pra festa?

— Bom, ele achou o convite na minha bolsa. Daí ele ficou superanimado. Parecia maldade dizer "não", e parte de mim queria que ele fosse.

— O Will não vai? — pergunto.

— Não. — Holly desvia o olhar e brinca com as mãos. — Não, ele tem uma despedida de solteiro.

Sinto que peguei no seu ponto fraco. Ela soa amarga.

— Bom, e é tão ruim se o Liam for?

— *Sim!* — Holly choraminga. — Ele vai conversar com os meus colegas! E se alguém perguntar quem ele é?! O que ele vai dizer? Meus colegas não sabem de nada.

Dou de ombros.

— Bom, o Liam sabe ser discreto, não sabe? Quer dizer, ele sabe o que está rolando.

Holly morde o lábio.

— É, sim — diz ela. — Mas eu estou com um mau pressentimento. É daqui a pouco!

— Você quer que eu vá? — pergunto. — Quer dizer, eu posso ficar perto do Liam e intervir se algo parecer muito revelador.

Normalmente, eu não interferiria na vida pessoal dos outros, mas eu e a Holly já passamos *bastante* dessa fase. Nós não só nos tornamos amigas de verdade, como eu me sinto envolvida com sua situação agora. Além disso, quero vê-la arrasar no seu grande evento de trabalho.

Os olhos da Holly se acendem.

— Ah, você IRIA?! — Ela põe as mãos no peito de forma dramática. — Isso faria eu me sentir TÃO melhor, obrigada, Fliss!

Antes que eu entenda o que está acontecendo, ela se lança pela sala e me abraça. Como uma pessoa que não abraça, eu me sinto instintivamente desconfortável, mas depois relaxo. Tenho que admitir, é legal.

— Isso é o que eu devia ter feito pelo Tomi — murmura ela no meu ombro.

— Quem? — pergunto.

— O Tomi. — Ela se afasta e volta a sentar no sofá. — Eu devia ter ajudado a manter a ex dele longe do seu namorado atual, mas anotei a data errada do aniversário. Sei lá, estou tão envolvida com tudo o que está acontecendo... E o Tomi não é o tipo de pessoa que fica te relembrando ou te incomodando com as coisas.

Concordo. Percebo que ela está realmente se culpando por isso, e não sei o que dizer para fazê-la se sentir melhor. É difícil evitar esse tipo de coisa quando você começa um relacionamento aberto. Você tenta conciliar atividades que consomem muito tempo em uma vida que já é difícil de equilibrar. Inevitavelmente, algo do tipo vai acontecer até que você consiga se adaptar. Para mim não foi tão difícil, porque a maioria dos meus amigos vivem em outros países, mas ainda assim precisei fazer alguns ajustes.

— E aí o Will agiu como se não fosse nada — continua ela. — Ele só estava preocupado se eu estava passando tempo suficiente com *ele*...

Interessante. Essa é a primeira vez que a ouço falar algo negativo do Will. É também a primeira vez que a ouço descrever algum tipo de desentendimento entre os dois. Eu me pergunto se as coisas estão bem entre eles. Ela parece... não exatamente brava — não consigo imaginar a Holly ficando brava —, mas... irritada.

— Ah, sinto muito, Holly. O Will ficou incomodado com hoje à noite? — pergunto, subitamente percebendo que roubei outro momento dos dois juntos. — Ele poderia ter vindo?

— *Tsc.* — Ela dá de ombros. — Eu nem queria fazer nada disso. E agora ele não gosta que eu não estou sempre disponível. Bom, problema dele — diz ela, de forma amarga.

Então bate com as mãos na boca, percebendo o que acabou de dizer.

— Você o quê...? — repito. — Você *não* queria fazer nada disso?

Ela parece que foi pega em flagrante. Espero a negação, mas ela apenas dá de ombros, admitindo derrota. Mesmo que ela negasse, eu veria a verdade em seu rosto. Todos os pequenos momentos de dúvida, nos últimos meses, começam a fazer sentido. Eu sabia que ela estava apreensiva, mas pensei que fosse apenas nervosismo, pensei que fosse algo que ela queria fazer. Mas ela nunca quis um relacionamento aberto. Ah, Jesus... E eu a estava *ajudando*!

— Holly! — exclamo. — Você não devia entrar num relacionamento aberto sem de fato querer isso. Pra funcionar, *precisa* ser mútuo! Do contrário, a relação está condenada ao fracasso desde o início!

— Desculpa. — Ela guincha.

— Não acredito que você mentiu pra mim! — Tento acalmar o tom de voz, mas me sinto traída. — Por que você não me contou isso?!

— Porque eu sabia que você não me ajudaria — diz ela baixinho, olhando novamente para as mãos. — E... eu realmente precisava da sua ajuda. Você me apoiou tanto.

Ela parece tão triste que é quase impossível ficar com raiva. Sinto minha indignação esfriar. É verdade, eu nunca a ajudaria.

— Desculpa, Fliss — continua ela. — No começo, eu não queria topar. Eu só topei porque era algo que o Will queria, e eu não queria contrariá-lo. Então a gente poderia esquecer e seguir em frente.

Eu me encolho. Jesus. Não parece *nem um pouco* que eles estavam entrando nessa em pé de igualdade.

— Mas agora eu não estou me sentindo assim. — Sua voz oscila. — Agora, bom... Agora eu não sei como estou me sentindo.

Suspiro e resisto à tentação de dizer "Eu te avisei". Eu *definitivamente* disse a ela, várias vezes, que, se entrasse em um relacionamento aberto confusa, ela ia sair confusa. Mas nada disso adianta agora. Ela já sabe que fez merda; não precisa que eu a repreenda. E a Holly também poderia me lembrar de todos os bons conselhos que me deu, e eu ignorei.

Não sou de abraçar muito, mas ela parece tão triste que vou até o seu lado no sofá e a abraço novamente.

— Vai ficar tudo bem. Você vai dar um jeito. — Eu a tranquilizo.

— Obrigada. Você também. — Ela funga no meu ombro.

Ficamos sentadas ali um tempinho. Mais uma vez, penso em como é estranho o fato de que, dois meses atrás, eu nem a conhecia, e agora aqui está ela, tendo uma crise na minha sala de estar. Não sei exatamente quando aconteceu, mas, de verdade, não sei mais o que eu faria sem ela, e sei que a Holly sente a mesma coisa por mim.

E então, a Jenny entra.

— Ah, oi... — diz ela, desconfortável. Me dou conta da cena, nós duas sentadas no sofá em silêncio, nos abraçando forte. Então nos separamos.

— Jenny, esta é a Holly. Holly, essa é a Jenny. — Eu as apresento.

— Oi! — diz Holly, secando o canto dos olhos com a manga. — Muito prazer!

Jenny se senta à nossa frente e Holly se recompõe. Em segundos, elas conversam animadamente sobre *Casamento à primeira vista Austrália*. Não tenho ideia do que elas estão falando, mas, ao que parece, elas ficaram muito chateadas com o comportamento de uma mulher chamada Ines, algumas temporadas atrás.

Vou fazer chá, rindo de como a Jenny fez outra melhor amiga instantânea através do vínculo compartilhado que é discutir o comportamento escandaloso de pessoas desconhecidas.

Quando volto para a sala, Henry se juntou a elas, e eles ainda falam de uma temporada antiga de *Casamento à primeira vista*. Jenny está em seu momento de glória. Percebo que ela não sai muito, mas traz as pessoas para a sua toca. Ela é uma espécie de borboleta que só é sociável dentro de casa. Seres humanos são estranhos, deliciosos coquetéis de contradições.

— Eu estava torcendo pela Cyrell e pelo Nic — diz Henry.

Há um murmúrio de concordância.

— Eu realmente queria que desse certo entre a Heidi e o Mike — diz Holly.

Há um "nãoooo" coletivo. A Jenny discorda com a cabeça, como se a Holly devesse sentir vergonha por isso. Quem são Heidi e Mike?

Então o Ash chega. Quando ele entra, Jenny e Henry o cumprimentam de forma afetuosa, e Holly fica atrás, esperando ser apresentada.

— Ash, Holly. Holly, Ash.

— Oi! Ouvi muito sobre você. — Ash vai direto para um abraço, e Holly faz uma cara de "*aaawn*" para mim, por cima do ombro dele. Ash é tão autêntico que as pessoas se apaixonam por ele em três segundos, juro. Não me espanta que ele consiga tantos encontros.

— Você assistiu *Casamento à primeira vista Austrália*, Ash? — pergunta Holly. — Alguma opinião?

— Não assisti. — Ash senta no sofá, ao lado de Holly, e tira os sapatos. — Mas meus colegas me disseram pra assistir *Casamento à primeira vista*, terceira temporada. Falaram que é uma montanha-russa.

Essa é uma das coisas que eu amo no Ash. Ele não gosta muito de reality shows — é mais o tipo de cara que gosta de ler e ouvir música clássica —, mas Jenny, Henry e Holly gostam, e ele se interessa pelas coisas porque outras pessoas também se interessam. Embora eu ache que muitas pessoas queiram ficar perto de quem compartilha seus interesses e replica suas crenças, Ash realmente aprecia a perspectiva das outras pessoas. Nunca o vi ficar na defensiva quando discordam dele.

— Ah, meu Deus! Não mencione as fofuras! — grita Jenny.

Os três começam a reclamar das "fofuras", que presumo que seja algo polêmico.

— Zanab, gata, assim não tem como te defender — conclui Jenny.

— Ah, bom, eu odeio imaginar os meus piores momentos sendo transmitidos na TV. — Ash se encolhe. Outra coisa que eu amo nele: o Ash é superempático. Acho que é por isso que ele não gosta muito de reality shows, em que parte da diversão é julgar as pessoas que estão lá.

Todos começam a decidir a que filme assistir e que comida pedir. Holly me manda uma mensagem do outro lado da sala, dizendo:

Ele é TÃO legal. Exatamente como eu imaginava!

Leio a mensagem e sorrio. Ele é mesmo. Mas, ainda que parte de mim esteja feliz por estar aqui esta noite, com o Ash e todos os meus amigos, não posso fingir que outra parte de mim não esteja pensando que eu não estou com o Rowan.

Temos uma noite agradável, mas depois que todos vão embora e eu e o Ash estamos lendo no sofá, e fico pensando no que a Holly disse. Cortar o Rowan da minha vida. Normalmente ele não trabalha comigo. Em algum momento, ele vai voltar para os Estados Unidos. Ele quase não faz parte da minha vida. Seria um problema tão grande parar de falar com ele?

Tudo bem que ele não está por perto o tempo todo... Mas ele é *importante*. Ele me ajudou a passar por um momento ruim quando eu tinha uns vinte anos. Tenho lembranças minhas com ele em vários cantos do planeta. Eu não diria que ele é exatamente um dos meus amigos mais próximos, mas com certeza um dos mais antigos. Eu não percebi que me tornar monogâmica envolveria excluir tanta coisa.

Meu celular vibra. É o Rowan me enviando um meme idiota. Trocamos muitas mensagens de texto, mesmo esta semana, que tenho diminuído meu tempo de resposta de propósito.

Leio a mensagem e automaticamente penso em responder. Mas então me lembro do que a Holly disse e ponho o celular na mesa. Vou ignorar. *É simples.*

Só que... não é. Posso não estar mandando mensagens para ele, mas também não estou concentrada no livro. Fisicamente, estou aqui, mas é como se não estivesse. Minha mente repassa todas as respostas engraçadinhas que eu poderia ter enviado, mas não enviei. Penso no que eu estaria fazendo se estivesse com o Rowan e em como, talvez, nunca mais possa sair com ele novamente. Tento focar nas páginas à minha frente e me manter presente, na sala, com Ash. Mas, quando vou para a cama, Rowan está na minha cabeça, mais do que antes. *Por que* é tão difícil parar de pensar nele? Será que os outros também têm essa dificuldade de tirar da cabeça as pessoas das quais gostam, mas que não são seus cônjuges? Não devem ter, ou todas as pessoas monogâmicas já teriam perdido a cabeça.

Mais tarde, eu e o Ash nos acomodamos na cama.

— A Holly parece legal — diz ele.

— Ahã — concordo.

— Ela e a Jenny se deram muito bem — comenta ele.

— É. — Sorrio. Não consigo imaginar a Holly não se dando bem com alguém. Ela é uma pessoa doce.

— Você tá bem, Fliss? — pergunta Ash.

Faço um movimento covarde e apago a luz antes de responder:

— *Ahã.*

— Você parece distraída — sussurra ele na escuridão.

— É, acho que estou um pouco. É o trabalho — sussurro de volta. — Pensando em tudo que preciso fazer esta semana.

Ainda é incrivelmente estranho não poder falar com o Ash. Normalmente, eu contaria tudo a ele. Ele é a pessoa a quem recorro com os meus problemas. Nosso relacionamento não era aberto só no sentido sexual. Ter esse tipo de liberdade significava que eu podia ser transparente em relação a todo o resto. Agora, estou com esse problema imenso, e ele é a pessoa com quem mais quero falar, mas se tornou a única pessoa com quem não posso me abrir. A última vez que compartilhei sentimentos semelhantes em um relacionamento monogâmico não deu muito certo. Fui abandonada e fiquei com o coração partido.

— Não pensa nisso agora. — Ash passa a mão no meu cabelo. — Não tem nada que você possa fazer até amanhã de manhã. Agora, tudo o que você pode fazer é dormir.

— Sim, você tem razão — respondo. Seria um ótimo conselho, se eu realmente estivesse preocupada com o trabalho.

— Boa noite, Fliss. — Ash beija minha testa.
— Boa noite.

Ficamos um pouco de conchinha, até que eu me viro para o lado, porque não consigo dormir sem ter privacidade. Mas não consigo dormir, de qualquer forma. Fico acordada, pensando em como me tornei uma pessoa infeliz. Então me ocorre que não estou apenas cortando grande parte da minha vida para fazer isso funcionar, mas estou tendo que mudar como pessoa também. Algo que jurei anos atrás que nunca faria. Uma coisa que o Rowan disse quando tínhamos vinte e dois anos fica martelando na minha cabeça: "Algumas pessoas só não foram feitas pra relacionamentos".

Talvez eu tenha sido uma idiota por pensar que eu era. Talvez alguma parte essencial de mim, que faz um relacionamento "normal" funcionar, esteja faltando. Eu me convenci de que não existia isso de relacionamento "normal", e que essa ideia era uma construção social. Que o que eu tinha para dar ao Ash era o suficiente. Mas talvez não seja. Talvez, durante todo esse tempo, eu tenha enganado o sistema, e agora o sistema me descobriu.

Nunca entendi o significado da expressão "eureca!" até agora, mas, de repente, fica claro que não consigo fazer isso. Claro que não consigo. Tudo o que tenho feito desde que nos tornamos exclusivos foi ficar obcecada por aquilo que estou abrindo mão. Isso é qualquer coisa, menos um relacionamento saudável, certo? Não é isso que o Ash quer de mim. Ele quer que eu fique feliz com esses sacrifícios, mas a verdade é que estou completamente infeliz.

Eu tentei, mas acho a monogamia muito difícil e sufocante, e eu não deveria fazer isso só porque o Ash quer. Não consigo mudar a mim mesma como o Ash quer que eu mude, nem deveria. Relacionamentos não deveriam ser baseados em trair a si mesmo. Eu mereço ser livre, se é isso que eu quero, e ele também merece encontrar um relacionamento normal, com alguém que queira isso de verdade.

Toda vergonha e culpa que senti depois do meu término com o James, dez anos atrás, voltam à tona, só que desta vez as consequências do meu erro são mil vezes piores.

Ouço Ash inspirar e expirar ao meu lado. O doce, inteligente e maravilhoso Ash. Pensar na minha vida sem ele é inimaginável. Ele é meu melhor amigo. A ideia de deixá-lo é devastadora. Mas, a esta altura, que escolha eu tenho? Levar adiante um compromisso somente com ele não deveria ser tão difícil, não é?

Eu me sinto o pior tipo de ser humano por tê-lo enganado por tanto tempo, mas não fiz de propósito. Eu achava que amava o Ash, realmente achava. Eu o amo. Mas, se ele não é o suficiente para mim, não sou capaz de amá-lo como eu deveria, certo?

É constrangedor que eu tenha pensado que os últimos três anos tinham sido uma escolha de estilo de vida genuína, que havíamos encontrado uma versão do amor que funcionava para nós, independentemente do que todo mundo achasse. Eu estava obviamente enganada de pensar que eu e o Ash estávamos em um relacionamento aberto porque esse era o tipo de relacionamento que nós dois considerávamos satisfatório. Mas também estou aliviada. Tenho tido tanta dificuldade com isso, e agora finalmente tenho uma resposta. A dura, triste e terrível verdade é que algo em mim está faltando, e eu tinha entendido certo quando tinha vinte anos: eu deveria ficar longe de relacionamentos.

Pelo menos agora posso parar de brigar com todo mundo. Estou tão cansada das piadinhas idiotas, das sobrancelhas erguidas, da desaprovação dos meus pais. E posso parar de lutar comigo mesma; não consigo fazer o que todo mundo faz, não posso ser como todo mundo. Portanto, eu devo ficar sozinha.

Ash se vira na cama. Massageio gentilmente suas costas e dou um beijo suave no topo da sua cabeça. Sinto uma dor física de pensar em uma vida sem o Ash, mas é melhor terminarmos agora do que continuar com essa farsa, porque só vai ficar mais difícil. Eu me arrasto para fora da cama e vou para o sofá da sala.

21

OUÇA SUA MÃE

FLISS

Não durmo bem, só um pouco melhor do que tenho dormido recentemente. Fecho os olhos sabendo que, mesmo que o término seja traumático, finalmente vejo as coisas de forma mais nítida.

Quando o Ash levanta de manhã, fica confuso ao me encontrar dormindo na sala de estar.

Ele entra, com o cabelo despenteado, usando seu adorável macacão Totoro que nunca mais vou ver de novo. Faz uma careta e passa a mão no cabelo, apertando os olhos enquanto se ajustam à claridade.

— Fliss? O que você está fazendo aqui?

Eu quase nunca choro, mas sinto que estou lacrimejando.

— Desculpa, Ash. — Minha voz treme. — Mas não está funcionando pra mim.

Ash se senta na beirada do sofá e apoia uma mão na minha perna.

— Eu sei — diz ele gentilmente. — Eu sei que você tem achado difícil a mudança no nosso relacionamento. Mas é só um período de transição. Só tem um mês. Só precisamos dar um pouco mais de tempo.

— Não. — Nego com a cabeça. — Não é isso. Acho que eu percebi... Eu só...

Uau, como isso é difícil. Entendo por que as pessoas mentem para terminar relacionamentos e amortecer o impacto. Partir o coração de alguém é um sentimento terrível. Nunca mais quero fazer isso.

— Só acho que eu não devia estar em relacionamento nenhum — concluo. Sem dúvida, essa é a coisa mais difícil que já precisei fazer, mas eu preciso tirar o curativo de uma só vez. É melhor para nós dois.

Espero que o Ash pareça mais magoado, mas parece que não caiu a ficha. Ele só olha para mim carinhosamente e esfrega a minha perna. Percebo que ele não está entendendo o que estou dizendo.

— Escuta, vamos conversar sobre como vai funcionar. Eu fui um idiota de pensar que a gente podia mudar algo que era tão estruturado para algo tão simplista. Eu tenho passado do ponto, sei disso. É que eu senti que você estava ficando distante, então tentei compensar. Eu lidei mal com isso, me desculpa. Mas, se você precisa de mais espaço, podemos criar regras novas. E mais noites com nossos amigos, ou sozinhos?

Essa teria sido uma boa ideia, mas, mesmo assim, não acho que vai ser o suficiente. Antes que eu consiga responder, ele diz:

— Eu te afastei — sussurra ele. — Me desculpa. Eu estava esperando pra falar sobre isso, mas achei que não tinha nada de útil pra falar antes de tentar mais um tempo. Mas vamos falar sobre isso agora, tudo bem? Podemos resolver isso. Eu sei que podemos. Somos *nós*.

Sinto o coração desmanchar. Esse é o pior momento da minha vida. As lágrimas começam a escorrer, e pressiono os lábios.

— Desculpa, acho que não tem mais nada pra dizer.

Ash ri.

— Ah, vai, Fliss. O que você está dizendo? Então é difícil por um mês e daí tchau? Claro que seria difícil. Fizemos as coisas de um jeito por tanto tempo, agora estamos tentando de outra forma. É normal achar difícil, Fliss. Você não pode simplesmente... *fugir*.

Não digo mais nada. Não sei mais o que dizer. Ele está magoado, mas vai superar.

— Podemos abrir o relacionamento de novo — diz ele. — Se não está funcionando, se foi cedo demais, podemos voltar.

Há tanta esperança em seus olhos. Eu também queria voltar. Queria fingir que o último mês não aconteceu. A ignorância era uma bênção. Pensei que eu estivesse feliz, o que é basicamente a mesma coisa que ser feliz, não é? Mas, resumindo, o Ash quer que fiquemos exclusivos. Se voltarmos ao relacionamento aberto, ele só vai ficar esperando pelo dia em que vou dizer que estou pronta para um relacionamento monogâmico, e esse dia não vai chegar.

— Desculpa, eu só acho que não te amo do jeito que eu deveria amar. — Minha voz não está mais trêmula. Agora estou chorando. Lágrimas escorrem pela minha bochecha, e tenho que enxugá-las às pressas. — Caso contrário, eu não estaria achando isso tão difícil, estaria? Se fosse pra ficarmos juntos, seria mais fácil do que isso, não seria?

Ash desvia o olhar e encara o chão. Acho que ele está começando a acreditar em mim, porque só me viu chorar duas vezes desde que começamos a namorar: uma vez quando meu sobrinho começou a andar, e outra, no documentário do Werner Herzog, quando o pinguim desaparece nas montanhas.

Fico ali sentada, chorando por algum tempo. Estou desesperada para abraçar o Ash em seu macacão e dizer a ele para esquecer tudo o que acabei de falar. Mas não posso.

— Desculpa, Ash. — Respiro fundo pela boca, porque meu nariz está entupido. — Acabou.

Por um momento, ele mantém a mão na minha perna. Em seguida, levanta e xinga em voz alta.

— Desculpa — repito.

Ele fica em silêncio por um instante. Passa a mão no cabelo e fica parado, sem rumo, como se não soubesse o que fazer.

Depois do que parece ser o silêncio mais longo da história, ele diz:

— Se é assim que você se sente, não tem que pedir desculpa. Você não fez nada de errado.

Estou me partindo em um milhão de pedacinhos. Sua reação torna tudo pior. Ele é tão *legal*. Odeio a palavra legal. É genérica e nada criativa. Algo que você diria sobre um pedaço de pão. Mas, às vezes, não há outra palavra. Ash é só muito, muito legal.

Ver o Ash sair de casa é surreal. Não consigo evitar observar cada pequeno gesto — como ele joga suas coisas na bolsa e passa as mãos pelo cabelo —, e pensar que pode ser a última vez que vou ver isso. Depois que ele vai embora, fico sentada, encarando a parede, por um longo tempo. Não há outra maneira de expressar: eu me sinto uma merda.

Fico dizendo a mim mesma que tomei a decisão certa, que terminar qualquer relacionamento é sempre difícil e que vai melhorar a partir de agora. Só preciso aguentar esse turbilhão por algum tempo. Talvez eu realmente me junte à Jenny e ao Henry no sofá, para assistir a *Too Hot To Handle*.

Saio para uma longa caminhada, para espairecer. Quando estou quase voltando para casa, recebo uma mensagem alarmante do Henry.

Vai pra casa do Ash se puder...

Hã?

O pai e a mãe estão aqui.

Paro no meio da rua. O QUÊ?! Meus pais nunca apareceram sem avisar antes, eles sabem que não devem fazer isso... Eles *nunca* teriam feito isso antes do Henry chegar. E, obviamente, não posso ir para a casa do Ash. Está muito cedo para ir a uma cafeteria. Literalmente não tenho para onde ir. Merda! Essa é a ÚLTIMA coisa que eu precisava. E é tudo culpa do Henry!

Isso é tudo culpa SUA!

Assumo toda a responsabilidade. Vou tentar me livrar deles.

Estou quase em casa.

Ah, Deus. Desculpa. Então vamos nos ferrar juntos. Te vejo daqui a pouco.

Caminho o mais devagar que consigo e penso em esperar do lado de fora, na esperança de eles irem embora, mas está chovendo, faz frio, e eu não tenho guarda-chuva. Meu jeans está ficando encharcado. Visita surpresa dos pais ou me molhar inteira? Meu Deus, que escolha difícil. Resolvo entrar, porque jeans molhado me dá aflição.

Entro e sinto o perfume da minha mãe no ar. Isso desencadeia uma espécie de defesa animal em mim. Meu corpo fica todo arrepiado, como se eu fosse um gato. Estou vulnerável, depois de tudo o que aconteceu com o Ash. Se ela levantar a sobrancelha para mim, talvez eu me jogue pela janela.

— Fliss. — Minha mãe se levanta da cadeira. Ela está vestida num estilo muito *mãe*, com um vestido midi roxo de gola alta e estampa geométrica. Minha mãe faz tanta propaganda gratuita que a Monsoon deveria dar parte dos lucros para ela. Acho que ela não compra uma única peça de roupa em outra loja há pelo menos uma década. — Que bom te ver. Vem cá, meu bebê.

Eu acredito nela, aliás. Acho que meu pai e minha mãe sempre ficam felizes de verdade quando me veem. Eles só não conseguem se conter quando se trata de compartilhar seus próprios julgamentos sobre a minha vida, e esses julgamentos sempre impedem de passarmos um tempo felizes juntos.

— Oi, Felicity. — Meu pai também se levanta. Está usando um clássico suéter de pai verde-escuro e calças largas. Abraço os dois. Estou tão chateada que, como um bebê, me sinto bastante reconfortada pela presença deles. Mesmo que eles não gostassem do Ash.

— Então. — Eu me sento na poltrona de couro, à esquerda do sofá. Henry se empoleira na poltrona do outro lado. Meus pais se sentam no centro da sala, sorrindo. Sempre começa com sorrisos. — O que vocês estão fazendo aqui?

— Ah, bom, não víamos vocês há *muito* tempo. — Minha mãe enfatiza dramaticamente a palavra "muito". Nós os vimos no Natal. É fevereiro. Acho que, considerando a frequência com que eles visitavam o Henry, a Laura e o Sam, e o tempo que o Henry está aqui, isso é muito tempo para eles. — E pensamos em vir para Londres fazer umas comprinhas, e, bom, resolvemos dar uma passada para ver os nossos bebês aqui, embaixo do mesmo teto.

Minha mãe olha ao redor da sala. Seus olhos se voltam para a lareira empoeirada e para as canecas sujas deixadas de lado. Eu e a Jenny não vivemos como estudantes, mas não estamos à altura dos padrões da minha mãe.

— Sua mãe não vai à Monsoon há algum tempo — acrescenta meu pai. — Tenho que mantê-la feliz.

Eles sorriem um para o outro. Embora sejam o tipo de casal sufocante que está sempre junto e não consegue nem dirigir sem estar de mãos dadas, há momentos que reconheço que eles são bem fofos. Eu pensei que tinha encontrado minha própria versão de felicidade e que sorriria para o Ash de maneira melosa na velhice, mas tenho certeza de que consigo encontrar outro tipo de felicidade estando completamente sozinha. Talvez eu sorria assim para a minha iguana de estimação.

— Estávamos perguntando para o Henry quando ele pretende voltar para... Kent. — Minha mãe toma cuidado para não dizer "Laura". Acho que o Henry ainda não contou para eles que não vai voltar até ter comprado uma casa nova.

— Sim, e eu estava dizendo para a mãe que esse negócio do trabalho ainda vai demorar um pouco. — *Negócio do trabalho.* A voz de Henry parece tensa. Nossos pais não são idiotas. Eles sabem que o Henry não está aqui por causa do trabalho. Mas não vão continuar pressionando, pelo menos não agora. — Então, Fliss, como foi o seu fim de semana?

Henry olha para mim como um homem que está se afogando olha para uma boia. Não consigo ficar irritada com ele.

Meus pais se voltam para mim.

— Eu, é... Bom, recebemos minha amiga Holly ontem à noite.

— Holly? Qual delas é a Holly? — pergunta meu pai.

— Você não conhece.

— Mostra uma foto. — Minha mãe acena ansiosamente para o meu celular. Ela adora ter um auxílio visual ao falar sobre pessoas que não conhece. Mostro a ela o ícone da Holly em minhas mensagens.

— Ah, ela parece... Qual o nome dela, Mark? Naquele filme, *Linda vingança?*

— *Bela vingança*. — Henry a corrige.

— Carey Mulligan — diz meu pai.

— Sim! — Minha mãe dá um tapa na coxa. — Carey Mulligan! Só que com um cabelo diferente, óbvio.

Não vou mentir, estou surpresa que meus pais tenham assistido a *Bela vingança*.

— Bom, de qualquer forma, ela veio jantar aqui. E então eu e o Ash ficamos em casa.

— Ah, é? — A voz da minha mãe assume um tom mais ácido. — Não saíram para jantar?

Tudo o que o Ash faz é criticado. Se ele não me leva para sair, não está se esforçando. Se ele me levasse para jantar fora, seria acusado de gastar dinheiro que não tem com o salário de assistente social e de não planejar o futuro. Nada do que ele fazia parecia certo, porque, na verdade, o problema era ele transar com outras pessoas. Não que isso faça diferença agora.

— Não neste fim de semana — respondo.

Ninguém diz mais nada. Bom, essa conversa morreu mais rápido que o hamster que tive na adolescência.

— Como ele está, então, o... — Obedientemente, meu pai retoma a conversa, mas, como de costume, sem mencionar o nome do Ash. — Tudo bem no trabalho?

Penso em inventar alguma besteira, falar sobre o caso dos trigêmeos ou qualquer coisa do tipo, mas, assim que respiro, percebo que não tenho energia para falar sobre o Ash como se estivéssemos bem.

— Eu e o Ash terminamos — digo. Há anos não sou tão franca com meus pais, mas dizer a verdade é mais fácil quando sei que é algo que eles vão adorar ouvir.

Meu pai consegue fazer uma boa cara de paisagem, mas os olhos da minha mãe se iluminam.

— Ah, é? — Ela suspira de leve, mas mal consegue disfarçar a alegria na voz ou impedir que um sorriso triunfante apareça. — Ah, meu Deus, o que aconteceu?

— Só não deu certo — digo, sem vontade de entrar em detalhes.

Os olhos de Henry se arregalam de horror.

— Puta merda, Fliss! Você está bem?

— Estou — afirmo. Não estou bem, mas vou ficar.

— Ah, querida. Bom, desde que você esteja bem. — Minha mãe se arrasta pelo sofá e coloca a mão na minha.

— Sim, só queremos a sua felicidade — acrescenta meu pai.

Eles não são maldosos. Realmente acredito que os dois querem que eu seja feliz. Só que a versão deles de "feliz" não pode ser nada diferente daquilo que eles têm. E eles estão dispostos a me deixar infeliz para me ajudar a conseguir isso. É uma lógica sem muito sentido, se você pensar bem. Mas talvez eles estejam certos. Talvez eu devesse tê-los escutado esse tempo todo.

— Nunca achamos que ele fosse o homem certo para você. — Minha mãe não resiste a dizer.

De certa forma, estou profundamente furiosa por ela estar certa sobre mim e o Ash, e sinto uma vontade infantil de me rebelar contra ela, mas existe uma parte de mim que está muito feliz em conseguir sua aceitação. Uma parte bem grande de mim. Acabo me sentindo acolhida enquanto eles falam.

— Você sempre mereceu mais — meu pai concorda.

Mais uma vez, é gentil, de certa forma, que eles queiram o melhor para mim. Eles não conseguiam ver um relacionamento aberto como nada mais que traição, e percebo que um namorado traidor não é o que um pai gostaria para sua filha. É uma pena que eles nunca tenham se interessado em conhecer o Ash. Eles nunca vão saber suas qualidades maravilhosas, e nunca vão entender como o Ash me tratava bem, ao contrário do que pensavam, mas agora não tem mais por quê. Nada disso importa.

— Então... Já está de olho em alguém? — Minha mãe bate palmas.

— *Mãe*. — Henry a repreende. Ele ainda parece abalado. Ao contrário dos meus pais, há apenas tristeza e simpatia no seu rosto quando ele olha para mim. — O defunto nem esfriou ainda. Pelo amor de Deus.

— Bom, só estou perguntando. — Minha mãe ajeita a blusa. — Não precisa se irritar, querido.

— Tenho certeza que a Fliss nem está pensando...

— Eu, é... — Dou uma tossida. — O Rowan está na cidade. Nós, bom, nós estamos... passando bastante tempo juntos.

Não sei por que digo isso. Não existe perspectiva de eu e o Rowan namorarmos. Mas sei que eles vão gostar de saber. A ironia de que eu estava em um relacionamento exclusivo com o Ash, e de que eu e o Rowan sempre fomos um pouco mais que simples amigos, e que ainda assim meus pais apoiem muito mais esse relacionamento, não passa despercebida. Mas gosto da sensação de deixá-los orgulhosos uma vez na vida. Henry me encara de boca aberta.

— Ah, o Rowan, eu sabia! — Minha mãe bate palma novamente, desta vez em minha direção, como se estivesse literalmente me aplaudindo. — Sempre me perguntei como você deixou um garoto tão bonito e inteligente escapar. Ele parece aquele ator... Qual o nome dele, Mark? Aquele de *Corra*?

— Daniel Kaluuya.

— Daniel Kaluuya!

O que está acontecendo com os meus pais, assistindo a todos esses filmes progressistas? Eu nem imaginava que eles sabiam que existia um mundo além de *Dança dos famosos* e *O aprendiz*.

— E um ótimo gosto para vinhos. Lembra aquele que ele trouxe no Natal?

— Foi naquele que a Lizzie derrubou todos os enroladinhos de salsicha no chão? — Meu pai torce o nariz. Claro que é isso o que ele lembra daquele dia, porque ele precisou esperar mais meia hora para comer alguma coisa.

— Eu vi que ele estava em Londres. Ele vai se mudar para cá de vez? — continua minha mãe.

— Bom, ele era gerente de marketing de uma agência de publicidade em Nova York...

Meus pais se olham, presunçosos. Posso ver as notas de dólar nos olhos deles.

— Ele está tirando uma folga por um tempo, pensando nos próximos passos — acrescento. — Está fazendo alguns frilas de tradução comigo no momento.

— Ah, bom, isso parece sensato — comenta meu pai.

Não posso deixar de pensar que, se o Ash tivesse feito a mesma coisa, eles chamariam isso de imprudência.

— Adorável — diz minha mãe.

Meus pais estão sentados, sorrindo para mim.

— *Adorável* — acrescenta Henry, irônico.

Nenhum deles lhe dá atenção. É uma sensação bizarra ser o centro das atenções para variar. Normalmente, é o Henry isso, a Laura aquilo, e deixar de falar da vida da Fliss o mais rápido possível. Não gosto de estar nessa situação e sempre achei que os comentários fossem indiferentes para mim, mas... é uma sensação *boa*.

— Você sempre disse que o Rowan era um bom partido. — Meu pai dá um tapinha no ombro da minha mãe, se recosta e cruza as pernas. — Escuta a sua mãe, Fliss, ela sabe cuidar de você.

Minha mãe sorri e segura a mão do meu pai.

— Certo, vou pôr a chaleira no fogo, tá? — Henry se levanta e vai até a porta. Ele desaparece na cozinha e acho que a preparação do chá vai demorar uma eternidade.

Meus pais continuam perguntando sobre o Rowan e, embora eu ainda esteja arrasada por causa do Ash e me sinta mal pelo Henry, estou radiante com a aprovação deles. Saboreio o fato de que ambos estão realmente felizes por mim, pelo menos uma vez na vida, mesmo que eu esteja triste.

22

NÃO SAIA NO
DIA DOS NAMORADOS

HOLLY

Quando o Dia dos Namorados chega, *não* estou em um clima romântico. Claro que este ano o Will decide reservar uma mesa em um restaurante. Normalmente ele revira os olhos para o Dia dos Namorados e se recusa a participar de "outra farsa para arrancar dinheiro de trouxa". Felizmente, o Liam me mandou mensagem dizendo que teria o aniversário de trinta anos de um amigo, e esse amigo sempre reclama que as pessoas o trocam pelo Dia dos Namorados, então eles vão fazer um Dia dos Parças.

Quero ficar animada com esta noite, mas o esforço do Will não está provocando nada além de apatia. Da última vez que reservou uma mesa em um restaurante, ele me perguntou se poderíamos começar a sair com outras pessoas. Desconfio de que ele só está se esforçando agora porque se sente culpado ou, talvez, como a Fliss disse, com ciúme. Além disso, tenho pensado muito no Tomi a semana toda para me importar. Enviei muitas mensagens pedindo desculpas, mas hoje é a primeira vez que o verei pessoalmente desde que ele saiu de férias.

Estou muito decepcionada comigo mesma. Eu nunca, jamais, cometi um erro desses. Normalmente sou muito organizada. Não negligencio meus amigos, não sou assim. O Tomi *sabe* que eu não sou assim. Se ele soubesse tudo o que está acontecendo comigo, acho que entenderia.

Quando penso em confessar tudo a ele, ainda me sinto tão envergonhada e confusa que parece que me explicar não é uma opção, mas acho que preciso fazer isso. Não tem outro jeito.

No caminho para o trabalho, seguro as barras do metrô como um zumbi. Mal dormi ontem à noite. Só consegui pensar no Tomi e no que eu diria quando o visse. Normalmente, eu me aconchegaria ao lado do Will em busca de conforto, mas, quando tentei fazer isso, só pensei em como estou frustrada por ele não ter nem perguntado se eu e o Tomi fizemos as pazes.

Talvez ele tenha razão quando diz que estou dando muita importância para esse assunto. E eu realmente quero acreditar que ele está certo. Só imagino o que o Liam diria sobre isso.

Quando chego ao escritório, vou direto para a mesa do Tomi, mas não o vejo.

— Acho que ele ainda está de ressaca — diz Claire, do outro lado da sala, com uma gargalhada. — Agora que fez trinta anos, as ressacas duram semanas!

Meu Deus, até a Claire estava lá. A Claire quase nunca é convidada para nada, porque sempre acaba bebendo demais e reclamando a respeito de como ela e o marido não transam mais. Chuta cachorro morto mesmo, Claire.

Fico à espreita em sua mesa por dez minutos. Então ouço a risada do Tomi ecoando na cozinha e vou até lá.

A pessoa com quem ele está conversando, uma mulher do quarto andar, percebe a mudança na atmosfera e sai correndo com o seu bagel matinal.

— Tomi. — Eu me aproximo dele. — Eu sinto MUITO.

Ele concorda.

— Eu sei, você já disse.

Faço uma careta, pensando nas muitas, *muitas* mensagens de desculpa. Tiro os ingressos da *The Woman in Black* do bolso.

— Olha, comprei pra você. Feliz aniversário — digo, com a voz fraca.

Tomi olha os ingressos e sorri.

— Estou sonhando em me assustar com a cadeira de balanço há muito tempo — diz ele.

— Eu sei, seu esquisito — respondo.

Por um momento, tudo parece normal, só que não está.

— Obrigado pelo presente, Holly, e pelo pedido de desculpas, mas você ainda não me explicou o que aconteceu. — Ele me desafia gentilmente.

— Eu... — Passei a noite inteira pensando no que dizer como desculpa e não consegui imaginar nenhuma que fosse boa o suficiente. Nem mesmo a minha desculpa *de verdade* é boa o suficiente, muito menos uma falsa. Estou decidida a contar a verdade. — Eu...

Eu estava planejando contar a ele. Eu *quero* contar a ele. Mas tudo parece tão estranho. Por onde eu deveria começar?

— Está tudo bem, Holly? — A voz do Tomi se suaviza, embora ele ainda pareça chateado. — Ultimamente você anda meio distante.

Não, *não* está tudo bem. Eu queria casar com o meu namorado de quase dez anos, e ele queria transar com outras pessoas. Concordei, porque não queria perdê-lo, mas agora não tenho ideia do que eu quero. Não sou a mesma pessoa que era no começo do ano. Eu me sinto magoada e humilhada, mas também livre e viva.

Estou com tanto medo que o Tomi não entenda. Assim que eu contar, ele vai ter opiniões. Julgamentos. E eu não estou pronta para ouvi-los.

— Me desculpa. — Limpo a garganta. Minha voz está trêmula. — Me desculpa *mesmo*.

Tomi concorda, não de forma indelicada, mas parece decepcionado.

— Eu sei que você está arrependida, Holly — diz ele. — Você não é assim. Olha, só espero que esteja tudo bem.

Ele se afasta e eu me sinto pior que antes.

O resto do dia passa como um borrão horrível. Eu e o Tomi conversamos um pouco, mas a grande e inegável questão permanece entre nós. Eu não poderia estar menos animada para sair com o Will no Dia dos Namorados, mesmo que tentasse. Estou muito chateada com a situação com o Tomi e confusa com tudo o que está acontecendo para querer me arrumar e sair para jantar, mas o Will insistiu. Sei que se eu tentasse explicar ao Will, ele levaria para o lado pessoal e me acusaria de estar exagerando. Pego o celular para enviar uma mensagem para o Liam.

Oi. Estou tendo um dia de merda. Estraguei as coisas e decepcionei um amigo. Não acredito. Nunca fiz nada do tipo antes.

Ele começa a digitar no mesmo instante.

Ah, não! Sinto muito que você esteja se sentindo assim ☹, mas não se preocupa, todos nós cometemos erros. Eu não sei o que você fez, mas sei que, se você explicar pro seu amigo, ele vai entender e te perdoar, porque você é maravilhosa! ☺ Estou aqui se quiser conversar.

Suas palavras tiram um peso do meu peito. Era *essa* reação que eu precisava. O jeito como o Liam fala sobre as coisas — reconhecendo que não tem problema estar chateada — me deixou desconfortável no começo, mas agora, quando estamos conversando, me sinto uma pessoa sedenta, bebendo um copo d'água imenso.

Sei lá... Eu costumava pensar que o Will minimizava as coisas para eu não me sentir muito mal. Eu costumava acreditar que eu realmente *era exagerada* em tudo. Mas, ultimamente, não consigo evitar a sensação de que talvez meus sentimentos sejam normais, ele só não está interessado neles.

Quando chego ao restaurante para encontrar o Will, estou com um humor péssimo. Aparentemente, o Will também está. Ele mal fala uma palavra quando se senta à minha frente e começa a examinar o cardápio. Por que ele quis vir até aqui se só vai me punir pela outra noite?

— Pensei que este lugar fosse bom. — Ele passa os olhos pelo menu de um jeito que eu sei que ele já determinou que *não vai* ser bom. Sinto meu humor piorar.

Quando conheci o Will, eu adorava o fato de que ele tinha gostos tão exigentes e opiniões tão fortes. Esta noite, percebo que isso me incomoda. Eu nunca havia notado como é cansativo estar com alguém que se desagrada tão facilmente, sem nunca saber o motivo. Eu sempre quero que ele fique feliz, mas é difícil quando ele tem padrões tão exigentes, tão difíceis de definir.

Olho em volta, para as mesas de madeira rústica, e dou uma espiada no prato de outra pessoa.

— Parece bom — digo, num esforço pouco convincente para animá-lo.

Ele faz um barulho indecifrável. Não tenho certeza se ajudei ou não. Pela primeira vez, não me importo.

— Como você está? — pergunto. — Como foi o seu dia?

— Bom — responde Will. — Finalmente conseguimos aprovar o site daquela nova galeria.

— Ah! — exclamo. — Que bom!

Mesmo que as coisas estejam tensas entre nós, fico muito feliz por ele. No começo, o Will ficou entusiasmado com esse projeto, mas os clientes têm sido incrivelmente inespecíficos e, ainda assim, exigentes quanto ao que querem. Os dois caras que tomam conta do projeto têm opiniões bastante diferentes e aprovam desenhos sem se comunicarem antes, apenas para voltar atrás mais tarde, quando o outro vê o que foi aprovado e discorda. Will e seu colega de trabalho, Sal, estão se descabelando por causa disso pelo que parece uma eternidade.

— Isso é ótimo! — continuo. — Faz quanto tempo?

— Começamos a trabalhar nisso em julho. Então... sete meses.

Lembro quando o projeto começou. Eu e o Will estávamos em uma viagem a Lisboa. É difícil para nós dois ficarmos longe dos e-mails de trabalho e, muitas vezes, checamos a caixa de entrada enquanto estamos de férias.

Essa viagem realmente aconteceu há apenas sete meses? Isso não é nada no contexto de nove anos do nosso relacionamento, mas parece que foi há um século. Eu me lembro de ter me divertido, mesmo que estivesse em pânico porque o Will estava sentindo muito calor e não gostava da comida, e eu fiquei com bolhas horríveis nos pés que doíam a cada passo, mas não queria causar uma comoção, porque sabia que o Will queria ver muitas coisas. Eu preferia ter me sentado em um café para ler, mas o Will achava isso entediante. Olhando em retrospectiva, eu me pergunto se aquela viagem *foi mesmo* tão divertida quanto eu pensei que tivesse sido.

— Bom, parabéns — digo, levantando minha taça vazia para um brinde de brincadeira. — Você deve estar muito feliz. Qual a sensação de estar livre deles?

— Sim, estou satisfeito com o resultado — responde Will. — Não era o que eu gostaria de ter feito, mas, considerando o que tínhamos para trabalhar, parece bom.

Eu me sinto frustrada com a resposta. Eu não tinha perguntado sobre o trabalho em si, queria saber como ele estava se sentindo. Não que eu não goste de conversar sobre trabalho com o Will. Eu adoro. Mas, recentemente, sinto que há um abismo entre nós, e não tenho certeza se sei o que está passando pela cabeça dele. Ou será que o abismo sempre esteve presente e eu nunca percebi?

— Me mostra — digo.

Will pega o celular com entusiasmo e me mostra o site. Sua energia muda completamente. Ele parece vivo ao explicar seu processo criativo por trás dos ajustes finais do design, as concessões que teve que fazer para agradar às visões de ambos os donos, e como a identidade visual será usada em outras partes da empresa. Eu *adoro* a paixão do Will pelo que ele faz e gosto de ouvi-lo falar sobre isso, mas ainda não consigo evitar a onda de decepção por não saber se ele está aliviado, exausto ou perdido, agora que o projeto chegou ao fim.

— Você está feliz? — Tento novamente, assim que Will termina de me mostrar. — Que acabou?

Ele dá de ombros.

— Estou feliz de não precisar mais trabalhar com eles.

É isso? É só isso que vou receber?

— Eu estou supernervosa com a exposição — digo, tentando me conectar.

— Ah, é, me mostra o desenho final mais uma vez. Você trabalha com tanta antecedência que nem lembro mais como é. — Will faz um gesto ansioso para pegar o meu celular.

Mais uma vez, estou irritada. Eu costumava pensar que era tão carinhoso da parte do Will estar atento ao meu trabalho, mas agora me pergunto se ele realmente *me* apoia tanto assim ou se apenas está interessado no que estou fazendo. Quero que ele me tranquilize, dizendo que vou arrasar, ou que, se eu não conseguir, não importa. Falar sobre os detalhes das minhas criações não é o que eu preciso no momento.

Se eu for sincera comigo mesma, este encontro está um saco. Se fosse alguém que eu tivesse conhecido em algum aplicativo, já estaria dando um jeito de terminar para ir tomar uns drinques com a Fliss. Quando penso que a noite não pode piorar, fico apavorada com o que vejo a seguir. A porta do restaurante se abre, e um rosto familiar entra. Pisco várias vezes. Isso *não pode estar acontecendo*. Não aqui, em Londres, onde você nunca tromba com *ninguém*. Essa é a *única* coisa boa dessa cidade cinzenta e poluída. Uma vez, encontrei a Amber no metrô e me escondi atrás de uma revista, mas isso nunca mais aconteceu, em cinco anos que estou morando aqui, e agora o universo está mesmo querendo me fazer esbarrar com o Liam? Enquanto estou em um encontro com o Will?

No DIA DOS NAMORADOS.

Fala sério!

Isso não pode estar acontecendo, de jeito nenhum.

Gigante, anônima Londres, você me traiu!

Ah, Deus. Ah, meu Deus. Ah, meu Deus, ah, meu Deus. Merda. Merda. Merda. Merda. O Liam está conversando com a garçonete na frente do restaurante. É questão de segundos para ele virar e me ver. O que eu vou fazer? Me esconder? Será que consigo sumir atrás do cardápio? Não vai funcionar. Corro para o banheiro? Mas só vou ganhar alguns minutos com isso. Em dado momento, vou ter que sair e encarar a situação. A não ser que tenha uma janela no banheiro por onde eu possa sair rastejando?!

Não. Tarde demais. O Liam me viu. E ele está sorrindo e vindo na minha direção, porque ele é um anjo e não faz ideia dos horrores que o aguardam nessa mesa. Não é exagero dizer que meu corpo congelou. O Liam é o *Titanic*, eu sou o iceberg, e um grande acidente está prestes a acontecer, ele só não sabe ainda.

Como eu vou me livrar disso? Talvez dê tudo certo. Talvez não aconteça nada. A gente pode só se cumprimentar, o Liam vai se sentar em outra mesa para esperar os amigos, eu e o Will terminamos de jantar rápido e vamos embora, e ninguém precisa descobrir quem é quem.

— Holly? — Liam se aproxima.

Ah, meu Deus. Ah, meu Deus, ah, meu Deus, ah, meu Deus.

— Oi! — Tento soar descontraída, mas parece que tem uma arma na minha cabeça. — O que você está fazendo aqui?

Justo neste restaurante. Por quê, por quê, por quê?!

— Meu amigo elogia muito este lugar. — Enquanto Liam fala, seus olhos passam pelo Will, que está recostado na cadeira, avaliando o Liam.

Pela expressão no rosto do Will, é claro que ele desconfia de onde eu conheço o Liam. Não precisa ser um gênio para descobrir. *Por favor, não diga nada*, rezo.

— Ah, legal — balbucio. — Bom, espero que o seu amigo tenha um ótimo aniversário.

Por favor, vai embora. Por favor, vai embora.

Ele não vai embora.

— E você? — pergunta ele. — O que você está fazendo? — Ele olha diretamente para o Will.

Estou tentando descobrir como responder, quando o Will se inclina para a frente, com a mão estendida.

— Oi — diz ele. — Sou o Will. Namorado da Holly.

23

SAIBA QUAIS SÃO AS REGRAS

HOLLY

Meu coração afunda, afunda e afunda, até parar nos sapatos, e acho que nunca mais vai voltar ao lugar. Tento encontrar as palavras, mas não encontro nenhuma.

Liam aperta a mão do Will. Obviamente está surpreso, mas mantém a calma.

— Ah, é? — Ele alterna olhando de mim para o Will e fala muito devagar e deliberadamente. — Não sabia que a Holly tinha um namorado. Há quanto tempo vocês estão saindo?

— Estamos juntos há nove anos. — Will ignora a escolha de Liam para se expressar: "saindo".

Liam assovia e esfrega as têmporas, sem se preocupar mais em esconder suas reações.

— Nove anos. — Chuta o chão. — Nove *anos*?

Ele para de olhar para o Will, e, em vez disso, me encara com incredulidade.

Bom, isso é desconfortável.

Eu não digo muito a palavra "porra", nem mesmo em pensamento, mas agora essa única palavra se repete sem parar na minha mente, como uma sirene. É uma verdadeira tragédia. Estou fazendo isso há apenas dois meses e meu relacionamento aberto já me levou para o buraco. A única coisa que posso fazer é sentar e ver o circo pegar fogo.

Will age como se não estivesse incomodado, mantendo um semblante neutro, mas está com os braços cruzados sobre o peito, como faz nas reuniões familiares, quando um de seus irmãos o contradiz.

De repente, tenho vontade de rir de como tudo isso é ridículo. Não só termos encontrado o Liam em uma das maiores cidades do mundo, no DIA DOS NAMORADOS, mas que essa situação exista, para começo de conversa. Namorar dois homens, e não ter informado a um deles sobre esse pequeno detalhe. Uma risadinha desconfortável, dolorosa, inapropriada e histérica borbulha na minha barriga, mas sinto que rir agora seria a pior coisa que eu poderia fazer, então mordo as bochechas.

Ninguém falou nada nos últimos cinco segundos. O que não parece muito, mas tenho a sensação de que um ano de silêncio se passou.

— Eu não imaginava que você fosse uma traidora, Holly — diz Liam, em certo momento.

— Eu não sou! — Dou um gritinho estrangulado. — Nós estamos em um... *relacionamento aberto*.

Dizer em voz alta agora faz parecer ridículo que eu não tenha contado isso ao Liam. Não faço ideia de como me convenci de que não havia problema não contar.

— E você não pensou em me contar isso?! — continua Liam.

— Eu disse que não estava procurando nada sério... — falo baixinho, porque estou ciente de como essa justificativa é ruim, mas é o único argumento que tenho.

— Mas isso é *totalmente* diferente. — Liam assovia de novo. — Eu achei que você tinha acabado de sair de um relacionamento ruim ou algo do tipo. Você parecia meio triste e reservada.

Quando ele diz isso, acho que quase acertou, exceto que eu não saí de um relacionamento ruim, ainda estou nele. Então tento reprimir esse pensamento. Eu e o Will nos metemos em uma confusão, mas não temos um relacionamento *ruim*. Só está ruim desde que o Will teve essa ideia. Foi o relacionamento aberto que deixou tudo ruim, não foi? Mas mesmo quando tento me convencer disso, não consigo. Ultimamente, eu me dei conta de muitos problemas que nunca percebi que tínhamos; e eles não são novos, estão entranhados na nossa estrutura.

— Eu gostava de você, Holly. — Liam dá de ombros, parecendo abatido.

— Eu sinto muito — digo. — Eu sinto muito, muito mesmo. Eu lidei muito mal com tudo isso.

Quero dizer "Eu também gosto de você", mas sinto que não posso, não com o Will sentado ali.

Will zomba.

— Você sente muito? — Ele se intromete. — Você sente muito por *esse cara*?

A entonação na voz do Will é clara. Obviamente ele acha que fiz algo terrível para ele também, mas não tenho certeza do quê.

— Me desculpa — digo automaticamente para o Will, mesmo que eu não ache que tenha nada pelo que me desculpar do ponto de vista dele. Quero dizer "Eu te amo", mas sinto que não posso, não com o Liam parado ali.

Isso é um pesadelo.

— Olha, Holly, eu vou embora. — Liam sai.

Eu e o Will o observamos partir. Ele encontra um dos amigos na rua e começa a falar e gesticular na direção do restaurante, sem dúvidas explicando que eles vão ter que escolher outro lugar para a comemoração.

Eu e o Will ficamos em silêncio.

— Bom. — Will se vira para mim, negando com a cabeça, como se eu fosse uma criança travessa. — Nem sei o que dizer.

Nem eu, então não digo nada.

— Uma tatuagem de "Mr. Blue Sky", Holly, sério? — diz ele com desdém. — E aquela camiseta? — Ele ri.

É lamentável como ele procura uma maneira de diminuir o Liam. O fato de o Will reduzir o Liam a uma tatuagem e a uma camiseta me faz sentir pequena e com raiva ao mesmo tempo. Sempre me importei com o que o Will pensava. Sempre me baseei nos seus julgamentos para tudo. Mas o Liam é uma pessoa atenciosa, divertida e gentil, e, sim, às vezes parece que ele se vestiu no escuro, mas e daí? Eu quero protegê-lo do esnobismo do Will.

— Eu devia saber que isso não ia funcionar — continua Will. — Eu devia saber que você ficaria muito vulnerável com tudo isso.

— O que você quer dizer? — pergunto.

— Você está se envolvendo de um jeito romântico. Isso ficou óbvio — repreende Will. — Era pra gente transar com outras pessoas, Holly, não pra ter outros relacionamentos.

Ao ouvir suas palavras, aquela vozinha que diz que sou muito sensível e sempre estrago as coisas começa a sussurrar. Mas outra voz dentro de mim, mais alta, toma conta; uma que diz, de forma inequívoca, que isso *não é* minha culpa. Lembro o conselho da Fliss quando tudo isso começou — eu e o Will deveríamos estabelecer limites entre nós e saber quais seriam as regras —, e nós nunca fizemos isso. Essa situação não é só culpa minha.

— Como eu devia saber disso? — pergunto. Sinto que me defender está ficando mais fácil. — Nós nunca conversamos sobre isso. Nunca conversamos sobre *nada*, na verdade, só concordamos quais noites nós... *você*... estaria fora de casa.

Will gagueja. Obviamente ele não esperava que eu fosse discordar. O que, para ser sincera, por que ele esperaria? Eu e o Will não discutimos. Sempre pensei que essa fosse uma coisa *boa* sobre nós... Sempre me orgulhei de nunca berrarmos, gritarmos ou brigarmos. Nunca nem discordamos do que assistir na TV ou de que comida pedir. Mas agora eu me pergunto se nunca discutir significa que estamos sincronizados. Talvez, possa significar qué uma pessoa não ousa discordar do que a outra diz.

— É *óbvio* — afirma Will.

— Não é óbvio — devolvo. Lágrimas começam a se formar, e, pela primeira vez, não as impeço. Vou chorar, se quiser chorar. Às vezes, há uma razão para isso. — Nada sobre isso era óbvio para mim — continuo, e minha voz se eleva. — Pra começo de conversa, eu ainda não sei exatamente por que você quis fazer isso. Eu não sei o que você tem feito, o que tem pensado sobre isso ou o que você queria tirar dessa experiência.

— Você também queria — diz Will.

— Não, eu não queria! Você sabe que eu não queria! Eu só sabia que você queria, e isso era o suficiente pra eu aceitar fazer também. — Se o Will se convenceu de que eu realmente queria isso, ele está se enganando.

— Você concordou em fazer. — Will se defende.

— Sim, e eu não deveria ter concordado — afirmo, num tom de voz mais alto. — Tudo era de acordo com os seus termos, e eu só deveria seguir.

— Holly, por favor. — Will olha furtivamente por cima do ombro. — Estamos em público.

A esta altura, eu já não me importo se as pessoas da mesa ao lado estão ouvindo a nossa conversa. Eu só quero ter essa conversa.

— Vamos pra casa — sugiro. — Podemos conversar lá.

— Acho que não tem mais nada pra conversar — diz Will. — É óbvio que um relacionamento aberto não funciona pra você. Vamos só encerrar esse capítulo, ok? Vamos só voltar ao normal.

Vamos só voltar ao normal.

Deixo a frase pairar no ar. São as palavras que eu queria ouvir desde o começo. Mas, de alguma forma, elas não me trazem mais alívio. O que é normal agora? Como podemos voltar?

Será que eu *quero* voltar?

Acho que não. Em que ponto eu parei de querer isso? Quando transei com o Liam? Ou quando o beijei? Foi quando Liam me pressionou a falar sobre os meus sentimentos e realmente me ouviu? Foi quando pensei no Will se encontrando com outra mulher? Foi quando o Will veio com essa conversa? Ou quando ele poderia ter dito: "Ei, espera, vamos parar com isso tudo", e então eu ainda seria a mesma Holly e ele seria o mesmo Will?

— Não consigo, não sem antes conversar direito — insisto. — Por que você *realmente* quis fazer isso? Eu sei que você disse que era pra gente ficar mais forte com todas as experiências que você queria. Mas quais experiências? Era só sexo? Era só pra você... passar o rodo... antes de casar? Você só estava curioso? — Então digo em voz alta minha maior insegurança, a pergunta que evitei fazer esse tempo todo. — Você achou, de alguma forma, que podia encontrar alguém melhor?

Will resmunga.

— Isso é *ridículo*. — Suas bochechas estão coradas e ele fica olhando de forma furtiva por cima dos ombros, para ver se alguém está ouvindo. Provavelmente, o restaurante inteiro.

Uma vez que comecei a fazer perguntas, percebo que não consigo parar.

— Você conseguiu o que queria? Com quem você andou saindo? Você se divertiu? Fez você se sentir pronto pra casar comigo?

Will vai ficando cada vez mais vermelho. Agora parece um tomate.

— Tem sido uma *merda*, ok? — solta ele. — Sair em encontros é uma merda. Foi horrível. Tive uns encontros péssimos. Conversas ruins com garotas burras. Não transei com ninguém.

Nesse momento, tudo começa a fazer sentido. Os cafés da manhã, os pequenos agrados, o jantar de Dia dos Namorados. Ele não conheceu ninguém e estava tentando ganhar a minha atenção de volta. A Fliss estava certa... Ele *estava* com ciúme.

— É isso que você queria ouvir?

É e não é, tudo ao mesmo tempo. Embora eu odeie a ideia do Will saindo por aí e se divertindo com mulheres lindas, não consigo deixar de desconfiar que talvez ele só queira acabar com isso agora porque para ele foi horrível, e para mim não.

Will segura minha mão do outro lado da mesa.

— Se a gente tentasse por mais um tempo, acho que eu gostaria... Mas não acho que esteja funcionando pra você. Nós nunca deveríamos ter começado isso. Está tudo bem, Holly. Olha, nós tentamos, não funcionou. É a vida.

Ele passa o polegar pela palma da minha mão.

Não gosto de como ele põe toda a culpa em mim. Ele está querendo fazer parecer que quer terminar o relacionamento aberto porque eu não consigo lidar com a situação, mas, se ele tivesse saído e se divertido, será que ainda iria querer terminar? Meu instinto diz que não.

— O motivo de não ter funcionado não é porque *eu* ferrei com tudo — digo, por entre lágrimas.

Will solta a minha mão.

— O que você está dizendo, Holly? Você começa um relacionamento com outro cara, eu estou disposto a esquecer, e, de alguma forma, eu sou o malvado?

Isso não é verdade. E não é o que eu estou dizendo. Eu fiz coisas erradas, sei que fiz, e me sinto péssima. Mas não fui eu quem quis fazer isso. Nenhum de nós conversou sobre nada, nenhum de nós estabeleceu limites. Ele não pode fazer com que eu me sinta mal por ter desenvolvido algum tipo de sentimento pelo Liam. Ter sentimentos pelas pessoas não é normal? Eu sou apenas um ser humano. Ou eu deveria conhecer outras pessoas e passar um tempo com elas como se eu fosse um robô? Tento transformar o argumento em uma frase coerente, mas ainda não estou acostumada a enfrentar o Will e não consigo articular a ideia de forma adequada. Antes que eu possa dizer alguma coisa, o Will continua:

— Então, me desculpa, mas o que eu estou ouvindo? Qual a conclusão? Você *não* quer parar de sair com outras pessoas? Por causa do sr. Camiseta Havaiana?

— Isso não é... — começo. — Sinceramente, eu não sei o que eu quero agora. Por que eu preciso dizer "sim" ou "não" assim que você estala os dedos?! Você que começou com isso! Tem muita coisa pra conversar e resolver. Não é tão simples assim, Will.

Will suspira.

— Eu não sei mais quem você é, Holly.

— Então somos dois — retruco.

Will se encolhe, ainda não acostumado a me ouvir falar dessa forma. Ele desvia o olhar para o chão.

— Vamos pra casa — diz ele. — Perdi a fome.

Saímos do restaurante e pegamos o metrô sem dizer uma palavra. Quando finalmente chegamos em casa, Will pega um cobertor no armário, vai para a sala e fecha a porta.

Sento na cama e abraço os joelhos sob as cobertas. Penso em Liam, que provavelmente ainda está com os amigos, distraído com as brincadeiras deles, mas ocasionalmente deixando a mente divagar para aquela garota duvidosa de quem ele estava começando a gostar. Penso em Will ali na sala, dormindo no sofá, e me pergunto o que se passa na cabeça dele. Mas, pela primeira vez, estou mais preocupada com o que acontece na minha.

Eu ainda amo o Will, mas há tantos problemas no nosso relacionamento que eu nunca nem me dei conta de que tínhamos. Eu preciso de muitas coisas que não tinha nem consciência de que precisava. Não sei se vamos conseguir ou não encontrar uma saída para essa confusão. Várias coisas aconteceram e elas precisam ser mudadas.

Pego o celular e digito uma mensagem para a única pessoa com quem posso falar. No momento, preciso dela mais do que nunca.

Fliss, está tudo uma merda. Nunca contei pro Liam sobre o Will, e ele acabou de descobrir sobre nós dois da pior maneira possível. Desculpa te pedir isso, principalmente a esta hora, especialmente porque ignorei o seu conselho, mas podemos conversar?

Dez minutos se passam. Estou certa de que ela já foi dormir, quando recebo uma resposta.

Está muito tarde, Holly, e estou supercansada pra ser a mentora do seu relacionamento. Me desculpa. Você vai ter que resolver sozinha.

Ai. As palavras machucam. Deixo meus sentimentos de lado, porque obviamente tem algo errado.

Você está bem, Fliss? Aconteceu alguma coisa entre você e o Ash?

Eu não preciso que você seja a mentora do meu relacionamento também.

É óbvio que aconteceu alguma coisa, e ela precisa ficar sozinha. Deixo meu celular na mesa de cabeceira e me viro de costas. Que irônico! Semana passada estava difícil dividir minha atenção entre o Will, o Liam, o Tomi e a Fliss, e agora não tenho ninguém. Fico deitada, encarando o teto, pensando na confusão que eu causei e que agora vou ter que consertar sozinha.

24

VOCÊ NÃO PRECISA SER SEUS PAIS

FLISS

Sinto uma pontada de culpa ao guardar o celular, mas estou exausta. Não tenho cabeça para resolver a confusão da Holly agora. Além disso, realmente não quero ouvir o que ela tem a dizer sobre meu término com o Ash. Eu já *sei* o que ela diria: "Você não acha que foi um pouco precipitado, Fliss? Você tem certeza?", "Mas você ama o Ash! E o Ash te ama!", "Você esperou pelo menos um pouco? Vai dar trabalho levar o seu relacionamento pra outra fase... Isso me parece um pouco impulsivo".

Não quero ouvir nada disso. Só quero parar de pensar em tudo e ir para o bar. Pensei que eu me sentiria mais livre, mais autocentrada, mas, no momento, me sinto entorpecida. Ainda não caiu a ficha.

Olho ao redor do bar. Rowan está na fila para nos comprar outra rodada. Viu só, é por isso que eu gosto do Rowan. Ele não segue nenhuma regra, tipo não beber demais numa segunda-feira à noite. Qualquer coisa pode acontecer na companhia dele. Você quase nunca sabe o que ele vai dizer ou o que vai fazer em seguida. Ele é livre e feliz não tendo um relacionamento sério, como eu deveria ser. Nós nos entendemos. Eu não deveria estar a caminho do altar, me casando com o Ash; eu deveria estar sentada ao lado do Rowan, numa mesa de bar.

Ainda não contei a ele que eu e o Ash terminamos, mas estamos juntos no Dia dos Namorados e ele não é idiota.

Rowan se senta ao meu lado com dois copos de cerveja.

— A Mamãe Henderson me mandou uma mensagem hoje. — Ele dispõe os copos na mesa, à mesma distância um do outro. — Ela quer saber quando eu estou livre para um jantar.

— Claro que ela quer. Estou convidada ou vou ficar de vela? — brinco.

— Acho que tudo bem se você vier. — Ele pega o celular e me encaminha as datas. Ainda estou traumatizada pelo término com o Ash, mas o Rowan sempre foi bom em fazer com que eu me desligasse de tudo.

— Aliás... — Estou esperando para fazer isso há semanas. Pego uma gaita da minha bolsa, uma que comprei escondido há quinze dias, e toco perfeitamente uma sequência de notas que venho treinando toda noite sem parar.

Rowan ri.

— Eu sabia que você ia conseguir. Agora só precisamos de um nome pra nossa banda folk. Então, sem planos com o namoradinho hoje? — Ele finalmente pergunta.

Eu esperava que a minha mais nova habilidade musical fosse distraí-lo, mas obviamente ele está esperando a noite toda para perguntar sobre o Ash. Não estou com muita vontade de falar nisso, mas não vou mentir.

— Nós terminamos — anuncio.

— Ah, é? — Rowan não parece nem um pouco surpreso. Há um vislumbre de presunção em sua expressão. — O que aconteceu?

Reviro os olhos.

— Olha pra você. Mal consegue disfarçar.

— Oi? — Ele faz uma expressão de inocência. — Que importância essa notícia *poderia* ter pra mim?

Reviro os olhos mais ainda.

— Escuta, não, desculpa. Egoísmos à parte, você está bem? — Ele pega minha mão.

— Foi bem difícil, mas estou bem.

Em algum momento, entre ele se sentar e eu contar a novidade sobre o término, Rowan diminuiu a distância entre nós. Ele está mais perto de mim no sofá. Seu rosto está bem perto do meu.

Ele mantém o contato visual e eu sei que está prestes a me beijar. Meu coração acelera. Penso nesse momento há semanas, e agora que está acontecendo, não parece real. Normalmente, beijar o Rowan não seria um acontecimento, não seria nada de mais. Seria algo que eu faria sem pensar duas vezes. Mas o último mês, quando eu não *podia* fazer isso, beijá-lo se transformou em um Evento.

Eu odeio isso. Odeio que estive obcecada com isso. Eu e o Rowan normalmente vamos direto ao ponto. Definitivamente, não somos *melosos*. Mas eu tenho sido, como uma adolescente boba, e ele sabe disso.

A monogamia realmente me fodeu legal.

Ele se inclina e pressiona os lábios nos meus. É agradável, empolgante e tem gosto de liberdade.

Ele segura a minha nuca e minha cintura, me puxando para mais perto. De certa forma, é familiar, como voltar para casa — já fizemos isso antes —, mas também é estranho e diferente. Tem alguma coisa diferente, mas não sei dizer o que é.

Provavelmente é só o fato de ter sido proibido por tanto tempo. A sensação de culpa, de sentir que eu não deveria estar fazendo isso. Digo a mim mesma que logo vou me readaptar.

Mas então o Ash aparece na minha mente. Merda, não tenho um minuto de paz! Quando eu estava beijando o Ash, não conseguia parar de pensar no Rowan, e agora que estou beijando o Rowan, não consigo parar de pensar no Ash. Um mês de monogamia destruiu a minha vida sexual.

Lembro a mim mesma que terminei com o Ash. Mesmo que o término seja recente, que diferença faz se eu transar com o Rowan hoje, na semana que vem ou na outra? Não estamos mais juntos. E, durante a maior parte do nosso relacionamento, não fomos monogâmicos, de qualquer jeito.

No entanto, à medida que continuo beijando o Rowan, o Ash não sai da minha cabeça, e isso parece errado de alguma forma.

— Rowan — murmuro contra sua boca. — Não consigo.

Ele se afasta e me encara.

— Ouvi dizer que é como andar de bicicleta.

Dou risada, me odiando.

— Você vai ficar bem, Fliss — acrescenta ele. — Nunca iria funcionar entre você e o Ash. Pessoas como eu e você funcionamos melhor sozinhos.

Suas palavras têm a intenção de me consolar, eu sei, mas não consigo evitar sentir uma pontada de algo profundamente insatisfatório. Relacionar-me de um jeito monogâmico ou ficar sozinha parecem ser as duas únicas opções para mim, então acho que ele está certo. Eu o beijo novamente, lembrando-me de que aqui é o meu lugar.

Ouço a Holly me dizer que estou indo rápido demais, que eu não deveria pular de uma coisa para a outra, se eu já me perguntei se tenho certeza de que não consigo manter um relacionamento exclusivo com o Ash. Também ouço a voz do Henry me dizendo que estou bêbada e que eu deveria ir para casa. Tirar um tempinho para pensar. Mas estou desesperada para me sentir melhor, desesperada para me sentir menos infeliz, e afasto essas vozes.

Ainda estou me sentindo péssima com o que aconteceu entre mim e o Ash, com o desastre que foi o último mês e com a negação com a qual tenho vivido os últimos três anos, mas vai passar. Essa é a coisa certa para mim, e, portanto, para o Ash também. Ele não iria querer que eu continuasse insistindo, quando tenho tantas dúvidas. Ele quer estar em um relacionamento exclusivo com alguém que realmente queira estar em um relacionamento exclusivo com ele. E, como o Rowan disse, provavelmente eu funciono melhor sozinha.

— Estou esperando pra fazer isso há muito tempo — murmura Rowan no meu ouvido.

— Eu também — respondo.

— Ei, agora que você pode se divertir novamente. — Rowan me cutuca com o ombro. — Sabe o que a gente devia fazer? Viajar de trem. Eu sempre quis fazer uma viagem de trem. É uma coisa tão típica da Europa isso de vocês percorrerem o continente inteiro de trem.

— Viajar de trem? — repito.

— É. Vai ser como aquela viagem que fizemos por Connecticut. Só que... de um jeito seguro.

— Por que você não vai dirigir?

— Exatamente.

Minha cabeça gira um pouco, mas parece divertido. Muito melhor do que ficar em Londres, rodeada de lembranças do Ash.

— Foda-se, vamos viajar — digo.

— SIM! — Ele dá um tapa na mesa. — Isso é muito foda. Vamos começar a planejar. Você quer ir lá em casa?

Metade de mim quer ir com ele; a metade que está desesperada para fazer todas as coisas estritamente proibidas nas quais não consegui parar de pensar. Mas a outra metade só quer ir para casa. Eu me sinto um pouco como me sentia quando era adolescente, terminando minha última prova do semestre. Meses acorrentada aos estudos e presa dentro de uma sala escura nos dias quentes de verão, mas aí, quando finalmente a gente pode sair, é decepcionante e a gente se sente perdido e desnorteado.

— É melhor eu voltar pra casa — digo. Sei que quero transar com o Rowan, mas não agora.

— Beleza. — Rowan se levanta e me oferece a mão. — Ei, calma — diz ele, conforme eu cambaleio. De repente, percebo que estou muito bêbada. Eu gostaria que a minha resposta para emoções fortes não fosse beber até esquecer meu próprio nome, mas eu *sou* britânica. — Acho que alguém bebeu demais.

— E de quem é a culpa? — retruco.

Ele estende as mãos em sinal de rendição.

— Assumo toda a responsabilidade. Vamos, eu te levo pra casa.

Nós nos despedimos na estação do metrô e começo minha jornada para o norte de Londres. Penso em como é estranho o fato de que, apenas um mês atrás, eu teria dito que me sentia confiante que ficaria com o Ash para sempre. Fazia meses que eu não pensava no Rowan. Agora, provavelmente nunca mais verei o Ash e vou viajar com o Rowan de trem pela Europa. Mas acho que sempre foi assim que deveria ser.

Quando chego em casa, Henry ainda está acordado, lendo. Embalagens de Maoam ainda estão espalhadas pelo chão. Conforme entro, ele começa a limpar seu crime açucarado.

— Henry. — Eu me sento à frente dele, no chão. — Tenho novidades.

Henry levanta uma sobrancelha, enfia um marcador de páginas no livro e o pousa na mesa de cabeceira.

— Ah, é? — diz ele. — Mais novidades?

Respiro fundo.

— Vou viajar com o Rowan — declaro.

Por um momento, ele não diz nada, e então:

— Você vai... viajar? Com o Rowan?

— Sim.

— E o seu trabalho?

— Consigo trabalhar de onde eu quiser. Eles são bastante flexíveis.

— E o Ash?

— Bom, nós terminamos.

— Sim, eu sei que vocês terminaram. Mas, quer dizer... E o Ash?

Ele continua me olhando, sem acreditar. Obviamente ele tem Uma Opinião.

— Você me deixou ficar aqui sem fazer eu me sentir culpado, e eu agradeço que você não tenha se intrometido na minha situação com a Laura, então, olha, só vou dizer "se divirta" — conclui ele.

Sinto que meu irmão quer compartilhar o que está pensando, e, por mais que esteja sendo cínico, quero ouvi-lo. Talvez porque a pessoa para quem tenho contado tudo recentemente não entenderia. A Holly torce para o Ash até o fim, e ela não tem contexto, nem entende minha história com o Rowan. Mas o Henry esteve ao meu lado em todas as etapas da minha vida. Ele conhece nós dois. Ele me conhece. Acho que posso fazê-lo entender.

— Eu não consegui manter um relacionamento normal com o Ash — explico. — Eu tentei.

— Um relacionamento *normal*? — pergunta Henry. — Nunca te ouvi dizer isso antes. O que é um relacionamento normal, Fliss?

Verdade, houve um tempo que eu odiava quando as pessoas usavam a palavra "normal" para descrever relacionamentos, e quando as pessoas falavam de mim e do Ash como se fôssemos "anormais" de alguma forma. Mas desde que eu descobri que o Ash secretamente também pensava assim durante todo esse tempo, admito que eu perdi.

— Você sabe o que eu quero dizer — respondo. — Um relacionamento monogâmico.

Parece que o Henry acabou de sentar em algo molhado.

— Então, deixa ver se eu entendi. Você tentou manter um relacionamento monogâmico com o Ash por um mês e não funcionou, então você decidiu que o relacionamento de três anos foi todo errado. Você acha que a resposta é ficar sozinha pra sempre e fingir que é o Jack Kerouac?

Eu me arrependo do que acabei de dizer.

— Bom, essa é uma forma incrível de resumir as coisas, mas... sim — respondo.

— Isso é no mínimo estúpido. — Henry nega com a cabeça. — Se você realmente terminou com o Ash, por favor, eu te imploro, não foge com o Rowan pra dormir no chão de hostels. Você não tem mais vinte e dois anos.

— Não é assim — respondo. — Nós nos entendemos.

Henry franze o cenho.

— Porque o sexo é bom uma vez por ano numa viagem romântica? Fliss, esse homem conhece sua versão de vinte e dois anos, não sua versão adulta.

Uau. Vejo que o Henry está sendo o mais condescendente possível. Às vezes, ele tende a ser o porta-voz do resto do mundo, como se todos fossem estúpidos, porque ele aprendeu a ser responsável muito cedo. Eu achei que a sua situação atual o tornaria menos Mestre Yoda, mas acho que estava enganada.

— Desculpa, esqueci que você sabe tudo sobre relacionamentos — rebato.

Henry ri e gesticula para si.

— Quase nada. Olha para mim. — Sua expressão se suaviza. — Passei o Dia dos Namorados comendo bala no quarto da minha irmã caçula.

Desculpa, Fliss. Só estou dizendo é que parece que você está fazendo disso uma escolha entre monogamia e uma vida eremita. Pra mim, parece que a solução é encontrar um tipo diferente de relacionamento.

Nego com a cabeça.

— Eu também pensei que fosse. Mas olha o que aconteceu.

— Tudo bem, então você vai encontrar outra pessoa. O Ash não é o único homem por aí que estaria interessado em um relacionamento aberto.

Não consigo nem *imaginar* entrar em um relacionamento com outra pessoa e fazer tudo isso de novo. A ideia é como estar na base de uma montanha enorme e gelada, olhando para cima e sabendo que, depois de subir até o topo, há uma boa chance de alguém empurrar você para o abismo. Todo mundo parece buscar a monogamia no final, e tenho muito medo de que qualquer coisa nova acabe da mesma forma.

— Por muitos anos, eu estava feliz mantendo as coisas de um jeito casual — digo.

— Isso foi há muito tempo! — exclama Henry. — Você era um bebê! Você ainda usava cardigãs e carregava aquela bolsinha para cima e para baixo. Você mudou muito desde então. Você precisa se conhecer. Você é uma pessoa diferente.

Sinto minha frustração aumentar. O Henry *sempre* acha que sabe mais. Eu tinha tudo planejado, e agora ele está atrapalhando as coisas. Mas ele está errado.

— O problema não é a monogamia, tá? Sou eu. Não quero mais falar sobre isso.

— Eu não acho que seja. — Henry me ignora. — Mas não consigo entender por que você está pensando de forma tão radical de repente.

— Claro que você não entende! — choramingo. — Você é o filho de ouro! Você casou aos vinte e seis anos com sua namoradinha da escola! Você usa terno pra trabalhar e tem uma casa em Tunbridge Wells. O anjinho do seu filho já sabe usar um aspirador de pó!

Odeio como estou parecendo invejosa, mas acho que... talvez eu seja. Não porque eu queira qualquer uma dessas coisas, mas porque seria bom desejá-las e ser elogiada pelas minhas escolhas, em vez de julgada.

Henry parece um pouco chocado, como se nunca tivesse considerado essa visão de si próprio ou que eu pudesse estar com inveja dele. Ele bufa.

— Sim, e olha onde isso me levou.

— Ah, você vai casar com outra mulher. — Aceno em sinal de desdém. — Você vai comprar outra casa em Tunbridge Wells e gerar outro anjinho.

— Não vou — diz Henry de forma decisiva. — Não vou me casar com outra mulher.

A forma como Henry dá ênfase à palavra "mulher" faz a ficha cair. Mantemos contato visual, e sei o que ele está me dizendo. Percebo que não tenho prestado atenção.

— Eu sou gay, Fliss — continua Henry. — E talvez, se eu *não estivesse* tão desesperado para me encaixar e agradar aos nossos pais, eu não estaria nessa situação agora.

Odeio estar surpresa, mas Henry tem desempenhado um papel fixo na minha família desde o início dos tempos. Eu não havia considerado adequadamente a possibilidade de ele ser gay. Acho que ele também não. É ridículo, porque o Ash chegou a sugerir, e eu rejeitei a ideia. Foi uma das coisas que eu naturalmente perguntei quando a Holly disse que estava tentando um relacionamento aberto. Conheço muitas pessoas que descobriram sua sexualidade mais tarde na vida. Mas o Henry está tão enraizado na minha mente — ele é parte do casal "Henry e Laura" há tanto tempo —, que não considerei isso uma opção. Na minha cabeça, a ideia que eu tinha do meu irmão era inquestionável.

— Há quanto tempo você sabe? — pergunto.

— Não sei ao certo — responde Henry. — De alguma forma, há bastante tempo. De forma consciente, há uns dois anos.

— A Laura sabe?

Henry concorda.

— Ela tem me apoiado bastante. Mas é difícil, obviamente. Teria sido melhor que eu *fosse* hétero e a tivesse traído ou algo do tipo. No começo achamos que, pelo menos, seria possível ficarmos na mesma casa, pelo Sam, e ser amigos, mas recentemente ficou óbvio que é muito difícil.

Nenhum de nós consegue seguir em frente morando na mesma casa. Ficávamos no limbo.

Consigo ver por que eles tentaram essa formatação, faz sentido. Mas também consigo entender que não tenha funcionado. Espero que eles consigam encontrar alguma forma que funcione para o Sam.

— Enfim, a boa notícia é que eu finalmente encontrei um apartamento lá perto, então o Sam consegue ficar comigo metade da semana, e a Lsermosa fica com ele na outra metade, e ele consegue ver os dois sempre que quiser — diz Henry. — As pessoas que moram lá querem que a coisa ande rápido, então acho que logo, logo vou poder me mudar.

Concordo com a cabeça.

— Você contou isso pro pai e pra mãe?

— Jesus, não! — Henry suspira. — Deixa eles processarem o divórcio primeiro. A mãe não consegue lidar com tanta coisa de uma vez. Ei, será que você não casaria com o Rowan pra distrair eles? Aí eu conto no casamento.

Dou uma risada fraca. Ficamos sentados em silêncio por um momento. O Henry está passando por um momento muito difícil, e me sinto péssima por não saber como ajudá-lo.

— Você sabe que, quando decidir contar pra eles, estou aqui por você, né? É só falar. Qualquer coisa que você precise.

— Eu sei. Obrigado.

— Estou feliz que você esteja resolvendo as coisas.

— Eu também.

— Te amo, Hen — digo.

— Também te amo, irmãzinha — replica ele.

Nós dois parecemos chegar a um entendimento instintivo que o tempo de conversa acabou por hoje. Então nos abraçamos e começamos a nos preparar para dormir. Foi um dia muito, muito longo.

25

NÃO TENHA PRESSA
PARA CONSERTAR AS COISAS

HOLLY

Na manhã seguinte, acordo em um apartamento vazio e um bilhete do Will em cima do balcão da cozinha.

Fui pra casa dos meus pais. Comentários sobre design estão em cima da sua pasta. Estamos sem leite.

É um ataque brutal em todas as três frentes. Primeiro, o fato de ele ter me abandonado para ir à casa dos pais sem me avisar ou ter uma conversa comigo é irritante. Isso é *tão* Will. Ele é o clássico filho caçula, e sua mãe vai fazer um grande alarde por conta do querido bebezinho dela e, independentemente do que ele escolha compartilhar com ela sobre o que aconteceu, provavelmente ela vai dizer que ele está completamente certo. Depois, o fato de ele ter se lembrado de deixar os comentários que eu pedi sobre os meus designs me faz querer chorar, porque mesmo que as coisas estejam uma merda, ele ainda quer ajudar, do jeito dele. Finalmente, o lembrete prático de que está faltando leite me deixa desnorteada, um contraste claro entre a simplicidade da vida doméstica e como tudo ficou complicado.

Quem diria que dezoito palavras poderiam gerar tantos sentimentos diferentes.

Eu não acredito que ele simplesmente... foi embora. Se ele realmente precisasse de mais espaço, eu teria compreendido, mas ele devia me comunicar isso em vez de fugir para Devon sem dizer uma palavra. Parece que o Will está tendo um ataque e que eu estou sendo punida. Como se eu fosse culpada por tudo o que aconteceu.

Um calor peculiar borbulha em meu estômago. Acho que estou sentindo... raiva? Não é algo com o que estou familiarizada; consigo ficar chateada, ansiosa, mas nunca com raiva. Sempre pensei que isso fosse uma coisa boa, especialmente no contexto do meu relacionamento. Só que estou começando a me perguntar se a ausência disso é apenas uma forma de não criar expectativas de como devo ser tratada. Não está tudo bem que o Will apenas desapareceu assim. Por que eu não deveria ficar com raiva?

Olho de relance para o meu celular. Nenhuma mensagem. Eu esperava que a Fliss fosse acordar com um humor melhor e me enviar um pedido de desculpas, mas não.

Coloco a chaleira no fogo e me sento na mesa de jantar. Abro a conversa com o Will. A última coisa dita ontem é: "Onde eu te encontro?" Começo a digitar algo sobre como eu queria ter conversado antes que ele fosse embora, mas não quero entrar em uma briga por mensagem. Então começo a lhe agradecer o feedback dos designs, mas não estou com vontade de agradecer nada agora. Então tudo que me resta a dizer é: "Vou comprar leite". Mas, por fim, não mando.

Abro minha conversa com o Liam em vez disso. As últimas mensagens são dele me acalmando em relação ao Tomi. Começo a digitar várias coisas, mas por onde eu começo? Escrevo uma longa explicação de como chegamos até aqui, mas tudo o que digito soa falso, como se eu tentasse me eximir da *grande* cagada que fiz. Escrevo, apago, escrevo, apago, escrevo, apago, até que termino com um "me desculpa". Também não envio.

A manhã passa dessa forma, até que percebo que está quase na hora de ir para o trabalho. Com a quantidade de coisas que a Amber tem despejado em mim, sei que não vou ter tempo para pensar na minha vida pessoal hoje, mas não vou conseguir me concentrar direito se não tiver dito nada a nenhum deles, o que significa que tenho dez minutos para tentar consertar as coisas.

Só há uma solução para isso. Pego o celular. Will atende depois de um toque.

— Holly. — Ele sempre me atende assim. Sem "oi". Só o meu nome dito de uma forma curta e monótona. Eu costumava achar a firmeza inabalável do Will atraente. Agora já não tenho certeza.

— Will. — Estou sem fôlego pelo nervosismo. Ou talvez pela raiva. Parece que eu estava na esteira. — Você foi embora — digo de forma fraca.

— Preciso de um tempo para colocar a mente no lugar.

— Você já chegou? — pergunto.

— Não. Estou em Waterloo.

— Volta pra casa. — Eu me ouço dizer. — Por favor. Vamos conversar.

Estou furiosa por ele ter saído de casa dessa forma, e é difícil encontrar a raiz dos nossos problemas em uma floresta deles, mas talvez, se pudéssemos apenas ter uma conversa decente, poderíamos resolver as coisas.

— Você está preparada pra desistir dessa situação ridícula? — pergunta ele.

Do jeito que ele fala, parece que tudo foi ideia minha, para começo de conversa. Como se fosse eu que estivesse insistindo nisso. Como se ele fosse a vítima. Mas tudo o que eu fiz foi sair em alguns encontros com um homem, porque o Will me pediu, e eu acabei gostando. O que eu fiz foi tão errado? Eu não devia ter gostado, quando esse é justamente o propósito de um encontro? Ainda não consigo entender muito bem o que eu devia ter feito de diferente. Talvez eu *entendesse*, se pudesse ouvir mais o ponto de vista do Will.

— A gente pode só *conversar*? — Tento novamente, desesperada. Exatamente como na noite passada, ele não quer ouvir como eu me sinto ou penso, tampouco me oferece uma pista do que se passa em sua cabeça. Ele só quer que eu faça exatamente o que ele quer, sem questionar nada.

Will grunhe.

— Se você não está disposta a abrir mão do sr. Camiseta Havaiana por mim, não temos nada pra conversar.

E desliga o celular. Isso é *tão* injusto. Começamos toda essa história porque ele quis, e agora ele quer que eu ponha um ponto-final em tudo na hora que ele quiser. Fico com mais raiva. Cinco minutos até eu sair para o trabalho. Sem pensar duas vezes, ligo para o Liam.

— Alô? — diz ele. Estou aliviada por ele ter atendido, mas não tenho ideia do que vou dizer.

— Liam... Oi. — Sempre uma boa maneira de começar, mas não sei exatamente como continuar. — Sinto muito por ontem à noite. — Tento. — Bom, sinto muito por tudo o que aconteceu.

— Foi uma surpresa, Holly, pra dizer o mínimo — diz ele. — No que você estava pensando?

— Eu queria te contar — explico. — E aí eu só... não contei. Porque era difícil. E eu pensei que as pessoas fossem me julgar. E eu não tinha certeza de como *eu* estava me sentindo em relação a isso, então tentar descrever pra outra pessoa...

— Há quanto tempo você está num relacionamento aberto? — pergunta ele.

— Não tem muito tempo. Desde o começo de janeiro. Não foi ideia minha — digo. Não sei por que digo essa última parte. Talvez para mostrar que eu não estava planejando nada disso. Que foi tudo porque eu estava perdida e fora da minha zona de conforto, que não foi nada premeditado. — Eu meio que me convenci que te falar que não estava procurando nada sério era o mesmo que te contar a verdade.

— Mas não é.

— Agora eu percebo que não é — digo. Deus, que coisa horrível.

— Eu nunca teria me envolvido em algo tão complicado. Não querer nada sério é uma coisa, mas não estar disponível é outra. Quando saio com alguém, gosto de saber que existe uma chance das coisas irem pra... *algum lugar*.

Não sei o que responder diante disso. Então digo um "me desculpa" novamente.

Há uma pausa.

— Então você não *queria* estar num relacionamento aberto?

— Não.

— E... Deus. É um pouco cedo pra ter essa conversa. Mas o que eu era então? Quer dizer, pra onde você achava que essa situação ia nos levar?

Estou feliz que o Liam não pode me ver agora, porque estou ficando vermelha e puxando o meu vestido para baixo de forma ansiosa.

— Sinceramente eu... não pensei nisso. Mas eu gosto de verdade de você, e eu não estava esperando gostar, e eu sinto muito.

— Então você só está me ligando pra pedir desculpas? Ou você quer continuar me vendo? Você e o Will terminaram? Ainda estão juntos? Qual o seu plano?

Para ser sincera, nem eu sei. Meias-verdades não funcionaram para mim até agora, então só digo o que realmente estou sentindo.

— Eu não sei.

Liam suspira.

— Isso é demais, Holly. Preciso de um tempo pra pensar, e você também, obviamente. Tchau.

Ele desliga. Ótimo. Consegui piorar as coisas com os dois. Trabalho 10/10, Holly. Nesse mesmo horário, na semana passada, eu tinha dois homens e a *audácia* de reclamar disso. Agora eu não tenho nenhum dos dois. Deus, eu odeio a Holly da semana passada. Por que ela estava reclamando?!

Eu me visto com pressa e saio correndo para o escritório. Pelo resto do dia, me atolo de trabalho. Até as perguntas constantes da Amber de "Você já fez isso?" sobre tarefas que ela me passou apenas uma hora atrás são uma distração bem-vinda do horror de como tudo implodiu ao meu redor de um jeito tão desesperador.

Eu queria muito, muito, conversar com o Tomi, mas as coisas ainda estão tensas entre nós. Gostaria de ter contado tudo para ele antes em vez de contar para uma desconhecida no banheiro feminino, de quem provavelmente nunca mais vou ouvir falar. Talvez agora eu não estivesse me sentindo tão sozinha. Mas, na época, esse era o diferencial da Fliss. O total distanciamento da minha vida real. Fui tola de acreditar que realmente nos tornaríamos amigas.

Às sete e meia da noite, ainda estou no escritório, e está cada vez mais evidente para mim o quanto não quero voltar para casa, para o nosso apartamento vazio. É apenas um grande e irritante lembrete de como as coisas eram e como elas estão agora. Alguns meses atrás, eu estava pronta para me casar com o Will, e agora, ao que parece, nós nem conseguimos dividir o mesmo espaço. Não consigo me imaginar no apartamento, tentando fazer coisas normais, tipo vendo TV, e, Deus me livre, dormindo, quando nosso relacionamento está tão bagunçado.

Normalmente eu pediria para ficar na casa do Tomi, ou, até alguns dias atrás, na casa da Fliss, mas parece que estou ficando sem amigos nesta cidade.

A possibilidade esteve na minha mente durante o dia todo, mas, quanto mais tarde fica e quanto menos eu quero ir para casa, mais tangível ela se torna. Eu sei o número de cor, embora não ligue com muita frequência.

O telefone toca e toca. Quando acho que ela não vai atender, ouço uma voz familiar.

— Alô?

— Mãe. — Minha voz está trêmula. Limpo a garganta. — Mãe, sou eu. Posso ficar um pouco aí?

Ouço o bater de uma colher em uma xícara de chá. Um programa de auditório está passando ao fundo. Posso vê-la sentada em nossa sala de estar, enrolada em um cardigã gigante no pequeno sofá bege, em frente ao papel de parede verde desbotado.

— Este fim de semana?

— Hoje à noite. — Ainda tenho tempo de ir até o apartamento e separar algumas coisas e voltar para a estação central para pegar o trem.

— Hoje à noite? Está um pouco tarde. — Ela parece perturbada.

— Eu sei, mas eu realmente quero ir pra casa — imploro. Mesmo que minha casa não seja perfeita, ainda é minha casa, não é? E qualquer coisa é melhor do que tentar dormir na minha cama e do Will.

O bater de colher para.

— Bom, está um pouco tarde, mas tudo bem — diz ela. — Que horas você chega?

26

DISTRAÇÕES NÃO FUNCIONAM

FLISS
———

Quando o fim de semana chega, já planejei metade da viagem com o Rowan. Encontramos as passagens que queremos comprar, procuramos as acomodações — uma combinação de hotéis e hostels —, e estou deitada no sofá dele, sonhando acordada com os queijos italianos.

Ainda não definimos exatamente o que somos um para o outro agora. Não tenho certeza se essa definição existe. Dois lobos solitários correndo lado a lado, em vez de se lançarem para o mundo totalmente sozinhos? Não *precisamos* de uma definição, o que é mais ou menos o motivo pelo qual nos entendemos tão bem.

Nós dois trabalhamos do apartamento dele hoje. De certa forma, foi bom ter uma mudança de cenário do escritório ou dos gritos da Jenny e do Henry jogando Mario Kart quando deveriam estar trabalhando, mas, se o Rowan é uma distração no escritório, ele é um pesadelo trabalhando em casa. Não consegui ficar cinco minutos em paz sem ele me perguntar algo tipo, "O que você preferia: ficar rica do dia pra noite, mas andar como uma lesma, ou não ter dinheiro, mas poder voar?"

Tive quarenta minutos de paz, porque ele foi tirar um cochilo. Passei a maior parte desse tempo bisbilhotando pela sala, vendo sua estranha coleção de objetos. Sua gaita está em uma prateleira, ao lado de um pássaro de madeira que ele parou de talhar na metade, e um pano de prato que começou a bordar. Tudo é meticulosamente organizado. Seus livros estão em ordem alfabética — como ele acabou de se mudar e a maioria das suas coisas estão em Nova York, são apenas seis obras, o que torna a organização ainda mais estranha —, e suas roupas estão organizadas por cor. Mais cedo, coloquei uma camiseta azul-acinzentada no meio das azuis, em vez de entre as cinzas e azuis, para ver se ele percebia, e ele logo a voltou para a posição anterior.

Eu o ouço se mexer no quarto ao lado. Deve ter acordado.

— Como a gente chega em Brixton daqui? — pergunta ele, conforme entra na sala. Em seguida senta ao meu lado.

— Por quê?

— Reservei uma mesa num bar de jazz. — Ele fecha meu notebook, sinalizando que já acabamos por hoje.

Assim que dão cinco e meia — ou, em alguns dias, antes disso —, ele torna impossível a tarefa de continuar trabalhando. Estou tão atrasada na tradução de um romance francês que vou precisar pedir para estenderem o prazo, mas não serei paga a mais por conta disso. Para o Rowan, um trabalho é algo que você *precisa* fazer — normalmente, para ganhar o máximo e se esforçar o mínimo —, não é algo de que você *gosta*. É estranho, porque ele se interessa por muitas coisas aleatórias, mas é quase como se o conceito de ser feliz no trabalho não fizesse sentido para ele.

Penso no Ash e em como eu achava bonito que, às vezes, ele ficava a noite toda acordado, preocupado se as famílias com quem estava trabalhando estavam bem. Então lembro que sim, o Ash tinha qualidades incríveis, mas isso é irrelevante. Eu e o Rowan temos a mesma visão do que queremos da vida, e é isso que importa.

Mesmo assim, me imagino me maquiando e indo para um bar de jazz, e só o pensamento me deixa exausta. Não quero ser chata, mas, sinceramente, preferia lavar minhas roupas. Começamos a semana ficando bêbados em uma segunda-feira, e desde então não tive tempo de me recuperar, então basicamente estou de ressaca a semana inteira. Sempre tem alguma coisa, em algum lugar da cidade, que o Rowan quer fazer.

Terça-feira foi um filme independente, quinta-feira, boliche. A única noite em que passamos em casa, ele ficou costurando no sofá como se sua vida dependesse de bordar um pano de prato numa velocidade recorde.

A energia inesgotável do Rowan é uma característica que eu admiro, por isso não quis frear nada, mas esta noite estou exausta. Tudo que quero fazer é vestir um pijama — limpo — e ficar quieta num quarto escuro.

— Ah, parece *legal*. — Tenho o cuidado de injetar entusiasmo na minha voz cansada de avó. — Mas será que, em vez disso, a gente não pode fazer uma maratona de filmes hoje à noite? Todos os onze filmes de *Velozes e furiosos*? É bem ambicioso, mas acho que a gente consegue.

Nunca vamos conseguir assistir a todos os onze, porque: a) é literalmente impossível, e b) provavelmente vou cair no sono já no primeiro. Mas eu preciso convencer o Rowan a ficar em casa de algum jeito, e ele gosta de desafios.

— Podemos fazer isso amanhã — diz ele. — Vamos lá, já fiz a reserva. Nossa mesa é bem perto da banda!

Seus olhos brilham com o entusiasmo de viver. Faz com que dizer "não" a ele seja muito difícil. Além disso, quando estou fora, eu me distraio e não penso no Ash. Então, concordo e começo a me trocar, fazendo uma anotação mental para comprar energético a caminho da estação, convencendo-me de que o Rowan está melhorando meus limites entre trabalho e vida pessoal e me incentivando a fazer coisas novas e interessantes.

Acabamos tendo uma noite *fantástica*. A banda é incrível, a atmosfera é animada, os coquetéis são deliciosos. Penso no Ash de vez em quando, mas, sempre que isso acontece, pego outro drinque e consigo afastá-lo da mente. Isso é para o nosso bem. Depois dessa fase inicial difícil, nós dois seremos mais felizes, seguindo caminhos diferentes.

Em alguns momentos, fico imaginando o que a Holly diria sobre o quanto as coisas mudaram em uma semana, então lembro de que não trocamos mensagens desde segunda-feira. Eu me sinto um pouco culpada pelo que disse a ela, mas depois lembro que não preciso do seu julgamento, nem ela do meu.

Ainda assim, penso comigo mesma, talvez ela fique satisfeita por eu finalmente ter encontrado minha verdade. Mas meu instinto diz que ela não pensaria assim. Provavelmente ela diria que pensar no Ash o tempo todo significa que eu ainda estou apaixonada por ele. Ela teria dúvidas sobre o Rowan e sobre viajar com ele, e apoiaria o Ash. Assim como o Henry, só que, infelizmente, não posso me esconder dele porque ele é meu irmão e está morando no meu quarto. Bom, *ambos* estão errados.

O Henry não disse mais nada sobre o Rowan esta semana, porque sentiu, e com razão, que a conversa estava encerrada. Toda vez que eu disse que estava saindo com ele, meu irmão deu um sorriso falso ou enfiou uma bala de goma na boca.

Mais tarde, voltamos para o apartamento do Rowan. Com o Henry ainda na minha casa, o lugar está um pouco cheio. Além disso, a Jenny ficou tão chateada quando eu contei que o Ash não voltaria que ela assou três bolos em uma noite e não me deixou pegar nenhum pedaço. E não falou comigo desde então.

Assim que chegamos à casa do Rowan, a verdadeira intensidade do meu cansaço me atinge como uma onda gigante. A exaustão causada pelas atividades da semana e pela montanha-russa emocional pesa todo o meu corpo, e tudo o que quero é ser carregada para a cama. Mas, assim que tiro os sapatos, Rowan me empurra contra a parede e começa a beijar o meu pescoço.

Ainda não me livrei do sentimento de estar fazendo algo errado, algo rebelde, o que torna o sexo meio que quente e proibido. Quando sua língua desliza entre meus lábios, estou quebrando as regras; quando sua mão desliza sob o meu vestido, estou fazendo algo que não deveria.

Quando estamos ocupados, e quando estamos transando no chão no meio do seu apartamento, acho mais fácil parar de pensar no Ash. Mas, antes de dormir ou quando dou uma olhada no apartamento do Rowan e percebo que não há nenhuma planta, não consigo deixar de pensar em como o Ash está, o que está fazendo. Mas isso já era de se esperar, não é? Tenho vontade de fazer essa pergunta à Holly.

Finalmente, quando estamos caindo no sono e eu consegui tirar o Ash da cabeça, a luz do meu celular acende. Eu o pego na escuridão. É o Ash.

Oi, só queria dizer que espero que você esteja bem. Estou pensando em você. Sinto sua falta.

A sensação de que é errado não estarmos mais juntos quase me domina. Lágrimas enchem os meus olhos. Desligo o celular e o enfio debaixo do travesseiro. Apesar de estar supercansada, sei que a mensagem acabou com qualquer chance que eu tinha de dormir. Tento me assegurar de que não há alternativa, porque não posso dar a ele o que ele precisa. Não posso dar a ninguém o que precisa. E eu não deveria ter que mudar quem eu sou de forma tão profunda para estar com alguém. Ele vai sentir a minha falta por algum tempo, mas depois vai conhecer outra pessoa e ser feliz.

Digo a mim mesma que essa dor é normal e temporária, mas sinto muita, muita falta dele, e só faz uma semana. Por fim, ligo meu celular e respondo:

Também sinto sua falta. Mas até as decisões certas machucam.

27

DECIDA O QUE VOCÊ QUER

HOLLY

Tinha esquecido como o tempo passa devagar na casa da minha mãe.

Talvez seja porque não tenho nenhum amigo ou namorado(s) para conversar. Meu celular não tocou nenhuma vez desde que cheguei aqui, na terça-feira.

A Amber ficou irritada quando eu disse que trabalharia de casa pelo resto da semana porque estava passando por alguns problemas pessoais.

— A exposição é *semana que vem*, Holly — resmungou ela, como se eu não soubesse disso.

No começo do ano, eu teria cedido imediatamente, e provavelmente me sentiria péssima, como se o sucesso do evento dependesse da minha presença no escritório. Mas não posso me deslocar todos os dias da nossa pequena vila em Norfolk. E eu não consigo ficar no apartamento vazio. Por que a minha saúde mental é menos importante do que o simples desejo da Amber de ter a mim fisicamente ao seu lado, só para ela me soterrar ainda mais de trabalho urgente?

Mesmo que eu esteja ocupada, as horas se arrastam aqui. Eu costumava gostar disso. Agora, não tenho tanta certeza; há muito espaço para os meus pensamentos. Mesmo assim, ainda prefiro isso a estar rodeada das coisas do Will.

Estou no meu antigo quarto, sentada na minha escrivaninha, de frente para uma janela, olhando para o campo e para algumas criações de galinhas. Estou com meu antigo pijama. Meu ursinho de pelúcia ainda está em cima da cama, onde o deixei, mesmo que eu só visite minha mãe algumas vezes por ano.

Eu a visitaria mais vezes, mas minha mãe quase não me liga, e, quando eu ligo, não quer conversar por muito tempo. Quando venho para casa, é difícil dizer se ela está feliz ou não. Ela leva uma vida estranha. Ela vai ao trabalho, cuida do jardim e participa de uma ou outra noite de pôquer, mas, fora isso, não sai muito. Ela fica nesta casa a maior parte do tempo, e não é uma pessoa muito acolhedora. Eu não usaria a palavra "infeliz" para defini-la, mas ela parece ter decidido que a felicidade não é uma preocupação.

Quando eu era criança, às vezes passávamos por fases em que ela ficava bastante dependente de mim. Eu limpava a casa, levava comida para ela e a fazia se lembrar das coisas. Ela era muito reativa emocionalmente, e eu tinha um medo constante de dizer a coisa errada e com isso chateá-la. Passamos por fases melhores também, mas havia dias em que ela não saía da cama. Quando me tornei adolescente, ela não precisava mais que eu fizesse nada disso. Ela encontrou uma rotina, uma maneira de controlar o que estava passando, e nunca falávamos sobre os momentos ruins.

Acho que só agora estou começando a entender que *foi* muito ruim, sim. Eu era uma criança, e isso era tudo o que eu conhecia, então me parecia normal. Nunca conversamos sobre como as coisas aconteciam, e eu não falei muito sobre a minha infância com ninguém. Com o passar dos anos, já me perguntei como ela se sentia naquela época, se ela se sente sozinha agora, e fiquei curiosa para saber sobre o meu pai, de quem ela sempre me deu poucos detalhes — ele era fotógrafo e nos abandonou três meses antes de eu nascer, é só isso que eu sei —, mas ela é tão fechada que eu nunca ousei pressioná-la. E nunca me preocupei com nada disso. Só agora estou começando a ficar curiosa sobre tudo.

Minha mãe bate na porta, com uma caneca de chá nas mãos.

— Como estão as coisas por aqui? — pergunta ela. — Te trouxe um chazinho.

— Obrigada. — Eu a observo pousar a caneca ao meu lado. Ela continua a mesma. Minha mãe tem uns sessenta anos e parece que tem a mesma idade desde sempre. — Está tudo certo, obrigada. Estou conseguindo resolver as coisas. Como foi o seu dia?

— Ah, a mesma coisa de sempre. — Ela balança a mão, já saindo do quarto. Esse é o estilo da minha mãe. Beber chá, falar pouco.

Estou aqui há três dias, e ela nem me perguntou por que eu vim. Duvido de que vá fazer isso. Ela deve saber que tem algo errado, mas não vai se intrometer. Eu me pergunto o que eu teria que fazer para ela me questionar a respeito. Acho que eu poderia me sentar para jantar usando um macacão de lantejoulas roxas coberto de raios e anunciar que estou saindo do meu trabalho para treinar para o *WWE SmackDown* e ela não faria nenhum comentário.

Normalmente, o silêncio dela não me incomoda. Quer dizer, normalmente eu nem pensaria em me incomodar com isso. Mas, desde que cheguei aqui, não consigo deixar de me sentir desanimada com a superficialidade das nossas conversas.

Ainda assim, lembro a mim mesma que houve momentos em que eu teria ficado grata por ela ter feito algo tão simples como me preparar um chá ou até mesmo se vestir. Envolvo a caneca quente nas mãos enquanto ouço os passos da minha mãe pelo corredor.

Meu celular vibra. Tinha esquecido qual era o som de uma mensagem recebida, então, por um instante, penso que é apenas uma mosca presa na janela, se debatendo para sair. Mas é o Tomi.

Você está bem? Pensei que você estivesse doente, mas a Amber disse que você está na sua mãe...?

ELE ESTÁ ME MANDANDO UMA MENSAGEM. Ele notou o meu sumiço! Talvez eu não tenha ferrado de vez essa amizade. Imediatamente, digito uma resposta:

Obrigada por perguntar. Estou bem. Só precisava de um tempo da cidade.

Mas aí eu deleto. Será que eu não aprendi nada? Se eu tivesse sido sincera com o Tomi desde o começo ao invés de esconder os meus problemas como um esquilo envergonhado, talvez nada disso teria acontecido. Então eu escrevo:

> Obrigada por perguntar. Não muito. Eu e o Will brigamos, e eu não queria ficar em casa. É muita coisa pra explicar por mensagem, então te conto tudo quando voltar, tá?

Ele responde na mesma hora:

> Sinto muito, Holly. Sim, por favor. Estou aqui se precisar de alguma coisa. Se cuida. Beijos

BEIJOS. ELE NÃO ME ODEIA.

Finalmente decido contar tudo para o Tomi e, desta vez, *realmente* vou até o fim. É engraçado que um mês atrás eu me sentia desesperada para não conversar sobre o que estava acontecendo e agora estou ansiosa para compartilhar. Meu coração se aperta quando penso no Liam. Era *tão* bom conversar com ele.

Eu deveria estar pensando só no Will agora? Suspiro. Qual a vantagem de ficar usando "deveria" o tempo todo? Durante toda a minha vida, eu pensei no que *deveria* fazer. Eu deveria cuidar da minha mãe. Eu deveria trabalhar por um tempo absurdo e ter certeza de que resolveria os problemas dos outros. Eu deveria fazer todas as vontades do Will para deixá-lo feliz.

Mas o problema é que eu *estou* pensando no Liam. E, pela primeira vez, não vou me sentir mal por isso. Vou fazer exatamente o que a Fliss me disse para fazer, desde o começo. Vou pensar no que realmente quero.

Em primeiro lugar, quero que a Amber não exploda e que a exposição ocorra da forma mais tranquila possível, então paro de olhar pela janela, para as galinhas passeando pelo quintal, e me concentro nos meus e-mails. Em segundo lugar, quero que os meus designs sejam os melhores possíveis. Normalmente, quando alguém é creditado por uma peça de roupa em uma exposição, e o item é encomendado por uma certa quantidade de lojas, convites para compartilhar novas ideias começam a surgir. Eu *preciso* estar preparada.

Pego minha pasta e folheio os comentários que o Will deixou rabiscados nos meus esboços. Fico um pouco balançada ao pensar nele escrevendo as notas para mim, olhando para o meu trabalho para ajudá-lo a brilhar, segurando a caneta com sua mão firme, franzindo a testa, concentrado. Eu adoro — ou adorava — ver o Will debruçado sobre os desenhos, meus ou dele. Mas ele deveria ser meu namorado. Não meu colega de trabalho. Um interesse comum em design não é suficiente para manter um relacionamento.

No entanto, seus comentários são certeiros, como sempre, e adiciono os toques finais em tudo. Depois, volto meus pensamentos para algo muito mais complicado: minha vida amorosa.

São sete horas e tenho a noite tooooda. As galinhas cacarejam. As árvores balançam. A casa está quieta. Minha noite animada de sexta-feira se resume em minha mãe preparar macarrão com queijo, a gente jogar conversa fora por meia hora na mesa de jantar, mas, exceto isso, vou sentar e Resolver. Tudo.

Fico encarando o vazio por alguns minutos, antes de pegar papel e caneta. Escrevo "Will" e "Liam", como se o simples fato de escrever o nome deles me proporcionasse algum tipo de intervenção divina. Não me proporciona.

Aquela cena em que o Ross faz uma lista de prós e contras entre a Rachel e a Julie me vem à mente. O que acontece naquele episódio? Ele escreve "ela não é a Rachel" na coluna de contras da Julie. Bom, não tenho nenhuma ideia melhor.

WILL

PRÓS	CONTRAS
Interesses compartilhados (ambos designers)	Pretensioso
História compartilhada (muita história!)	História demais? Estamos acomodados?
Comida deliciosa	Sempre escolhe os restaurantes
Assertivo nas suas opiniões	Sempre na defensiva sobre as suas opiniões
Cuida de mim	Não me deixa falar
Decidido	Não me ouve

LIAM

PRÓS	CONTRAS
Despretensioso	Não se veste muito bem
DIVERTIDO	Tatuagens feias
Perceptivo sobre as pessoas	Não tenho onde me esconder
Conversa sobre sentimentos	Não temos muito em comum
Gentil	Não é tão inteligente quanto o Will (ou... tem um tipo diferente de inteligência?)

Olho para a página, esperando que o momento "Ela não é a Rachel" me atinja, mas ele não vem. Meus pensamentos não estão muito mais claros. Minha mente se volta para a Fliss. Com certeza, ela tiraria sarro da minha lista. Eu sei que ela diria que isso não é exatamente sobre escolher entre o Will e o Liam.

Se ao menos as coisas fossem tão simples quanto escolher entre duas pessoas... Desde que saí com o Liam e percebi, por comparação, como alguns aspectos do meu relacionamento com o Will não funcionam, ficou claro para mim que eu nunca descobri o que eu realmente preciso de alguém. Como posso saber quem é a pessoa certa para mim, se nem eu sei o que estou procurando?

Eu me volto para a minha enorme coleção de revistas, nas quais comecei a gastar minha mesada quando tinha nove ou dez anos. Lembro que descobri um mundo totalmente novo e vibrante nessas páginas, baseado na alegria, na tolerância e na importância da própria identidade, e senti que queria muito viver nele. Lembro que comecei a prestar atenção no que eu estava vestindo e a me expressar em cada pequeno detalhe, cada item, cada cor. Penso no encontro em que o Liam me perguntou por que eu gostava de trabalhar com moda e em como eu não conseguia responder. Desde que voltei, estou descobrindo por que eu me sentia tão atraída por isso. Eu passava tanto tempo pensando na minha mãe que não sobrava muito espaço para diversão ou para pensar em mim. Não fui criada para ser boa com as palavras, mas as roupas podem dizer o que você quer sem precisar abrir a boca. De repente, isso parece muito óbvio.

E faz sentido que eu tenha passado toda a minha vida adulta cuidando do Will, pensando no que ele queria, me virando do avesso para fazê-lo feliz.

— Holly? — Minha mãe chama do andar de baixo. — O jantar está pronto.

Amasso a lista e jogo no lixo, antes de descer.

Como suspeitei, minha mãe fez o clássico macarrão com queijo. Ela está usando um grande cardigã, sentada na frente de dois pratos postos na mesa de jantar de madeira escura.

Não consigo deixar de pensar nela aqui, no restante do ano, sozinha. Não há quase nada nas paredes, nenhuma bugiganga, nenhum tapete. Há uma foto minha no meu primeiro dia de aula sobre o tampo do bufê antigo, mas é só isso.

— Como está o trabalho, querida? — pergunta ela quando começamos a comer.

— Tudo bem — digo. — Uma correria. Tivemos alguns contratempos, tipo uma remessa de tecidos foi parar no lugar errado e algumas modelos sumiram, mas elas só estavam passeando na Bond Street.

— Ah, Jesus! — Ela ri.

— Como foi o seu dia? — pergunto.

— Ah, você sabe — diz ela. Mas não sei. Não mesmo.

— Como você *está*, mãe? — pergunto, enfatizando a palavra "está" de um jeito dramático.

— Ah, você sabe —repete ela e não me pergunta como eu estou.

Normalmente, eu continuaria comendo. Talvez conversasse com ela sobre *Coronation Street*. Mas preciso esperar que ela me pergunte como estou, se eu quiser contar? Tenho sempre que ser guiada pelos outros?

Decido dizer de forma voluntária. Meu coração acelera dentro do peito.

— Eu não estou muito bem, mãe — admito. — Estou me sentindo bem perdida.

Minha mãe olha fixamente para a comida. Seu garfo raspa no prato, conforme ela empurra o macarrão de um lado para o outro. Ela parece encurralada. Segundos dolorosos se passam enquanto espero sua resposta.

— Você vai dar um jeito, querida — responde ela, animada.

Conversa encerrada. Falar com minha mãe é assustadoramente parecido com falar com o Will; ele descarta os meus sentimentos exatamente da mesma forma, e eu nunca tinha ligado os pontos.

Não sei o que eu estava esperando, depois de todos esses anos. Realmente ela não vai se comportar como se fôssemos meninas de doze anos em uma festa do pijama.

Não culpo minha mãe. Ela não é uma pessoa ruim, está apenas lidando com a situação da melhor forma que pode, e, apesar da distância entre nós, eu a amo demais. Ela nunca rotularia a sua condição como tal — ela nunca teve consciência ou compreendeu isso e, mesmo se tivesse, nunca admitiria ou procuraria ajuda profissional —, mas estou começando a entender que ela sofria com problemas de saúde mental na maior parte da minha infância e que encontrou uma maneira de se virar, fechando-se dentro de si. É triste, mas ela não conhece outra forma de ser. É seu método de sobrevivência.

Voltei para casa esperando algum tipo de conforto e conexão, mas agora sou atingida pelo fato de que talvez eu nunca vá conseguir isso com minha mãe, o que não me impede de conseguir com outra pessoa.

Continuamos comendo. Quando terminamos, minha mãe começa a lavar os pratos e me convida para assistir a uma nova adaptação de Agatha Christie. Sentamos juntas no sofá e não é exatamente o que eu queria, mas é agradável. Por fim, vou para o meu quarto.

Eu me deito na cama, abraçada ao meu urso. Talvez eu não tenha conseguido entender *tudo* o que eu quero em um parceiro, mas sei que não posso continuar me sentindo ignorada, invisível, como se eu fosse uma espécie de desastre repleto de sentimentos que preciso minimizar. Não quero estar sempre em segundo plano em relação às necessidades de outra pessoa e colocá-las acima das minhas; quero ficar em pé de igualdade com elas. Os meus sentimentos não são estranhos, nem um fardo, nem algo a ser escondido — eles importam, e eu preciso de alguém que os reconheça.

28

NÃO LEIA AS MENSAGENS DELE

FLISS

Estou animada para passar um tempo com os meus pais. Talvez pela primeira vez na minha vida adulta. Estou um pouco cansada de viver mais uma semana no ritmo de vida acelerado do Rowan — ele queria arremessar machados em uma segunda-feira! —, mas tem sido muito divertido, e estou empolgada para sair com ele e com minha família hoje. Ainda penso muito no Ash — outro dia, alguém sintonizou o rádio na Classic FM, no escritório, e eu tive que levantar e mudar para a Magic —, mas isso deve ser normal. Não dá para simplesmente parar de pensar em alguém com quem você viveu tantos anos.

— Droga, eles estão aqui — resmunga Henry enquanto observa pela janela o carro parar do outro lado.

— Você não precisava ir com a gente — digo, calçando minhas grandes botas pretas. — Mas eu estou feliz por isso.

— Tudo bem, eu te devo uma — admite ele.

Pedi ao Henry que fosse ao nosso jantar porque quero que ele conheça o Rowan melhor e entenda as escolhas que estou fazendo. Sei que ele vai ver que essa foi a decisão certa para mim, se passar um pouco mais de tempo conosco.

Depois que meus pais estacionam o carro, eu e o Henry pegamos o metrô até a Estação Central com eles — minha mãe não gosta de andar de metrô sozinha, pois diz que toda aquela malha ferroviária faz o "seu cérebro parecer uma sopa" —, e seguimos para o restaurante. Ela está com um terninho verde-limão brilhante e fala de forma alta e estridente; é como andar com um periquito gigante que só usa Monsoon. Mas é tão bom que ela esteja realmente empolgada para ver a pessoa com quem eu estou.

"Estou" mais ou menos, na verdade. Do ponto de vista da minha mãe, estamos juntos, então isso é tudo o que importa esta noite. Mais uma vez, percebo a ironia de que ela está mais feliz com o meu relacionamento indefinido com um lobo solitário, porque ele é rico e estudou em Harvard, do que com o meu relacionamento comprometido com o Ash, só porque tínhamos um relacionamento aberto, mas estou feliz por ela estar satisfeita comigo pelo menos uma vez na vida.

Ela fala sobre a arte perdida dos amigos por correspondência.

— Se não me engano, *você* já teve um amigo por correspondência, não é, Henry?

— Não. — Henry abre a porta do restaurante indiano.

— É uma pena. Eles realmente deviam voltar com isso. Ajuda as crianças a ver as coisas de uma perspectiva completamente diferente. E ajuda a praticar a leitura e a escrita também, é claro.

Penduramos os casacos nos ganchos ao lado da porta e o garçom nos leva à nossa mesa. Mamãe ainda está falando quando nos sentamos.

— Hoje em dia as recompensas são instantâneas, então acho que é por isso que saiu de moda nas escolas. Mas não tem como competir com a animação de receber uma carta de verdade no correio... Ah, a ansiedade de esperar as nossas cartas chegarem! Eu costumava escrever para a minha amiga uma vez por semana. Josephine, era o nome dela.

— Que fofo. — Henry me passa o cardápio. — Vocês ainda mantêm contato?

— Deus, não... Garotinha insuportável.

Enquanto minha mãe olha o menu, eu e Henry trocamos olhares, tentando não rir.

— Então, a que horas o Rowan chega? — pergunta meu pai. Obviamente ele está com fome.

— Ele já devia ter chegado. — Olho o horário no celular e mando uma mensagem.

Ei, está chegando?

Sim, desculpa, me enrolei. Estou a caminho.

Por "me enrolei" você quer dizer terminando de bordar o pano de prato?

Você me pegou. Estou perto, Fliss! Não podia deixar a ovelha sem um olho!

Ele é irritante e charmoso na mesma medida.

— Daqui a pouco ele chega — acrescento.

Pedimos alguns paparis enquanto esperamos. Percebo que meu pai está cada vez mais irritado, então, depois de dez minutos, mando uma mensagem para o Rowan perguntando o que ele quer e fazemos o pedido. Ele chega segundos depois.

Os meus pais se levantam conforme ele se aproxima da mesa. Quando Rowan chega, se inclina para beijar a minha bochecha e sussurra "Você está linda" no meu ouvido.

— Rowan! — Minha mãe o puxa para um abraço apertado e carinhoso, como se cumprimentasse um parente que não vê há décadas. — Há quanto tempo!

Depois que minha mãe termina de esmagá-lo, meu pai aperta sua mão e dá um tapinha em suas costas. Henry acena com a cabeça e diz: "E aí?".

— Sim, oi, faz muito tempo —responde Rowan. — É muito bom ver vocês. Desculpa o atraso.

— Ah, imagina, você é um homem ocupado — diz minha mãe enquanto nos sentamos.

Não consigo deixar de pensar, com uma pontada de proteção, que o Ash não teria tido uma recepção tão calorosa se estivesse quinze minutos atrasado. Então afasto o Ash da minha mente.

— Então, Rowan, está gostando de Londres? — pergunta minha mãe, ajeitando-se na cadeira. — Ou está sentindo falta de Nova York?

— Ah, não. A população de pombos é incrivelmente parecida, então me sinto em casa.

Minha mãe pia, como se isso fosse a coisa mais engraçada que alguém já disse.

— Mas me conta mais sobre o que você fazia lá.

— Eu era diretor de marca numa agência de marketing.

— E o que isso significa, exatamente? — Meu pai come todos os paparis e seus olhos se voltam para a cozinha.

— Então, eu estava gerenciando campanhas de marketing em plataformas impressas, de transmissão e online, para ajudar a construir a credibilidade das marcas.

— Ah, uau! Isso parece interessante — diz minha mãe.

— Não muito. — Rowan ri. — Mas eu lidava com pessoas. E nunca caía na rotina, porque eu trabalhava com muitas empresas diferentes. E viajei bastante.

— Que impressionante. Todos os seus amigos de Harvard têm carreiras tão importantes?

— Por favor, mãe, não vamos deixar o ego dele ainda maior do que já é — interrompo.

Não quero dar ao Rowan uma desculpa para ele começar a falar sobre suas notas na faculdade, quantas organizações estudantis ele presidiu ou como ele foi o primeiro aluno negro da sua requintada escola a ganhar o cobiçado Prêmio de Línguas. Todas essas conquistas são incríveis, mas já ouvi falar delas pelo menos cinquenta milhões de vezes.

— E você acha que vai voltar para o marketing? — minha mãe continua.

— Mãe. — Henry revira os olhos. — Tenho certeza que o Rowan não esperava aparecer em uma entrevista de emprego.

Henry é alvo de um dos olhares da minha mãe quando a comida chega. Apesar do comentário do meu irmão, meus pais continuam interrogando o Rowan.

— Então, Rowan. — Minha mãe corta um pequeno pedaço de frango em quatro pedaços menores. — Você acha que vai ficar no Reino Unido?

— Enquanto eles me aceitarem.

A resposta não a satisfaz, e ela continua dissecando o Rowan como faz com o frango.

— Mas quanto tempo você gostaria de ficar? Você sabe, se o visto permitir?

Henry grunhe.

— Rowan, por que já não tiramos isso do caminho para termos uma noite mais agradável? — Ele conta nos dedos. — Você está pensando em se estabelecer aqui? Quer se casar? Está interessado em ter filhos, se sim, quantos?

Sufoco uma risada. Minha mãe fica muito vermelha.

— Henry, o que deu em você? Não seja tão intrometido.

Rowan sorri.

— Está tudo bem, sra. Henderson. Posso me ver ficando aqui se encontrar o trabalho certo. Casamento e filhos, algum dia, claro.

Mamãe sorri e, presunçosa, põe um pequeno pedaço de frango na boca. Não posso negar que estou satisfeita por *eles* estarem satisfeitos — pela primeira vez —, e grata pelo Rowan não ter se afundado numa poça de desgosto. Mas casamento e filhos, por favor. Tenho certeza absoluta de que o Rowan não quer nada disso. Ele é bom lidando com pais, e só está dizendo isso para ser agradável. Não consigo deixar de pensar em como é irônico o fato de que o Ash *realmente* queria essas coisas comigo, mas não fazia diferença para eles.

— Ótimo, vamos falar de outra coisa? Mãe, pai, como foi a aula de cerâmica?

Meu pai resmunga. Minha mãe está sempre arrastando o meu pai para algum tipo de aula que ele não quer fazer. O homem só quer comer e assistir a uma partida de sinuca. Mas, por algum motivo, simplesmente ela não vai sozinha e precisa ter o meu pai lá. Isso me deixava louca quando eu era adolescente. Acho que esse é um dos motivos pelos quais eu insisto tanto em fazer as coisas sozinha.

— Bom, outro dia tentei fazer um pote no formato de uma cereja, mas confesso que ficou mais parecido com uma bunda.

— A gente devia ter te matriculado numa aula de sexorâmica. — Meu pai ri.

— Atrevido. — Minha mãe bate com o guardanapo nele.

Henry parece prestes a morrer.

— Então tá. E você, Fliss... Como está indo com as aulas de japonês? — Ele se vira para mim.

— Ah, é, bem — respondo rapidamente. Pra ser sincera, não consegui nem olhar para as aulas desde o término.

Felizmente, conseguimos passar o restante do jantar sem maiores constrangimentos. Meus pais perguntam alegremente sobre nossos planos para a viagem — mais uma vez, não consigo deixar de pensar que, se eu tivesse planejado uma viagem com o Ash, eles considerariam a atitude "irresponsável" —, mas o Rowan é natural e carismático, e meus pais obviamente o adoram. O Ash era igualmente fácil de amar, se eles tivessem lhe dado uma chance. Não que agora isso importe. Tudo está funcionando como deveria.

No fim da noite, Henry se oferece para levar nossos pais de volta para a nossa casa, para eles pegarem o carro e irem embora, e para eu voltar para a casa do Rowan. No caminho para a estação, Rowan vai na frente com os nossos pais, e eu agarro o braço do Henry para atrasá-lo, de modo que ficamos alguns passos atrás. Sei que o Henry tinha algumas ressalvas, e estou desesperada para ele me dar razão.

— E aí? — pergunto. — O que achou?

Henry faz sua cara de "estou sendo gentil e paciente". Aquela que ele faz para o Sam quando o filho não para de mastigar os sapatos.

— É. Ele é um cara charmoso.

Dou uma cotovelada nele.

— Eu sei quando você está sendo diplomático.

Henry suspira.

— Tudo bem. Sim, ele é agradável. Ele sabe dizer todas as coisas certas. Ele veio, aguentou bem o interrogatório, então pontos pra ele. Mas, sei lá, eu só... De verdade, o que você está fazendo com esse cara,

Fliss? Além de ir viajar num feriado prolongado? Quer dizer, vocês estão juntos ou o quê?

— Não exatamente — respondo. — Nós estamos... — Eu me atrapalho para encontrar as palavras certas. — Pertencemos um ao outro por não pertencermos um ao outro, se é que isso faz sentido.

Henry nega com a cabeça.

— Não? Desculpe.

— Nenhum de nós consegue estar num relacionamento. Somos iguais.

Henry bufa.

— Vocês *não* são iguais. Fliss, esse cara não consegue ficar parado mais do que uma hora. Não me surpreende que ele não consegue se comprometer com ninguém. Você não é assim.

Eu sabia que o Henry não era o maior fã do Rowan, mas não sabia que ele estava tão desinteressado.

— Beleza, já entendi, você gostava do Ash e não gosta do Rowan. Não importa o que funciona pra mim.

— Ah, por favor, eu gosto do Rowan. Ele é legal. Não tem nada a ver *eu* não gostar do Rowan ou amar o Ash. *Você* ama o Ash.

Droga. Sou uma estúpida por achar que poderia fazer o Henry entender. Ele sempre foi teimoso. Não dá para discutir com ele.

— Sim, eu amo o Ash. Mas não posso amá-lo do jeito que o mundo quer que eu o ame.

— Eu só... Você nunca se importou com o que o mundo pensava.

— Eu não me importava quando éramos eu e o Ash contra o mundo. Agora sou só eu...

Pareço tão patética quando digo isso, e o Henry parece tão cheio de pena que, por um momento, acho que consegui convencê-lo.

— Eu entendo, mas ainda não acho que embarcar numa espécie de festa eterna com o Rowan seja a resposta. O que você quer que eu diga, Fliss? — continua ele. — Que eu concordo com as decisões que você está tomando, quando não concordo?

— Quero que você entenda. Mas você não entende, então tudo bem.

— Você perguntou minha opinião! — Henry faz um gesto de frustração e eu corro para alcançar meus pais e o Rowan.

O restante da caminhada é tenso, de uma forma infantil. Toda vez que Henry e eu nos aproximamos, dou alguns passos a mais para me afastar dele. Mesmo assim, minha mãe ainda está tão empolgada que parece não perceber, e meu pai e Rowan estão distraídos com uma conversa sobre diferentes tipos de colmeias.

Nós nos despedimos da minha família na estação — evito contato visual com Henry —, e eu e Rowan entramos em um Uber, em direção ao apartamento dele. Quando chegamos, estou quieta e vou direto para a cama. Felizmente, Rowan está tão concentrado em finalmente terminar o pano de prato que não percebe.

Na manhã seguinte, estou sentada à ilha da cozinha, tomando café e esperando que Rowan se vista. Enquanto mexo no meu celular, noto que a luz do celular do Rowan acende no balcão.

Nunca, *nem uma vez*, mexi no celular de alguém. Nunca me senti particularmente paranoica. Acho que, para ser paranoica, eu teria de me preocupar com o fato de que eles poderiam estar transando com outras pessoas, o que nunca me incomodou. Com exceção do James, na época, sempre presumi que qualquer pessoa com quem eu saía provavelmente *transava* com outras pessoas, e eu também. E quando eu e o Ash estávamos em um relacionamento aberto, nunca tive vontade de olhar as mensagens dele. Sim, eu sabia que ele saía com outras pessoas, mas tínhamos estabelecido regras básicas e confiávamos um no outro. Se eu queria realmente *ver*? Não. Qual seria o objetivo? Seja qual for o tipo de relacionamento em que você esteja, mexer no celular de alguém — a menos que você tenha suspeitas válidas de traição de confiança que precise provar, o que é diferente — parece ultrapassar os limites, mas também uma forma bizarra de autoflagelo.

Portanto, não estou olhando o celular do Rowan de propósito, mas, como ele está bem na minha frente, não posso deixar de notar que a mensagem que aparece é de uma garota chamada Ella.

> O que vai fazer esse fim de semana? Te amo.

Fico sentada, encarando a mensagem por alguns segundos, enquanto tento entender. Rowan nunca mencionou ninguém chamado Ella para mim.

Nunca fui uma pessoa ciumenta. Sempre acreditei, de forma muito firme, que o sentimento de alguém em relação a outras pessoas não afeta o que elas sentem por mim. Então o que sinto olhando essa mensagem não é ciúme, principalmente porque nós nem estamos juntos. Acho que é mais humilhação. Porque, independentemente do que somos um para o outro, pensei que fôssemos sinceros e, seja quem for Ella, obviamente ele não foi honesto comigo... E *isso* eu não consigo suportar.

Rowan entra na cozinha.

— Rowan, quem é Ella?

Ele tropeça para trás, fingindo estar em choque, as mãos no peito, como se eu tivesse atirado nele.

— Uau! De onde veio isso?

Aponto para o seu celular. Ele o pega e o guarda no bolso.

— Você olhou as minhas mensagens?

Reviro os olhos.

— Por favor. Estava bem na minha frente.

— É uma amiga de Nova York. — Rowan dá de ombros. Obviamente ele não viu a mensagem que ela mandou.

— Ah, uma amiga? — Faço aspas no ar.

— Qual é a do interrogatório, Fliss? O que aconteceu com você? Vai ser uma *dessas* mulheres agora? — Ele entra na defensiva.

Uau. Ele vai ter que se esforçar mais do que isso para me culpar.

— Ah, me poupa do teatrinho de *todas as mulheres são loucas*. Não estou te interrogando, Rowan, só te fiz uma pergunta.

Rowan pega o celular e olha a mensagem. Um breve lampejo de pânico passa pelos seus olhos, vendo o que eu vi. Ele sabe que está encurralado. Que tipo de "amiga" escreve uma mensagem dessas? Consigo ver as engrenagens girando enquanto ele recalibra a história, pensando no que vai me dizer.

— É minha ex-namorada — admite ele. — Terminamos um pouco antes de eu sair de Nova York.

Então ela era uma "amiga" e agora é uma "ex-namorada". Algo não está certo. Mas pelo menos finalmente estou conseguindo montar o quebra-cabeças de por que ele foi embora dos Estados Unidos de repente.

— É por isso que você foi embora? — pergunto.

— Eu te disse por que fui embora. — Ele dá de ombros.

Uma mudança de cenário. Uma desculpa vaga o suficiente para não ser mentira. E *porque a gente não se vê há anos.* É claro que ele se esqueceu de mencionar a parte que queria fugir da ex-namorada. Ou talvez não seja ex-namorada, julgando pela forma como ela fala com ele.

— Ela não parece uma ex, Rowan. Eu não falo assim com os meus ex-namorados.

— Estamos dando um tempo — diz Rowan.

— Ela sabe disso? — pergunto. — Porque a sua história continua mudando.

Pela expressão do Rowan, posso dizer que ela não sabe. Na pior das hipóteses, há uma mulher por aí, em algum lugar, que acha que está em um relacionamento exclusivo e comprometido com o Rowan, enquanto ele está aqui, fazendo o que quer que seja comigo. Na melhor das hipóteses, há uma mulher que não tem certeza do tipo de relacionamento que está tendo.

— É complicado — diz ele.

— Como? — pergunto.

— Ela quer morar junto, e eu não quero.

As peças do quebra-cabeça começam a se encaixar. Esta deve ser a primeira vez que Rowan se envolve tanto com alguém. Nunca o vi ir tão longe com uma garota a ponto de dizer "Eu te amo" ou até de descrevê-la como uma namorada. Certamente ele entrou em pânico e, em vez de ir morar com ela ou dar um tempo no relacionamento, ele fugiu do país. Para se esconder comigo... O exato oposto de tudo do que ele está fugindo.

Em outro contexto eu me sentiria usada, mas o estou usando da mesma forma.

— Você a ama? — pergunto.

Ele não diz nada, mas consigo ver na sua cara que sim. Neste momento, ele parece uma criança.

Toda a empolgação que eu estava sentindo em relação ao nosso plano de cruzar a Europa juntos se esvazia como um balãozinho triste. Não somos aventureiros despreocupados que viajam pelo mundo, livres demais para ficarmos presos à âncora de relacionamentos amorosos. Rowan é apenas um covarde que está fugindo da única pessoa que se importa com ele, e eu sou apenas uma garota triste que está saindo de um término de namoro e evitando sofrer por causa disso.

Droga. O Henry estava certo. Por que o Henry está sempre certo?

— Você acha que fugir dela e traí-la é o melhor caminho a seguir? — pergunto.

— Ah, e quem é você pra falar de traição, Fliss? — Rowan gesticula enfaticamente em minha direção. — Quando foi que você se manteve fiel a alguém?!

Que merda é essa? É realmente assim que ele me vê? Como uma traidora?

Eu *não* sou uma traidora. Trair é uma quebra de confiança, e relacionamentos abertos bem-sucedidos dependem de confiança mais do que qualquer outra coisa. Eu era mais infiel ao Ash quando estávamos em um relacionamento fechado e mais "fiel" do que jamais fui quando estávamos em um relacionamento aberto.

— Estar num relacionamento aberto e ser uma traidora não são a mesma coisa.

— Dá no mesmo. — Rowan acena com a mão em sinal de desdém.

Estou totalmente perplexa. Não acredito que ele esteja agindo como se eu entendesse a sua lógica. Nunca me senti tão ofendida. Mas, de certa forma, ele deve saber que isso não é verdade, caso contrário, por que não teria me contado sobre a Ella? Geralmente somos sinceros um com o outro. Rowan só não queria que suas atitudes fossem questionadas. E agora que isso aconteceu, ele está me atacando e ficando na defensiva, e isso é irritante.

— Vamos lá, Fliss. — Seu tom de voz se suaviza, e ele senta ao meu lado na bancada da cozinha. — Eu e você sabemos que somos iguais. Vamos só esquecer isso e nos divertir. O que você quer fazer hoje? Achei uma experiência imersiva que você pode fingir que está num apocalipse zumbi. Você pode escolher se quer que eles realmente te mordam.

Parte de mim adoraria esquecer isso e continuar me afundando na lama e me divertindo. Mas a outra parte sabe que eu já não sou mais essa pessoa. Penso no que o Henry disse, "vocês não são a mesma pessoa", e sei que ele está certo. Essa conversa expôs a enorme distância que se abriu entre nós ao longo dos anos, sem que eu percebesse. Eu evoluí e mudei, mas o Rowan não. Só porque eu não quero um relacionamento monogâmico não significa que eu nunca vou querer me ligar a alguém ou ter relacionamentos significativos e respeitosos.

— Hoje não, Rowan — digo. — Talvez a gente possa ser mordido por zumbis outra hora.

29

NÃO LEVE DOIS DATES
PARA O MESMO EVENTO

HOLLY

Quando vou embora da casa da minha mãe na semana seguinte, me sinto um pouco mais lúcida do que quando cheguei, e reconfortada daquela maneira infantil que só é possível se sentir depois de passar uma semana na casa dos pais, mesmo que o relacionamento não seja dos mais fáceis.

Chego ao escritório, que vibra, cheio de energia, com os preparativos para a exposição. A Amber está elétrica.

— Holly. — Ela vem em minha direção com uma determinação um tanto exagerada. — Aí está você. — Agarra meu antebraço tão forte como se fosse um torno mecânico. — Preciso que você...

Então começa a enumerar um milhão de coisas que não fazem parte do meu trabalho e que precisam ser feitas hoje. Normalmente, eu ouviria atentamente e faria uma lista mental para não perder nenhum detalhe, mas hoje suas palavras entram por um ouvido e saem pelo outro. Quando ela chega ao fim da lista, percebo que perdi metade dela.

— Você pode me enviar tudo por e-mail? — pergunto sem pensar, simplesmente escapa da minha boca, e nos pega de surpresa. Nunca pedi nada para a Amber antes.

Amber endireita a postura e seu queixo cai, sem conseguir acreditar.

— É mais fácil trabalhar tendo uma lista do que tentar memorizar tudo assim que chego no escritório — acrescento rapidamente. — E, bem, já que estamos falando disso, daqui pra frente, você pode, por favor, me dar prazos adequados? É difícil planejar o meu tempo de forma eficiente quando as coisas surgem de última hora.

Não quero que o recado soe grosseiro, só estou tentando explicar o meu ponto de vista, mas Amber solta o meu braço como se tivesse levado uma ferroada.

— Não sei o que deu em você ultimamente, Holly — diz ela e começa a se afastar, murmurando consigo mesma. — Como se eu já não tivesse o suficiente pra fazer...

Mas, incrivelmente, meia hora depois, recebo de fato uma *lista* na minha caixa de entrada. Ainda preciso fazer todo o trabalho da Amber, então é uma pequena, mas importante, vitória. O mundo parece um pouco mais fácil de conquistar. Talvez, no futuro, ela me avise com antecedência, como eu pedi. Ou, talvez — eu me atrevo a sonhar —, ela pare de me obrigar a fazer absolutamente tudo por ela.

— O que você fez pra Amber? — Tomi surge atrás da minha mesa. — Ela está puta. Ouvi ela falando mal de você pra Claire.

Ela deve estar furiosa, se está buscando consolo na Claire.

— Pedi pra ela escrever num e-mail tudo o que ela me mandou fazer esta manhã — respondo.

— Que ultraje! — grita Tomi.

Nós dois começamos a rir. Esse pequeno lampejo de normalidade me faz perceber como sinto a falta do Tomi.

— Você estava certo. Eu tenho feito tudo por ela — digo. — Só agora me dei conta de que isso não é razoável, e de que, que horror, eu posso dizer "não".

— Você está bem? Foi invadida por algum alienígena impostor? — Tomi dá um passo para trás.

Dou de ombros.

— Pra ser sincera, eu não sei. Tenho TANTA COISA pra te contar.

Antes que eu possa pensar direito, começo a arrastá-lo para o terceiro andar. Tem um banheiro no fim do corredor que quase ninguém usa.

— Holly? Pra onde a gente está indo? — pergunta Tomi enquanto me segue.

Quando entramos, tranco a porta.

— Que escândalo! Eles vão pensar que estamos fazendo alguma coisa proibida aqui. — Tomi olha em volta.

— Essa fofoca seria ótima pra mim — digo. — Mas eu acabaria com a sua boa reputação.

Tomi tem um histórico de ficar com pessoas *muito* sexy. A Isabella parecia a Penélope Cruz. Depois teve o cara do anúncio da Burberry que parecia o Tom Hardy. Ah, e *de fato* um bombeiro, que não parecia nenhuma celebridade, mas era tão gostoso que uma vez ele salvou uma mulher de um prédio em chamas e ela tentou voltar só para ele pegá-la no colo de novo. (O Tomi pode ter exagerado nessa história, mas o bombeiro era mesmo muito gostoso.)

Tomi sorri com o elogio.

— Não, você só a confirmaria. — Ele senta na tampa da privada. — Então, você não é assim. Você não tem um bilhão de coisas pra fazer pra Amber antes da exposição?

Eu *tenho* um bilhão de coisas para fazer, mas, pela primeira vez na vida, eu não me importo. Eu já fiz tudo o que *eu* precisava fazer. Agora, só estou fazendo coisas que deveriam ser responsabilidade da Amber. O que ela faria se eu não estivesse aqui? Teria que dar conta. Eu sei que ela vai mostrar um dos meus designs e de fato me dar crédito, e por isso ainda sou grata e estou *muito* animada, mas acho que já a paguei um milhão de vezes, com sangue, suor e lágrimas.

— O que foi, Holly? — pergunta Tomi. Tivemos uma conversa tão despreocupada sobre a Amber que eu quase achei que as coisas tinham voltado ao normal. Mas a forma como ele me olha quando faz essa pergunta me diz que ainda existe muita coisa para consertar.

Respiro fundo e começo a contar tudo desde o início. Que eu achei que o Will me pediria em casamento até o momento em que o Liam entrou no restaurante em que eu e o Will estávamos, em pleno Dia dos Namorados. Contar cada pedaço da história em voz alta é quase tão horrível quanto vivê-la. Pelo menos o Tomi é um bom ouvinte. Ele sempre se engasga e diz "Sério?!" e "O quê?!!!" nos momentos certos.

Quando termino, ele senta e nega com a cabeça diversas vezes.

— Holly. — Tomi começa a massagear as têmporas. — Que *maluquice*.

Apoio a cabeça contra a porta. A esta altura, estou sentada no chão.

— Você é uma caixinha de surpresas — brinca ele.

Dou risada.

— Nem que eu quisesse — digo. — Eu só estava... com vergonha.

Tomi se inclina em minha direção e apoia a cabeça nas mãos.

— Por quê?! — pergunta ele. — Lembra quando eu cantei "Wuthering Heights" no karaokê porque tinha certeza que ia conseguir atingir todas aquelas notas agudas? *Aquilo* sim foi vergonhoso.

Dou risada. Agora que já contei, não sei por que estava tão relutante em falar para ele. No fundo, acho que eu sabia que o Tomi não iria me julgar; na verdade, era eu quem estava me julgando. Acho que eu só não queria que ele dissesse como todo esse arranjo poderia ser prejudicial.

— Sinceramente, eu esperava que fosse só uma coisa estúpida sobre a qual o Will caísse em si e nunca mais voltasse a falar no assunto. Pra ninguém.

Tomi concorda.

— Faz sentido. Bom. — Ele dá de ombros. — Parece que agora ele caiu em si, né?

— Sim — concordo, com a voz fraca.

Agora ele caiu em si, mas não consigo sentir o mesmo entusiasmo do começo do ano.

— Eu realmente sinto muito, Tomi. — Eu me desculpo. — Por não ter te contado nada disso, mas principalmente por ter sido uma amiga de merda. Sinto muito que perdi o seu aniversário. Eu marquei a data errada, mas, se eu não estivesse tão envolvida nessa confusão, não teria acontecido. Fui muito egoísta nos últimos meses.

Tomi suspira.

— Holly, está tudo bem. Eu sabia que tinha alguma coisa errada. A sua cara de paisagem não é muito boa. E olha, você faz muito pelos outros, inclusive por mim. Todo mundo tem o direito de ser um pouco egoísta e ferrar as coisas de vez em quando.

Estou tão incrivelmente aliviada por ter o meu melhor amigo de volta. Eu me jogo em cima dele e nos abraçamos por meio minuto, até que o Tomi diz:

— Holly, isso é muito bom e tal, mas hoje é o dia mais movimentado do ano. Você não acha que a gente devia, não sei, trabalhar?

Dou risada.

— É, acho que sim.

No entanto, continuamos abraçados.

Após um momento, saímos do banheiro. Por que todas as conversas mais profundas sempre acontecem nos banheiros? Penso na Fliss e espero que ela esteja bem.

O andar de baixo está uma loucura, mas, no fim da tarde, estamos em um táxi, indo para a exposição. Agora que está tudo resolvido e o dia finalmente chegou, meu coração bate forte com a ideia de que algo que eu desenhei finalmente vai ser mostrado.

Meia hora depois, chegamos ao salão onde a feira está sendo realizada. Marcas de roupas do mundo inteiro se movimentam para montar seus estandes, e o clima é eletrizante. Para mim, pelo menos, é, porque, pela primeira vez, faço parte de verdade da exposição. Todo mundo que ama moda e entende o que eu faço todos os dias está aqui, querendo se sentir inspirado. É fácil esquecer que amo o que eu faço quando estou na minha mesa separando faturas de remessa, mas, de vez em quando — em momentos como este —, me lembro de que estou exatamente onde quero estar.

Chegamos ao nosso estande e desempacotamos as roupas. Olhando para a coleção completa de outono, é exatamente como queríamos. Nossa marca não é baseada num estilo único nem muito extravagante; é mais clássica e sofisticada, sem deixar de ser jovial. Por isso que sempre gostei dela. É linda, mas realista. Tomo um cuidado a mais ao pendurar o meu item, que se encaixa perfeitamente, mas também — gosto de lembrar — se destaca. É um vestido social de linho laranja-queimado. Tem um bolso grande com botões do lado direito, e mais botões decoram a gola e a manga. É difícil ser crítica com a sua própria criação, mas acho que fiz um bom trabalho.

Quando tudo fica pronto, dou um passo para trás para admirar os produtos. *Conseguimos*, penso. *Não há mais nada a fazer agora, senão aproveitar.*

Só que o meu coração está batendo um milhão de vezes por minuto. Os compradores de algumas das maiores lojas de todo o país logo vão entrar. E se todo mundo odiar o que eu criei? E se todos os outros itens da coleção receberem um monte de pedidos e o meu não receber nenhum? E se eu estragar a exposição da nossa empresa, diminuindo a nossa média de pedidos? Eu me lembro de respirar. É claro que o modelo que eu criei não teria sido aprovado se todos o odiassem.

Os compradores entram. Não tem mais volta. Tomi aperta minha mão.

— Holly, o seu vestido está maravilhoso — sussurra ele. — Você vai arrasar.

— Vou?

— Acredita.

— Não sei se consigo.

— Bom, então finge que acredita.

— Não foi isso que a Elizabeth Holmes fez?

Depois que o Tomi volta para o estande de moda masculina, eu me permito um momento para deixar a ansiedade e o estresse de lado e me sentir orgulhosa de mim mesma, ainda que o meu vestido acabe sendo um fracasso. Independentemente do que esteja acontecendo na minha vida, o único lugar onde me sinto bem é no meu trabalho — isso quando não estou correndo atrás da Amber — e todo o resto é irrelevante. E eu cheguei bem longe. Quando eu era adolescente e gastava todo o meu dinheiro em revistas, só podia sonhar que um dia trabalharia nesse setor. Mesmo quando comecei nesta empresa, quatro anos atrás, ver meus próprios figurinos — em uma categoria que não fosse camisetas — parecia algo impossível. O fato de isso *estar* acontecendo é surreal.

Tento me distrair vagando pelos estandes de outras marcas, mas é difícil me concentrar quando estou prendendo a respiração, imaginando como o meu vestido está se saindo. Dou a volta no nosso estande um milhão de vezes, olhando discretamente por cima do ombro dos compradores enquanto eles fazem anotações. Espero que não estejam escrevendo "O vestido mais feio da feira".

Depois de cerca de uma hora — que mais se parecem cinco, porque estou supertensa —, Tomi me encontra, aos pulos.

— Holly!! — Ele agarra minhas mãos.

— O que foi?! — Eu me pergunto se algo legal aconteceu no estande de moda masculina.

— A Priya ouviu alguns números da Lara Pearse. — Então é sobre os produtos femininos. Quero vomitar de tão nervosa. Mas deve ser uma notícia boa, se o Tomi está tão feliz. — O seu vestido é o segundo mais popular do estande até agora.

Ah, meu Deus. Eu consegui. Eu desenhei um modelo, e as pessoas não odiaram, e posso parar de me preocupar e ficar satisfeita comigo mesma. Talvez nem tudo dê errado. Talvez eu realmente seja boa nisso.

O que acontece depois na exposição é um borrão de adrenalina. *O segundo mais popular até agora*. Quando entramos no táxi em direção à festa, que vai acontecer em outro local, fico momentaneamente triste porque ninguém vai comemorar comigo — nem o Will, nem o Liam, nem a Fliss —, mas sei que é melhor assim. Com tudo o que está acontecendo, eu não conseguiria me concentrar no meu trabalho. E eu tenho o Tomi.

A festa é em um salão particular, no interior de um museu grande e bonito, com um pé-direito alto, repleto de obras de arte sofisticadas. Quando chegamos, petiscos e bebidas já estão sendo oferecidos em bandejas. Imediatamente, pego uma taça de champanhe. Vejo Lara Pearse — diretora de moda feminina — e Janine Bello — diretora-geral da empresa — conversando, e tomo um grande gole.

Então, enquanto observo o salão, vejo um rosto familiar e inesperado. O que o Will está fazendo aqui?!

Por um instante, meu coração dispara. *Ele veio. Ele veio. Ele se importa comigo.* Mas então ele para. Tem tanta coisa acontecendo entre nós agora, e eu só quero focar no momento e sentir orgulho de mim. Não vou ser capaz de lidar com isso.

Ele me vê, acena e começa a andar em minha direção. O salão está cheio. Como ele entrou? Ele ainda deve estar na lista de convidados.

— Holly, acho que eu acabei de ver o *Will*? — Tomi surge atrás de mim. — Eu pensei que ele estivesse em Devon?

Não tenho tempo de responder antes que o Will nos alcance.

— Holly. — Ele me cumprimenta daquela forma curta e autoritária que costumava fazer meus joelhos enfraquecerem. — Tomi.

— Oi, Will — diz Tomi, com uma voz falsa e aguda. Fico quieta.

Há um silêncio constrangedor.

— Bom, então... — Tomi bate uma palma e murmura algo sobre "cuidar dos fotógrafos" antes de se esconder em um canto e ficar nos encarando.

— O que você está fazendo aqui? — pergunto.

— Vim te apoiar, claro. — Will se defende. — Queria te ver em ação. Eu *fui* convidado?

Sim, ele foi convidado. Mas ele disse que tinha a despedida de solteiro de um amigo para ir. Além disso, ele desapareceu faz uma semana e não conversamos desde então. Os filmes sempre mostram as pessoas aparecendo de repente, depois de uma grande briga, como se fosse um gesto romântico e apaixonado. Mas, na verdade, estou me sentindo surpreendida e sobrecarregada. A presença do Will neste momento não parece romântica, parece egoísta; como se ele não tivesse pensado em não me deixar mais ansiosa em um momento importante.

Então, mal posso acreditar nos meus olhos, mas vejo o Liam conversando com a mulher da entrada. Olho duas vezes, de forma cômica.

VOCÊ SÓ PODE ESTAR BRINCANDO COMIGO!

O universo ainda não terminou de rir às minhas custas?

Posso sentir minha pressão aumentar. Meu peito se aperta, como se um homem bastante pesado estivesse sentado nos meus ombros, e sei que estou a segundos de ter um ataque de pânico. O que ele está fazendo aqui? Eu sei que disse que o colocaria na lista de convidados, mas, de novo, não nos falamos há uma semana. Eu havia descartado completamente a possibilidade de ele aparecer.

O que está acontecendo?

A mulher com quem Liam conversa começa a procurar o nome dele na lista. Rezo para haver algum erro administrativo e ele não constar lá, mas ela encontra o nome e o risca com a caneta. Tento não olhar na direção dele. Não quero que Liam veja que eu o vi ou que o Will o veja. Espero que ele perceba que o Will está comigo e vá para casa. *Eu não o vi. Eu não o vi.*

Infelizmente, acho que o Will repara que estou prestes a vomitar, porque ele se vira e olha para trás. Vejo pela expressão em seu rosto que ele viu e reconheceu o Liam.

— *Ah.* Agora entendi por que você não me quer aqui — diz ele, de forma mordaz. — Você marcou com duas pessoas.

— Eu não *marquei com duas pessoas* — protesto. — Eu...

— Não vem com desculpinha, Holly. Não interessa. — O Will está olhando para o Liam, que acabou de agradecer à mulher na porta e examina o salão. Seus olhos encontram os meus, depois os do Will.

Ah, isso não é bom. Isso realmente não é nada bom.

Então o Liam caminha até nós. Os vinte segundos que ele leva para atravessar o salão são os mais longos da minha vida. Por um milésimo de segundo, penso em como é bom que ele tenha vindo. Ao contrário do Will, que sinto que está aqui para ganhar uma briga, sei que o Liam veio com o espírito de me apoiar de verdade. Penso em como sua presença seria tranquilizadora, se o Will não estivesse aqui também.

— Eu não pensei que você estaria aqui — diz ele para o Will quando nos alcança. — Não quero causar problemas. Só queria estar aqui pela Holly, na grande noite dela.

— Você não pensou que eu estaria aqui? — Will tosse. — Eu sou o namorado dela.

Estou prestes a dizer que, de fato, ele *não estava* planejando vir. Caso contrário, eu nunca teria convidado o Liam. Nesse momento, dou uma olhada para o Tomi, que ainda nos observa. Ele diz através de mímica labial *AH, MEU DEUS* e aponta para o Liam, *ESSE É O LIAM?*

Ele está me distraindo bastante.

— Olha, eu vou embora. — Eu me volto para eles. Liam enfia as mãos nos bolsos. Ele se esforçou porque está em um evento de moda, abençoado seja, e sua jaqueta quase combina com a camisa. Ele olha para mim e, com uma pontada no estômago, lembro como seus olhos são gentis. — Parabéns, Holly.

Graças a Deus. Ele está indo embora. Mas, quando penso que tudo está prestes a ficar bem, ele põe a mão no meu ombro. Will, que estava com os braços cruzados até agora, avança e lhe dá um soco no rosto.

30

TOME SUAS PRÓPRIAS DECISÕES

FLISS

É sexta-feira de manhã e estou sentada na cozinha, desenhando círculos com os polegares. Não consigo me concentrar no trabalho porque meu cérebro está muito ocupado tentando processar tudo o que aconteceu no último mês. Estou desorientada, sem rumo e assombrando a casa como uma espécie de fantasma sugador de alegria. Quando entrei na sala mais cedo, juro que a Jenny se arrepiou.

Eu pensei que me conhecia tão bem. Eu não tinha nenhuma *dúvida* a respeito disso. Sempre foi importante para mim que, apesar de como as pessoas me viam, eu sempre me conheci, sabia o que queria e como queria viver a vida. Nenhum medo me impedia de correr riscos, e eu não deixava que hábitos confortáveis me levassem a acreditar que eram o mesmo que felicidade, e nenhuma regra social sem sentido ditava como a minha vida deveria ser. Eu *me* conhecia. Eu sabia o que era importante para *mim*. E eu seguia isso.

De alguma forma, todas essas coisas se tornaram confusas. E não sei mais o que eu quero.

Desejo desesperadamente mandar uma mensagem para a Holly. Quando estourei com ela, senti que estava lhe dando muitos conselhos e não me sentia bem o suficiente para dar mais um, não quando estava me sentindo tão mal. E, principalmente, não queria receber conselhos sobre a minha vida, porque eu sabia que ela não diria o que eu queria ouvir... Mas agora eu realmente preciso dela. Quero contar tudo a ela, mas, definitivamente, ela não vai querer saber de mim. Eu não posso voltar com o rabo entre as pernas só porque tudo foi por água abaixo. Acho que, no final das contas, eu realmente precisava que ela fosse minha mentora de relacionamento.

Espero que ela esteja bem.

Henry desce as escadas e começa a se servir de suco de laranja.

— Sem o Rowan hoje? — pergunta ele, cuidadosamente.

Eu sei que ele sabe que tem algo errado, porque cheguei em casa ontem com um humor péssimo. Ele e a Jenny estavam assistindo a *Bridgerton* e eu tentei assistir com eles por cinco minutos, mas todos os olhares de desejo e atitudes que denotavam algum tipo de frustração sexual foram demais para mim. Eu murmurei: "TRANSEM logo, pelo amor de Deus" e subi as escadas. Nenhum deles tentou falar comigo desde então.

— Não — digo.

Há um silêncio enquanto ele introduz o pão na torradeira.

— Problemas no paraíso? — diz ele finalmente. O Henry seria incapaz de resistir à oportunidade de dizer "eu te avisei" por muito tempo.

— Não vou viajar com o Rowan — murmuro.

Henry põe uma mão no coração e se curva, segurando o balcão com a outra mão.

— Graças ao SENHOR — grita ele.

— Beleza, já entendemos, você é gay — digo. — Não precisa ser dramático.

Henry sorri.

— Sério, Fliss, vocês terminaram mesmo? Posso falar sinceramente?

— Você já falou. — Eu o relembro.

— Eu *não* falei sinceramente ainda. — Henry se apoia no balcão. Ele tem um olhar "professoral". Sempre pensei que se o Henry não fosse um Homem de Negócios Razoavelmente Bem-Sucedido que Usa Terno, ele seria um ótimo professor.

Eu me preparo.

— Pode falar.

— O Rowan é parte da sua história. — Ele cruza os braços. — E é lá que ele deve ficar.

— É isso? — Solto o ar. — Sua grande pérola de sabedoria? Eu meio que descobri isso sozinha, obrigada.

Os olhos do Henry se estreitam de um jeito brincalhão.

— Eu sei que a mãe *adora* o Rowan, mas, honestamente, Fliss, baseado em quê? Acho *hilário* que a mãe trate o Rowan como se ele fosse o modelo de homem que todos nós deveríamos querer ser, só porque ele estudou em Harvard, trouxe um vinho chique de sobremesa pra ela quando veio visitar e tem um trabalho impressionante. E por *impressionante*, quero dizer chato e que paga bem. — Henry faz aspas no ar ao dizer a palavra "impressionante". — O que essas coisas significam? E sim, o Rowan não tem relacionamentos abertos, mas ele é tão leal quanto a Georgia Steel.

— Quem?

— *Love Island* 2018? "Eu sou muito leal, bebê"?

Dou de ombros. Apesar da minha situação, eu rio. Mas, conforme ouço Henry falar, também não consigo deixar de me sentir triste que ele esteja se referindo, em parte, a si mesmo. Meus pais sempre estiveram tão entusiasmados com ele por conta do seu trabalho — que é tão vago que nem eu, sua própria irmã, consigo lembrar o que é — da sua casa, de ter se casado na idade "certa" e de ter tido um filho... Como se a felicidade dele fosse uma lista de itens a ser preenchida. Não tem nada de errado com essa vida, se é a vida que alguém realmente quer. E, até este momento, sempre achei que o Henry estivesse feliz com essa vida também. Mas é tão fácil pensar que você quer as coisas quando todo mundo fica dizendo que você deveria querer e te recompensando por isso.

— O Ash é legal *de verdade* — continua Henry. — O Ash te ama. O Ash é bom. Vocês tiveram três anos incríveis. Vocês dois foram feitos um para o outro.

Minha garganta se aperta. Nego com a cabeça.

— Não. Você tem razão sobre o Rowan, mas está errado sobre isso. Talvez zoar por aí com o Rowan não seja o melhor caminho para mim, mas estar com o Ash também não é.

O lindo, gentil e divertido Ash, que apenas me amou e me tratou como se eu fosse a pessoa mais especial do mundo. Ele merece encontrar alguém que possa retribuir isso.

— Fala sério, Fliss. — Henry puxa o cabelo, como se fosse arrancá-lo. — Todo mundo que já viu você e o Ash juntos sabe que é algo verdadeiro. Isso é raro.

Meus olhos se enchem de lágrimas.

— Eu sei, mas eu não posso dar pra ele o que ele merece. Todo mundo estava certo. Eu estava me enganando. Não dá pra viver pra sempre do jeito que a gente estava vivendo. Até o Ash disse isso. — Engulo o nó na garganta e digo o que eu temia desde que o Ash pediu que ficássemos exclusivos. — Não consigo amar ninguém de verdade, mas também não quero ficar sozinha. Estou sem saída, Henry.

Henry para de puxar o cabelo e fixa o olhar em mim. Inclina a cabeça para o lado, como se olhasse um caracol esmagado na calçada.

— Fliss — diz ele suavemente. — Amor de verdade? O que é *amor de verdade*? O Ash realmente ferrou com a sua cabeça.

Engulo as lágrimas.

— O que você quer dizer? O Ash não fez nada de errado.

— Não, eu sei — diz ele gentilmente. — Mas você sempre foi tão obstinada, e é triste te ver duvidando de tudo o que acredita, porque o Ash decidiu que um relacionamento aberto não podia ser pra sempre. A pessoa em quem você mais confia no mundo de repente mina tudo em que você acredita, obviamente isso vai ter um impacto. É um baque enorme. Isso deu a todos aqueles vermes comedores de cérebro do nossos pais uma chance de se infiltrarem. — Ele mexe os dedos como se fossem insetos. — Eu os conheço bem. Você vem resistindo a eles há bastante tempo. Eles estavam fadados a te atingir em algum momento.

— Isso não é... — começo.

— Acabe com eles, Fliss! — Henry balança os braços como se fosse uma bruxa enlouquecida e chacoalha os dedos nos meus ombros. — Acabe com esses vermes comedores de cérebro!

— Do que você está falando!? — Afasto seus dedos esquisitos.

— Relacionamentos podem acontecer de várias formas. Você já descobriu isso há muito tempo. Se o Ash não quer mais as mesmas coisas que você, que pena, mas acontece. Não significa que tem algo de errado com você. Nem que ninguém mais vai querer o que você quer.

Acho que ele *pode* estar certo. O Ash, a única pessoa com quem me senti verdadeiramente sintonizada, de repente começou a se parecer com os meus pais. Tentei dar a ele o que ele queria, sem medir esforços, e, porque não funcionou logo de cara, voltei a sentir que a única opção para mim era estar em um relacionamento em que eu não me sentia livre ou ficar sozinha.

De alguma forma, quebrei minha única grande regra. Não deixe que outra pessoa decida o que você quer, decida você mesma. A Holly surge na minha mente de novo, e eu dou risada. Eu não estava vivendo de acordo com tudo o que supostamente ensinei a ela. De algum jeito, eu me tornei a maior hipócrita do mundo.

Mesmo depois dessa constatação libertadora, minha animação não dura muito. Não *quero* encontrar outra pessoa que queira as mesmas coisas que eu.

Eu quero o *Ash*.

— Você não parece muito convencida — comenta Henry.

— Não, eu acho que você provavelmente tem razão — digo.

— Oi? Você poderia repetir isso, por favor? — Henry põe a mão atrás do ouvido. — Acho que não ouvi direito.

— Ah, cala a boca. Você *sempre* está certo. Eu só... De qualquer jeito, ainda preciso superar o Ash.

Henry franze o cenho.

— Vai parecer loucura, mas você já tentou *conversar* com o Ash sobre isso?

Penso no momento em que ele me pediu para sermos exclusivos. As lembranças estão tão embaçadas pelo pânico que mal consigo me lembrar.

— Sim? — respondo, hesitante.

— Hmm, convincente. — Henry fica mais sarcástico a cada minuto. Eu nunca devia ter admitido que ele estava certo. — Sem querer ofender, Fliss, mas conversar nunca foi um dos seus pontos fortes.

— E, ao que parece, também não era o seu até você se divorciar — murmuro.

— Terapia de casal faz isso com uma pessoa. — Henry dá de ombros. — Qual foi o motivo do Ash para querer isso?

Relembro nossa conversa.

— Ele queria passar mais tempo juntos.

— Beleza, bom, dá pra fazer isso sem ser monogâmico. O que mais?

— Que... que era inevitável. Que a gente não conseguiria continuar assim.

Minhas entranhas gelam ao pensar no Ash me dizendo que não poderíamos continuar assim para sempre, como se fosse óbvio. Como se isso não fosse na contramão de tudo o que já havíamos falado. Como se isso não fosse me tirar do eixo.

— Mais nada? — insinua Henry. — Ele não deu nenhuma outra explicação?

Nego com a cabeça.

— Bom, essa é uma razão de merda. E também não parece algo que ele tenha pensado muito bem — conclui Henry.

Concordo com a cabeça. Ele tem razão. Agora que ele apontou, o raciocínio é frágil e incrivelmente nada a ver com o Ash. Ou, pelo menos, com o Ash que eu conheço. O Ash geralmente pensa nas coisas de um jeito muito mais profundo. Que tipo de motivo é "não podemos continuar assim para sempre", afinal? Ele me devia mais do que isso. Eu não estava pensando direito para julgar o que o Ash disse de forma tão simples.

Sinto meu peito se encher de esperança. Talvez haja uma maneira de resolvermos isso. Eu só preciso fazer o que deveria ter feito desde o início... Conversar direito com o Ash. Pela primeira vez em semanas, começo a ver uma luz no fim do túnel.

— Mas olha, Fliss, me faz um favor? — A torrada do Henry fica pronta e ele começa a passar manteiga.

— O quê?

— Só... — Ele se senta à mesa de frente para mim e começa a tomar seu café da manhã. — Dê tempo ao tempo. Você tem andado por aí como um rabo de agulha-de-garganta-branca.

— Como um o quê? — Tiro a torrada do Henry de sua mão.

— Um pássaro muito rápido. — Henry a pega de volta antes que eu possa dar uma mordida. — Vai se ferrar.

— Você anda vendo muitos documentários sobre natureza com a Jenny — digo.

— Só... vai com calma. Acho que você está tão acostumada a saber exatamente o que quer que não saber mais te apavorou. Não tem problema às vezes não saber. Relaxa. Se dê um pouco de espaço. Eu gostaria que alguém tivesse me dito isso.

Assinto com a cabeça. *Espaço*. Isso parece bom.

— Se quiser, eu preparo um café pra você — oferece Henry. — Podemos terminar de ver *Planet Earth*?

Sorrio, subitamente grata pelo meu irmão mais velho idiota ter invadido a minha casa.

— Seria ótimo, obrigada.

Digo a Traduire que estou doente — não tenho nenhum prazo a cumprir, de qualquer forma — e passo o dia debaixo das cobertas com o Henry, vendo TV e comendo seus doces. É como se fôssemos crianças de novo, se não contarmos o aluguel exorbitante e os relacionamentos fracassados.

Por volta das cinco e meia, vou para o meu quarto tomar um banho quente, quando vejo o convite dourado e brilhante da festa de trabalho da Holly na minha prateleira. A data em relevo diz: "Sexta-feira, 28 de fevereiro". É hoje à noite. Fico curiosa para saber como foi a feira de negócios dela; ela estava tão nervosa.

Sem pensar duas vezes, entro no chuveiro, passo um batom, ponho um vestido e saio pela porta meia hora depois.

— Onde você vai? — Henry ainda está na mesma posição, embaixo do cobertor. — Se mexer é ruim.

— Esqueci que tenho que ir a um lugar! — digo sem fôlego.

No caminho, pego um buquê de flores e um cartão com a imagem de um milho, que diz: "Você é uma em um milhão", que acho que a Holly vai gostar.

Quando chego, tudo me lembra Holly e suas revistas volumosas e brilhantes. A festa está acontecendo em um belo edifício antigo, com pé-direito alto e piso de mármore. Pessoas glamorosas e bem-vestidas circulam e bebem champanhe. Só espero ter chegado a tempo de parabenizar a Holly.

Então eu a vejo no meio da multidão. Ela está conversando com dois homens e parece... *muito* desconfortável. No início, eu me pergunto o que está acontecendo e, de repente, um desses homens dá um soco no rosto do outro.

Ah, meu Deus.

Há um suspiro coletivo entre os convidados. As pessoas se afastam e um círculo se forma ao redor deles, que começam a rolar no chão, trocando socos. Acho que são o Will e o Liam. Quem é quem? Para quem estou torcendo? Não consigo deixar de pensar que as brigas não se parecem em nada como nos filmes. Na verdade, elas parecem muito, muito bobas.

31

BRIGAS PARECEM BOBAS

HOLLY

Quando o Will acerta o Liam, há um momento em que parece que nenhum dos dois consegue acreditar no que aconteceu. O Liam parece chocado, quase como se fosse começar a rir. O Will parece assustado, apesar de ter sido ele quem desferiu o soco. Percebo que ele se pegou de surpresa e já está arrependido, mas é orgulhoso demais para se desculpar imediatamente, então fica com uma postura de indiferença, como se defendesse o que fez, tentando parecer que entrar em uma briga não é nada de mais para ele e é algo que faz o tempo todo.

Percebo que o Liam não sabe ao certo como reagir. Sua dignidade não o permite deixar para lá, mas, ao mesmo tempo, ele não consegue responder com outro soco, porque ele não quer.

Segundos se passam. Há um momento em que ambos apenas se encaram, paralisados de medo e completamente presos em seus egos masculinos.

Então Liam parece decidir que precisa responder ao desafio de *alguma forma*. Ele dá um empurrão no ombro de Will, sem muita convicção.

Por um momento, Will olha para o local onde Liam o encostou, também decidindo como responder. Ele não pode deixar essa retaliação para lá, e, em troca, dá um empurrão fraco no ombro de Liam.

A sucessão de empurrões leves nos ombros um do outro é farsesca, a ponto de quase parecer que eles estão se acariciando. A esta altura, as pessoas ao nosso redor começaram a perceber a briga. Uma senhora derrama champanhe no braço quando o cotovelo de Will a atinge, e Liam para para se desculpar.

— Me desculpa, foi mal. — Ele apazigua.

Will parece levar isso como uma afronta, como se fosse ele que tivesse que se desculpar com a mulher.

— Não, *me* desculpa — declara ele, e se lança sobre Liam com um novo tipo de determinação.

Os dois caem no chão. Há um suspiro coletivo e uma onda de sussurros, e todos que estão próximos a eles se afastam. As pessoas no salão ficam em silêncio, olhando para nós.

Fica evidente que o Will não tinha muitos planos depois de derrubar o Liam no chão, então ele começa meio que a puxar a camisa do Liam, que também puxa a camisa do Will, e eles quase começam a... rolar no chão? Seria cômico, se não fosse trágico.

Nesse momento, alguém cutuca meu ombro. Uma voz familiar diz:

— Não posso te deixar sozinha nem um segundo, né?

Estou tão aliviada em ver a Fliss que tenho vontade de chorar.

— Fliss! — exclamo. — AJUDA?

— Acho que já passamos desse ponto, meu amor — diz ela e me abraça enquanto observa o Will e o Liam grunhirem e se contorcerem.

Mal tenho tempo de me sentir feliz em vê-la, quando os seguranças aparecem na porta e começam a se aproximar.

Nos filmes, os seguranças sempre têm que se esforçar muito para separar uma briga. Mas, na realidade, quando eles surgem, Will e Liam estão sentados um de frente para o outro no chão, desolados e confusos, e parecem muito felizes por serem forçados a acabar com essa briga ridícula. Will está com o rosto vermelho, respirando fundo. Liam está ofegante, ajeitando a gravata.

Os seguranças olham para eles no chão, balançam a cabeça e os levantam como crianças malcriadas.

Não acredito que me estressei semanas a fio por causa desses dois.

— Ah, meu Deus, Holly. — Tomi corre em minha direção. — Você está bem? — Ele esfrega o meu ombro e Fliss imita o gesto.

— Holly, *o que* está acontecendo? — pergunta Fliss.

Estou muito chocada para explicar. Mal consigo processar o que acabou de acontecer. Agora que tudo acabou, sinto uma raiva indescritível.

— Você está bem? — Fliss aperta minha mão.

Ela e o Tomi continuam me encarando.

— Acho que sim — digo finalmente.

— Bom, agora que sabemos que você está bem, posso dizer que isso foi espetacular. Drama no estilo Will Smith dando um tapa no Chris Rock no meio do Oscar. Lembra quando a gente pensou que a Claire derramar geleia no vestido e não ter nenhuma roupa pra trocar foi o ápice da emoção na festa de Natal? Alguma coisa *imensa* vai ter que acontecer no nosso próximo evento pra superar isso. Quer dizer, eles estavam *literalmente* brigando por você. Você é a Bridget Jones. Incrível. — Tomi faz uma reverência.

Apesar de estar extremamente envergonhada, não posso deixar de rir.

— Ah, meu Deus. A Lara viu? A *Janine* viu? — pergunto para o Tomi. Janine é nossa diretora-geral. Ela é encantadora, altiva e realmente aterrorizante.

Tomi faz uma careta.

— Bem... *todo mundo* viu.

— Elas sabem que eles estavam comigo?! — pergunto.

— Ah, elas vão saber — diz Tomi com cautela. — Elas são muito minuciosas com a lista de convidados.

Estremeço só de pensar em ter que explicar minha vida amorosa para a nossa chefe de moda feminina e para a nossa diretora-geral. Estou superamargurada. Esta noite devia ter sido *minha*. Aparentemente, eles vieram aqui para me apoiar e, de alguma forma, a noite acabou sendo toda deles.

— Com licença — digo ao grupo. — Volto em dez minutos.

Eu me enfio entre a multidão de pessoas, que ainda fofocam sobre a "briga insana" — é óbvio que elas queriam ver tudo de um ângulo melhor — e vou para o corredor onde Will e Liam estão sentados em um banco, um ao lado do outro, como se estivessem de castigo. Quando me aproximo, os dois se levantam.

— Preciso falar com vocês dois — digo. — *Separadamente*.

Conduzo Will para a chapelaria. Não era onde eu imaginava ter essa conversa, entre fileiras de casacos, mas nada em nossa situação atual se aproxima remotamente da minha visão de onde estaríamos agora.

— Will, eu te amo — digo.

Ele parece aliviado por um segundo. E está prestes a responder, mas eu o interrompo.

— Mas as coisas não podem continuar assim. Elas precisam mudar.

A palma das minhas mãos está suando, e eu preciso beber água. Eu e o Will só tivemos nosso primeiro confronto sério no restaurante, na semana retrasada, e eu ainda não tenho prática em me defender. Mas estou determinada a ouvir minha intuição. Minha voz pode ser baixa, mas finalmente eu a uso.

Uma careta quase de divertimento cruza o seu rosto.

— O que você quer dizer com isso? É por causa *daquele cara*? — Ele aponta o dedo para o corredor.

— Não é sobre ninguém — explico. — É sobre nós. Você não me ouve, e às vezes é muito egoísta.

— Eu sou egoísta? — Sua voz assume um tom ligeiramente condescendente, do tipo "que bobagem é essa que essa mulher está falando", o que desperta um momento de dúvida. Será que *estou* falando besteira? Estou exagerando? Mas... *não*. Não estou. O que estou dizendo é válido. Lembro a mim mesma que ele só veio aqui hoje — para uma das noites mais importantes da minha carreira — porque estava com ciúme. E então ele causou uma comoção.

— Sim, e se você não consegue ouvir o que eu estou dizendo, não posso ficar com você. — Eu me mantenho firme.

— Você está sendo histérica — responde Will.

— Nossa, Will, você nunca me ouve!

— Eu estou ouvindo. Você está falando muito alto. Depois a gente conversa sobre isso, quando você se acalmar.

— Eu não quero me acalmar! — grito. — Não estou calma! Cansei de ser comedida, educada e prestativa. Sabe de uma coisa, Will? *Vai se foder*.

Xingo. Xingo bem alto. Em público. Por um momento, me pergunto se alguém ouviu, mas, depois, penso, e daí se alguém ouviu?

Os olhos do Will quase saltam das órbitas. Parece que ele vai dizer mais alguma coisa, mas então sai da chapelaria, resmungando. Eu o observo sair, o que me causa uma decepção esmagadora. Ainda havia uma pequena parte de mim que esperava que ele me ouvisse. Que ele levantasse as mãos e dissesse que talvez houvesse alguma falha da parte dele e que as coisas poderiam mudar. Mas, no fundo, eu sabia que isso não aconteceria, e ele apenas confirmou. Se não havíamos terminado definitivamente dez minutos atrás, agora com certeza terminamos.

Saio da chapelaria e encontro o Liam, que ainda está sentado no banco, parecendo a definição de "ter o rabo entre as pernas".

— Holly. — Ele agarra minha mão. — Eu sinto *muito*. Eu vim aqui pra te apoiar, não pra causar uma confusão na sua grande noite.

Sei que isso é verdade. Ele não sabia que o Will estaria aqui, ou que o Will lhe daria um soco na cara. Não posso culpá-lo tanto por ter revidado. Todos nós cometemos erros. Não quero dizer que está tudo bem, mas também não quero fazê-lo se sentir mal.

— Obrigada por dizer isso — respondo. — Escuta, Liam, obrigada por ter vindo aqui e por ser uma pessoa adorável. Eu me diverti muito com você, mas...

— Mas você ama o seu namorado. Eu entendo. Você não está disponível. — Liam nega com a cabeça. — Eu não sei por que vim aqui hoje, me desculpa. Não quero me envolver em nada complicado nem me meter entre vocês. Eu não pensei muito, só queria te ver e torcer por você.

Sorrio. É muito bom que ele se interesse pelo que estou fazendo, porque *eu* estou fazendo, apesar de ele não ter nenhum interesse em moda. E é legal que ele sempre se preocupe com os meus sentimentos e realmente queira ouvi-los. Mas, penso comigo mesma, com tristeza, está muito óbvio para mim agora que eu gosto do Liam só porque ele representa tudo o que não tenho recebido do Will. Durante todo esse tempo, eu o comparei ao Will em vez de avaliá-lo em seus próprios termos. Não tenho ideia do quanto realmente temos em comum.

E isso não é a melhor base para começar um relacionamento.

— Na verdade — digo —, estou terminando com o Will. Temos muitos problemas. Eu nunca quis estar em um relacionamento aberto.

— Eu entendo. — O canto de sua boca se curva, formando o que parecia o meio do caminho entre uma careta e um sorriso. — Não é muito a sua cara, pelo que pude conhecer de você.

— Sim, não é. — Balanço a cabeça. — Desculpa ter te arrastado pra isso. Eu não devia ter concordado em me envolver em algo que não queria e, definitivamente, não devia ter mentido sobre isso. Eu não estava com a cabeça no lugar e não sabia o que estava fazendo e, quanto mais eu gostava de você, mais difícil ficava pra contar a verdade...

Liam sorri quando admito gostar dele.

— Mas acho que também não estou pronta pra me envolver com outra pessoa — acrescento. — Eu gosto do que sei sobre você até agora, mas...

— Mas não é o melhor momento. — Liam conclui por mim.

Concordo com a cabeça. Seria muito confuso continuar saindo com o Liam agora.

— Eu entendo perfeitamente, Holly — diz Liam.

Nós dois ficamos em silêncio por um minuto.

— Escuta, se você mudar de ideia daqui a alguns meses, você tem o meu número. — Ele sorri. — Quem sabe onde eu vou estar, mas talvez os nossos caminhos se cruzem novamente. Talvez não. Mas foi bom te conhecer. Eu te acho maravilhosa.

A parte de mim que gosta de agradar às pessoas se sente totalmente aliviada por ele ter aceitado a minha decisão tão bem. Mas eu me lembro de que não devo nada a ele. Aliás, não devo nada a ninguém.

— Você também é maravilhoso, Liam. — Eu o abraço.

Ele se levanta e eu o observo sair do prédio.

Demoro alguns minutos para me recompor, sentada em silêncio na chapelaria. Então respiro fundo e volto para o salão. Quero ter certeza de que não vou deixar mais ninguém arruinar o momento pelo qual tenho trabalhado tanto. Em breve, a chefe do nosso departamento vai fazer um discurso de agradecimento e vai ler o nome de todos os designers e, pela primeira vez, meu nome vai estar nessa lista.

Quando isso acontecer, vou poder pedir uma promoção e ser oficialmente uma estilista em vez de apenas contribuir com ideias pelas quais nunca recebo nenhum crédito e de passar noventa por cento da minha vida fazendo CADs. Talvez eu até possa ter uma assistente para me ajudar com as *minhas* criações. Que ideia inusitada.

Quando volto para a festa, Fliss se aproxima de mim.

— Você está bem? — pergunta ela.

Não tenho tempo de responder, pois ouço o tilintar de um talher bater contra uma taça.

— Senhoras e senhores, um minuto de atenção — diz Lara Pearse. — Organizar uma feira como a de hoje não é uma tarefa fácil, mas acho que podemos concordar que nos unimos para fazer da exposição de outono deste ano a melhor até agora...

Ela começa seu discurso falando sobre as tendências atuais e sobre o ano que a empresa teve. É difícil me concentrar; estou tomada de adrenalina porque meu nome finalmente vai ser mencionado.

— Estilistas, modelos ou membros do RH e marketing, gostaríamos de agradecer a todos vocês do fundo do coração por fazer dos últimos dez anos um grande sucesso. E, de fato, tivemos a confirmação de que a exposição de outono deste ano quebrou o recorde da empresa em número de pedidos recebidos.

Há uma grande salva de palmas. Essa notícia é ótima. Sei que especialmente as duas últimas exposições tiveram uma pequena queda nos pedidos.

— Com um agradecimento especial à nossa equipe de design de roupas femininas, responsável pela amorosa criação de cada peça: Julie Carson, Lucia deMarco e Amber Lyall.

Fico esperando que ela diga o meu nome, mas ela para ao mencionar o nome da Amber. Todos começam a bater palmas e assoviar, e ela agradece pessoalmente aos outros departamentos. O sangue sobe para os meus ouvidos e não consigo ouvir nem ver nada.

Eu trabalhei *tão* duro, tão incrivelmente duro, para... *nada*?! A Amber me prometeu que este seria o ano em que finalmente eu seria reconhecida. Que, depois disso, eu poderia compartilhar algumas das minhas ideias e finalmente participar de reuniões de design. O que aconteceu? Houve algum tipo de engano?

Procuro a Amber no meio da multidão. Meus olhos encontram os do Tomi. Ele diz "O QUÊ?!", através de mímica labial.

— E você? — Fliss sussurra no meu ouvido. — Pensei que você tivesse feito alguns modelos.

— Eu fiz — sussurro de volta, com o sangue fervendo.

Localizo a Amber, perto do palco, tomando uma taça de champanhe e batendo os dedos em uma das mãos.

Vou até ela. A Fliss me segue no meio da multidão.

— *Amber* — sussurro quando a alcanço.

Ela parece ao mesmo tempo um coelho assustado e alguém que acabou de sentir um cheiro ruim.

— Holly. — Ela me olha como se eu fosse maluca. Talvez eu seja. — Não é uma boa hora.

— Quando a gente pode...

— E agora, pra falar em nome da nossa querida Julie, que ainda está de licença-maternidade, por favor, recebam a talentosa Amber Lyall.

A Lara se afasta para permitir que a Amber pegue o microfone. A Amber tem a audácia de me entregar sua taça enquanto dá um passo à frente.

Ali de pé, segurando sua taça enquanto ela recebe aplausos e holofotes por todo o meu trabalho duro, nunca me senti tão pequena e insignificante.

Estou *tão* farta de me sentir pequena e insignificante.

— Equipe, que ano foi este... — a Amber continua, mas mal a ouço. Apenas espero ouvir meu nome, espero reconhecer Amber falando sobre mim. Mas não, ela continua falando e falando sobre o que inspirou a coleção. Ela menciona a Lucia e a Julie novamente, mas não cita meu nome.

E então, é como se meus membros ganhassem vida própria. Em um segundo, estou ali, vendo a Amber falar, e, no outro, passo a taça dela para a Fliss e dou um passo à frente.

Estou genuinamente tendo uma experiência extracorpórea. Eu me vejo caminhar até a Amber e pegar o microfone da sua mão. Ela não oferece nenhuma resistência; provavelmente está muito surpresa. Então eu começo a falar.

— Oi, pessoal — digo, e minha voz e minha mão tremem. — Eu sou a Holly. Provavelmente vocês não me conhecem, porque, bem, por que conheceriam? Mas eu trabalho nesta empresa há quatro anos. Na verdade, eu fui a única responsável pelo item nº 7, e quase responsável por *todas* as peças da Amber, porque ela é uma bruxa preguiçosa e eu faço todo o trabalho dela.

A sala se dissolve em risos. Alguém ao fundo grita um "Uh-hul". Tomi tenta puxar uma salva de palmas, mas para quando ninguém se junta a ele.

— Na verdade, é só isso que eu tenho pra dizer. Obrigada... — Termino e devolvo o microfone para a Amber, que parece querer me bater até a morte com ele.

Volto para o lado da Fliss, que me encara em admiração.

— Acho que acabei de ser demitida — digo em voz alta. — Vamos ficar bêbadas?

Ela acena lentamente com a cabeça e pega meu braço com cuidado, parecendo estar com muito medo de mim, mas também orgulhosa. Nós atravessamos a multidão, que ainda me encara. Tento não olhar ninguém diretamente nos olhos porque, se o fizer, posso vomitar. Tomi sai correndo atrás de nós e nos dirigimos para a saída.

Na rua, do lado de fora, as mãos do Tomi estão coladas no seu rosto.

— Holly... Isso foi... fenomenal. Impressionante. ICÔNICO.

Fliss ainda está sem palavras.

— Foi... realmente incrível.

— As pessoas vão falar desta noite durante anos. — Tomi abre bem os braços. Seus olhos estão brilhando. — Você fez história.

— Muito bem, então... vamos pra onde, pessoal? — Fliss olha em volta. Tomi abraça meu ombro.

— Não faço a menor ideia — respondo. — Pra qualquer lugar.

— Eu conheço um lugar — diz Tomi. — Vamos?

Depois da minha experiência extracorpórea, a ficha do que eu fiz começa a cair. Por um breve momento, me pergunto se não tem problema ir embora bem no meio da festa. Será que estou piorando a situação? Será que devo ficar e pedir desculpas? Será que agora realmente vou ser demitida? Penso nessas possibilidades, mas tento me agarrar ao sentimento de raiva que estou sentindo. Talvez eu seja demitida, mas pelo menos deixei de ser capacho para as pessoas pisarem em mim. Dou os braços para a Fliss e começo a seguir o Tomi pela rua.

32

DEIXE AS REGRAS EVOLUÍREM

FLISS

Nas duas semanas seguintes, eu me concentro em mim. Leio livros, fico com a Jenny e o Henry, estudo japonês, vou beber com a Holly. Depois daquela feira de moda desastrosa — mas inesquecível —, ela me perdoou imediatamente pela nossa discussão.

Após nosso desentendimento, Rowan tentou me atrair de volta para a nossa bolha compartilhada de ilusão, na qual tudo é divertido, leve e fácil. Mas, depois de algumas semanas, quando não há mais dúvidas de que não vai rolar, e talvez depois de ele ter tido tempo de refletir sobre o seu comportamento, ele me conta que vai voltar para os Estados Unidos. Ele até pede desculpas por ter mentido para mim — o que, admito, eu não esperava — e diz que vai contar tudo para a Ella. Espero que ele esteja falando sério.

No fim, nosso adeus não é terrivelmente constrangedor ou rancoroso, e eu o levo até o aeroporto, o que acho justo, considerando todas as vezes que ele foi me buscar no JFK. Eu me pergunto o que vai acontecer com a Ella quando ele voltar — Deus a ajude, imagina estar *apaixonada* pelo Rowan —, se ela vai perdoá-lo e se ele realmente vai começar a se comportar de forma diferente.

Enquanto o observo tirar a mala do carro — usando um gorro mal tricotado de quando ele começou a aprender a tricotar, na semana passada —, penso se ainda há lugar para o Rowan na minha vida. Dividir uma história por si só não basta para manter alguém por perto; tudo vai depender de Rowan realmente amadurecer ou não. Definitivamente não quero ser amiga de alguém que engana as pessoas que o amam dessa forma. Acho que vou ter que pagar para ver.

Depois de me dar tempo para refletir sobre os últimos meses, fica dolorosamente óbvio para mim que ainda amo o Ash, mas o fato é que ele quer algo de mim que eu não sei se sou capaz de dar a alguém.

Acho que se eu tivesse sido capaz de contar isso a ele, as coisas não teriam implodido da forma como implodiram, mas eu estava tão acostumada a querermos exatamente as mesmas coisas e a entendermos um ao outro. Por isso senti que, se não estávamos de acordo, eu não podia mais conversar com ele. E que, se ele compartilhava da mesma opinião que o restante do mundo, e eu estava na minha própria ilhazinha, eu era um problema.

Mas eu não sou um problema. Eu amo o Ash, e a questão é que ele está procurando algo diferente que eu não consigo lhe dar. Mas eu preciso pelo menos entender por que ele quer isso e por que agora. Preciso entender o que o fez mudar e obter respostas para todas as perguntas que eu deveria ter feito antes, mas não fiz.

Fico esperando do lado de fora do apartamento do Ash. Agora, neste exato momento, ainda não sei como ele vai reagir. Hoje pode ser o dia em que eu e o Ash vamos nos resolver e ele vai me aceitar de volta. Mas também pode ser o dia em que ele vai me dizer para cair fora, mas eu posso viver com isso sendo uma *possibilidade*. E, se realmente ele pedir para eu me afastar, não sei como vou lidar com a situação. Então, continuo esperando.

Não acredito que terminei com o Ash. Isso realmente aconteceu? Ah, meu Deus. Se ele me disser para ir embora, vai ser merecido.

Só que... o Ash nunca diria isso. Ele diria que eu arruinei minhas chances com ele para sempre, de um jeito sensível e respeitoso, o que é ainda pior.

Então a porta se abre, e a vizinha de meia-idade do Ash — Arlene, eu acho, que sempre grita enquanto transa e faz lasanha depois do sexo — é isso aí, Arlene, só, por favor, fecha a janela e dá um pouco de lasanha pra gente — sai.

— Ah, oi, Fliss — diz ela. — Você se trancou para fora? Espera aí, acho que eu tenho uma chave extra...

— Ah, é, não, eu só precisava tomar um pouco de ar, obrigada, Arlene. — Eu me levanto.

Ela me olha como se eu não estivesse bem, porque é uma noite fria e chuvosa de terça-feira e eu estou encharcada, mas não me pergunta mais nada.

— Então tudo bem — diz ela e segura a porta para mim. — Se cuida.

Passo por ela e entro no corredor. Posso continuar esperando no hall? Parece menos poético do que esperar na escada.

Respiro fundo e bato na porta do Ash.

Ouço passos lentos e sou tomada de medo. Esta pode ser a última vez que entro neste corredor, no apartamento dele. Esta pode ser a última vez que o vejo.

Quando ele abre a porta, fico surpresa com sua aparência. O Ash normalmente se cuida bastante, mas ele parece... hmm, péssimo. Há olheiras debaixo daqueles olhos veganos e normalmente brilhantes, seu cabelo está sujo, e ele veste um moletom com uma mancha questionável.

— Oi? — Sua voz falha, como se ele não a usasse há dias. Assim que me vê, ele parece que vai começar a chorar, e tento não analisar se isso é bom ou ruim.

— Ash. — Sou tomada pela urgência de abraçá-lo e nunca mais soltar. Tudo isso parece absurdo. Só quero cuidar dele. Mas sei que estar de acordo sobre o que nós dois queremos é importante, não interessa o quanto a gente se ame, então resisto à vontade de me jogar em cima dele. — Posso entrar?

Ele dá um passo para o lado. Entramos na sala de estar e, embora ela nunca esteja impecavelmente limpa, está muito mais bagunçada que o normal. Há uma pilha de caixas de comida para viagem no tapete creme felpudo do Ash. Ele é um homem de bom gosto, com exceção de sua predileção incomum por tapetes fofos e gigantes e por macacões. É porque eles o fazem se lembrar da sua irmã. Eu me lembro de ter ligado essas duas coisas ao notar o tapete horrível da Sara, e pensar que, independentemente do tempo que eu conhecia o Ash, sempre encontrava coisas novas para amar nele.

— Como você está? — pergunto de forma educada, como se não tivesse notado as embalagens de comida.

Em resposta, Ash aponta com a cabeça para o seu miojo parcialmente comido, e, mesmo que não seja nem um pouco engraçado, nós dois começamos a rir.

— Bom, já estive melhor. — Ele começa a tirar pratos e canecas da mesa de centro.

— Você... comeu frango?! — Percebo carne em uma das caixas.

— Não. Mas pensei em comer.

Ele leva todo o lixo para a cozinha, e eu me empoleiro no sofá, à espera dele. Estou *nervosa*. Normalmente não fico nervosa. Geralmente, se tem algo que eu quero, eu penso, bom, se eu não conseguir, existem outros caminhos. Uma porta fechada só significa que outras dez vão se abrir. E eu acredito nisso de verdade, mas eu realmente, *realmente*, não quero que o Ash feche essa porta. A nossa porta. Não estou interessada em nenhum caminho que não esse.

Ele volta e se senta, deixando um grande espaço entre nós. Parece estranho estar sentada com o Ash neste sofá, tão longe um do outro, onde ficamos de conchinha juntos um milhão de vezes.

— O que é, Fliss? — pergunta ele. — Você está bem?

Nego com a cabeça.

— Não. — Minha voz oscila de forma incomum. — Eu... eu ferrei com tudo, Ash. Nós devíamos ter conversado mais sobre as coisas. Eu te amo. Eu sinto muito.

Ele afunda a cabeça nas mãos. Isso é... bom? Afundar a cabeça nas mãos nunca é bom, não é? Decido continuar falando, antes que ele me expulse.

— Eu não estava lidando muito bem com o novo relacionamento — explico. — Eu me senti tão sozinha, porque a mudança me deixou completamente surpresa. Sempre senti que éramos um time e nos entendíamos, então pensar que você não acreditava no nosso relacionamento como ele era... Isso acabou comigo. Comecei a pensar que eu era um problema, porque eu estava achando tão difícil...

Ash me escuta pacientemente. Não consigo ler sua expressão, então apenas continuo. Conto tudo. Mesmo que não dê certo, pelo menos fiz tudo o que podia.

— Acho que foi mais fácil pra mim voltar a pensar que eu devia ficar sozinha pra sempre, mas eu estava sendo estúpida — concluo.

Quero rir de como isso parece ridículo agora.

— Eu não me conhecia aos vinte anos, mas me conheço agora. Eu sei que eu quero *você*, mas...

Provavelmente essa é a parte mais difícil de dizer, mas isso só vai funcionar se formos transparentes um com o outro, como costumávamos ser no nosso antigo relacionamento.

— Eu não quero ficar exclusiva. Me desculpa. E não de uma forma "agora não, mas quem sabe um dia". Eu não sei se algum dia vou querer isso. Talvez sim, talvez não. E eu não quero que essa dúvida paire sobre nós como uma espécie de promessa que talvez eu não seja capaz de cumprir. Eu sinto muito, e eu quero mais do que tudo voltar com você, mas... não de uma forma exclusiva. Eu te amo *tanto*. Eu só... eu preciso de total liberdade. Eu adoro conhecer pessoas novas e ter experiências diferentes, e saber que eu não estou presa a alguém de alguma forma faz parte do meu jeito de amar. Eu não consigo mudar isso, me desculpa.

Ash fica num silêncio mortal, com uma expressão impassível. Ele respira fundo e eu não tenho ideia do que ele vai dizer. Saboreio o último momento sem saber, antes que provavelmente ele diga adeus para sempre e me esmague como um inseto.

— Fliss — diz ele, e meu coração martela no peito. — Eu também sinto muito.

Sobre o que ele sente muito? Que tudo tenha acabado? Que não vamos conseguir consertar o estrago? Que eu não consigo dar a ele o que ele precisa?

— Eu fiz tudo errado — diz ele. — Eu sabia que você estava achando difícil, e eu devia ter tentando conversar mais com você sobre isso em vez de te sufocar e te enviar presentes ridículos. Eu só... sei lá. Estar num relacionamento monogâmico realmente faz você sentir que não pode conversar sobre as coisas, né? De repente, parecia que só porque estávamos tentando ser exclusivos, assumir que gostaríamos de sair com outras pessoas ou que estávamos achando difícil seria como admitir uma derrota.

Quando ele diz isso, parece que a sala se enche de ar.

— E as minhas razões pra querer mudar o nosso tipo de relacionamento eram tão frágeis, me desculpa. Mas acho que eu fui fraco, porquê... *eu* também não tenho certeza se quero ser exclusivo. Pra ser sincero, acho que era algo que eu sempre considerei temporário, embora fingisse que não. De certa forma, sempre presumi que seríamos monogâmicos em algum momento. Acho que isso se deve ao fato de que é o que todo mundo sempre esperou de nós, inclusive os meus pais e a minha irmã, e talvez eu seja mais influenciável do que pensava. Muitos amigos meus começaram a ficar noivos este ano, e eu estou sempre perto da Sara e da Ava e da organização do casamento delas, e os meus pais ficam jogando indiretas para mim sobre quando vai ser a minha vez, porque eu sou mais velho que ela, e perguntam quando vamos deixar de sair com outras pessoas... Eles ficavam falando sobre filhos e casamento como se fossem coisas que eu só poderia ter se nós fôssemos monogâmicos. E eu queria que déssemos outros passos no nosso relacionamento, mas ficava pensando que essa era a única maneira de fazer isso. O que é estúpido; nós não precisamos ser monogâmicos para dar outros passos. Acho que agora entendo completamente o significado da crise de meia-idade.

Dou risada.

— Mas não me arrependo que isso tenha acontecido. Acho que precisou você ir embora para eu compreender. Eu não quero um relacionamento monogâmico e você também não quer, e eu não sou a minha irmã nem os meus amigos. Eu ainda quero dar o próximo passo, mas vamos ter que descobrir do nosso próprio jeito. Eu te amo, Fliss. Acho que o que temos é realmente especial.

Sorrio. Estou extremamente feliz por ele dizer tudo isso.

— O que você está dizendo? — pergunto. — Você quer voltar comigo?

Ash sorri de volta.

— Sim, eu quero voltar com você. Felicity Henderson, você quer morar comigo?

Demoro um pouco para entender o que ele disse. Eu não esperava isso. *Morar junto.* É um passo gigantesco. Um milhão de perguntas surgem na minha cabeça. Estamos prontos para isso? Como vamos conseguir sair com outras pessoas morando na mesma casa? Como isso vai ser? Vai ser mais difícil separar as partes da nossa vida se compartilharmos o mesmo espaço? Traríamos as pessoas para a nossa casa? Teoricamente, eu não ligo de saber que o Ash sai com outras pessoas, mas eu saberia lidar com uma situação em que estivesse mais próxima disso? E se eu trombar com uma das suas parceiras no corredor, ela for superatraente e eu estiver usando o meu pijama desbeiçado?

Mas todas essas perguntas se transformam em ruído de fundo. Ao contrário de quando ele me pediu para sermos exclusivos, não estou em pânico ou com medo, mesmo que seja algo aterrorizante e incerto. Eu poderia morar com o Ash e um dia me casar e ter filhos com ele, sem perder a cabeça, desde que sentisse que estivéssemos fazendo as coisas do nosso jeito e que eu fosse livre para ser quem eu sou e continuar tendo todas as novas experiências que eu quisesse. Claro que eu quero morar com o Ash.

— Sim, eu quero — respondo.

Ash se joga sobre mim e nós nos abraçamos, apertado. Quero rir de alegria e de como os últimos meses foram ridículos. Não acredito que chegamos perto de perder um ao outro por causa de algo que nunca realmente quisemos. Amigos, família e o resto do mundo realmente podem fazer a sua cabeça e te influenciar absurdamente.

Sim, há muitas coisas para pensar — as regras vão ter que evoluir —, mas sei que vamos dar um jeito. Sei que vamos resolver isso juntos.

33

ESCONDA OS PERTENCES DELE

HOLLY
―――

Olho ao redor do nosso quarto — ou meu quarto? —, sem os pertences do Will. Até algumas semanas atrás, eu não conseguia suportar ficar neste apartamento sem ele, mas estou me acostumando.

Nas primeiras noites depois que eu pedi que ele fosse embora, continuei vivendo entre as suas coisas, mas parecia que eu estava sentada em um carro minutos depois de ter batido em uma árvore. Então eu guardei tudo que era dele em caixas — foi particularmente gostoso me livrar de toda a parafernália da cozinha, como a tesoura de cortar ervas, com seus pequenos pincéis que, confesso, me deixavam nervosa, por que ele simplesmente não corta as ervas com uma faca, como uma pessoa normal? —, mas os vãos nas prateleiras de livros, os armários vazios, o espaço onde ficava o toca-discos, não me deixaram muito melhor.

Resolvi mudar algumas coisas de lugar, para preencher os vãos das prateleiras. Deixei alguns dos meus livros favoritos à mostra. Espalhei velas. Arrumei minhas blusas e vestidos e os organizei em categorias, em vez de deixá-los em uma grande pilha.

Não posso dizer que estou amando morar aqui — posso jurar que ainda consigo ouvir o barulho do Will picando alimentos vigorosamente às oito da manhã —, e definitivamente vou procurar um lugar novo, mas, por ora, consegui deixar tudo com a minha cara e comecei a me lembrar de como é viver sem o Will.

Uma coisa que realmente estou amando é assistir ao que eu quero e quando eu quero. Não que eu tenha decidido parar de assistir às coisas porque o Will não gostava, mas é estranho o que pode acontecer ao longo do tempo, quando a vontade de uma pessoa é muito mais forte do que a da outra. Um pequeno pigarro de julgamento, uma bufada ou alguém jogando no celular para se entreter, e, de repente, você não consegue mais aproveitar tanto porque a outra pessoa está entediada. Então você se oferece para assistir ao que ela gosta, e você não bufa, julga ou joga no celular, porque você não se importa de fazer o que a pessoa quer fazer. Fazer o que ela quer fazer a faz feliz, e você fica feliz. Você assiste à série que queria ver outra hora.

Isso acontece de novo, de novo e de novo, e não só com o que você quer assistir, mas com tudo, até que partes de você que antes eram livres para gostar do que quisessem vão ficando cada vez menores, e um dia você nem percebe que elas ainda estão lá.

Esse fim de semana, tudo o que eu fiz foi acender velas, tomar banhos obscenamente longos sem ninguém me perguntar o que eu estou fazendo, folhear cinco revistas sem ninguém me julgando por quanto gastei nelas, assistir ao que eu queria até a TV me perguntar se eu ainda estava ali, e ir para a cama ridiculamente cedo, e eu amei cada segundo.

Na segunda-feira de manhã, é um pouco mais difícil me sentir zen. Minha reunião com Lara Pearse e Janine Bello é às onze horas. No dia seguinte à festa, elas perguntaram se podiam "bater um papo" comigo. Elas também sugeriram que seria melhor que eu trabalhasse de casa até lá, então — mesmo que eu sinta que estive lá presencialmente por conversar com o Tomi todos os dias — essa é a primeira vez que vou ao escritório.

Acordo às seis e fico deitada na cama por duas horas, encarando o teto, tentando não pensar um milhão de vezes no que pode acontecer. Tenho a sensação de que é um dia importante, do qual vou me lembrar para sempre. Acordar tão cedo não é ideal, mas não sinto que estou prestes a ter um ataque de pânico, o que já é alguma coisa.

Quando estou a caminho, Tomi me envia uma mensagem.

O escritório está em polvorosa com a notícia da sua chegada. Parece que a Cher está vindo pro escritório, sério.

Affffffff.

Por favor, você pode entrar como a Meryl Streep em *O diabo veste Prada*?

Hã?

Você sabe, quando ela sai do elevador e tira os óculos de sol!!

Não. Eu não vou.

Você não é nada divertida. Mas falando sério, boa sorte, espero que corra tudo bem!

Felizmente, o escritório da Janine fica em outro andar, então, quando chego, não preciso passar por ninguém que conheço ou correr o risco de esbarrar com a Amber.

Pela porta de vidro, vejo que a Janine e a Lara já estão lá dentro. Entro, trêmula, mas mantenho o controle. Por dentro, canalizo a Meryl Streep, mas sem usar óculos de sol em ambientes fechados.

Janine se levanta para me cumprimentar, e Lara, ainda sentada, faz um gesto com a cabeça para eu me sentar na cadeira, de frente para ela.

— Srta. Harper. — Janine se senta ao lado de Lara.

— Oi. — Eu me sento, como se estivesse na sala do diretor. Eu não sei como é, claro, porque nunca me meti em nenhuma confusão antes.

— Bom. Foi uma cena e tanto na nossa festa de aniversário. — Janine ajeita o coque preto e olha no fundo dos meus olhos. Sem enrolação, então.

Não sei como responder a isso, então não digo nada.

— Vou direto ao ponto, srta. Harper. Eu e a sra. Pearse iniciamos uma investigação interna sobre as alegações feitas à sra. Lyall em seu pequeno brinde e descobrimos que tudo o que você disse é verdade. Parece que houve um desequilíbrio injusto nas atividades de trabalho e, com relação à exposição, não foi dado o devido crédito.

Estou tão feliz que poderia começar a chorar.

— Mas... — Lara toma o lugar de Janine na conversa, inclinando-se sobre a mesa. — Receio dizer, Holly, mas não podemos tolerar esse tipo de comportamento. Foi totalmente antiprofissional. Deveria ter sido feita uma reclamação, e nós poderíamos ter lidado com isso da forma correta.

Limpo a garganta.

— Sim, eu sei. Sinto muito...

— A sra. Lyall vai responder a um processo disciplinar, portanto, pode ter certeza que levamos muito a sério tudo o que você disse. Mas, nesse caso, considerando tudo o que aconteceu, receio que não haja uma vaga de estilista júnior para você nesta empresa.

Ah, meu Deus. Perdi meu emprego. *Realmente* perdi meu emprego. Não consigo sentir os dedos do pé. Geralmente consigo sentir os dedos dos pés?

— Lamentamos muito em te perder, srta. Harper — acrescenta ela. — Você é muito talentosa.

Ela e Janine trocam um olhar. Elas parecem genuinamente chateadas por me perderem... Mas isso não muda nada, não é? Eu ainda estou no olho da rua, a Amber manteve o emprego — embora em regime disciplinar —, então como isso é justo?

— Sendo assim... — Lara tira as mãos de cima da mesa e as junta. Olha de relance para Janine. — Apesar de não podermos mantê-la aqui, fizemos algumas ligações. Há uma vaga de estilista júnior aberta na Bergman.

A Bergman se parece bastante com a nossa marca, só é um pouco mais cara. Eu adoro as roupas deles. Ela realmente está dizendo o que eu acho que está dizendo?

— Você foi muito bem recomendada à diretora deles, Poppy Symmonds, por mim e pela Janine. Pessoalmente. Digamos que o processo seletivo não vai demandar muito de você.

— A Poppy é uma velha amiga — acrescenta Janine.

Ah, meu Deus. Ah, meu Deus. Acho que tenho outro emprego. Pelo que parece, basicamente já estou empregada. Em um cargo de estilista júnior. Na Bergman.

Janine sorri para mim. Tento sorrir de volta, mas não tenho certeza de que expressão meu rosto assume, pois estou superatordoada. Se eu fosse um pouquinho mais descolada, seríamos tipo belas espiãs que conspiram juntas.

Janine se levanta e estende a mão para me cumprimentar novamente.

— Boa sorte, srta. Harper. Obrigada por tudo o que você fez por esta empresa.

Lara também se levanta e me leva até a porta.

— Sim, obrigada, Holly. Sem dúvida nossos caminhos vão se cruzar no futuro.

— Obrigada a vocês duas. — Ainda estou surpresa demais para falar. — Muito obrigada!

Assim que saio, imediatamente mando uma mensagem para o Tomi. Juro que consigo ouvir seus gritos três andares abaixo.

Mds fica aí! Vamos sair pra comemorar AGORA MESMO! Almoçar juntos?

São onze e meia?

Pra mim tudo bem.

Recebo um período de aviso-prévio e várias tarefas para concluir até acharem um substituto para mim, portanto, fico atolada de trabalho durante o resto da semana. Sonho com a possibilidade de ser uma estilista de verdade na Bergman e tento não pensar no Will vindo buscar suas coisas no fim de semana.

Quando chega sábado, estou apreensiva em vê-lo novamente — não nos vimos desde a noite da festa, há mais de duas semanas —, mas estou calma e decidida. A campainha toca e meu coração dispara, mesmo sabendo que é apenas o Tomi chegando para me dar um apoio moral.

— E aííí! — Ele me mostra uma garrafa de champanhe. — Isso é pra quando o Will for embora oficialmente. Você está bem? — Ele me abraça.

— Me sinto melhor agora que você está aqui — digo.

— Vai ser difícil, mas vai acabar logo — afirma ele. — Lembra que você está fazendo a coisa certa.

Ele vai colocar o champanhe na geladeira, depois me ajuda a tirar as caixas do Will de debaixo da cama — eu as guardei lá porque não queria ficar constantemente olhando para as memórias dele. Nós as arrastamos para o corredor, para quando o Will chegar.

Quando tiramos todas as caixas, ainda falta meia hora até que Will chegue. Nós nos sentamos em cima delas e bebemos champanhe, pois estamos superansiosos. Metade de mim ouve o Tomi enquanto ele tenta me distrair falando sobre o novo álbum da Taylor Swift, e a outra metade se recorda de quando eu e o Will nos mudamos para cá, quatro anos atrás. Nós empilhamos as caixas exatamente no mesmo lugar, e eu fiquei olhando para elas e pensando que o nosso futuro estava ali na nossa frente, pronto para ser desvendado. Agora, só há o meu futuro e o futuro dele.

Ouço o som de chaves batendo umas nas outras. Então o Will pensa melhor, tira as chaves da fechadura e bate na porta. Tomi dá um pulo e corre para se esconder na cozinha.

— Boa sorte, que Deus te proteja! — sussurra ele e toma um gole da garrafa de champanhe. — Estou por aqui se você precisar de mim! Mas lembra, você é tudo, ele é só o Ken! — Ele faz um último sinal de positivo e desaparece.

Abro a porta.

— Oi... — Will para de falar quando vê as caixas. Acho que uma parte dele não acreditou que eu estava falando sério.

— Entra. — Aceno para ele, quase como se estivesse organizando um jantar. Deus, isso é constrangedor.

Will passa por mim e fica na frente das suas coisas.

— Então, você estava falando sério — diz ele suavemente.

Eu e Will conversamos algumas vezes por telefone, e eu disse que queria me mudar e avisaria o proprietário. Ele me disse para não tomar nenhuma decisão precipitada, que eu não estava pensando direito, mas acho que esta é a primeira vez, em quase uma década, que me sinto tão certa sobre alguma coisa.

— Vamos sentar. — Vou até a sala e Will me segue. Sentamos em lados opostos do sofá, onde costumávamos nos aconchegar todas as noites. — Eu estava falando sério — continuo. — Acho que não podemos fazer isso dar certo.

Tenho certeza de que não conseguimos fazer dar certo, porque mesmo depois da conversa que tive com o Will depois da festa, ainda parece que ele não me entende.

— Eu só... Eu não... O que você está tentando *dizer*? Que nós não podemos fazer isso dar certo? — Will gagueja. — Demos certo por quase dez anos. Claro que a gente consegue.

Acho que, a esta altura, em seu desespero — ele está começando a aceitar que não está mais no controle, e que eu estou decidida a terminar —, Will está tentando me entender de verdade. Mas isso meio que torna tudo ainda mais triste. Esse homem se importa mais com ele mesmo e com a forma como eu me acomodei do que comigo, a ponto de estar tão preso ao seu próprio ponto de vista que não consegue enxergar o meu, mesmo que tente.

— Nós demos certo — afirmo. — Mas só porque eu aceitei que tudo girasse em torno de você. O que você queria, o que você precisava... Deixando que tudo o que eu precisava se tornasse bobo ou insignificante.

— Isso é um absurdo — responde Will, ironicamente provando que meu ponto de vista está certo.

— É como eu me sinto.

— Bom, é um absurdo. — Will nega com a cabeça. — E tudo o que eu faço por você no seu trabalho? As horas que passo olhando os seus desenhos?

— Sim — admito. — E eu agradeço por isso. Mas, sinceramente... Acho que você gosta de fazer isso. Você gosta de design e de sentir que me ajudou com os meus. Mas você não faz isso *por* mim.

— E aí que eu gosto de te ajudar com o seu trabalho? Temos coisas em comum, é um crime? Isso é uma coisa ruim?! — Will passa a mão pelo cabelo.

— Não, é só... E se eu fosse escritora? Dançarina? Ou... produtora de eventos? Você estaria tão interessado pelo meu trabalho?

— Mas você não é escritora. Você não é dançarina! — Will ri, irritado.

Mais uma vez, ele está tentando ouvir, mas só... não entende. Eu costumava pensar que o Will era um dos homens mais inteligentes que eu já tinha conhecido — por conta das suas opiniões ousadas em jantares ou pela maneira como ele olhava para um dos meus projetos que não estava muito bom e sabia instantaneamente como melhorá-lo —, mas estou começando a ver que existem várias outras maneiras pelas quais uma pessoa pode ser desprovida de inteligência.

— Não, mas e se eu fosse? Assim que se trata de algo que *você* não dá valor, não significa nada pra você. Nós comemos onde você quer, assistimos ao que você quer, viajamos para onde você quer. Você nunca quer saber como eu me sinto em relação a nada. Acho que você não faz de propósito. Pra falar a verdade, acho que você nem percebe que está fazendo.

Isso é parte do problema. Se o Will admitisse que estava errado — se ele conseguisse entender o que estou dizendo —, talvez pudéssemos resolver isso e consertar o nosso relacionamento. Mas ele não consegue.

— Nem *eu* tinha percebido isso antes — continuo. — Mas agora que eu entendi, não posso mais viver assim.

— Não pode mais viver assim como? Não sendo uma dançarina?

Não me dou o trabalho de responder, porque, se não o fiz entender até agora, não vou mais conseguir. No momento, ele só está sendo irônico. Só vamos continuar discutindo. A última gota de esperança em que eu me agarrava se dissolve na minha mão.

Os olhos do Will percorrem o meu rosto, como se ele procurasse a pessoa com quem conviveu nos últimos dez anos e que agora não está mais lá. E ele tem razão. Para ficarmos juntos de novo, teríamos de criar algo totalmente diferente, o que ele não está disposto ou não é capaz de fazer. Por fim, ele se levanta.

— Bom, tudo bem, eu não vou implorar. Mas eu realmente acho que você está tendo algum tipo de surto, Holly, e vai se arrepender.

Mais uma vez, não respondo; deixo que a última palavra seja dele. Ele bufa quando vai erguer uma caixa pesada e perde o equilíbrio, o que meio que estraga sua vibe arrogante. Então sai pisando duro até a van.

Vou até uma das caixas da cozinha e guardo no bolso o pequeno pincel que acompanha a tesoura de ervas. O que é uma tesoura de ervas sem um pincel? Eu o observo colocar a caixa no porta-malas do carro e penso em como ele vai ficar irritado quando finalmente desempacotar suas coisas na casa da mãe e não encontrar o pincel.

Will volta pelo caminho do jardim e me vê sorrindo levemente.

— O que foi? — pergunta ele, irritado.

— Nada — respondo e o ajudo a carregar o resto das caixas.

Dez minutos depois, ele já foi embora. Provavelmente, nunca mais o verei. Tomi aparece da cozinha. Tenho vontade de chorar, mas não de uma forma ruim — não estou arrependida da minha escolha ou preocupada se estou cometendo um erro —, é apenas um luto necessário por algo que tinha que acontecer.

Não dizemos nada por um momento. Tomi me abraça e eu me apoio nele.

— Ele realmente foi embora — digo.

— Eu sei. — Tomi aperta o meu ombro. Ficamos em silêncio novamente. Então ele diz: — Mas essa devia ser a menor das suas preocupações. Acho que bebi todo o champanhe. Foi mal.

Caio na gargalhada.

— Vamos sair e comprar mais? — sugere ele.

— Sim, por favor — digo, e saímos em busca de mimosas.

TRÊS MESES DEPOIS

FLISS

Toda vez que a campainha toca, tenho medo de que sejam os meus pais. Eu queria que eles chegassem logo e criticassem de uma vez os meus móveis novos, para podermos seguir em frente.

Ela toca novamente. Observo quando o Ash atende a porta e deixa um dos seus amigos do trabalho entrar.

— Relaxa. Eles vão adorar o apartamento. — Henry pousa um braço tranquilizador no meu ombro, e eu retribuo o gesto.

Ele também está um pouco nervoso com a chegada deles. Eu terminei com o garoto de ouro e voltei a namorar o Ash, e o Henry convidou um homem para ser o seu date esta noite, então nenhum de nós está tendo exatamente a vida que eles imaginaram.

É engraçado como você pode não se importar com o que a maioria das pessoas no planeta pensa a seu respeito, mas, ainda assim, fica desesperado pela aprovação dos seus pais em tudo, até mesmo com os seus talheres novos. Eles são apenas *pessoas*, não são? Mas pessoas que o criaram, lhe deram um nome e o mandaram para a escola com pequenos sanduíches embalados em papel reutilizado.

Olho em volta novamente. O apartamento está lindo, modéstia à parte. É um duplex com dois quartos em West Croydon. Os quartos ficam no andar de cima, e a cozinha e a sala de jantar em conceito aberto ficam no andar de baixo, perto da entrada. Não é enorme e fica tão longe da cidade que quase não estamos mais em Londres. Há um pouco de mofo em um dos cantos, que espero que minha mãe não note, e eu e o Ash provavelmente vamos pagar o financiamento até morrer, mas nós dois concordamos que não estávamos prontos para abandonar Londres ainda, e o duplex é *nosso*.

— Não comprou nem um molhinho, Fliss? Que maravilha. — Henry aponta para as batatinhas que eu coloquei em uma tigela sobre a mesa, numa tentativa ridícula de bancar a anfitriã. O Ash não devia ter me deixado encarregada das comidas.

— Ah, mas tem álcool. — Balanço a mão, como se espantasse uma mosca. — Do que mais você precisa?

A campainha toca novamente.

— Chenny! SIM! — Ouço Ash gritar e assoviar.

Eu me senti apreensiva de contar para a Jenny que estava saindo de casa. Moramos juntas por três anos e, apesar das nossas diferenças, um tipo estranho e relutante de afeição familiar cresceu entre nós. Quando decidi me mudar, percebi que realmente sentiria falta dela e da sua terrível TV. Mas, por obra do destino, conseguimos encontrar uma nova colega de apartamento para ela, com quem acho que ela definitivamente vai preferir morar.

— E aí. — Jenny entra e examina o espaço. Seu cabelo está muito brilhante hoje. — Lugar lindo. Cadê a TV?

— Ah, a gente não tem — digo.

A boca da Jenny se abre de horror.

— Quer dizer, não ficamos muito no apartamento. O Ash lê bastante, e eu não ligo de assistir às coisas no meu notebook...

Ela continua me encarando. A campainha toca novamente, e vejo uma silhueta familiar, bem-vestida e de cabelo curto, através do painel de vidro.

— Jenny — eu a chamo, conforme abro a porta. — Acho que é sua nova colega de apartamento.

Holly entra, maravilhosa como sempre.

— Ah, uau! Que lindo!

Ela olha em volta e eu me aproximo para abraçá-la. Ela parece muito melhor desde que terminou com o Will e conseguiu seu novo emprego. Ainda é bastante educada e gentil, mas agora ela exibe firmeza e autoconfiança, não fica sempre tentando agradar às pessoas — notei isso porque ela me disse um "não" bastante incisivo quando a convidei para ir a uma aula de pole dance comigo. Além disso, ela não está procurando respostas sobre os seus relacionamentos em mais ninguém.

Antes de tudo isso, tenho de admitir que eu meio que imaginava que todo mundo em relacionamentos monogâmicos mentia para si mesmo em algum nível. Eu costumava pensar que eu e o Ash éramos duas das poucas pessoas no mundo que realmente viviam suas verdades. Mas, depois de meses conversando com a Holly e ouvindo mais sobre o seu ponto de vista, eu realmente acredito que ela não estava se fechando para nada ou negando a si mesma para ficar apenas com o Will durante dez anos. Pelo menos, não nesse sentido. Obviamente, ela estava ignorando coisas sobre ele e sobre si mesma que significavam que ele não era a pessoa certa para ela, mas acho que ela realmente poderia ser o tipo de pessoa que seria totalmente feliz em um relacionamento monogâmico.

De qualquer forma, já saí do meu pedestal e não vejo mais a monogamia como uma espécie de prisão voluntária, na qual o restante da sociedade sai por aí escolhendo um companheiro de cela e se trancando. Não é o certo para nós — e acho que provavelmente para outras pessoas monogâmicas que nem sequer pensaram em tentar de outra forma —, mas acho que muitas pessoas realmente conseguem tudo o que querem e precisam em um relacionamento exclusivo.

Sinto os dedos do Ash se entrelaçarem nos meus.

— Ei, vem falar "oi" pra uma pessoa. — Deixamos Henry, Holly e Jenny conversando. Ele me puxa para o outro lado da sala, e subimos as escadas. Assim que chegamos ao nosso novo quarto, ele fecha a porta.

— Ah, meu Deus. — Ofego e olho em volta. — Não tem ninguém aqui. Isso foi uma desculpa pra você ficar comigo sozinho!

Ash me beija profundamente.

— Sim, foi — murmura ele contra minha boca.

Nós nos beijamos por alguns minutos, até que eu esqueço que temos visitas no andar de baixo. Então a campainha toca.

— A gente devia atender a porta. — Eu me afasto.

Ash concorda e segura meus ombros, virando-me para o outro lado.

— Um segundo. Ei, olha, este é o *nosso* quarto. — Ele enlaça minha cintura.

Sorrio.

— Ei, é mesmo.

Olho para a cama onde eu e o Ash vamos dormir juntos, todas as noites, e me encho de calor. Por enquanto, decidimos que esse é apenas o nosso espaço. Vamos sair com outras pessoas em noites determinadas, fora deste apartamento. Talvez a gente se adapte ainda mais, mas é assim que estamos começando, e estou animada para ver aonde isso vai nos levar.

HOLLY

São sete da noite e ainda está claro. Eu amo essa época do ano. Conforme subo os degraus do novo apartamento do Ash e da Fliss, não consigo evitar de pensar — e julgar minha própria breguice — sobre como os dias mais longos e as flores que desabrocham parecem refletir minha nova sensação de paz. Pelo menos comparada ao meu inverno de garota triste.

Toco a campainha e respiro o ar morno da primavera. Meu celular brilha com um e-mail de trabalho, então me lembro de desligar as notificações do Outlook à noite. Estou há quatro semanas na Bergman — *de fato* como estilista — e, até agora, consegui sair às seis da tarde na maioria dos dias. É estranho não trabalhar mais com o Tomi, mas estou amando muito o trabalho, e o Tomi me conta todas as fofocas do escritório. Ao que parece, a Amber está furiosa por não poder mais se valer da nova assistente, e acusando a empresa de "violar os seus direitos humanos".

Ouço passos. Fliss atende a porta e me abraça.

— Holly! — Ela me abraça apertado. — Entra!

— Ah, uau! — digo. — Que lindo!

Assim que entro, minha futura-colega-de-apartamento, Jenny, surge atrás de mim.

— Oi, Holly — diz ela num fôlego só.

Eu adoro essa mulher. Acho que vamos nos divertir muito assistindo a *Selling Sunset* juntas e analisando as dinâmicas entre as diversas corretoras de imóveis. Apesar de ela ter me perguntado sobre como eu me sinto em relação a "controle de volume" durante a entrevista. Eu lhe assegurei de que sou "incrivelmente silenciosa". Fliss depois me contou que essa foi a sua forma de me perguntar se eu grito durante o sexo.

— Ela me ouviu *uma vez* — murmurou Fliss. — Juro por Deus. *Uma vez.*

Acho melhor ficar quietinha.

A campainha toca sem parar, então minha conversa com a Fliss é interrompida várias vezes. Rapidamente, eu me envolvo em um longo bate-papo com a Jenny sobre a nova secadora que pretendemos comprar.

— Definitivamente ela gosta mais de você do que de mim — sussurra Fliss enquanto passa por mim para receber novos convidados.

— Com certeza — respondo.

É bom rever o irmão da Fliss, Henry, e conhecer o seu date, Paul, que parece divertido. Imediatamente, ele começa a me servir drinques, enchendo o meu copo assim que eu tomo um gole. Consigo ver por que ele e o Henry vão se dar bem.

— Então vocês vão morar juntas? — Paul aponta para mim e para a Jenny. — Quando?

— Semana que vem! — bato uma palminha.

Estou tão feliz que o meu contrato de aluguel terminou e eu posso ir embora. Meu estômago revira com a empolgação de um novo lugar e um novo começo, bem como com o medo da mudança e a tristeza de do que se perdeu, tudo ao mesmo tempo. Foi uma sensação bizarra ver o apartamento com todos os objetos que eu e o Will dividíamos, assim como tudo o que vivemos ali, ficar vazio e pronto para receber a vida de outra pessoa, mas tento me concentrar na alegria de um novo apartamento, um novo lugar para vivenciar as lembranças que estão por vir.

— Então foi você que a Fliss conheceu no banheiro? E vocês estavam, tipo, numa situação estranhamente paralelas, né? — pergunta Paul. — Fascinante.

— Sim. — Sorrio. — A Fliss me deu conselhos sobre relacionamento aberto. Ela deu o melhor de si, Deus a abençoe, mas eu era um caso perdido.

Ouço Jenny suspirar de alívio.

Henry ri.

— Não é pra todo mundo.

Todos nós olhamos ao mesmo tempo para a Fliss e para o Ash. O Ash coloca o braço em volta da Fliss, e eles riem de algo e se olham como se, se alguém aparecesse e juntasse a cabeça deles, eles não se importariam.

Acho engraçado como a ideia amplamente aceita de como o amor deve ser quase arruinou o que eles têm. E tenho vergonha de pensar que, antes de conhecê-los, antes de tudo o que aconteceu este ano, também não sei se *eu* teria me convencido do relacionamento deles. Eles são tão diferentes do que eu costumava acreditar que fosse um "final feliz".

Não sei se o meu é igual ao da Fliss e do Ash... Sair com várias pessoas ao mesmo tempo *não é* a minha praia, embora eu e o Will tenhamos feito isso de uma maneira tão errada que é difícil saber. Tenho quase certeza de que, de qualquer forma, não funcionaria para mim particularmente — estou confiante de que estou mais para um-cara-de-cada-vez —, mas não me arrependo de termos tentado. Lamento o *motivo* pelo qual tentamos, mas não lamento o que resultou disso.

Eu estava tão convencida de que o Will era perfeito para mim, quando ele não era, e agora eu me permitiria sair com todo tipo de pessoa, o que eu não faria antes. Eu tinha muitas razões bestas para descartar pessoas — como o Liam — com as quais provavelmente eu me daria bem, se lhes desse ao menos uma chance. Ainda não saí com ninguém porque acho que não estou pronta, mas vou sair e, por enquanto, estou feliz trabalhando e saindo com o Tomi e com a Fliss. E sinto que vou fazer muitas maratonas de *Below Deck* com a Jenny no meu futuro próximo.

De qualquer forma, sei que a minha vida não é com o Will; um homem que personifica muitas das coisas que eu considero atraentes, mas não me ouve nem me vê. Sei também que não é com o Liam; alguns meses depois de todo o drama, nós nos encontramos novamente e saímos em mais um ou dois encontros, e eu fico feliz que conseguimos deixar as coisas em um tom mais amigável, mas não evoluiu muito mais do que isso. Pode ser simplesmente porque muita coisa aconteceu entre nós dois, e que eu precise de mais tempo sozinha depois de tudo, mas acho que não somos muito compatíveis, no final das contas. Ele é tão intenso — embora eu seja grata, porque ele definitivamente me ajudou a me conhecer melhor —, mas sinto que seu constante nível de questionamento emocional é simplesmente *demais* para mim. Foi bom quando o conheci, porque eu estava muito carente disso, mas, com o passar do tempo, comecei a me perguntar se ele era mais um psicólogo do que alguém com quem eu tinha uma ligação romântica de verdade. Além de ele ser um homem adorável, que era o total oposto do Will em todos os aspectos que eu precisava naquele momento, não consigo nos ver em um relacionamento duradouro. Mas não há mágoas. Talvez até possamos nos tornar amigos.

Não tenho ideia de como será o meu "final feliz". Mas acho que estou me conhecendo bem o suficiente para saber quando o encontrar.

AGRADECIMENTOS

Obrigada a Katie e Asanté por serem os melhores editores que uma garota poderia desejar. Sou muito grata a Clare por ser uma super-heroína na ausência Katie. Obrigada a Silé por todo apoio e pelas ótimas ideias. Obrigada a Lauren por me dizer para escrever este livro. Agradeço a Ginger Clark por levar o meu trabalho para o outro lado do oceano e a Tara por me defender no mundo assustador do cinema e da TV.

Obrigada a Eldes Tran por fazer um trabalho brilhante na edição. E um grande agradecimento a Sarah Lundy, Claire Brett, Hanako Peace, Lucy Richardson, Angie Dobbs, Halema Begum, Stephanie Heathcote, Georgina Green, Brogan Furey, Sara Eusebi, Ange Thompson, Lauren Trabucchi e toda a equipe da HQ.

Todos os dias, eu me sinto sortuda por ter o Patrick na minha vida — eu te amo. Obrigada a Edie por ser uma fofa.

Obrigada a minha mãe por sempre me fazer acreditar que eu poderia fazer qualquer coisa, mas também por não se importar se eu não conseguisse. Obrigada a Ellie, ao papai, ao Tom e a Fiona.

Muito amor a Nell por ser sempre minha maior fã.

Agradeço demais a Hayley, por ter segurado minha mão durante o processo deste livro como uma agente não oficial, e, na vida real, como uma amiga. E obrigada a Maddy, ao Giles, a todos da MM e a todos os meus maravilhosos escritores por terem me apoiado na minha jornada dupla.

Sou grata por ter tantos amigos incríveis torcendo por mim: Sarah, Rachel, Catie, Rosa, Barla, Sophie, Sarah e Marcus, Katherine, Kate, David, Gabe e outros que eu definitivamente esqueci.

Por fim, peço desculpas a Helen e ao grupo de West Norwood, que viveu comigo durante o meu verão de garota gostosa e o meu inverno de garota triste. E peço perdão a Nicola, por todas as reclamações que você teve que aguentar, mesmo que isso fizesse parte do seu trabalho.

Impresso no Brasil pelo Sistema Cameron da Divisão Gráfica da
DISTRIBUIDORA RECORD DE SERVIÇOS DE IMPRENSA S.A.